T0270260

¡POR NOSOTROS!

BECKY ALBERTALLI Y ADAM SILVERA

¡POR NOSOTROS!

Traducción de Estíbaliz Montero Iniesta

Argentina – Chile – Colombia – España
Estados Unidos – México – Perú – Uruguay

Título original: *Here's To Us*
Editor original: Quill Tree Books, un sello de HarperCollins*Publishers*.
Traductora: Estíbaliz Montero Iniesta

1.ª edición: junio 2022

ISBN: 978-84-17854-48-5
E-ISBN: 978-84-19029-55-3
Depósito legal: B-7.407-2022

Fotocomposición: Ediciones Urano, S.A.U.

Impreso por: Rodesa, S.A. – Polígono Industrial San Miguel
Parcelas E7-E8 – 31132 Villatuerta (Navarra)

Impreso en España – *Printed in Spain*

Para David Arnold y Jasmine Wanga,
las primeras estrellas de nuestro universo
en expansión.

PARTE UNO

Borrón
y cuenta nueva

1

BEN

Sábado 16 de mayo

¿Y si…?

Esa pregunta vive dentro de mi cabeza cada vez que pienso en él.

Siento que he pasado mucho tiempo perdido, como una caja a la que le han arrancado la etiqueta del destinatario cuando ya estaba en camino. Pero creo que alguien me ha encontrado por fin.

Ha rasgado la gruesa cinta adhesiva de la caja y la ha abierto.

La luz y el aire han entrado.

Mensajes de buenos días y noches en casa del otro.

Y español y besos.

Mario Colón.

Justo antes de entrar en la estación, Mario me ha enviado un mensaje con una foto de él en la silla del dentista. Lleva una camiseta blanca con un peto vaquero por encima, uno de cuyos tirantes cuelga suelto, como si fuera la nueva versión puertorriqueña de Super Mario que este mundo merece. Su piel aceitunada es suave porque al parecer no le crece ningún tipo de vello corporal, lo cual a veces le resulta un fastidio, porque opina que estaría fantástico con una barba como la de Lin-Manuel Miranda. Tiene el pelo oscuro rizado, y la verdad es que esa brillante luz de oficina resalta el brillo de sus ojos color avellana. Está sacando la lengua y a pesar de que esté haciendo el tonto, me entran ganas de besarlo, como aquella primera vez, cuando trabajábamos juntos en nuestro proyecto de escritura creativa.

Y las otras cincuenta veces que han seguido a la primera.

Cohibido, me deslizo por la pantalla para ver la foto que le he enviado en respuesta. Por lo general, me saco una docena de selfis antes de sentir que alguno es digno de Mario, ya que tengo claro que él está por encima de mis posibilidades, pero tenía que darme prisa porque estaba llegando mi metro. Me he sacado la foto desde arriba para asegurarme de que se viera la camiseta que me hizo. Cuando se graduó en el instituto, los padres de Mario le regalaron una impresora de camisetas porque quería darle algo de vida a su ropa. La semana pasada me sorprendió con camisetas de *La guerra del mago maléfico* con la misma tipografía que usó Samantha cuando creó la portada para Wattpad. La camiseta fue un detalle increíble. Incluso ha hecho que me juzgase a mí mismo y a las fotos que me saco mucho menos de lo que estoy acostumbrado a hacer.

Mario y yo nos conocimos a comienzos de nuestro primer año de universidad en la clase de escritura creativa, y al principio estaba seguro de que él acabaría siendo un escritor de ficción muy serio o un poeta increíble. Pero resultó que no era ninguna de las dos cosas. Mario es un guionista que lleva escribiendo historias desde que tenía once años. A menudo se metía en problemas en el instituto por presentar los deberes como si fueran un episodio televisivo.

Él fue la primera persona que me llamó la atención después de mi ex, Arthur. Era muy consciente de cuándo no iba a clase, admiraba que consiguiera estar increíble llevando un peto y me gustaba mucho cómo le quedaban los jerséis de cuello vuelto que usaba en invierno. Y sentía una confianza en su trabajo que a mí me costaba asimilar. Siempre orgulloso, pero nunca arrogante.

En ese momento, en mi cabeza todavía había demasiados «¿y si...?» relacionados con Arthur como para intentar acercarme a él siquiera.

Ahora los «¿y si...?» son sobre Mario.

¿Y si empezamos a salir oficialmente en lugar de ser solo amigos que se besan y pasan el rato juntos?

Voy camino de Central Park para ponerme al día con mi mejor amigo, Dylan, y su novia, Samantha. Es la primera vez que voy a verlos en persona desde Navidad, ya que no volvieron a casa para las vacaciones de primavera. Se suponía que ayer íbamos a tener una noche de juegos, pero Dylan afirmó que el desfase horario lo había afectado mucho, a pesar de que solo hay una hora de diferencia entre Chicago y Nueva York. Lo dejo pasar, porque Dylan siempre ha sido dramático para estas cosas.

Paso el resto del trayecto en metro anotando ideas en mi cuaderno de bolsillo para el próximo capítulo de mi novela de fantasía, *La guerra del mago maléfico*. Terminé el borrador del libro hace años, pero me quedó claro que había muchas cosas que perfeccionar en mi historia. Estaba reservando demasiados momentos emocionantes para secuelas que tal vez nunca sucederían, y los capítulos en los que aparecían personajes inspirados en mis amigos y exnovios necesitaban más desarrollo y debían resultar accesibles para las personas de fuera de mi círculo.

Mi eterno estado de ánimo: escribir es difícil.

En una ocasión, Mario me preguntó si había algo que alguna vez hubiera querido hacer, además de escribir. Escribir es lo único que se me da bien. Incluso si algún otro sueño me llamara la atención, no sé lo que haría sin todo el amor que mis amigos y la gente desconocida han profesado a mis magos maléficos. Arthur solía hablar de los personajes como si fueran amigos mutuos. Y Dylan adora tanto ese mundo que ha estado fantaseando con abrir un bar *drag* en la vida real en el que todas las *drag queens* vayan vestidas de las diferentes razas de mi mundo de fantasía, como elfos y trols, cosa en la que yo nunca he expresado ni el más remoto interés.

Me encanta conectar con la gente a través de las palabras.

Y me encanta conectar con Mario a través de las palabras, tanto en inglés como en español.

Como yo, es un puertorriqueño que pasa por blanco, pero a él sus padres lo educaron de forma bilingüe, a diferencia de los míos. Mario incorpora mucho español en sus guiones cinematográficos y dice que espera que ningún estudio lo obligue a traducirlos; quiere que otros se esfuercen igual que sus padres tuvieron que hacerlo mientras crecían. Lo cierto es que me inspiró a esforzarme yo mismo, y prácticamente grité *¡Sí, por favor!* cuando se ofreció a ser mi profesor particular.

Tengo muchas ganas de verlo.

El encuentro de hoy con Dylan y Samantha será un acto de malabarismo, ya que Mario también vendrá. No es mi novio, pero, a la vez, es más que un amigo. Las cosas se complican bastante en ese terreno. Como cuando me despierto pensando en él y me apetece darle los buenos días solo porque sí, pero a veces, ese gesto puede parecer demasiado íntimo. O cuando me pregunto cuál es la mejor forma de presentarle a mis amigos a pesar de que ya saben lo esencial de nuestra relación. O incluso el hecho de que algunas palabras como «relación» pueden parecer demasiado fuertes y un poco inmerecidas cuando te comparas con otras relaciones reales.

No sé. Pero es un problema del Ben de dentro de una hora.

Sin embargo, tengo que sacarme de la cabeza la cara bonita de Mario, porque estoy a punto de saltarme mi parada. Salto de mi asiento y bajo al andén cuando las puertas ya se están cerrando. Tengo que asegurarme de no llegar tarde. Estoy dejando esa costumbre en el pasado. En nuestra clase de escritura creativa, la señora García llama a esto «desarrollo del personaje».

Salgo de la estación y me encamino hacia la entrada oeste de Central Park por la calle Setenta y Dos. No tardo mucho en ver a Dylan y a Samantha. Están sentados en un banco del parque, jugando a ese juego en el que hay que mirarse a los ojos y abofetear las manos de la otra persona antes de que pueda retirarlas.

Samantha le da una manotada a Dylan.

—¡Toma ya! Cuatro a uno. Se te da como el culo.

—¡Hola! —digo mientras rodeo el banco—. ¿Puedo participar?

Dylan sonríe.

—Siempre hay sitio para ti en nuestra cama.

—No he dicho nada sobre vuestra cama. Yo…

Dylan me hace callar mientras se pone de pie para abrazarme y darme palmaditas en la coronilla.

—Te he echado de menos, colega.

—Yo a ti también. Aunque ya me has dejado agotado.

El pelo le ha crecido hasta el punto de que por fin es capaz de lucir ese moño masculino en el que ha estado trabajando, que le queda muy bien, y si alguien se lo pregunta, dirá que es la única persona a quien le favorece. Lleva puesta una camiseta nueva de Kool Kofee y unos vaqueros.

—Hay una cafetería monísima en el parque. Prepárate para beber expreso por un tubo, mi pequeño Benrista. ¿Barista Ben? ¿Ben el barista?

—No voto por ninguno de los anteriores —dice Samantha, cuyos ojos verde azulados me sorprenden tanto hoy como cuando la conocí detrás de ese mostrador de Kool Koffee. Lleva el cabello trenzado y peinado en forma de corona, como recién sacada de Pinterest, lo cual es algo que debería incluir en mi libro, una camisa azul marino metida por dentro de unos pantalones cortos blancos, y una llave de plata colgada del cuello—. Hola, Ben —me saluda mientras me envuelve en un abrazo.

Me alivia que Dylan no la haya convertido en alguien que no deja de ponerme apodos.

—Bienvenidos de nuevo, chicos.

Samantha abre los ojos como platos al ver mi camiseta.

—Por todas las diosas griegas, ¡me encanta!

Dylan sonríe cuando se fija.

—Esos magos maléficos van a petarlo un día de estos.

He hecho muchos cambios desde que Dylan leyó el libro el verano pasado, antes de la universidad, pero su apoyo nunca ha disminuido. De vez en cuando recibo un mensaje suyo preguntando qué pasa con Duke Dill, el personaje que creé basándome en él. Dylan ha estado intentando que me anime a buscar un agente literario ya mismo, pero en los últimos tiempos me he vuelto un poco perfeccionista.

No quiero defraudar a nadie.

Este tipo de amor es la clase de presión que me afecta.

—Yo también quiero una camisa —dice Samantha, tocándome la manga—. ¿La has hecho tú?

—La ha hecho Mario —informo.

—¡Super Mario! —exclama Dylan—. Espero que no esté harto de que la gente lo llame así, porque sabes que tengo que hacerlo.

—Le encanta.

Es el tipo de cosa que yo encontraría molesta después de un tiempo, pero Mario no. Lo más cerca que lo he visto de estar molesto fue cuando nuestro compañero de clase, Spikey, criticó con dureza su guion, pero al final Mario se encogió de hombros y lo dejó pasar porque Spikey solo buscaba sangre después de que la señora García calificara su relato sobre la Guerra Civil de «históricamente imposible» y todo el mundo se riera.

—Entonces, ¿cuándo sale Super Mario de una tubería de alcantarillado? —pregunta Dylan.

—Pronto. Viene del dentista. Tendréis que cargar conmigo hasta entonces.

—Genial —dice Samantha mientras entrelaza el brazo con el mío y empezamos nuestro paseo por Central Park—. Entonces, ¿las cosas van bien con él?

—¿Creo que sí? —Me siento un poco estúpido hablando de Mario con Samantha y Dylan. No hay nada confuso acerca de su relación. Mientras que Mario y yo somos más como un signo de interrogación emparejado con uno de exclamación: hay incertidumbre y emoción.

—Tenemos que encontrar vuestro nombre de pareja —dice Dylan—. Creo que «Bario» suena bien, aunque «Men» es una propuesta sublime. Porque ambos sois chicos y en inglés…

—¿Cómo fue la cena? —lo interrumpo mientras me giro hacia Samantha.

—Bien esquivado —dice ella—. Fue divertida. Gracias por preguntar. Creo que nos recuperamos de lo de Navidad.

Los padres de Samantha adoran a Dylan, pero cuando los O'Malley descubrieron durante las vacaciones de invierno que su hija estaba compartiendo habitación con él en Chicago, las cosas se pusieron feas.

—Dylan estuvo en su mejor momento… Bueno, se comportó mejor de lo habitual —dice Samantha—. De verdad que siento que tuviéramos que cancelar el juego de escape.

—No te preocupes por eso. Tenemos todo el verano.

Dylan me rodea los hombros con sus brazos.

—Big Ben, sabemos que el juego de escape es tu gran estratagema para quedarte encerrado en una habitación conmigo durante una hora. No necesitas excusas, ¿de acuerdo?

—Colega, tu novia está delante.

—Por favor, aléjalo de mí durante una hora —me suplica.

Dylan guiña un ojo.

—¿Ves? A la señora le parece bien.

Me detengo ante un carrito de pretzels porque lo único que he comido esta mañana ha sido un bocado de un bagel tostado con mermelada que mi madre me ha preparado mientras salía del apartamento. Al más puro estilo Ben Alejo, lo he dejado caer en las vías del metro mientras me sacaba ese selfi para Mario y una rata ha salido corriendo con él. Si me importara una mierda TikTok, probablemente podría haberme vuelto viral.

—¿Queréis uno? —pregunto.

—He comido un montón de fruta —dice Samantha—. Dylan ha desayunado sobras de pato.

—Chist —dice Dylan—. Hay patos en el parque.

—¿Crees que los patos van a atacarte?

—Un buen «pato ataque» a la antigua usanza, sí.

Samantha niega con la cabeza.

—¿Por qué...? ¿Por qué hago *nada* contigo?

—Porque la máquina D es demasiado irresistible.

—Eso es asqueroso, tío —digo.

—Ah, me refería solo a la Máquina Dylan. A mi amiguito de ahí abajo lo llamo...

Samantha le tapa la boca con la mano. Una verdadera heroína moderna.

—Dylan, ¿quieres café?

Dylan mira a su alrededor.

—¿De dónde?

Hago un gesto hacia el carrito de pretzels.

—Qué monada, Ben. Sabes que no pienso beber esa bazofia de café. —Dylan se gira hacia el vendedor—. No pretendo ofenderle, buen señor, pero sí a los payasos que cargaron su precioso carro con esa porquería.

El vendedor mira a Dylan como si estuviera hablando en chino.

—De todos modos, ya eres bastante hiperactivo —digo.

—Hemos empezado el día con un expreso doble de Dream & Bean.

—Pato y café para desayunar. Un clásico.

—Deja de actuar como si me acabaras de conocer.

Está claro que no. Somos mejores amigos desde primaria, aunque desde que Dylan se fue a la universidad, la distancia nos ha afectado.

—Será mejor que no te dé un bajón de cafeína antes de la comida con Patrick —dice Samantha.

—Patrick —dice Dylan y escupe en el suelo—. Consíguete mejores amigos mejores, nena. ¿Acaso ves a Ben hablar y hablar y hablar y hablar sin parar sobre que nada con delfines y abraza monos?

—No pienso hacer ninguna de esas cosas —digo.

—Tampoco Patrick —dice Samantha mientras lo mira de reojo—. Se ha tomado un año sabático para viajar con su primo.

Un año sabático suena genial. Unos *años* sabáticos suenan aún mejor.

—Vente a comer con nosotros, Ben. Ya verás lo excesivo que es el tío.

—¿De verdad estás llamando «excesivo» a alguien, D?

—¡Eso debería darte una idea de lo superexcesivo que es ese tío!

—No puedo. Tengo que entrar a trabajar en un par de horas.

—Dile a tu jefe que la realeza está en la ciudad.

—Sabes que no puedo.

Mi jefe es mi padre. Lo ascendieron a gerente en Duane Reade en la época navideña. Me contrató en abril para que me encargara de las cajas registradoras y ayudara a reponer la mercancía. Empezar a trabajar justo antes de los finales solo hizo que las clases me resultaran más difíciles, pero no recibí mucha simpatía por parte de mis padres, que trabajaron a tiempo completo cuando estaban en la universidad.

—Ya conocerás a Patrick en otro momento —dice Samantha—. Estará en casa durante los próximos dos meses. Tal vez podamos hacer un juego de escape todos juntos.

—No me vas a encerrar en una habitación con Patrick durante una hora —dice Dylan.

—Será un incentivo extra para que resuelvas los acertijos cuanto antes. —Samantha me propina un codazo juguetón—. También podemos invitar a Mario.

—A lo mejor. —Me vibra el teléfono—. Hablando de Super Mario. —Leo su mensaje, que dice que viene de camino—. Ya viene hacia aquí. ¿Deberíamos dejar de movernos para ser más fáciles de encontrar?

Dylan mira a lo lejos y señala la terraza del Castillo Belvedere. En ese lugar, uno siempre se siente como si lo hubieran arrancado de una novela de fantasía y lo hubieran dejado caer en Central Park.

—Dile a tu chico que estaremos allí.

—No es mi chico.

—Todavía.

Es gracioso, la última vez que Dylan y yo estuvimos en Belvedere fue poco después de conocer a Arthur en la oficina de correos. No nos habíamos dicho nuestros nombres antes de que un *flashmob* nos separara, pero no podía dejar de pensar en él, así que Samantha hizo de Nancy Drew y usó algunos detalles de mi conversación con Arthur para averiguar la mejor manera de encontrarlo. Se enteró de que se celebraba una reunión de estudiantes de Yale en el Castillo Belvedere, y dado que Arthur había mencionado que quería ir a esa universidad, me arriesgué. Dylan decidió que necesitábamos nombres en clave pretenciosos para asistir al evento, y eligió el de Digby Whitaker para sí mismo, lo cual solo recuerdo porque le puse ese nombre a un erudito en *LGDMM*.

Hace dos años, vine a este sitio buscando a un chico y ahora le estoy pidiendo a otro que se reúna conmigo aquí.

Sin mirar siquiera, la mano de Dylan encuentra la de Samantha y suben las escaleras juntos.

Darse la mano es un acto sencillo, lo entiendo, pero resulta muy agradable ver que una pareja que lleva dos años de relación todavía se gusta, que todavía *se quieren*. Yo nunca he experimentado algo así. Me da esperanzas de que alguien sienta lo mismo por mí algún día.

Subimos a la terraza y nos detenemos en seco. Aquí suele hacer bastante frío, solo hay gente posando con el parque de fondo. Pero hoy se celebra una boda. Es íntima, solo una docena de personas vestidas sin mucha formalidad y una banda que toca una versión instrumental suave de *Marry You* de Bruno Mars. Estoy a punto de arrastrar a Dylan y a Samantha lejos de aquí para no estropear el evento cuando la novia echa a andar.

Me quedo helado.

Creo que conozco a la novia…

Cuando conocí a Arthur en la oficina de correos, aquel *flashmob* era en realidad una propuesta de matrimonio para la cajera que me estaba ayudando a enviarle a mi primer ex, Hudson, una caja con sus cosas. El envío salía muy caro y la mujer no se había mostrado demasiado compasiva, pero ahora resplandece envuelta en un chal de seda negra que le rodea los hombros sobre su sencillo vestido blanco, sonriendo con un piercing en el labio.

Primero el Castillo Belvedere y ahora esta mujer. Es como si el universo me mostrara el nombre de Arthur Seuss en letras de neón al más puro estilo Broadway.

Hace meses que no hablo con Arthur, pero esto tengo que contárselo.

Grabo un vídeo rápido de la novia caminando hacia el novio con el móvil. Dylan y Samantha se acercan más el uno al otro mientras miran. Abro mi chat con Arthur, el último mensaje suyo que recibí fue en mi cumpleaños, el siete de abril. No respondí porque, bueno… eso. En aquel momento no me apetecía porque a él todo le iba de maravilla con su nuevo novio y yo no tenía ganas de fingir que me lo estaba pasando bien en mi cumpleaños. Pero debería haber dicho algo, porque ahora me siento raro al intentar decir cualquier cosa.

Es como si ya no nos conociéramos.

Entro en Instagram, donde he silenciado su perfil por mi propia cordura. Dolía demasiado conectarme y encontrar fotos de un muy feliz Arthur junto a un muy feliz Mikey siendo los muy felices Arthur y Mikey. Necesitaba un poco de espacio para mí mismo; la vida ya era lo suficientemente estresante con las clases, el sentir que en casa estábamos muy apiñados y el echar en falta a Dylan y a un novio propio.

Entrar en el perfil de Arthur es como arrancarse una tirita.

Sus ojos azules resultan tan penetrantes como siempre en la imagen circular de su perfil. Las fotos más recientes de su muro incluyen una de una caja en su dormitorio, luego una cita de Stacey Abrams («No importa dónde terminemos, hemos crecido desde que empezó»), un recuerdo de Arthur de pequeño con su madre, y Arthur y Mikey sosteniendo un *Playbill* en el teatro de su universidad. Esta última imagen hace que se me suba la sangre a la cabeza. Luego se me contrae el pecho cuando veo un selfi de Arthur exhibiendo la postal de Central Park que le di cuando nos despedimos hace dos veranos; en la parte posterior escribí una escena sexual entre nuestros personajes de *La guerra del mago maléfico*, Ben-Jamin y el rey Arturo, solo para sus ojos.

¿Por qué se saca una foto con eso?

Leo la publicación:

Próxima parada de la gira de Arthur Seuss: ¡Nueva York! 17 de mayo.

Va a volver.

Mañana.

Ha usado una postal de nuestro pasado para anunciar su futuro.

Hay comentarios muy efusivos de Mikey y de su mejor amiga, Jessie, y también de su excolega Namrata. Soy el único idiota de Nueva York que no ha mostrado ninguna emoción. Sería raro darle un «me gusta» ahora. Aunque ¿y si este es el mejor primer paso para volver a conectar? Conociendo nuestra suerte, estamos destinados a tropezar el uno con el otro en algún momento. La única vez que Nueva York nos mantuvo separados fue cuando yo estaba aquí y él no.

Le doy «me gusta» a la publicación. Y aunque estoy quieto, el corazón se me acelera como si estuviera corriendo.

Antes de que pueda dejar un comentario, Dylan me arrebata el teléfono.

—¡Es el amor en acción, Ben!

—Ni siquiera podemos oírlos…

—*Siente* el amor, Ben, *siente* el amor.

—De hecho, vi esta proposición de matrimonio en directo.

—¿En serio? —pregunta Samantha.

—El día que conocí a Arthur. ¿Os acordáis de que os conté que hubo un *flashmob*? Fue por estos dos.

Durante el caos de ese momento, me fui. Mi ruptura con Hudson era muy reciente y aunque me divirtió mi debate sobre el universo con Arthur, no esperaba que saliera nada de ahí. Ni una sola vez pensé que iba a enamorarme del chico que llevaba una corbata de perritos calientes.

—Pues menuda suerte tropezar con su boda —dice Samantha.

Más que suerte, parece cosa del universo.

—Son muy jóvenes —digo—. ¿Qué tendrán? ¿Veinte años?

—Y llevan comprometidos dos veranos —susurra Samantha, como si estuviera intentando escuchar los votos—. Debe de ser amor verdadero.

—Mis padres se casaron jóvenes —dice Dylan—. Y les va bien.

—Tu madre odia a tu padre —dice Samantha.

—Odia que mastique con la boca abierta, que nunca cambie el rollo de papel higiénico, que mienta sobre sus impuestos y que la despierte en mitad de la noche para hablarle de sus sueños antes de olvidarlos. Pero no lo odia *a él*.

Conozco a sus padres y debo decir que ahí hay un poco de odio.

No me puedo creer que esté siendo testigo de la boda de la mujer de la oficina de correos. Cuando se dan su primer beso como marido y mujer, los vitoreamos como si se tratara de unos viejos amigos, incluso aunque ella haya sido muy grosera conmigo. Nunca pensé que esta sería la primera boda a la que asistiría. Tal vez pueda sacar una historia de esto algún día.

Entonces, de repente, todo se oscurece cuando unas manos me tapan los ojos y una voz familiar dice:

—Adivina quién soy, Ben Hugo Alejo.

—Alguien estupendo —digo.

Mario retira las manos.

—Que no se te olvide.

Me giro y lo miro de arriba abajo. Hoy es uno de esos días en los que me quedo un poco sin aliento por lo atractivo que es sin esforzarse siquiera. No solo es fotogénico, también es guapísimo en la vida real. Sus ojos castaños son preciosos, aunque no hayan captado mi atención al instante como los ojos azules de Arthur. Pero durante el último mes, a medida que Mario y yo nos hemos hecho más íntimos, han conseguido llamarme más y más la atención. Algunas atracciones tardan más en desarrollarse y no son menos geniales por eso.

—El Mario para el Luigi de Ben —dice Dylan.

—El Duke Dill del Ben-Jamin de Ben —responde Mario, yendo directamente a abrazarlo como si él y Dylan ya se conocieran. Hemos hablado de que nuestros padres puertorriqueños nos han criado para que fuéramos muy cariñosos, incluso con los extraños, algo sobre lo que estamos intentando ser más conscientes para respetar los límites personales de otras personas. Aunque estos dos parecen magnetizados. Mario se gira hacia Samantha.

—Y tú, la diseñadora de portadas de libros de renombre mundial.

Samantha sonríe.

—Esa soy yo.

Dylan no aparta la vista.

—Gracias a Dios que no te estás sonrojando. Pero, por otro lado, mi amor, ¿cómo te atreves? Mira qué hombre tan atractivo. ¡Ruborízate para él! No dejes que su belleza se quede sin provocar sonrojos.

Mario se vuelve hacia mí.

—Es tal como lo describiste.

—Tengo un don para las palabras.

—Eso sin duda.

¿Cómo es capaz de hacer que tres palabras me enciendan?

En este momento, quiero estar muy cerca de él. Quiero el tipo de cercanía que no está permitida en un parque público. Ahora lo único en lo que puedo pensar es en que ni siquiera he recibido un beso de Mario cuando ha llegado. O un abrazo. Es un pequeño recordatorio de que no somos novios, porque esas cosas serían mucho más automáticas. Quiero estar con alguien que no pueda quitarme los labios de encima o cuya mano siempre encuentre la mía como si nunca hubieran debido estar separadas. Pero con Mario no siempre sé ver si le apetece siquiera estar besándome y dándome la mano. A veces señala a los chicos guapos que vemos por la calle como si me estuviera animando a ir a por ellos. Como si esa situación no fuera a molestarle. Yo me sentiría incómodo a más no poder si coqueteara con otra persona delante de mí.

Luego están esos momentos en los que la energía cambia entre nosotros. Esos momentos en los que podemos olvidar que no necesitamos ser novios para disfrutar el uno del otro.

—¿Qué pasa con la boda? —pregunta Mario—. ¿Son amigos vuestros?

—Una amiga de Ben —contesta Dylan.

—¿De verdad?

—Es una larga historia —digo.

—¿Me la cuentas luego?

—Claro.

—*Estupendo.* —Mario aplaude—. He traído regalos. Pero ninguno para la novia y el novio. —Mete la mano en su mochila y saca dos camisetas de *La guerra del mago maléfico.*

Samantha se queda boquiabierta.

—¡Eres el mejor! —Se pone la camiseta encima de la ropa.

—He tenido que hacerte una para que no me demandases. —Mario se gira hacia Dylan—. Y no quería que creyeras que me había olvidado de ti. —Le guiña un ojo, pero es un poco raro. Es más como si tuviera algo en el ojo. Y de alguna manera, me encanta incluso más que un guiño perfecto.

Dylan se pone la camiseta.

—Dios mío, me voy a ruborizar. ¡Miradme! —Sus mejillas ya están rojas cuando se echa a reír—. Mario, es algo realmente increíble que alguien con tu aspecto haga ropa cuando deberías ir siempre desnudo.

—¡Ahora eres tú el que intenta hacer que me ponga rojo! —exclama Mario.

—Ay, Dios —dice Samantha—. Creo que los hemos perdido, Ben.

—Eso parece.

Mario saca su teléfono.

—Necesito una foto vuestra con las camisetas.

—Solo si posas con nosotros —dice Dylan.

—¡Sí! —dice Samantha.

—Por supuesto —dice Mario.

Le envuelvo la cintura con el brazo mientras Dylan y Samantha se acercan a nosotros. Lo cierto es que me gusta mucho abrazarlo, e incluso después de que saque la foto, me aferro a Mario unos instantes más. Miramos la foto todos juntos y resulta que la luz del sol está actuando a favor de nosotros como el filtro más generoso del mundo.

Todos parecemos muy felices, y espero que este sea el primero de muchos recuerdos documentados de este verano. Y tal vez, cuanto más comparta mi mundo con Mario, más querrá ser parte de él y más me dejará entrar en el suyo.

Así son todas las relaciones. Empiezas con nada y tal vez acabes con todo.

2

ARTHUR

Sábado 16 de mayo

Mi ropa está en el suelo y Mikey está en mi cama. Bueno, está *sobre* mi cama. Se ha recostado contra mi pila de almohadas, con unos pantalones de pijama de franela, sus gafas, desnudo de cintura para arriba y con la barba de varios días típica de la semana de finales. No es que me queje. El Mikey desaliñado es mi Mikey favorito.

Aun así, es un modelo de orden y simetría, y se puede saber cuál de mis cajas ha preparado él con un único vistazo. Están todas alineadas a los pies de mi cama, llenas de pilas ordenadas de toallas y sábanas, todas etiquetadas con un rotulador permanente. *La ropa de cama de Arthur. Los libros de texto de Arthur.* En este momento, está despegando mis fotos y agrupando todo mi Blu-Tack en una única megabola del tamaño de un huevo.

Me dejo caer a su lado.

—¿Sabes lo que parece esto?

—¿Blu-Tack?

—Deja que le haga el agujero del ojo. —Clavo el dedo en la pelota y lo miro expectante.

—¿Blu-Tack con un agujero por ojo?

—¡Mikey! ¡Es el bicho de *Monstruos contra alienígenas*!

—Ah. —Le pone otra bola pequeña en la cabeza, como un peluquín.

—Ahora se parece a Trump. —Lo aplasto a toda prisa hasta que parece una tortita y lo arrojo sobre mi mesita de noche—. Mucho mejor.

—Cuánto activismo —dice Mikey.

—Cállate. —Me inclino para besarlo—. Adivina qué.

—¿Qué?

—Me estoy aburriendo.

—Muchas gracias —dice.

—De *hacer las maletas*. —Le aparto el flequillo de la cara y vuelvo a besarlo.

—¿Sabes? No vamos a acabar nunca si no dejas de hacer eso.

Me limito a sonreír, porque Mikey es muy Mikey. Se sigue poniendo nervioso cuando lo beso. A veces se aclara la garganta y dice «de acuerdo». O comprueba la hora o pregunta si la puerta está cerrada, y durante varias semanas creí que significaba que estaba buscando excusas para no besarme. Pero ahora lo entiendo. Mikey es una de esas personas que consigue lo que quiere y luego cede al pánico.

Apoyo la cabeza en su hombro y observo la habitación: montones de libros, papeles dispersos. Todo demuestra que soy un acumulador. Mikey, por supuesto, recogió toda su habitación hace cuatro horas.

—Gracias por estar aquí —murmuro.

Si quisiera, ya podría estar en Boston. Pero ambos sabemos que nunca existirá un universo en el que Mikey no se quede para rescatarme.

Enrollo un polo de rayas amarillas que robé de una caja de reliquias de cuando mi padre iba al instituto y lo meto en el equipaje para Nueva York: una bolsa de lona gigante, llena de camisetas, vaqueros y libros. Arrastrarla hasta el tren mañana va a ser toda una experiencia, pero a estas alturas solo espero llegar a Nueva York. Lo cual no sucederá hasta que me deshaga de las treinta toneladas métricas de mierda que tengo en la habitación.

Aparto una caja de cartón con el pie y me paso las manos por el pelo.

—¿Qué me estoy olvidando? Cargadores, camisetas, vaqueros...

—¿Ropa interior? —sugiere Mikey.

—Ropa interior.

—¿Ropa de trabajo? ¿Traje y corbata?

—¿Traje y corbata? ¿Para que pueda parecerme a Chad, de Economía de la Empresa? —Niego con la cabeza—. Michael McCowan, ¡esto es teatro *queer* independiente! Se reirán de mí hasta que baje del escenario.

—¿Hasta que bajes del escenario? —Mikey entrecierra los ojos—. Eres el becario del ayudante.

—Becario del ayudante *de dirección*. ¿Sabes a cuántas personas entrevistaron para este trabajo?

—A sesenta y cuatro.

—Exacto. Sesenta y cuatro —digo, sintiéndome un poco avergonzado. Puede que le haya hablado a Mikey sobre mis prácticas una o dos veces o probablemente varios cientos de veces. ¿Pero quién puede echármelo en cara? Es el trabajo de primera categoría de mis sueños. La verdad es que creo que ni siquiera yo lo he procesado del todo todavía. En menos de una semana, estaré trabajando con el mismísimo Jacob Demsky, el dramaturgo ganador del premio Lambda y el director dos veces ganador del premio New York Innovative Theatre. ¿Cómo no iba a saltar de alegría, al menos un poco?

Esperaba que Mikey también diera un saltito de alegría. O bueno, simplemente, que intentara no parecer Igor cada vez que lo menciono.

A ver, que lo entiendo. Por supuesto que lo entiendo. Teníamos todo nuestro verano planeado hasta el último detalle: vivir en Boston, quedarnos en la habitación de invitados de la hermana de Mikey y trabajar en un campamento. No era exactamente un plan de los que destacan en el currículo, pero no me interesaba por eso. Me interesaba por el helado de Emack & Bolio, los dónuts de Union Square y las excursiones de un día a Salem y a Cape Cod los fines de semana. Me interesaba por Mikey.

Pero entonces Jacob Demsky anunció las prácticas y yo no pude quitármelo de la cabeza.

Sí, el sueldo era menos de la mitad de lo que ganaría como monitor de campamento. Pero siempre podía ahorrar dinero viviendo en el apartamento del tío Milton. Perderme todo ese tiempo con Mikey sería una mierda, pero no es como si fuera a mudarme a la Luna. Y sería solo durante el verano. Además, ni siquiera merecía la pena preocuparse por la logística, porque era imposible que Jacob me eligiera. Hasta el último friki *queer* de Broadway del país entraría en la competición, y lo más probable era que algunos de ellos tuvieran créditos teatrales más impresionantes que *Beauregard y Belvedere* en el sótano de Ethan.

Y aun así puse todo mi corazón en ese correo electrónico y le di a «enviar».

Luego intenté centrarme en olvidar el asunto. Me concentré en Boston y en Mikey y entré en un frenesí para aprender a hacer pulseras de hilo, porque, guau, no nací con habilidades de monitor de campamento, pero iba a ser uno de ellos. En Boston. Porque Boston era real y Nueva York era un correo electrónico secreto sin sentido enviado al abismo.

Hasta hace dos semanas.

Nunca olvidaré lo helado que se quedó Mikey cuando le dije que me habían ofrecido una entrevista por Zoom.

Me tomo un momento para estudiarlo. Mikey Philip Mc-Cowan, el pálido manojo de nervios que tengo por novio. Está sentado con las rodillas dobladas, abrazándoselas, sin mirarme.

—Mikey Mouse —digo rápidamente—. Pon *Don't Lose Ur Head*.

Si algún CD puede arrancarle una sonrisa a Mikey, es la grabación original del elenco de *Six*.

Él separa mi teléfono del cargador y teclea mi contraseña para desbloquearlo. Pero luego su cara como que… se queda en blanco. Contempla sin palabras la pantalla de mi teléfono.

Está claro que eso no es una sonrisa.

El corazón se me acelera.

—¿Va todo bien?

—Sí. Sí. —Toca la pantalla varias veces y la voz de Ana Bolena surge de mi altavoz inalámbrico. Lo habitual es que Mikey cante en voz baja, pero ahora su boca es una mera línea recta y hosca.

Es como si la presión del aire hubiera cambiado.

Paso la mano por el borde de una de las cajas de cartón etiquetadas como cosas que guardar en casa de mi *bobe*.

—Debería empezar a llevar esto al coche.

—¿Qué pasa si simplemente… no vas?

—¿Al coche?

—A Nueva York.

Me quedo mirándolo y él me devuelve la mirada desde detrás de sus gafas. Sus ojos están muy serios.

—Mikey. —Niego con la cabeza—. Tengo un trabajo…

—También tenías uno en Boston —dice en voz baja.

Siento un nudo en el estómago.

—Debería habértelo dicho antes. Mikey, me sabe…

—Para. No tienes que volver a disculparte. —Sacude la cabeza, con las mejillas sonrojadas—. Es solo que no estoy listo para mañana.

—Yo tampoco. —Me hundo en la cama a su lado.

—Ojalá siguieras con el plan de venir a Boston.

La canción cambia a *Heart of Stone*. Le doy la mano a Mikey y entrelazo los dedos con los suyos.

—Bueno, por suerte solo son dos meses.

—Diez semanas.

—Vale, diez semanas. Pero pasarán muy rápido, lo prometo. Ni siquiera tendremos tiempo de echarnos de menos.

Él sonríe con tristeza.

—Yo ya te echo un poco de menos.

Lo miro, tan sorprendido que me quedo sin respiración por un segundo.

Yo ya te echo un poco de menos.

A ver, sé que a Mikey le gusto. Nunca lo he dudado. Pero no suele ser tan directo al respecto.

—Yo también. Pero al menos te recuperaré en dos semanas. —Le doy un empujón juguetón—. Y te llevaré a todos mis sitios favoritos. Central Park, Times Square, la pastelería Bakery, a donde quieras.

Mikey frunce el ceño.

Entrecierro los ojos.

—¿Qué?

—No he dicho nada.

—Has hecho una mueca.

Mikey desenreda nuestras manos.

—Es solo que… —Hace una pausa y se frota la nuca—. ¿Fuiste a esos lugares con Ben?

—Ah. Bueno, sí. —De repente me siento aturdido—. Pero eso fue hace dos años. Ben y yo ni siquiera hablamos ya. Desde febrero.

Mikey se encoge de hombros como si no me creyera del todo.

Pero es verdad. Han pasado meses desde que Ben y yo nos llamamos o incluso desde que hablamos por mensaje. Incluso probé a hacer una videollamada por FaceTime con él en su cumpleaños, en abril, pero no contestó. Ni siquiera me contestó al mensaje que le envié más tarde.

Ahora, Mikey me está mirando con esos ojos de cachorrillo.

—¿Vas a verlo?

—¿Te refieres a Ben?

—Vais a estar en la misma ciudad.

—Mikey, en serio. No he hablado con él desde febrero. Ni siquiera sabe que voy a ir.

—Creo que sí lo sabe.

Detecto algo en la forma en que lo dice.

—¿A qué te refieres?

La canción cambia de nuevo. *I don't need your love.* Juraría que puedo oír cómo cambian de ritmo los latidos del corazón de Mikey. Se inclina, busca a tientas mi teléfono y me lo pasa.

La notificación de Instagram aparece en cuanto toco la pantalla.

A @ben-jamin le ha gustado tu foto.

Es la primera vez en meses que Ben le da «me gusta» a una de mis fotos.

El corazón se me sube a la garganta. He intentado que no me molestara lo de Instagram. Es normal que la gente se aleje, ¿verdad? En especial cuando se trata de tu exnovio.

Simplemente no pensé que nos pasaría a *nosotros.* A Ben y a mí. Creo que pensaba que éramos indestructibles.

Y al principio lo fuimos.

Nunca olvidaré esa primera semana de vuelta en casa después de haberme marchado de Nueva York. Ben y yo hablábamos todas las noches hasta que se nos agotaba la batería. Y durante el resto del último año de instituto, nunca pasábamos más de un día sin enviarnos mensajes. Yo solía andar por casa mientras hablaba con él por FaceTime con tanta frecuencia que mis padres empezaron a gritar «hola, Ben» cada vez que veían mi teléfono. Algunas veces, Diego e Isabel respondían a gritos y los cuatro abrían su propia conversación. Ben y yo nos quejábamos constantemente, pero creo que, en secreto, a los dos nos encantaba que nuestros padres estuvieran un poquito obsesionados los unos con los otros.

Es decir, a mí me gustaba pensar que Ben y yo también estábamos un poquito obsesionados el uno con el otro.

Y creía que en la universidad las cosas serían iguales. O mejores. Pues claro que mejores, porque al menos no tendría que lidiar con las miraditas intencionadas de mi madre cada vez que salía de mi habitación. Para que conste, es todo muy gracioso: intentar no estar enamorado de tu exnovio cuando despotrica de forma adorable sobre la estructura narrativa por FaceTime y que tus padres vean lo que se esconde detrás de cada negación. Todas las burlas parentales relacionadas con tener novio sin tener novio en realidad.

Así que la privacidad era algo positivo. Y la proximidad de Wesleyan y Nueva York era aún mejor. Poco más de tres horas en tren, dos dejando el coche en casa de *bobe* y tomando el tren de New Haven. No es que esperara retomar nuestra relación justo donde la habíamos dejado, no necesariamente. Pero Ben parecía muy feliz de que me mudara más cerca. No dejó de mencionarlo durante meses.

Por supuesto, una vez que estuve *en* Connecticut, las cosas se volvieron raras muy rápido.

Seguíamos hablando todo el tiempo, y Ben siempre decía que me echaba de menos. O me despertaba y encontraba mensajes incoherentes del tipo *¿te acuerdas de cuándo...?* Pero cuando saqué a colación los horarios de los trenes, cambió de tema tan rápido que la cabeza empezó a darme vueltas.

Una vez me envió una captura de pantalla de mi propio selfi de Instagram, seguida de un solo emoji de ojos en forma de corazón. A lo que siguieron dos horas de FaceTime con Ethan y Jessie, intentando identificar la forma más despreocupada pero efectiva de decir: *Creo que estás coqueteando en broma, pero en caso de que también estés coqueteando de verdad, me gustaría recordarte que tengo una habitación para mí solo.*

Fue desconcertante y exasperante, y volvía a estar hecho un lío. Pensé en bloquear su número. Pensé en plantarme en su puerta. Estaba rodeado de chicos guapos con muchas opiniones a los que les gustaba besar, así que intenté eso. Pero siempre acababa solo en mi habitación, estudiando con detenimiento los mensajes de Ben.

Hasta que llegó Mikey.

A @ben-jamin le ha gustado tu foto.

No puedo dejar de mirar la notificación. Por supuesto, no dice a qué foto le ha dado «me gusta». Podría ser a la publicación que he hecho sobre mi día de embalaje. Pero también podría ser el gráfico de citas de Stacey Abrams que reposteé anoche o la foto antigua que colgué el domingo por el Día de la Madre, o cualquier cosa, la verdad. Tengo tantas ganas de entrar en la aplicación que me tiemblan los dedos, pero no puedo hacerlo delante de Mikey.

Ese pequeño icono en forma de corazón.

Ojalá supiera qué significa.

Lo más probable es que nada. Puede que se le fuera el dedo mientras se deslizaba por la pantalla. Tal vez ni siquiera sepa que le ha dado «me gusta». Me pregunto si lo quitará en cuanto se dé cuenta de que le ha dado. No sé si eso haría que la notificación desapareciera o si me llegaría una notificación nueva o...

Me doy cuenta, sobresaltado, de que Mikey acaba de hablar. Y no he oído una sola palabra de lo que ha dicho.

—Espera, lo siento. —Trago saliva, sintiéndome culpable—. ¿Qué has dicho?

Mikey me mira.

—He dicho que si quieres verlo, deberías verlo.

—Mikey, ni siquiera he hablado con él desde…

—Febrero. Lo sé. —Está parpadeando mucho—. Lo has dicho unas cuantas veces.

Me sonrojo.

—Bueno, es la verdad.

Desde el 12 de febrero, para ser exactos.

Y lo odio. Odio lo mucho que tengo que bajar para encontrar la conversación con Ben. Odio no saber si terminó la última revisión de *LGDMM* o si sus padres siguieron empeñados en cumplir su amenaza de hacer que consiguiera un trabajo. Odio no saber qué ha desayunado esta mañana.

Odio que sea mi culpa. Yo soy el que hizo que las cosas se volvieran raras. Supongo que empezó cuando Mikey y yo volvimos, en Año Nuevo. Pero no puedo culpar a Mikey, no es como si él me hubiera pedido que no fuera amigo de Ben. Era solo que se volvía susceptible y distante cuando surgía el nombre de Ben en la conversación.

Así que dejé de mencionar su nombre.

Y supongo que eso hizo que Ben sintiera que lo estaba escondiendo.

—Mikey, que a Ben le guste una publicación de Instagram no significa que de repente volvamos a ser mejores amigos —digo, intentando mostrarme entre informal y jovial. Pero incluso yo oigo el tono defensivo de mi voz.

Miro de reojo a Mikey y veo el tic que tiene a veces. Se pellizca el puente de la nariz por detrás de las gafas. Solía hacerlo mucho durante el primer semestre. Creo que hasta ahora no me había fijado en que había dejado de hacerlo. Cierra los ojos un momento.

—¿Puedo ser sincero contigo al ciento por ciento?

—Por supuesto. —Me acerco un poco más a él.

La música ha dejado de sonar y el silencio parece eterno y pesado. Cuando Mikey habla por fin, lo hace en un tono monótono.

—Sé que no has hablado con él. Y aunque lo hicieras, confío en ti, Arthur. Nunca me engañarías. Eso ya lo sé. Es solo que tengo miedo.

Presiono mi muslo contra el suyo.

—¿De qué?

—No lo sé. Supongo que me siento un poco amenazado por él. Fue tu primer amor. Tu gran historia de amor en Broadway.

—Hace dos años. Y no lo he visto desde entonces. Ya lo sabes.

Asiente muy rápido.

—Es solo que... ¿qué pasará cuando vuelvas a verlo?

—¿Pero por qué iba a volver a verlo? Ni siquiera creo que a estas alturas considere que somos amigos.

Mikey me mira raro.

—¿*Tú* consideras que sois amigos?

Siento que se me calientan las mejillas.

—Bueno, ¿lo éramos? No lo sé. Es mi ex. Salimos unas pocas semanas, hace un millón de años. Pero ahora estoy contigo. Y, Mikey, me gustas mucho, de verdad. Me gusta mucho lo que tenemos.

Y es verdad. Él me gusta mucho. Me gustan la cara de Mikey, su voz y su extraño cerebro friki, y hay momentos en los que me parece tan adorable que casi no puedo soportarlo. Y estamos muy bien juntos. Apenas nos peleamos. Sí, ha estado un poco malhumorado por lo de Nueva York, pero sé que lo superaremos. Siempre hablamos las cosas, porque somos adultos maduros en una relación adulta y madura, y eso la hace genial y sólida. Y soy feliz.

—A mí también me gusta lo que tenemos —dice Mikey.

Vuelvo a tomarle la mano y le doy un apretón.

El tema es que Ben fue mi gran historia de amor de Broadway. Pero tenía dieciséis años. Así se siente uno al enamorarse con dieciséis años. El hecho de que ahora sea diferente no lo hace menos real.

Estudio la cara de Mikey por un momento.

—Vale, quiero enseñarte algo. Iba a esperar a sorprenderte en Nueva York, pero…

Me pongo de pie, me estiro y me bajo la camiseta a toda prisa, con lo cual me gano una sonrisa fugaz de Mikey. Mi bolsa sigue apoyada contra la estantería, llena de ropa y preparada. La alzo, la llevo de vuelta a la cama y abro el bolsillito frontal.

Mikey me mira con curiosidad.

—Espera… —Busco hasta que encuentro unas hojas de papel, dobladas en tercios. Se las paso directamente a Mikey, que vacila. Le doy un codazo—. Ábrelo.

Lo hace, y luego se acerca los papeles para leer. Los ojos se le ven enormes detrás de las gafas.

—Espera, ¿esto es en serio?

—Es dentro de dos semanas a partir de mañana. Es la matiné. Pero los asientos son horribles, para que lo sepas.

Mikey me mira, estupefacto.

—¿Vamos a ver *Six*?

—¡Vamos a ver *Six*!

—Arthur, esto es… demasiado caro. No tenías por qué hacerlo.

—Quería disculparme por haber arruinado nuestro verano…

—No lo has arruinado.

—Sí lo he hecho. —Apoyo la cabeza en su hombro—. Y quería hacer algo especial, ¿sabes? Para nosotros.

—Arthur. —La voz le sale entrecortada.

—Y no ha sido caro —digo a toda prisa, levantando la cabeza para mirarlo a los ojos—. Bueno, sí, pero tengo un descuento gracias a las prácticas.

—¿Por qué no se saltan el descuento y te aumentan el sueldo?

—No funciona así. —Lo beso en la mejilla—. Lo siento, vas a tener que aguantarte y ver el mejor espectáculo de Broadway conmigo. ¿Y sabes qué?

Sonríe.

—¿Qué?

—Tienes razón. Necesito una corbata. Chad de Economía de la Empresa se va a Broadway. —Me vuelvo a levantar y examino la habitación—. Ahora solo tengo que averiguar dónde las he metido.

—En la caja de cartón que hay junto al escritorio. En la etiqueta pone *Arthur: Elegante.*

Me llevo las manos al corazón.

—¿Me has preparado una caja para ir elegante?

—Pues sí. —Me mira un momento con una leve sonrisa. Luego se pone de pie y recoge su camiseta del suelo—. De acuerdo, ¿qué te parece si acabas aquí? Yo voy a devolver mi llave y podemos comprar algo de comida por el camino. ¿Te parece?

—Mikey Mouse, eres mi héroe. —Incluso después de que se vaya, no puedo evitar sonreírle a la puerta.

Pero un momento después, voy a por mi teléfono.

A @ben-jamin le ha gustado tu foto.

Por lo que parece, mi corazón ha planeado fugarse de mi pecho. Por una notificación de Instagram. Es la cosa más ridícula del mundo.

Pero toco la notificación y, momentos después, estoy mirando el anuncio oficial de que vuelvo a Nueva York de la semana pasada. Es un selfi en el que sostengo una postal de Central Park, la que Ben me dio la última vez que nos vimos en persona. Incluso hay una escena de Ben-Jamin y Arturo escrita a mano en el reverso. Pero, por supuesto, la única persona que podría reconocer la postal ignoró la publicación por completo, como siempre hace.

Les gusta a **@ben-jamin** y **otras personas.**

Hasta ahora. El día antes de que me vaya a Nueva York.

3

BEN

Domingo 17 de mayo

Lo mejor de que mi padre sea mi jefe es que ahora me pagan cuando me dice qué hacer.

He podido destinar el sueldo que recibo de Duane Reade a lo que espero que sea mi próximo trabajo: autor del éxito superventas *La guerra del mago maléfico*. Me he comprado un programa para escritores que me ayude a tener ordenadas todas las ideas sobre la construcción del mundo y también he pagado por el nombre del dominio para la página web de la serie. Estoy soñando a lo grande, pero Mario me ha animado un montón al decirme que mi historia podría ser el próximo bombazo. Sería épico tener una franquicia de películas, y poder escribir novelas gráficas y desarrollar videojuegos ambientados en mi mundo. Y, por supuesto, mis padres no tendrán que trabajar más si no quieren, aunque me encantaría mangonear a mi padre cuando trabaje para mí en el parque de atracciones que acabaré teniendo.

Pero, hasta entonces, mi padre me entrega una cesta llena de pruebas de embarazo y condones.

—Esto ponlo en aquel pasillo.

—¿Los condones no deberían ir en otra parte? Deberíamos crear una sección de antiplanificación familiar.

—Desde luego, adelante. Estoy seguro de que a la empresa le encantará que el hijo de diecinueve años de su nuevo gerente reestructure toda la tienda.

—Arriba el nepotismo.

Todavía no puedo creerme que mi primer trabajo oficial sea a las órdenes de mi padre. Creía que sería desembalando cajas en una librería o algo así. Pero cuando mi padre me dijo que estaban buscando a alguien, presenté una solicitud porque estaba seguro de que lo único que tendría que hacer sería ordenar la mercancía en los estantes mientras escuchaba música. Pues resulta que no. La mayor parte del tiempo me la paso memorizando tan rápido como puedo en qué parte de la tienda están los diferentes artículos, porque los clientes odian cuando no puedes escupir la respuesta a la misma velocidad que el buscador de Google. Y resulta que encargarme de la caja registradora me estresa. Una vez no le di a un cliente el cambio correcto y pidió hablar con mi jefe. Como un imbécil, llamé a mi padre *pa* enfrente del cliente, que le echó la bronca por no haberme enseñado a contar bien. Yo me puse colorado y mi padre se mordió la lengua, y ambos estuvimos molestos el resto del turno.

Está bastante claro por qué prefiero desembalar cajas en la parte de atrás en cuanto surge la oportunidad. No hay clientes y tengo más tiempo para pensar en mis mundos, el real y el imaginario.

Saco mi teléfono.

—Nada de móvil mientras estés trabajando —dice mi padre.

—Solo estoy mirando la hora. Lo siento.

—De acuerdo. ¿Has quedado con ese chico más tarde?

Está hablando de Mario.

—Solo es Dylan —digo.

—Nunca es «solo» Dylan, incluso cuando es solo Dylan. Él no es poca cosa.

Papá aprueba a Dylan mucho más que a Mario. Cree que merezco más compromiso, pero Mario y yo solo llevamos tonteando en plan romántico poco más de un mes. Todavía hay muchas cosas de las que no hemos hablado. Como el historial de novios anteriores de Mario o incluso si está buscando una nueva relación. No me hace mucha gracia que mi padre juzgue a Mario por no ser mi novio oficial.

Papá me toca el hombro.

—Si te ofrezco un centavo por tus pensamientos en español, ¿lo entenderás ya?

—No —digo.

—¿Eso ha sido un «no» en inglés o un «no» en español?

Me quedo mirando las cajas de condones un poco más.

Mi padre chasquea los dedos.

—Benito, habla conmigo.

—Estamos en el trabajo.

—Antes que tu jefe, soy tu padre. Excepto cuando quieres salir antes o necesitas un día libre que no figuraba en tu calendario.

No entiende que esto es parte del problema. Es mi padre y mi jefe. Puede que él quiera tener una conversación en este momento, pero yo me siento bastante agotado y necesito un respiro. Todo hubiera sido muy diferente si mi familia tuviera dinero, como la de Dylan, así podría haberme ido a la universidad en otra ciudad. No pienso quejarme de nada de esto a mi padre mientras llevamos nuestros chalecos azules de Duane Reade. Ni siquiera en casa. Necesito mi espacio.

—No me pasa nada —digo.

Mi padre suspira.

—Si tú lo dices. Recógelo todo y puedes salir temprano.

—Gracias.

Pa suelta su tos exagerada para hacerme hablar en español. Me ha estado presionando para que lo hable cada vez más desde que convertí a Mario en mi Duolingo personal. Es la otra razón por la que mi padre se pone raro con todo el tema de Mario, aunque nunca lo admitirá. Tuvo la oportunidad de enseñarme él mismo. Ahora estoy buscando la ayuda de otra persona.

—Nadie necesita lecciones de español para decir *gracias*.

—Cada granito de arena cuenta.

—*Gracias, pa.*

Me da un apretón en el hombro.

—Ese es mi hijo. —De su walkie-talkie sale un ruido de estática antes de que la voz de Alfredo le pida ayuda con la caja registradora—. No olvides despedirte antes de irte.

—¿No querrás decir *adiós*?

Mi padre me hace una breve reverencia en señal de gratitud y se dirige al frente de la tienda.

Suelo tener el instinto de disculparme por encerrarme en mí mismo, pero no debería tener que hacerlo. Debería tener algo de tiempo para desenmarañar mis sentimientos en paz.

Guardo las cajas de condones, pensando en otra consecuencia de seguir viviendo con mis padres. El mes pasado, mi padre estaba lavando la ropa y encontró el envoltorio de un condón en el bolsillo de mis pantalones. Aquello condujo a una importantísima conversación en la que me preguntó si era sexualmente activo. Se sorprendió cuando le conté que me había acostado con Hudson, Arthur y Mario. Mi padre se sintió muy inquieto, porque no creo que ninguno de los artículos que había leído acerca de cómo hablar de sexo con su hijo pudieran haberle preparado para saber qué decir al descubrir que tu hijo de diecinueve años ha tenido relaciones sexuales con más personas que tú. En realidad, lo único que pudo decir fue que se sentía aliviado de que siempre usara condón y que se lo contaría a mi madre por mí si yo lo prefería así. No me importaba que ella lo supiera, pero aun así no pude sostenerle la mirada a ninguno de los dos durante toda la noche.

Estoy a punto de desviar la atención de los condones y pasar a las pruebas de embarazo cuando oigo a mi mejor amigo.

—¡Ajá! Debería haber sabido que te encontraría aquí —dice Dylan.

—¿Por qué?

—Porque debes de estar abasteciéndote para más maratones sexuales con tu novio.

—No es mi novio. —Y justo cuando Dylan abre la boca, añado—: Y no hacemos maratones sexuales.

—¿Cómo es que no estás chocando el trasero con esa creación perfecta de la naturaleza cada vez que tienes la oportunidad? Le he apostado a Samantha que Mario fue creado en un laboratorio por un doctor Frankenstein cachondo y ella no me ha llevado la contraria. —Dylan deja escapar un silbido bajo.

—Sí, es atractivo —digo mientras apilo más pruebas de embarazo que, a diferencia de los condones, sí había que reponer. Los números hablan por sí solos.

—Está buenísimo —dice Dylan.

—Para nosotros no es solo sexo —digo mientras llevo los condones que sobran a la trastienda.

—Lo sé, Big Ben. Os he visto juntos. Está claro que vas a ser el Luigi de su Mario, solo que bajaréis por las tuberías del otro y… —Dylan deja de hablar cuando un cliente con un niño pasa junto a nosotros en el pasillo— simplemente…

—No es necesario que acabes esa frase —le digo.

Voy a la trastienda, ficho y me cambio los pantalones caqui y el polo blanco por unos vaqueros y una camiseta azul con cuello de pico que me recuerda al tono de esmalte de uñas que lleva Mario a veces. Cuando salgo de la parte trasera, Dylan está leyendo la publicidad de la cubierta de una novela romántica. Me detengo frente a él, creyendo que eso llamará su atención, pero sigue leyendo en voz baja la sinopsis de una historia sobre una profesora y un marine que se enamoran.

—¿Soy gay si compro esto? —pregunta Dylan.

—¿Tú qué crees?

Dylan hace una pausa.

—¿No?

—Correcto.

—Genial. ¿Qué descuento tenéis los empleados? ¿El cincuenta por ciento?

—No.

—¿Setenta?

Me sorprende mucho que estemos haciendo cola para comprar este libro, pero la cosa le sale bien cuando mi padre nos llama a la caja de la que se está encargando.

—Dylan, bienvenido de nuevo —lo saluda mi padre.

—Es un honor ser bienvenido de nuevo, Diego —responde Dylan.

La sonrisa cortés de mi padre me recuerda a todas las veces que los clientes lo dejan exhausto, pero tiene que ocultarlo. Se gira hacia mí.

—No tenías que hacer cola para decir adiós.

—No lo he hecho.

Dylan se acerca más al mostrador y deja la novela romántica encima.

—¿Es para Samantha? —pregunta mi padre.

Dylan niega con la cabeza.

—Ay, Diego, Diego. Seguro que eres más progresista que eso.

—Tú eres el que ha preguntado si comprar el libro significaba que eras gay —digo.

—Leo historias románticas —continúa Dylan—. Es el secreto de mi éxito con las damas —me rodea los hombros con un brazo— y con tu hijo.

—Parece que la universidad no te ha hecho madurar —dice mi padre.

—Créeme, Diego, he sido maduro de sobra en la universidad.

El otro cajero, Donny, escanea una botella de champú varias veces sin querer mientras escucha a escondidas las locuras que suelta Dylan.

Pa mete el libro de Dylan en una bolsa.

—Por favor, vete.

—Nos veremos pronto —dice Dylan, que se pasa la bolsa por encima del hombro y echa a andar hacia la salida.

—¿Por qué me ha parecido una amenaza? —pregunta mi padre.

Me encojo de hombros.

—Nos vemos, papá.

—*Te quiero, mijo.*

—Yo también te quiero, pa.

Él tose.

Yo suspiro.

—*Te quiero, pa.*

En nuestra familia siempre decimos que nos queremos antes de salir de casa, ir a la cama o colgar el teléfono. Mis padres siempre han dejado claro que puede que pasemos algunos apuros económicos de vez en cuando, pero que siempre seremos ricos en amor. Y lo entiendo, pero si el amor fuera dinero, no querría gastármelo todo en el mismo sitio. A lo mejor quiero invertirlo en un chico guapo con nombre de fontanero de dibujos animados.

Salgo de Duane Reade y Dylan me está esperando fuera. La calle siempre está llena de gente porque estamos justo al lado de un par de paradas de metro y justo al otro lado de la calle Union Square, donde la gente juega al ajedrez, pasea a sus perros, lee y monta en monopatín. Es una de mis zonas favoritas de la ciudad. *Era* una de mis zonas favoritas de la ciudad. Incluso Union Square está perdiendo su brillo por la frecuencia con la que la veo ahora. Hace un par de semanas, quedé con Mario por aquí y sin querer me fui directo al trabajo. Llegué hasta la sala de descanso antes de darme cuenta de lo que estaba haciendo. Había puesto el piloto automático porque ahora esta es mi vida.

—¿Qué hacemos? —pregunto.

—¿Te refieres a ahora que no tenemos a mi señora y tu señor? —Dylan entrelaza su brazo con el mío y me lleva hacia el metro.

—Él no es mi señor —le digo.

—No. Con esa actitud, no lo será.

Mis sentimientos por Mario se intensifican cada día. Sigo intentando ahogarlos para protegerme después de todas las veces que los chicos a los que he querido me han hecho daño. Primero, Hudson y yo tuvimos aquella gran discusión y él besó a un desconocido antes de que pudiéramos reconciliarnos. Luego vino Arthur, cuyo amor por mí pareció chocar contra una pared una vez que conoció a Mikey, que parecía mucho más compatible con él. Ahora me toca a mí estar con alguien que es más compatible conmigo.

—Vamos al centro —dice Dylan—. Tengo que recoger unas galletas para el vigésimo cuarto aniversario de los padres de Samantha.

—Es raro celebrar ese aniversario.

—¡Dile eso a Samantha, si te atreves! Yo dije lo mismo. No son veinte, no son veinticinco. ¿Por qué lo hacen, Ben? ¿Es solo por las galletas?

—¿Qué está haciendo Samantha? —pregunto, ignorando la pregunta.

—Está… —Dylan tropieza frente a la máquina del metro para validar el billete—. Va a hacer un Skype con Patrick. —Escupe en el suelo.

—Podrías odiar a Patrick sin escupir cada vez —digo mientras bajamos al andén.

—Me deja un mal sabor de boca.

—No entiendo por qué estás en guerra con él.

—Habla de Samantha como si la conociera de toda la vida.

—D, crecieron juntos. *Sí* que se conocen de toda la vida.

—Toda la vida es mucho más que diecinueve años, Benzo. ¿Necesitas más clases en verano?

—¿Quieres ir a recoger las galletas tú solo?

—Uy, estás peleón. A Dylan le gusta.

El metro llega y el viento que levanta nos azota y ahoga el próximo avance sexual de Dylan. Entramos de un salto y nos apretujamos en un banco mientras el tren nos lleva al centro. Dylan me pone al tanto de lo bien que van las cosas con Samantha. Pasaron por algunos momentos difíciles al principio de mudarse porque, por mucho que se quisieran, todavía tenían que adaptarse a vivir juntos. Samantha tuvo que acostumbrarse a que Dylan fuera Dylan el noventa y ocho por ciento del tiempo y cómo estar ahí para él ese dos por ciento de los días en los que no era capaz de ser él mismo. Y Dylan tuvo que aprender a estar en silencio mientras Samantha estudiaba y a darle un poco de espacio porque sí.

Nos bajamos del metro mientras le cuento lo mucho que odio mis clases de escritura no creativa y lo cara que es la universidad en general. Pasear por el Upper West Side no ayuda. Hay un grupo de personas en la puerta de un café con un montón de bolsas. Apostaría un dólar a que alguien acaba de comprar una camiseta que cuesta más de lo que gano en dos semanas de trabajo. Me sentiría como un fraude si entrara en cualquiera de esas tiendas. ¿Quién las necesita de todos modos? Prefiero pagarle a Mario para que me personalice la ropa.

—Estoy sediento, mi buen Benallero —dice Dylan poniendo un acento pretencioso—. Espero que en Levain hagan tés helados. O tal vez tengan agua mineral vigorizante.

Tardo un segundo en procesar el nombre. Al principio creo que podría tratarse de algún personaje de una novela de fantasía. Luego me paro sobre una rejilla de alcantarillado, sintiendo que me voy a derretir sobre ella cuando me doy cuenta de hacia dónde vamos.

—¿Levain Bakery?

—¿Lo ves? Eres inteligente. Retiro el comentario sobre las clases de verano.

—Ahí es donde… —Siento como si me empujaran atrás en el tiempo, hasta hace dos veranos—. Es uno de los sitios de Arthur.

—¿Y?

—Que estoy seguro de que estará allí con su novio, comprando galletas y…

—¡Y tú estarás conmigo!

—Pero tú no eres mi novio.

—¿Y de quién es la culpa, señor «siempre me hago el difícil»?

Respiro hondo mientras nos acercamos a la panadería. Hay millones de personas en Nueva York y miles de millones de cosas que hacer, y aun así estoy nervioso por si estoy a punto de toparme con Arthur. Él siempre ha creído, con una fe inquebrantable, que el universo junta a la gente, mientras que yo siempre he tenido más dudas sobre el destino y esas mierdas. Si entramos en Levain y nos encontramos con Arthur, cambiaré de parecer sobre el universo. Me convertiré en un fiel creyente, aunque no pienso llamar a las puertas y difundir la buena nueva.

Nos ponemos a la cola, que sale por la puerta. Me pongo de puntillas y miro hacia delante para ver si distingo a Arthur. No lo veo, pero no descarto que esté aquí. Puede que sea demasiado bajo para poder fijarme en él.

—No es el fin del mundo si te topas con Arthur —dice Dylan mientras me mira de medio lado—. Tú le quieres.

Siento un nudo en el pecho.

—¿Qué? Claro que no.

—A ver, señor a la defensiva, no digo que estés enamorado de él. Lo que digo es que te encanta ese pequeño petardo. De esa forma correcta en la que no engañas a tu novio.

—Mario no es mi novio. —Sin embargo, mis sentimientos sobre Arthur parecerían más simples si lo fuera—. Sabes eso que hacen los ex de ponerse muy competitivos, ¿verdad?

—Ya te digo. Harriett me dijo literalmente que ella era más importante porque tenía decenas de miles de seguidores en Instagram más que yo. ¿Es demasiado tarde para enviarle un mensaje que diga que una Samantha vale por un millón de Harrietts?

Lo fulmino con la mirada.

—Demasiado tarde —dice Dylan—. Vuelve a lo tuyo. ¿Por qué Arthur es el enemigo público número uno?

—No es mi enemigo, pero es una mierda sentir que Arthur está ganando en todo. Una universidad importante, un novio, un buen trabajo de verano en Nueva York. ¿Qué tengo yo?

—Un mejor amigo muy sexy.

—Eso no es nuevo.

—Mi moño masculino lo es, y no creo que le estés dando el amor que se merece.

—No sé, D. A veces siento que mi vida avanza tan despacio que es como si no se moviera en absoluto.

—Como esta cola. —Dylan mira hacia delante—. ¿Cuánto tiempo se tarda en elegir una galleta, gente?

—Gracias por toda tu atención.

—¿Qué decías? —Dylan me guiña un ojo—. La guerra entre ex es compleja, pero no olvides que Arthur estallaría en llamas como un vampiro al que le da el sol si echara un vistazo a tu novio.

—Que. No. Es. Mi. Novio.

El truco de comparar el físico es estúpido. Estoy con Mario por razones diferentes de las que marcaron mi relación con Arthur. No mejores. Nada fue inmediato con ninguno de ellos. Pensé en Arthur varias veces después de conocerlo en la oficina de correos, pero no fui poniendo su cara por las cafeterías. Y me di cuenta bastante rápido de que Mario era muy guapo, pero aun así acercarnos nos llevó meses y un trabajo entero de escritura.

Un día espero no tener que trabajar tan duro para sentir que algo resulta fácil.

Estoy seguro de que Arthur y Mikey se entendieron desde el principio. A veces me los imagino cantando juntos canciones de musicales y asumo que Arthur no tiene que descubrirle a alguien como Mickey los musicales más exitosos de Broadway como *Hamilton*, así que supongo que podrán hablar de espectáculos independientes más oscuros. Cosas típicas entre los auténticos devotos del teatro, no los que como yo escuchamos un álbum porque un chico guapo quería que lo hiciera mientras él leía mi manuscrito. Esa experiencia con Arthur fue realmente especial e íntima. Me desagrada que no fuera más que un momento en el tiempo; para él solo fui algo pasajero. Le di «me gusta» a su publicación de Instagram y él todavía no se ha molestado en hacerme saber que está en Nueva York. En serio, ¿así es como tengo que enterarme de que está en Nueva York? ¿Por *Instagram*?

No pasa nada.

Voy a dejar de obsesionarme con el pasado.

Voy a centrarme en mi propio papel.

En mi propia vida.

Como en el hecho de que mañana podré pasar tiempo con Mario. Voy a ayudarlo con algunos recados antes de pasar el rato en mi casa. Veremos una película, repasaremos un poco de español y quizás alguna cosa más. Lo cierto es que entiendo que para la mayoría pueda parecer una cita. Pero con Mario es diferente. Todo es diferente con Mario.

A veces siento que somos un reloj con una manecilla atascada en las once; nunca nos encontramos del todo en el medio, en las doce.

Espero que encontremos nuestro momento.

Por fin entramos en Levain Bakery, donde el olor a galletas recién horneadas es omnipresente. Dylan informa a la dependienta de que hemos venido a recoger un pedido, pero, por supuesto, no podemos irnos sin darnos un capricho también. Yo me llevo una galleta de avena con pasas y Dylan una de mantequilla de cacahuete con chocolate amargo. Sostiene la galleta en alto como si levantara un puño hacia el cielo.

—Se le podría dar una paliza mortal a alguien con esto —dice.

—No, no se puede —dice la cajera.

Dylan la mira con desconfianza y da un paso atrás.

—Espero que tengas un día estupendo y muy feliz. —Se lleva su caja y se dirige a la puerta, susurrando—: Está claro que ha intentado matar a alguien con una galleta, Ben. ¿La denunciamos?

—¿A ti qué te parece?

— …¿No?

Mantengo la puerta abierta y el universo se pone del revés. No es el golpe que esperaba, pero podría estar cerca.

La mejor amiga de Arthur, Jessie, está fuera. Ella parece igual de sorprendida de verme.

—¡Ben! ¡Dios mío, hola! —me abraza, y una vez más, es como si el tiempo me absorbiera. Jessie abraza a Dylan a continuación—. ¡Sois vosotros! Es como uno de esos especiales en los que se reúnen los actores de una serie vieja.

—¿Puede ser una de esas reuniones en las que hay una pelea de gatos? —Dylan se frota las palmas de las manos—. ¿Dónde está Arthur? Sácalo y que dé comienzo la batalla de los exnovios. Ben, te quiero, pero apuesto por Arthur. Hay algo muy rudimentario en él.

Jessie se ríe y pone los ojos en blanco.

—Arthur sigue en el apartamento, deshaciendo el equipaje. Yo soy la responsable de las galletas. ¿Os acordáis de esa noche en casa del tío Milton? Me siento como si hubiera pasado hace años.

Yo también me siento así y a la vez no.

Era el cumpleaños de Arthur y lo pasamos en el apartamento de su tío: compartimos una galleta Levain; conocí a Jessie y al otro mejor amigo de Arthur, Ethan; Dylan y Samantha vinieron con un pastel inspirado en Hamilton; las compañeras de trabajo de Arthur, Namrata y Juliet, lo sorprendieron; y al final de la noche, Arthur y yo nos acurrucamos en la cama mientras él leía el capítulo de *LGDMM* en el que presentaba por primera vez al rey Arturo.

Recuerdo lo feliz que fui como si hubiera pasado ayer.

—Fue muy divertido —es todo lo que digo.

—Me sorprende que no nos metiéramos en líos esa noche —dice Jessie—. Esta vez, los padres de Arthur no han venido, así que podemos dar más fiestas en casa.

—Cuenta conmigo —dice Dylan.

Jessie sonríe.

—Arthur se va a poner muy celoso cuando sepa que os he visto.

—Deséale suerte de mi parte en su vuelta a Nueva York —digo.

—Y hazle saber que yo echo de menos esa energía sexual pura que emana —añade Dylan.

Jessy se ríe.

—Debería entrar y salir rápido.

—Chica lista —dice Dylan—. Sospecho que la cajera podría ser una asesina.

La risa de Jessie parece forzada esta vez.

—Me asombra que Samantha te aguante. La chica es resistente.

—Uy, no sabes...

Alejo a Dylan a rastras.

—Adiós, Jessy. Diviértete este verano.

Dylan casi deja caer la caja.

—¿A qué viene tanta prisa?

—Porque ha sido muy raro para mí, D. Deberías saberlo.

—No es como si fuera Arthur.

—No, pero va a verlo enseguida. ¿Qué crees que va a parecer? Ayer le di «me gusta» a su publicación de Instagram y hoy estoy merodeando por una panadería de su barrio. Va a pensar que estoy intentando llamar su atención. No quiero cosas raras, sobre todo porque tiene novio. —Levanto un dedo—. Si me dices que yo también tengo novio, voy a matarte a golpes con tu galleta.

—No funcionará —canturrea Dylan.

Me pongo en marcha hacia la estación de metro, deseando que toda esta experiencia no me hubiera alterado tanto. Quiero alegrarme por Arthur, pero es difícil cuando siento que, en última instancia, ni siquiera era feliz conmigo. Yo solo fui alguien con quien entretenerse hasta que encontró a alguien con quien encajaba mejor. Pero no pasa nada.

Yo también tengo a alguien que encaja mejor con mi vida.

En lugar de preocuparme por encontrarme con mi pasado, voy a seguir construyendo mi futuro.

4

ARTHUR

Domingo 17 de mayo

Arthur Seuss: héroe caído. Guerrero vencido. Ha perdido la última pizca de su dignidad a manos de una puñetera sábana ajustable.

Me tumbo en el colchón desnudo del tío Milton, resollando como si acabara de correr un maratón. Me siento como aquella vez que intenté embutirme en mi blazer del *bar mitzvah* el año pasado porque Ben no se creía que hubiera llevado raya diplomática. ¿Que me hice un selfi monísimo con él? Pues claro. Pero básicamente tuve que darme a luz después para salir de ahí. Y en aquella ocasión por lo menos pude meter el segundo brazo en la manga sin que se me saliera el otro brazo, que es más de lo que puedo decir del patético espectáculo que estoy protagonizando con la sábana.

Necesito a Jessie. Pero por supuesto que se ha ido a «buscar muy rápido algo para comer» hace una hora, que es tiempo suficiente para confirmar lo que siempre he sospechado: soy ridículamente incapaz de vivir solo.

Pero supongo que el universo lo ha sabido todo este tiempo, porque la residencia de verano de Jessie salió de la ecuación exactamente el mismo día que yo acepté la oferta de Jacob. Avanzamos rápido una semana y aquí estamos: compañeros de piso en Manhattan. Adultos legales y glamurosos haciendo cosas legales y glamurosas en la ciudad que nunca duerme.

De acuerdo, hasta ahora sobre todo hemos recogido calcetines, buscado tomas de corriente y resollado en mi colchón desnudo por razones en absoluto sexuales.

Pero es casi glamuroso. *Será* glamuroso. Solo necesito hacerme un selfi rápido para Jessie en pleno momento de pánico, en el que se me vea envuelto en la sábana como si fuera un gorro de ducha de cuerpo entero. **Muerte por sábanas 🙀 SOS**

Ella responde al instante. 😂 **Seguro que está al revés, comprueba si tiene una de esas etiquetas donde pone si es la esquina superior o la inferior.**

¿Es que mi sábana tiene su propio perfil en grindr?

Pero, en efecto, al deslizar los dedos por el interior de la costura detecto un conjunto completo de etiquetas satinadas: *Superior o Inferior* y *Lateral*. Adivinad qué genio la ha tenido al revés durante media hora.

Diez minutos después, mi habitación parece salida de una de las revistas *Real Simple* de mamá, más que digna de la triunfante foto de «misión cumplida» que estoy a punto de sacar para Jessie. Pero en cuanto levanto el teléfono, empieza a zumbar con una solicitud de FaceTime.

Mikey. Presiono «aceptar» y sonrío ante el torpe primer plano de su cara en mi pantalla. Cualquiera pensaría que un niño que heredó el viejo smartphone de su hermano a los ocho años sabría cómo manejar la cámara frontal a estas alturas. Pero incluso a *bobe* se le da mejor el videochat que a Mikey. Joder, es adorable.

—Flipa. Qué cama tan bien hecha, ¿verdad? —Muevo la cámara para enfocar mi obra—. Lo único que falta eres tú, desnu...

Mikey se aclara la garganta haciendo mucho ruido y se echa hacia atrás con las mejillas en llamas. Un segundo después, la cabeza de su sobrina, Mia, aparece en pantalla.

—¡Desnutrido! —Vuelvo al modo selfi y sonrío a la cámara como un lunático—. ¡Mira! ¡Hola, señor caballito! —Apunto con el teléfono hacia arriba para que se vea el cuadro del caballo gigante que hay encima del cabecero del tío Milton—. ¡Hola, Mia! —añado con la puñetera voz de un caballo casi británico.

Mikey parece divertido. Además de ligeramente alarmado.

—Hola, Autora —dice Mia. Mikey le murmura algo al oído, y ella me mira de nuevo—. Arrrrrrrthurrrrrr —añade, pronunciando las erres como un pirata y ganándose un choque de puños del tío Mikey.

Se le da genial. Cuando conocí a Mia en persona en Año Nuevo, era demasiado tímida para hablarme. Pero Mikey nunca la presionó, solo la abrazó y dejó que le enterrara la cara en la camisa mientras hablábamos. Aquello hizo que me derritiera. No pude dejar de mirarlo en toda la noche; no podía dejar de pensar en besarlo, aunque estuviéramos delante de su familia.

Es extraño saber que ahora mismo podría estar con ellos en Boston, viviendo un verano doméstico perfecto con mi insoportablemente dulce novio. Si pienso demasiado en ello, duele un poco. Puede que más que un poco.

Me lo trago.

—¡Mia! ¿Cuántos años tienes ya?

Ella murmura algo con timidez, demasiado bajo para que yo la escuche.

—¿Dieciséis? —pregunto.

Ella se ríe.

—¡No!

—¿Diecisiete?

—¡No! —Mia mira incrédula a Mikey antes de volver a girarse hacia mí. Mikey levanta cuatro dedos detrás de la espalda de su sobrina.

—Está bien, está bien —digo—. Mmm. A ver, tienes… ¿cuatro?

—¡Y medio!

Mikey hace una mueca de *ups* y se encoge de hombros.

—¡Por supuesto! —Me doy un golpe en la frente—. Guau. Os echo de menos. ¿Cómo estáis, chicos?

Mikey hace una pausa.

—Estamos… bien.

—¿Solo bien?

—Mimi, ¿quieres ir a buscar a papá?

—No —se apresura a contestar ella. Sin medias tintas, únicamente un sólido *no*. Porque Mia McCowan Chen es un icono.

—Ve a buscar a papá —dice Mikey. Mia frunce el ceño y desaparece del encuadre.

—¿Qué sucede? ¿Pasó algo en la cena? —Intento recordar los mensajes de Mickey de anoche por si se me pasó algo por alto y las cosas van mal. Es difícil de saber con él, no importa lo bien que se me dé leer sus expresiones, sigue siendo muy misterioso al escribir. Anoche tenía la intención de llamarlo por FaceTime desde casa de *bobe*, pero *bobe* siempre se toma la cena muy en serio, y luego Jessie llegó de Providence y nos quedamos despiertos la mitad de la noche hablando en el dormitorio que ocupaba mi madre de niña.

—La cena estuvo bien. —Mikey se frota el puente de la nariz—. Nos hemos enterado esta mañana: mi hermano se ha fugado.

—¿Que Robert ha hecho qué? —Me quedo boquiabierto.

—Y se lo ha dicho a mis padres por mensaje de texto.

—No te creo.

—¡Pues créeme!

—No. Eso es demasiado, incluso para Robbie.

Mikey esboza una sonrisa diminuta. Él se lleva la mejor parte de mi memoria de elefante para los detalles personales arbitrarios. Me sé los cinco insectos que más odia Ethan, el signo del zodiaco del exnovio de Ben, lo que sea. Es posible que no pueda pasar la página de un libro sin tener que releer cada tres párrafos, pero por lo menos recuerdo el nombre del marido de mi profesora de segundo curso. Es mi ligeramente espeluznante superpoder. Pero estoy empezando a pensar que no es una habilidad tan horrible. Sobre todo porque mi novio tiene una familia enorme, ruidosa y muy unida que constituye su mundo entero, y básicamente, yo podría escribir un libro sobre cada uno de sus integrantes.

—Mis padres se están volviendo locos —dice Mikey—. Laura lleva ahí desde las diez, y al parecer mamá no ha parado de llorar. Es un desastre.

—¡Creía que a tus padres les gustaba Amanda!

—Les gusta…

—No se ha fugado con otra chica, ¿verdad? ¿O chico? —Jadeo—. ¿Robert se ha casado con un chico? Es decir, oh, Dios mío, esa es la forma más épica de salir del armario que existe. ¿Por qué no se me habrá ocurrido a mí?

—Es hetero —dice Mikey—. Al menos, hasta donde yo sé. Y todos adoran a Amanda. Pero les molesta que se hayan fugado.

—¿Amanda está embarazada?

Mikey niega con la cabeza.

—No, es solo todo el tema de la boda. Es muy importante para mis padres, ¿sabes? Cuando Laura y Josh se casaron, montaron una boda a lo grande. Básicamente, invitaron a todos aquellos con los que hubieran establecido contacto visual alguna vez. —Hace una pausa—. Lo cual es probable que sea el motivo de que Robbie y Amanda se hayan fugado.

—Pues sí, es probable. Guau. —Me encojo de hombros—. Al menos tiene cierto romanticismo. ¡Una fuga!

—Bueno, Laura cree que en realidad lo han hecho por el seguro sanitario. Amanda acaba de cumplir veintiséis…

—Cierto. Y ahora trabaja por cuenta propia. Tiene mucho sentido.

—¿Cómo es posible que recuerdes todas estas cosas? —Mikey esboza una sonrisa genuina—. Sabes que no tienes que estar pendiente de los detalles del empleo de la novia de mi hermano, ¿verdad?

—La mujer de tu hermano. Ahora es tu cuñada.

Mikey parece desconcertado por un segundo.

—Sí.

—Entonces, ni siquiera una boda pequeña, ¿eh? —Me recuesto en los cojines mientras sostengo el teléfono en alto—. ¿Sin primer beso, sin pastel? ¿Nada?

—Todavía pueden besarse y comer pastel.

—Cierto. Pero, no sé. ¿No te pone un poco triste? ¿No poder ver la cara de Robbie cuando Amanda entre en la iglesia? Eso es lo que yo haría…

—Lo sé —dice Mikey—. Me enviaste esa lista de BuzzFeed cuatro veces.

—Y voy a seguir enviándote novios alucinados por la belleza de sus novias hasta que empieces a apreciarlos de verdad.

—¿Es una amenaza? —Arruga la nariz y sonríe, una de mis expresiones favoritas de Mikey de todos los tiempos. Pero un instante más tarde, vuelve a tener expresión tristona—. No me puedo creer que ya haya drama familiar. Llevo en casa menos de veinticuatro horas.

—Bueno, si alguna vez necesitas escapar del drama, estoy aquí.

Mikey se limita a mirarme.

—De acuerdo, tienes razón. Pero si quieres un drama diferente…

La puerta principal del apartamento se cierra de golpe.

Levanto la mirada del teléfono.

—¡Jessie ha vuelto!

Un momento después aparece en mi puerta, sosteniendo una galleta gigante de chocolate doble en una mano y una bolsa de panadería de papel blanco en la otra.

—Arthur, no te vas a creer a quién acabo de ver en Levain Bakery. —Se desliza a mi lado y sus ojos aterrizan en la pantalla de mi teléfono—. ¡Uy! Hola, Mikey. ¿Cómo estás?

Él la saluda con la mano en un gesto un poco forzado.

—Bien, bien.

Sonrío al mirar del uno a la otra. Dios, me encantan las personas incómodas. Creo que las colecciono.

Jessie me entrega la bolsa e inhalo su aroma, feliz.

—Esto huele muy bien.

Me da una palmada en el hombro.

—De nada.

—Entonces, ¿con quién te has encontrado?

—Ah. Sí. —Asiente rápidamente—. Con Namrata.

—¿En Levain? ¡No puede ser! Creía que ahora vivía en el centro.

—¿Quién es Namrata? —pregunta Mikey.

—Era una de las socias de verano en el bufete de abogados cuando trabajé allí. Pero ahora es socia a tiempo completo. Guau, Jess, ¿cuáles son las probabilidades de que te encuentres con ella el día antes de empezar a trabajar? —Niego con la cabeza mientras sonrío—. ¡Bien jugado, universo!

—Bueno, me voy a ir a zampar esto. —Jessie salta de la cama—. ¿Galletas para comer?

—Galletas para comer. —Me giro hacia Mikey—. Yo también debería irme.

—Galletas calientes. Lo entiendo —dice.

Yo sonrío.

—¿Me mantendrás informado sobre lo de tus padres y Robert?

—Claro. —Mikey hace una pausa—. Te echo de menos.

—Yo también te echo de menos, Mikey Mouse.

Cuelgo y me dirijo al salón, donde encuentro a Jessie; se ha instalado en la mesa del comedor con su galleta y dos vasos de leche.

—Te quiero un huevo, Jessie Franklin —digo.

Ella me sonríe.

—No me habías dicho que necesitaría una cuchara para esta galleta.

—¿Una cuchara? Madura. —Me dejo caer en la silla a su lado y muerdo mi galleta como si fuera una hamburguesa. Está caliente y empalagosa y deliciosa. Es muy Nueva York. Y yo he estado viviendo de las galletas rebajadas del supermercado durante un año—. No tienes ni idea de cuánto necesitaba esto.

—Tenía un presentimiento.

—No me puedo creer que hayas visto a Namrata. ¿Cómo está?

—Ni idea. —Jessie se encoge de hombros—. No la he visto.

—Espera...

—Me he encontrado con Ben —dice sin rodeos.

El mundo entero se detiene.

—Ben... ¿Cómo que *Ben*? ¿Alejo?

Jessie le da un mordisco a la galleta y asiente.

—Pero has dicho...

—Sip.

—Entonces, ¿por qué no lo has...? —Pero Jessie clava la mirada en mi móvil y las mejillas empiezan a arderme—. Ah.

Jessie hace una pausa.

—¿Cómo está Mikey?

—¡Genial! Es decir, está bien. —Siento la cabeza embotada—. ¿Por qué estaba Ben en Levain Bakery?

—¿Para comprar galletas? —dice Jessie—. Es muy raro, ¿verdad? Estaba con Dylan. Para serte sincera, he tardado un par de segundos en ubicarlos. ¿Sabías que Dylan lleva un moño?

—¿Ben parecía diferente? —Entrecierro los ojos, intentando recordar la última vez que vi un selfi suyo. Suele subir fotos de edificios, grafitis y cosas aburridas, como palomas. Supongo que todavía no se ha dado cuenta de que su cara es la mejor vista de toda Nueva York.

No, no, no. Borra ese pensamiento.

—Nah, estaba igualito. Creo que solo ha sido que no esperaba verlos. Dylan dice que echa de menos tu energía sexual pura.

—¡Yo también lo echo de menos!

Me parece que no he hablado con Dylan en un año, tal vez más. Pero sabía lo del moño porque todavía lo sigo en redes: sin duda, él y Samantha son mi pareja favorita de Instagram. La semana pasada, Dylan publicó un fuerte que había construido en el dormitorio de Samantha. Era solo una manta colgada entre dos pilas de cajas de cartón. Pero habían movido la cama de Samantha debajo para poder pasar su última noche de clases bajo un dosel, y si eso no es el súmmum del romanticismo, no sé qué lo es. Por supuesto, me pasé toda la semana pensando en cómo replicarlo con Mikey en nuestra última noche juntos, incluso compré estrellas luminosas que brillan en la oscuridad en la tienda de juguetes de Main Street para que pudiéramos fingir que estábamos durmiendo al aire libre.

Pero, al final, ni siquiera se lo mencioné a Mikey, aunque estoy seguro de que me habría seguido la corriente y se habría prestado a ello. Supongo que no dejaba de imaginármelo con cara de espera-por-qué-estamos-haciendo-esto. O preguntando si de verdad valía la pena la limpieza adicional que tendríamos por delante por la mañana. Es la pregunta con respuesta automática definitiva. Si tu novio pregunta si tu gesto romántico vale la pena, es que no vale la pena tenerlo.

No sé, quizás a Mikey le habría encantado la idea del fuerte. No es de los románticos espontáneos, pero es bastante fácil de persuadir, en especial cuando no implica una demostración pública de afecto. Y le gusta hacerme feliz. Me hace feliz. Y qué si salir con Mikey no es exactamente una gran fiesta sorpresa. El amor no tiene que ser así. No tiene que ser vistoso o sensiblero o más trascendental que la vida. El amor puede ser una montaña de ropa doblada y un tanque lleno de gasolina, o que tu dulce novio pase una noche extra en la universidad para ayudarte a hacer las maletas. De todos modos, no todas las relaciones van a ser…

—Ben Alejo —dice Jessie, y casi tiro mi vaso de leche—. El primer día. ¿Cuántas probabilidades había?

—Pocas. Muy pocas —digo mientras asiento. Está bien, guau. Ahora la cabeza me da vueltas. Como un molino de viento, una peonza, un puto tornado gigante. Porque ayer, Ben le dio «me gusta» a mi publicación sobre venir a Nueva York. ¿Y de repente está en Levain Bakery, en mi barrio, *el día de mi mudanza*? Toma letrero de neón del universo. A no ser que…

—¿Ben ha dicho algo?

Jessie inclina la cabeza.

—¿Algo?

—Sobre mí. —Noto que las mejillas se me ponen rojas—. No sé. Solo era una pregunta, ni siquiera sé si él sabe que estoy aquí.

—Y tanto que sí. Lo ha llamado «tu vuelta a Nueva York».

Mis pulmones dejan de funcionar. Abro la boca y luego la cierro.

Jessie enarca las cejas.

—¿Estás bien?

—¿Qué? Sí, por supuesto. Solo estoy… —Hago una pausa—. ¿Crees que debería enviarle un mensaje?

—Ni hablar.

—¿Por Mikey?

—¡Sí! Art, vamos…

—Dios mío. —Me río—. No estoy hablando de algo en plan romántico. Me refiero a un amistoso y platónico «¿Cómo te va? Hace tiempo que no hablamos».

—No es una buena idea.

—¿Por qué no?

—Arthur, hace dos segundos hemos tenido que mentir acerca de haberme encontrado con Ben…

—¿Nosotros? —La miro con incredulidad—. ¡Has sido tú!

—Sí, ¿porque cuántas veces me has dicho que Mikey se pone raro cuando hablas de tu verano en Nueva York?

—¿Crees que no hablo de ese verano con Mikey?

—Literalmente acabas de explicarle quién es Namrata.

—A ver, no estoy seguro de por qué mi novio necesita conocer a todos mis compañeros de trabajo de hace dos años.

—Solo digo que está claro que, para Mikey, lo de Ben es un tema sensible. ¿Por qué querrías añadirlo a la mezcla?

Niego con la cabeza.

—Le estás dando demasiadas vueltas a esto. ¡No intento ligar con él! Solo quiero saludarlo, ¿de acuerdo? ¡Estoy en su ciudad! Era uno de mis mejores amigos…

—Es tu ex —dice Jessie.

—¡Y mi amigo! No son conceptos mutuamente excluyentes. —Me meto otro bocado de galleta en la boca y mastico con brusquedad—. Solo porque —trago saliva— tú no te hables con Ethan…

—Esto no tiene nada que ver conmigo y con Ethan. —Se pone de pie de repente, presionando ambas manos contra el estómago—. Vaya, esta galleta es potente.

Asiento vagamente, pero mi cerebro ya está a kilómetros de distancia. Que Jessy se haya topado con Ben tiene que ser algún tipo de señal del universo, ¿verdad? No es algo que suceda en Nueva York sin más. No sin intervención celestial. ¿Se supone que debo ignorarlo?

Mikey lo entendería. No estoy diciendo que la idea le habría encantado desde un principio, pero confía en mí. Y debería. Porque en lo que se refiere a mis límites personales, engañar a mi novio está arriba de todo, junto a votar a los republicanos y el asesinato. Además, Mikey dijo que debería ver a Ben si quiero verlo. Lo cual no quiere decir, ya sabes, que *yo quiera ver a Ben*. Solo me refiero a que no tiene por qué ser un gran problema. Para ser sincero, no enviarle ningún mensaje a Ben sería todavía más extraño, porque entonces lo estaría evitando activamente, *demostrando* así que todavía siento algo por él. Y no es el caso. No siento nada por Ben.

Entonces, ¿por qué no debería enviarle un mensaje de texto?

¿Y si... lo hiciera?

5

BEN

Lunes 18 de mayo

Fui el campeón invicto de los que más probabilidades tienen de llegar tarde hasta que apareció Mario.

Compruebo mi teléfono y veo que ya llega veinte minutos tarde. De momento. No estoy intentando ser el tío que le echa la bronca sobre ser puntual. Hudson no era un gran fan de mi tardanza crónica cuando salíamos, y Arthur se lo tomó de forma aún más personal. Pero Mario y yo no estamos saliendo, así que ni siquiera debería compararlo con esos dos. Mario es un amigo que me gusta, que me gusta *de verdad*, y no puedo actuar como si fuera mi novio hasta que lo sea.

Si es que él quiere serlo.

El caso es que todo lo que vamos a hacer hoy es por él, y ahora toda la noche va a descarrilar. He intentado llamarlo un par de veces, pero no contesta. Ni siquiera es que me salte directamente el contestador, lo que al menos sería probable que significara que está en el metro.

Vuelvo a llamar porque me siento como un idiota esperando aquí.

—Lo sé, lo sé, lo siento —dice Mario sin aliento—. Te juro que estoy como a quince minutos… Veinte como máximo.

—¿Veinte minutos? ¿Qué ha pasado?

—He tenido que evitar que mis hermanos se mataran entre ellos por nuestra PlayStation, pero ahora mismo estoy en un Lyft para compensar el retraso. He guardado las cosas de mi tío en cajas y las enviaré por correo en esa oficina de Lexington. Así podré ir directamente a la peluquería desde ahí antes de que Francisco cancele la cita.

—Sí, no podemos permitir que vayas por ahí sin un corte de pelo.

—El moño no me quedaría tan bien como a Dylan.

Estoy seguro de que a Mario le quedaría bien cualquier estilismo.

—Está bien, pero cuanto más tarde aparezcas, más tarde llegaremos a ver la película.

—Está en Netflix —dice Mario.

—Sí, pero mis padres volverán a casa a las ocho. Entonces será todo Netflix. Nada de *chill*.

—O puede que nada de Netflix y todo *chill* —susurra Mario, como si no quisiera que el conductor lo oyera.

Tengo que acortar esta conversación porque no puedo caminar así.

—*Ándale, Colón.*

—*Lo tienes, Alejo.* Te veo en la oficina de correos.

Busco la ruta en mi móvil y me pongo en camino. Toda mi vida en Nueva York y todavía no me conozco la ciudad como otros veteranos. No es como si fuera a ir a ninguna parte, así que tengo todo el tiempo del mundo para dominar el mapa. Sin embargo, no tendría que preocuparme por esto en absoluto con Mario a mi lado. Es como mi GPS personal, y siempre bromeamos sobre que yo no tendría ninguna posibilidad en ningún

71

apocalipsis. Habrá que ver cómo me las apaño cuando se vaya de viaje a Los Ángeles este fin de semana.

El tío de Mario se mudó a Los Ángeles hace unos años y fundó una productora. Close Call Entertainment se centra en películas de miedo, ciencia ficción espeluznante y thrillers sobre el fin del mundo. El género favorito de Mario siempre ha sido el suspense —tal vez debería leer entre líneas— y sé que está deseando pasar más tiempo con su tío, al que siempre ha sentido como un segundo padre y que está encantado de enseñarle a Mario cómo funcionan las cosas en el mundillo de la televisión.

Doblo la esquina y el tiempo parece ralentizarse cuando veo el edificio que tengo delante.

Esta es la oficina de correos donde conocí a Arthur.

Me veo catapultado al carril de los recuerdos en un momento en el que estoy intentando recorrer nuevos caminos. Pero Mario ha planeado todos estos destinos; los reales, no los metafóricos. De todas las oficinas de correos que hay solo en este distrito, no me puedo creer que haya elegido esta al azar. Y es increíble lo decidido que parece el universo a hacer que Nueva York me resulte aún más sofocante.

Me quedo fuera, con el corazón latiéndome como si la oficina de correos fuera una casa embrujada. Pero después de un minuto más o menos, el calor me obliga a moverme.

El Ben que entra ni siquiera se parece a mí. Es un Ben en tercera persona que entró aquí hace dos veranos con una caja de la ruptura y conoció a la persona que se convertiría en su próximo novio. Es como si pudiera ver al Ben del pasado cruzando la oficina de correos con el Arthur del pasado justo detrás de él, justo después de una conversación sobre gemelos vestidos con monos a los que habían visto antes de entrar al edificio. Entonces el Arthur del pasado dice que la caja de Ben es un «gran paquete» y el Ben del pasado se fija en la corbata de perritos calientes de Arthur. Y hablan del universo hasta que un *flashmob* los separa.

Avanzamos a cámara rápida hasta casi dos años después y aquí estoy, solo en la oficina de correos esperando a un chico diferente. Para Arthur debe de haber sido mucho más fácil olvidarme. Él pudo volver a su casa en Georgia y luego ir a la universidad en Connecticut, dos lugares en los que yo nunca he estado. Mientras tanto, yo tenía que actuar como si no hubiera visto huellas con la forma de Arthur por toda la ciudad por la que paseamos juntos. No sabría decir cuántas veces en los últimos meses he evitado Dave & Buster's en Times Square. Nunca estoy de humor para ver a los turistas que pululan por el Madame Tussauds y el McDonald's, pero esa sala de juegos es donde Arthur y yo tuvimos la primera de muchas primeras citas.

No me arrepiento de esas citas. Pero no siempre me gusta pensar en ellas.

No se me escapa por qué tengo problemas para confiar en la gente. Por lo que sé, Mario también está protegiendo sus sentimientos. Y si él pusiera todas las cartas sobre la mesa, es posible que no estuviera seguro de cómo sentirme. Arthur era un libro abierto de gran corazón con el que no tuve un final feliz. Solo porque alguien diga que te quiera no significa que nunca se lo vaya a decir a otra persona. Con lo que pasó entre Arthur y yo, debería haberlo entendido mejor que nadie, puesto que era el que tenía más experiencia en citas.

No pasa nada.

Estoy trabajando en mi propio desarrollo, como si fuera un personaje. No me apresuré a buscar una nueva relación, ni siquiera intenté forzar una reconciliación con Hudson solo porque me resultaba familiar y yo me sentía solo. Vivía con mi soledad y empecé a sentirme incómodo, y ahora tengo que asegurarme de no dejar que mi desarrollo como personaje se desvanezca porque me siento demasiado necesitado en lo que se refiere a Mario.

No quiero volver a perder el sueño por un corazón roto nunca más.

Espero junto al mostrador con las etiquetas de envío, justo debajo del aire acondicionado. Agarro el bolígrafo, que está atado con una goma elástica como si hubiera cometido algún crimen, y empiezo a dibujar en el reverso del recibo abandonado de alguien. Últimamente, he fantaseado cada vez más con el aspecto que tendrá la portada de *La guerra del mago maléfico*. El dibujo que hizo Samantha hace un par de años ha funcionado genial para Wattpad, pero no creo que siga encajando con el libro. El lunes pasado pasé la tarde en la librería Strand con Mario, y estudiamos diferentes portadas y descubrimos que tenemos gustos completamente opuestos. Jugamos a un juego en el que seleccionábamos diez libros al azar y tomábamos notas en el móvil sobre si nos gustaba la portada o no, y no coincidimos en una sola. La verdad es que no sé si quería un resultado diferente porque se volvió más y más divertido cuanto más discrepábamos.

Eso es algo que me gusta muchísimo de nosotros: puede que tengamos gustos diferentes, pero seguimos interesados el uno en el otro.

Mi teléfono vibra. Será Mario con una actualización o Dylan enviándome otro TikTok de gente reventándose las espinillas.

Pero no es ninguno de los dos.

Es Arthur.

De verdad que giro en redondo, como si fuera a encontrármelo dentro de la oficina de correos.

Es su primer mensaje de texto desde abril, cuando me deseó feliz cumpleaños. El primer mensaje de texto desde que llegó a Nueva York.

Hola, me han dicho que te has encontrado con Jessie 🙂.

Es un mensaje breve, y eso me molesta. Quiero más. ¿En serio ha tardado un día entero en escribir eso? ¿Estaba ocupado teniendo una importante resaca de galletas con Mikey?

A lo mejor estaban de *chill*. Llamémoslo por su nombre, a lo mejor Arthur y Mikey se estaban acostando. Imaginarte a tu ex con otra persona es muy difícil. Es una de esas cosas en las que no quiero pensar, pero a los pensamientos no les importa lo que yo desee. Es especialmente difícil no pensar en esas cosas cuando estás escribiendo un libro en el que hay un personaje inspirado en esa persona.

Existe una posibilidad de arreglar las cosas por no haber contestado nunca a los mensajes de feliz cumpleaños de Arthur. Ojalá me hubiera dicho él mismo que venía a Nueva York, pero a lo mejor captó la indirecta cuando no le respondí. Pero ahora está tendiendo un puente, así que es mi turno.

Saco una foto de la oficina de correos y le envío a Arthur dos mensajes.

¿Feliz, universo?

6

ARTHUR

Lunes 18 de mayo

Jessie sale del probador con un traje con diseño en espiga hecho para alguien quince centímetros más alto.

—Genial, tengo el aspecto de tres niños con una gabardina —dice.

Me río.

—Qué va.

Ella me mira con escepticismo.

—En primer lugar, es un blazer, no una gabardina.

Jessie infla las mejillas y expulsa el aire haciendo mucho ruido, y al instante siento el dolor de mil novios de centros comerciales suburbanos.

—¿Qué hago? No puedo presentarme en un bufete de abogados con estas pintas.

—Sabes que en realidad no tienes que usar traje, ¿verdad? Viste informal pero de negocios.

Se mira desesperada en el espejo.

—¿Qué significa eso siquiera?

—¿Informal pero de negocios? No lo sé, lleva una blusa o una camisa. Algo así. Vístete como Meghan Markle en *Suits*.

—¿Entonces estás diciendo que *sí* necesito un traje? —Jessie parece desconcertada.

—No, sí, no, así es como se llama la serie. Meghan es la viva imagen de informal pero de negocios. ¿Sabes qué? Deja que te enseñe mi tablero de Meghan...

—¿Por qué tienes un tablero de Meghan Markle en Pinterest?

—Porque es mi gemela de cumpleaños. Ya lo sabes. —Me pongo de pie y saco el móvil del bolsillo trasero. Pero me paro en seco en cuanto veo la pantalla.

Dos notificaciones. Dos mensajes. Mensajes de...

—Jess. —La voz me sale ahogada—. Ben me ha respondido.

Jessie me quita el teléfono de las manos.

—¿Le enviaste un mensaje? ¿Cuándo?

—Cuando te estabas vistiendo. No es la gran cosa.

—¿Se lo vas a contar a Mikey? —pregunta.

—Ya lo he hecho.

—¿Le has dicho a Mikey que le has mandado un mensaje a Ben?

—¡Sí! Puedes verlo por ti misma, si quieres.

Jessie entrecierra los ojos, como si estuviera buscando la trampa.

—¡No pasa nada! ¿Por qué no tienes ninguna fe en mi relación?

—¿Qué? —Hace una pausa, sobresaltada—. No es verdad. Solo creo que deberías tener cuidado No quiero que hagas algo de lo que luego te arrepientas.

—Jessie, no voy a engañarle. Eso *no* es lo que...

—¡Lo sé! Pero, Arthur, engañar a tu pareja no es lo único que puede tensar una relación, ¿de acuerdo? Ten. —Me devuelve el móvil—. Pero úsalo de forma responsable, ¿vale?

—¿Así que debería borrar los códigos nucleares que tengo en la aplicación de Notas?

—Limítate a no arruinar tu relación con Mikey. Me cae bien.

Sonrío.

—A mí también.

Ahora estoy pensando en cómo me ha sorprendido Mickey esta mañana con un vídeo de él y Mia cantando *New York State of Mind* —indiscutiblemente la cosa más mona que jamás haya sucedido en la historia de la música. Se lo he puesto a Jessie en el desayuno, y se le ha caído medio cruasán de la boca cuando Mikey ha llegado a un *La4* en el segundo verso. Ha sido la primera vez que le ha oído cantar en solitario.

Mikey siempre ha sido muy tímido con los solos, pero joder, míralo ahora. No he estado tan orgulloso de nadie desde... Bueno, desde que Beniel el Travieso subió su último capítulo a Wattpad.

Ben.

En cuanto Jessie vuelve al probador, entro a ver mis mensajes.

Está claro que es una señal del universo! Y hablando de eso ✍, **adivina dónde estoy en este preciso instante.** El segundo mensaje de Ben es una foto. Y mi cerebro descarrila por completo.

—Mierda.

—Uy. ¿Qué pasa? —Jessie asoma la cabeza por un lado de la cortina del probador.

—Ben está en la oficina de correos.

—Vale.

—Jessie, la *oficina de correos*. Es...

—Es donde os conocisteis. Me suena la leyenda.

—No, me refiero a que está a dos calles de distancia. Ben Alejo está a *dos calles*.

Jessie abre los ojos como platos.

—Oh.

Aprieto el móvil contra el pecho, solo consciente a medias de que lo estoy haciendo. El corazón me late tan fuerte que estoy seguro de que podría romper la pantalla.

—¿Deberíamos ir a saludar?

—¿Estás insinuando que deberíamos tenderle una emboscada a tu exnovio?

—¡No es una emboscada! —Me río, pero estoy casi sin aliento—. Creo que verlo estaría genial. Han pasado dos años…

—Pues haz planes reales con él, como una persona normal.

Pero ya estoy sacudiendo la cabeza antes de que deje de hablar.

—No entiendes cómo funcionamos Ben y yo. Jess, esto es cosa del universo. ¡Lo ha dicho él mismo!

—Sí, pero…

—Y no es una *emboscada*. ¡Es una sorpresa!

Es decir, cuando Dylan estaba en el hospital, atravesé medio Manhattan para estar allí. Y a Ben le pareció bien esa emboscada, joder. Creo que nunca olvidaré su cara cuando me vio en la sala de espera.

Jessie pone una mueca.

—Arthur, yo…

—Vale, ¿sabes a quién te pareces ahora mismo?

—¿A quién?

—¡A ti misma antes de Año Nuevo! *Arthur, ¿que vas a hacer qué? ¿Que vas a ir en avión a dónde? ¿No puedes limitarte a hablar con él cuando hayas vuelto a la universidad?*

—¡Bueno, me alegro de que esa vez haya funcionado! —dice Jessie—. Pero no puedes fingir que no fue arriesgado. ¿Plantarte en casa de los padres de Mikey? ¿Y si se hubieran ido de fin de semana a alguna parte?

—Era un martes…

—Eso no es lo importante. Solo porque la última vez tuviste suerte…

—¿Suerte? —Resoplo—. Dame un poco de crédito, por favor. Ese gesto fue de los grandilocuentes.

—Pues a lo mejor no deberías tener un gran gesto con tu exnovio.

—¡Jessie! —Presiono mi frente—. ¿Quieres que lleve una carabina? ¡Ven conmigo!

—No he dicho que necesites una carabina. —Jessie retira la cortina del probador y me sostiene la mirada durante lo que parece una hora. Luego suspira—. De acuerdo, mira. Ve a la oficina de correos. Tengo algunas cosas más que probarme y luego iré a ver qué otras tiendas hay en esta manzana. Mándame un mensaje cuando vuelvas a estar por aquí, ¿de acuerdo?

—No tienes que hacerlo. Puedo esperarte…

—Arthur. ¡Vete!

—Pero…

—Ahora. O se va a marchar.

—Cierto. Vale. —Asiento y exhalo.

Y después de eso, estoy listo y echo a correr. Me sé el camino hasta allí de memoria.

En este lugar, todo está tal y como lo recordaba: piedra blanca, ribete verde y las palabras Oficina de Correos de los Estados Unidos en mayúsculas con relieve. Y esas puertas dobles acristaladas… Estoy medio convencido de que cruzarlas me transportará de vuelta a ese verano. De vuelta a los dieciséis, cuando llevaba una corbata ridícula y me quedé embobado al ver a aquel chico y su cara y su gran caja de cartón.

Conocer a Ben hizo que las hileras de apartados de correos parecieran ladrillos dorados. Las luces fluorescentes se transformaron en luz solar. Ben tenía la capacidad de hacer que el mundo entero pareciera ampliado. Ni siquiera supe su nombre ese día, no conseguí su número, no tenía ni idea de dónde encontrarlo. Aun así, me sentí como si Nueva York por fin se hubiera abierto para mí.

Es divertido echar la mirada atrás ahora, sabiendo todo lo que vino después. Me siento como un viajero en el tiempo que aparece desde el futuro.

Por supuesto, mi corazón ha decidido que vuelvo a tener dieciséis años. Me late tan deprisa que puedo oírlo. Ahora que estoy aquí, apenas logro hacerme a la idea. *Ben*. Siento las piernas débiles y flojas, casi como si fuera un larguirucho. Mis dedos encuentran la manilla de la puerta y de repente me deslizo por la rampa que lleva al vestíbulo.

Hacia Ben. Por primera vez en casi dos años.

Todo resulta muy confuso y extraño. No sabía que todavía podía *sentirme* así.

Y luego lo veo apoyado contra una máquina de autoservicio, con las manos vacías y sin nada que hacer. Sin cajas, sin albaranes, sin un libro de sellos siquiera. Pero se lo ve cómodo, como en casa. Supongo que siempre tiene este aspecto. El pelo le ha crecido un poco y sus pantalones azul real son más atrevidos que cualquier cosa que yo le haya visto llevar. Pero, sobre todo, me siento como hipnotizado por su perfil y la forma en la que el pelo se le riza alrededor de las orejas. Son cosas que ya sabía pero que se me habían olvidado. Es curioso cómo el tiempo borra siempre los detalles.

Se gira hacia mí y se sobresalta visiblemente.

—¿Arthur?

El corazón se me sube a la garganta.

—Lo siento. Yo… solo estaba… Cuando me has mandado ese mensaje estábamos… estaba justo allí. A dos calles de distancia. Lo siento. —Muevo las manos sin ningún propósito claro—. ¿Cómo estás?

Ben se ríe.

—Estoy bien. Joder. Arthur.

Y lo siguiente que sé es que me está abrazando y yo le devuelvo el abrazo, y resulta tan familiar como respirar. Su olor, la forma en la que se tocan las puntas de nuestras zapatillas, la forma en que encajo debajo de su barbilla. Puede que estos últimos dos años hayan sido un sueño. Puede que haya estado aquí, en los brazos de Ben, todo este tiempo. Puede que nunca me haya ido.

Tengo ganas de estallar en lágrimas. Me siento...

Mikey, tengo un Mikey. Así que no puedo... no puedo sentir esto. Y no lo siento. Porque no hay nada que sentir. Y mi cerebro ya lo sabe. Solo necesito que mis pulmones se den por enterados.

Ben se separa y estudia mi rostro, y yo le devuelvo la mirada. No puedo evitarlo.

—Te he echado de menos —se me escapa.

Ben me abraza de nuevo.

—Yo a ti también. Siento no haber...

—No, es culpa mía —digo—. He estado bastante ocupado. La universidad, ya sabes.

—¡Y Mikey! ¿Cómo van las cosas con él?

Guau. Vaya. Saltamos directamente al tema del novio. ¡Pero eso es genial! Solo somos un par de viejos amigos charlando sobre nuestras vidas amorosas. Puede que esta vez incluso podamos saltarnos la parte en la que nos ignoramos el uno al otro durante tres meses.

Ben me mira expectante y las mejillas empiezan a arderme.

—¡Sí! ¡Mikey! Todo genial.

No soy capaz de decidir si las pecas de Ben se han multiplicado. Quizá me haya acostumbrado a ver solo las que aparecen en las fotos.

—Me alegro mucho.

—¿Qué tal estás tú? ¿Qué tal la universidad?

—Bien. Es decir, estoy escribiendo mucho. No para la universidad. Solo cosas de magos. —Agita las manos con desdén.

—¿Solo cosas de magos? Sabes que estás hablando con alguien que se ha leído *La guerra del mago maléfico* tres veces, ¿verdad?

—¿De verdad?

—Ben, literalmente he leído fanfiction de *La guerra del mago maléfico* de otras personas.

—¿Yo tengo… fanfiction?

—Ya lo creo. —Me sonrojo, recordando una historia que descubrí el otoño pasado sobre Ben-Jamin y el rey Arturo encerrados juntos en un calabozo. La trama no era muy elaborada, pero la prosa era *muy* descriptiva.

Me aclaro la garganta, ignorando el calor que siento en las mejillas.

—Y ¿por qué has quitado *La guerra del mago maléfico* de Wattpad?

—Ah. Bueno, lo estoy revisando. Añadiendo algunas cosas —dice sin ser muy específico.

—¡Avísame si necesitas que alguien revise los cambios!

Guau, me encanta estar quedando como un tío guay. Me encanta no estar comportándome de forma superobvia como un puñetero fan de mi exnovio. Oye, puede que me convierta en la primera persona del mundo en entrar en una relación parasocial con alguien con quien literalmente me he acostado.

—Gracias, eso significa mucho para mí. De verdad. —Me estudia un momento, con una sonrisa—. ¡Eh! Espera, no te vas a creer con quién me encontré en Central Park…

—Por favor, dime que fueron los gemelos.

—¡No! —Se ríe—. Vaya, buena suposición. Pero no. Estaba con unos amigos y nos encontramos con una boda, ¿vale? Y cuando me acerco me doy cuenta, no es broma, de que son la pareja de la propuesta del *flashmob*.

—Imposible.

—Te lo juro. —Se frota la mejilla y sonríe—. Yo estaba en plan los conozco, los conozco... DIOS MÍO.

—¡El universo! ¿Cuándo fue?

—¡El sábado! Ha sido hace nada. De hecho, grabé un vídeo. Tenía la intención de enviártelo.

Ben da un paso atrás hacia la máquina de autoservicio para dejar que pase una mujer negra con un portabebés y yo me muevo hasta quedar a su lado, con una luz parpadeando en mi cerebro. *Sábado*. Fue el día en que Ben le dio «me gusta» a mi foto.

¿Por nostalgia, supongo?

Tal vez solo fuera el universo recordándole que yo existía.

Estudio su cara. Ahora está hablando de que las damas de honor llevaban pantalones y de que Dylan tenía opiniones sobre el café del puesto ambulante, y yo no dejo de asentir en ningún momento, pero mi cerebro está a kilómetros de distancia.

Porque ¿cómo se le permite a Ben tener esa cara? Es bastante maleducado, si queréis que sea sincero. Sí, Ben, todos sabemos que eres guapísimo. No tienes que dejar atontada a la gente.

O tal vez sea solo yo. Ni siquiera sé si tiene este efecto sobre la mayoría de las personas, pero hay algo en la cara de Ben Alejo que hace que mi cerebro se encienda. Es lo que pasa, y nunca lo he entendido. La verdad es que hizo que las cosas con Mikey fueran más difíciles al principio, porque no todo era tan instantáneo con él. Es decir, por supuesto que me había *fijado* en Mikey. Lo había visto mucho por el campus: un chico de cara dulce con gafas de abuelo y tan rubio como Elsa. Pero no fue como si me detuviera en seco y se me derritieran todos los órganos. Y supongo que eso hizo que me planteara si mi atracción por Mikey era real.

Solía intentar acumular pruebas de ello. Pasé todo el primer semestre estudiando la boca de Mikey, su mandíbula, sus cejas y sus pestañas de color rubio oscuro. El hecho de que imprimiera todos los apuntes para clase y subrayara casi cada frase. A veces, lo encontraba irresistible, pero otras veces habría jurado que estaba convenciéndome a mí mismo. Y siempre saltaban chispas cuando nos besábamos, pero después me sentía extrañamente aliviado. Como si nunca pudiera confiar en que las chispas fueran a estar ahí la próxima vez. Recuerdo haberme preguntado si todo encajaría en su lugar si le pidiera a Mikey que fuera mi novio. Un último salto y podría estar seguro. Pero si *no* estaba seguro, ¿cómo iba a pedírselo? Seguí posponiéndolo una semana, y otra semana, y una más después de eso, hasta que llegó diciembre. Y seguía sin estar seguro.

Lo cual me pareció un tipo de respuesta.

Así que rompí con él, aunque incluso usar la palabra «ruptura» parecía ridículo. ¿Se le puede llamar «ruptura» si para empezar no era una auténtica relación? Aunque Mikey reaccionó con perfecto estoicismo cuando se lo dije, yo lloré toda la noche. Me sentí como un monstruo.

Pero despertarme solo en mi cama a la mañana siguiente me pareció… lo correcto. Y al día siguiente sentí que era incluso más correcto. Fui por el campus toda la semana sintiéndome como si acabara de bajarme de una cinta de correr que iba demasiado deprisa. Desconcertado y mareado, pero también feliz y sin ataduras.

Y luego llegaron las vacaciones de invierno. Al principio, fueron mis padres los que hicieron que las cosas fueran raras, sobre todo mi madre. Rebosaba tanta «amable preocupación» que era casi agresiva. Básicamente, ninguno de los dos me perdió de vista durante una semana. Celebramos la iluminación de la menorá en Avalon y el evento navideño en Callaway Gardens, y ambos se pasaron todo el rato mirándome con recelo, como si en cualquier momento fuera a acordarme de derrumbarme y descender en espiral hacia la penumbra.

Pero aquello no se parecía en nada a mi ruptura con Ben. Por un lado, yo era un año y medio mayor y más sabio. Además, como le recordé a mi madre mientras entraba en el aparcamiento del centro comercial de North Point, en aquella ocasión no habían roto conmigo, sino al contrario.

Mi madre aparcó el coche y se giró para mirarme de forma extraña.

—Tampoco te dejaron la última vez.

Tenía razón, por supuesto. Mi ruptura con Ben había sido de mutuo acuerdo. Técnicamente, verbalmente, sobre el papel y de cualquier forma en que se mirara.

No sé por qué siempre sentía que Ben me había dejado.

El caso es que con Mikey fue diferente. Me sentía bien, en su mayor parte. Tal vez el corazón me daba una ligera sacudida cada vez que pasaba sobre el chat con su nombre, pero no era como si me pasara el día abatido o suspirando. A veces incluso pasaba horas sin pensar en él.

Hasta Nochebuena.

Juro que llegó de la nada. Mis padres estaban en el revisionado número veinte mil de *Solo en casa* mientras yo exploraba TikTok y me enviaba memes con Ethan. Pero entonces, Macaulay Culkin entró en una iglesia.

Creo que dejé de respirar por un segundo. Fue como un yunque de dibujos animados estrellándose.

El coro cantaba *Oh, Noche Santa*.

Y de repente, lo único en lo que podía pensar era en esa noche de octubre, cuando mi amiga Musa nos convenció a algunos para levantarnos antes del amanecer y ver una lluvia de meteoritos. No voy a mentir, al principio me sentí muy malhumorado.

Estaba medio dormido, helado hasta los huesos, y no les veía el sentido a los meteoritos.

Pero luego llegamos a Foss Hill y algo cambió en mi cabeza. Mucha gente estaba acostada sobre mantas con más mantas encima, como si fuera la fiesta de pijamas más grande del mundo. Y fue muy agradable estar con Mikey, mirando al cielo y dándonos la mano bajo las sábanas. Me habló sobre su sobrina y sobre cómo era tener hermanos mucho mayores, y lo solo que se quedó cuando todos se fueron a la universidad. En el mes que hacía que lo conocía, nunca lo había oído hablar tanto de una sola sentada. Era la primera vez que detectaba su leve acento, la cadencia de su voz cuando pronunciaba las «o». Eso hizo que me entraran ganas de besarlo cada vez que decía «Boston».

Me habló de la Navidad y de lo mucho que le encantaba, y de que solía cantar con el coro de su iglesia. Había odiado cantar *Joy to the World* porque la melodía era demasiado sencilla, pero *Oh, Noche Santa* era su favorita. Así que le conté que solíamos cantar esa canción en el coro de la escuela y que me encantaban las notas tan altas del final, pero que siempre tenía que pronunciar la palabra «Cristo» en lugar de cantarla porque no quería que Dios pensara que era un mal judío.

Mikey se giró hacia mí cuando dije eso.

—¿Un mal judío?

—Por haberlo engañado con Jesús.

Tenía la esperanza de hacer reír a Mikey, pero no se rio. Solo me miró, medio sonriendo, como si estuviera empezando a darse cuenta de que mi cerebro era solo un gran huevo sorpresa lleno de rarezas misteriosas, y tal vez eso no fuera malo en absoluto.

Intenté memorizar las líneas de su rostro a la luz de las estrellas. Nos habíamos besado un par de veces antes, pero hubo algo en aquel momento que me pareció que llegaba mucho más hondo que los besos.

Así que ahí estaba yo dos meses después, en el sofá, entre mis padres, pensando: *Mierda, lo echo de menos.*

Así fue como terminé en Boston una semana después, rogando a Mikey que me diera otra oportunidad. Que me dejara hacerlo bien esa vez. Que de verdad fuéramos novios, con una relación oficial.

Mikey McCowan, mi novio oficial en estos momentos.

Por lo tanto, Ben Alejo tiene mi bendición para enviar sus ojos, sus pecas y sus puñeteramente atractivos pantalones azules de vuelta al universo. Devolver al remitente.

—Y lo más extraño —dice Ben— es que ni siquiera sabía que ibas a venir hasta ese día, literalmente. No sé cómo se me pasó por alto.

—Es… sí, es algo reciente. Una especie de oferta de trabajo repentina.

—Bueno, me alegro de que hayas vuelto —dice, sonriéndome con tanto cariño que me sonrojo.

—Sí, yo también.

Ben empieza a hablar, pero luego sus ojos se desvían hacia arriba y cierra la boca de golpe, y un chico de cabello oscuro aparece de la nada. Deja caer dos cajas al suelo, junto a Ben.

—¡Lo siento, lo siento! No te enfades. ¡Ya estoy aquí!

Agarra a Ben de las mejillas de forma juguetona y le planta un beso rápido en los labios.

Hasta la última molécula de aire abandona mis pulmones.

—¡Hola! —me saluda el chico mientras me tiende la mano—. Soy Mario.

Mario. La cabeza me da vueltas. ¿Mario? Nunca he oído a Ben mencionar siquiera el nombre de Mario si no estaba hablando del juego. Y no he visto a este tío en mi vida. No sale en ninguna de las fotos de Ben en Instagram. Créeme, sin duda me acordaría, sobre todo cuando el tío tiene este aspecto.

Porque es guapo a niveles increíbles. Está buenísimo. Lo más probable es que esa sea la descripción más adecuada. Tiene unos ojos enormes color avellana, una cara de estrella de cine, una sonrisa superamplia, y lleva puesto un peto medio abrochado sobre una camiseta sin mangas, como si acabara de salir del gallinero del patio trasero de alguien que vive en Brooklyn. También tiene unos brazos muy bonitos. No es que parezca un culturista, pero está claro que ha visto el interior de un gimnasio. Y por lo menos me saca quince centímetros…

Me doy cuenta, sobresaltado, de que se supone que debo darle la mano.

—¡Hola! Arthur. Es decir, *me llamo* Arthur.

Parpadea.

—Un segundo. *¿Ese* Arthur?

De acuerdo, así que el nuevo novio de Ben ha oído hablar de mí, lo cual es… muy divertido. Hilarante, incluso. Mario me conoce por mi nombre y yo ni siquiera sabía que él existía.

Ben sonríe, incómodo, y se encoge de hombros, y la cara entera de Mario se ilumina.

—¡No puede ser! —Me abraza fuerte y me besa en la mejilla—. Me alegro mucho de conocerte. Madre mía. ¿Estás aquí de viaje o para pasar el verano, o qué?

—Para pasar el verano —le digo a Mario. Al novio de Ben. Porque Ben tiene novio—. Tengo unas prácticas con un director y dramaturgo *queer*, Jacob D…

—¿Jacob Demsky?

—¿Conoces a Jacob Demsky?

—Tío, JD es una leyenda. ¿En serio vas a trabajar para él? —Mario junta las manos—. Arthur, ¡felicidades! Es una pasada.

—¡Gracias! Estoy… sí. Estoy muy emocionado. —Por el rabillo del ojo, pillo a Ben paseando la mirada entre Mario y yo con nerviosismo, como si fuéramos un *crossover* que él nunca ha pedido—. Lo siento, tienes cosas que enviar. No quiero retrasarte —digo, señalando vagamente las cajas junto a los pies de Ben—. De todos modos, debería irme. He quedado con mi amiga…

—¡No, tranquilo! Me alegro mucho de conocerte por fin. —Mario vuelve a abrazarme—. En serio, no te preocupes. Deberíamos quedar todos juntos alguna vez.

Sonríe, y está tan claro que es sincero que casi me pilla por sorpresa.

—De acuerdo. —Vuelvo a mirar a Ben, que parece tan aturdido como yo me siento—. Vale, sí. Eso suena genial.

Solo yo, Ben y su novio. Porque Ben tiene novio. Lo cual me parece perfecto, joder, porque yo también tengo uno.

Tengo novio. Tengo un Mikey. Y antes de salir de la oficina de correos, mi teléfono empieza a marcar su número.

7

BEN

Lunes 18 de mayo

La última vez que vi alejarse a Arthur fue hace dos veranos.

Estoy reviviendo esa profunda incertidumbre en mi pecho. En ese entonces no estaba seguro de quiénes íbamos a ser después de romper, y no estoy seguro de quién se supone que debemos ser ahora que ha vuelto a la ciudad y tiene novio nuevo.

No le he mandado la foto de la oficina de correos con la intención de que fuera una invitación para que me sorprendiera, pero no puedo culparlo. Le he enviado a un creyente en el universo una foto del lugar donde nos conocimos. Prácticamente lo he conjurado para que apareciera, como si se tratara del hechizo de invocación que aparece en mi libro.

—El ex ha vuelto. Es muy, muy mono —dice Mario con una sonrisa—. *¿Cómo estás?*

—¿A qué te refieres? Estoy bien.

Puede que esté un poco a la defensiva. Pero no quiero que se vuelva loco pensando que yo me estoy volviendo loco por dentro y esperando que él no se dé cuenta.

—Te creo, Alejo. Solo sé que es raro ver a un ex por primera vez.

«Raro» es un eufemismo.

—¿Alguna vez te has topado con un ex antes? —pregunto.

Mario nunca ha hablado sobre su historial de parejas. Lo respeto totalmente, aunque me suscita mucha curiosidad.

—Ya lo creo —dice Mario mientras nos ponemos a la cola—. Me encontré con Louie fuera del cine y…

—¿Louie?

—Mi primer novio.

Lo de «primer novio» implica que hay un segundo por ahí. Quizá más. Pero no me centro en eso en este momento.

—Por favor, dime que su nombre es la abreviatura de Luigi.

Dylan va a adorar este detalle más de lo que adora a Samantha.

Mario se ríe y niega con la cabeza.

—Lo siento, Alejo.

Dylan va a odiar esto más que el café descafeinado. Tal vez incluso más que a Patrick.

—¿Qué pasó cuando te topaste con no-Luigi?

Mario sonríe, como si se hubiera transportado a ese momento.

—Me alegré mucho de verlo, pero solo como amigo. Ayuda que solo tuviéramos diecisiete años cuando salíamos y que apenas durara dos meses. No fue nada serio.

¿Nada serio? Arthur y yo teníamos diecisiete años cuando estuvimos juntos. Ni siquiera llegamos a dos meses, pero por supuesto que fue algo serio. No es que tenga que defender que, una vez, sentí que ese verano lo era todo para mí. Cómo después de nuestro tiempo juntos desearía haber atravesado la pantalla de mi móvil mientras hacía FaceTime con Arthur y dormir junto a él en su cama. Cómo deseaba que su familia se hubiera mudado a Nueva York para siempre.

Estoy seguro de que todavía estaríamos juntos si yo no hubiera estado tan ausente, tan desconectado.

Eso ya no importa.

Concéntrate en el premio, Alejo.

—Arthur parece un buen tío —dice Mario.

—Lo es.

Arthur ha estado bien, pero el Arthur que yo conocía no tenía esa calma. A lo mejor se ha tranquilizado un poco. ¿Pero alguien que se ha tranquilizado tendría prisa por sorprender a su exnovio? No lo sé. Lo cierto es que no sé quién es Arthur Seuss hoy en día.

Intenté mantener el contacto, de verdad. Pero hablar de Mikey se me hacía muy duro. Estaba en un momento difícil en el que tenía que apoyar a Arthur como haría un buen amigo incluso aunque todavía estuviera lidiando con mis propios sentimientos hacia él. Luego se separaron y eso me dio esperanzas de que la puerta a una relación conmigo no estuviera cerrada del todo. Pero desde que volvieron a estar juntos, ha quedado claro que no somos la gran historia de amor que una vez pensé que éramos.

Se abre una ventanilla y ayudo a Mario a pasar las cajas antes de hacerme a un lado para que gestione el envío. Echo un vistazo alrededor de la oficina de correos, preguntándome si sucederá algo de película. ¿Otra propuesta matrimonial en forma de *flashmob*? Entonces me doy cuenta. Ya ha pasado algo que parece sacado de una película.

Mi exnovio se ha encontrado conmigo y con mi próximo novio en potencia.

Mario hechiza al trabajador de correos durante el resto de su transacción y luego salimos. Le da un golpecito al carrito vacío de la compra.

—Tu carruaje espera, Alejo.

—Ni hablar. Te empujaré yo a ti.

—No, no, no. Yo me encargo.

—¿Estás haciendo cosas raras en plan macho?

Mario rodea el carro y apoya la mano en mi hombro.

—Un momento, Benjamín Hugo Alejo. ¿Quién te ha enseñado eso de «macho»? ¿Es que tienes otro tutor de español?

—Pues… «macho» también es una palabra en inglés.

—Claro, pero lo has dicho con acento español. No creas que no distingo la diferencia.

No sé si es capaz de distinguirla, pero lo que yo tengo muy claro es cuándo la voz de Mario cambia de amigable a coqueta. Me ruborizo mientras el vello de los brazos se me eriza, y siempre tardo unos segundos en encontrar mis próximas palabras.

—*Tengo una pregunta.*

Miro sus ojos color avellana mientras el corazón me late con fuerza. De entre todas las preguntas.

Tal vez me pida ser su novio.

—¿Sí?

—¿Crees que pasar el rato con Arthur haría las cosas menos raras? ¿Quizás incluso conocer a su novio? Me callaré si crees que es demasiado para ti.

Así que no va a pedirme salir oficialmente. Está señalando lo raro que estoy siendo desde que he visto a mi ex.

Mario retira la mano de mi hombro y aparta la mirada.

—No importa. Ya cierro el pico.

—Por favor, no lo hagas —digo—. Pasar el rato con Arthur y Mikey podría venirme bien.

—Si quieres algo de apoyo, puedo ir contigo. ¿Quizás el viernes antes de que me vaya el sábado?

—Sí. Podría ser divertido.

Traducción: cita doble.

—¿Hay alguna posibilidad de que también hayas conocido al nuevo novio de tu ex? —pregunto.

Mario sonríe y me envuelve en un abrazo.

—Me temo que todavía no he recorrido ese camino, Alejo.

Descanso mi barbilla en su hombro, inhalo su champú y no tengo ningunas ganas de moverme. Me alejo de él y volvemos a mirarnos a los ojos mientras sonreímos a la vez. No suelo ser el que empieza los momentos afectivos con Mario porque no quiero correr el riesgo de ser rechazado, pero me siento tan agradecido por lo compasivo que está siendo que siento que me atrae como un imán. Lo beso y me detengo en sus labios el tiempo suficiente para que sepa que no estoy intentando que me confundan con un amigo. Estoy nervioso cuando el beso se acaba y desearía poder vivir en ese espacio donde estamos pegados el uno en el otro.

—*Otra vez* —dice Mario.

Busco en mi mente la traducción.

—No tengo *nada*.

—Otra vez —dice Mario.

Beso a Mario, ¡*otra vez*!

—Tu carruaje sigue esperando —dice Mario.

Me subo al carro y aprieto las rodillas contra el metal. Es muy incómodo, sobre todo cuando Mario echa a correr. No dejamos de reírnos y estoy seguro de que vamos a volcar y de que voy a romperme la crisma contra la acera, pero Mario va con cuidado conmigo.

Una vez que se detiene para recuperar el aliento, envío un mensaje a Arthur.

hola me ha gustado verte. queréis pasar un rato conmigo y Mario el viernes por la noche?

Le doy a «enviar» intentando no pasarme una eternidad con un mensaje para Arthur. Quiero disfrutar de cada minuto que tengo con Mario.

8

ARTHUR

Martes 19 de mayo

—Mikey Mouse, ¿por qué estoy despierto? —Apenas son las seis de la mañana, pero por supuesto mi novio madrugador es un rayo de sol recién duchado.

Está sentado a los pies de su cama, sonriendo.

—¿Has dormido algo?

—Mi cámara frontal dice que no —digo, mirando más de cerca—. ¿Aunque los pliegues de la almohada dicen que sí? Uf… —Me detengo en seco—. Guau, vale, tu pantalla acaba de congelar la imagen en un momento con el potencial asesino. ¿Estás…?

—¿Siendo asesinado? —Su cara aparece de nuevo en mi móvil—. No, me estaba poniendo un calcetín.

Es tan mono que es casi insoportable. A veces simplemente me impacta esa revelación. Mikey, que una vez escribió un ensayo de quince páginas sobre la ópera estadounidense de la Guerra Fría, pero es incapaz de sostener un teléfono y ponerse un calcetín al mismo tiempo.

—De acuerdo, necesito consejos sobre cómo vestir el primer día. Me inclino por el traje y la corbata…

Mikey enarca las cejas.

—¿Vas a ir como Chad de Economía de la Empresa?

—Cállate. Solo sería para el primer día. La primera impresión. Se me ocurre…

—Darte un aire a Jeremy Jordan en *Supergirl* —dice conmigo, y me echo a reír.

—Exacto. —Hago una pausa—. Y estás seguro…

—No parecerás un bebé que recauda impuestos.

Reprimo una sonrisa.

—¿Ahora crees que puedes leerme la mente?

—¿Me equivoco?

Su humor socarrón hace que me derrita por dentro. Quizá sea solo el hecho de que Mikey nunca solía picarme. Ahora se mete conmigo de la forma más amable del mundo, y para ser sincero, nunca tengo suficiente.

—Entonces, ¿qué toca hoy en el campamento? —pregunto—. ¿Buceo con escafandra? ¿Tiro con arco?

—Sabes que estos niños están en preescolar, ¿verdad?

—¡Yo hice buceo en preescolar!

—Arthur, tienes miedo a los peces.

—Porque bucear me traumatizó de por vida. —Hago una pausa—. Espera, puede que fuera esnórquel. De todos modos, ¡debería ir a vestirme!

—¿Me llamas cuando llegues a casa? Me muero de ganas de saber cómo te irá.

—Tendrás el resumen completo minuto a minuto. Tú, Mikey Mouse, vas a saber más de Jacob Demsky que su propio marido.

—Creo que ya sé más cosas que él.

Me río.

—Te echo de menos.

—Yo a ti también —responde en voz baja.

Hay una pausa, y es algo que ha estado sucediendo más y más últimamente, y nunca sé muy bien qué hacer. Supongo que es la parte de la conversación en la que uno tiene que decir «te quiero», pero Mikey y yo todavía no estamos en ese punto. No me opongo a ello, supongo que siento que es un poco pronto. Aunque en cierto modo, esa pausa hace que me sienta como si ya estuviera ahí. Como si estuviera marcando la posición de un «te quiero» porque es más o menos una conclusión inevitable.

Colgamos y sigo mi rutina matutina: ducha, dientes, abotonarme la camisa. Y la corbata, porque al final prefiero ser Chad el de Economía de la Empresa en lugar de un «enérgico e informal» chico *bar mitzvah*. Al menos me da la oportunidad de mostrar mis habilidades con un nudo medio Windsor, nacidas de horas de tutoriales de YouTube que culminaron en impecables modelitos de graduación para mí, Ben y Dylan: mi mayor logro en el instituto, sin duda alguna. Por supuesto, ahora estoy atascado en el recuerdo de los ojos del Ben de último año iluminando la pantalla de mi teléfono en el momento en que hizo ese último giro y se dio cuenta de que lo había clavado.

Parecido a cómo se le iluminó la cara cuando me vio ayer en la oficina de correos.

Cierro los ojos con fuerza e intento apartar esa imagen de mi cabeza a la fuerza. Es desconcertante la frecuencia con la que Ben se ha estado paseando por mi cerebro últimamente. Estoy ocupándome de mis propios asuntos, pensando en mi auténtico novio, y luego aparece Ben de la nada, con un millón de disfraces diferentes. Ahí está Ben, en cada billete de cien dólares, en cada postal de Londres. Incluso el decano de mi universidad se llama (¿cómo iba a ser, si no?) Ben. Siempre está ahí, y no tengo ni idea de cómo lo hace. Es como un volcán, siempre está a tan solo un terremoto de entrar en erupción.

A veces desearía tener veinte exnovios, solo para poder saber si esto es normal.

Lo más extraño es lo mucho que este trabajo me hace sentir como si estuviera en una primera cita: estoy emocionado y nervioso, desesperado por causar una buena primera impresión. Hace dos días, el ayudante de Jacob, Taj, me envió por mensaje la ruta desde el metro y, a estas alturas, creo que básicamente la tengo tatuada en el cerebro. Tengo suerte y consigo sentarme, lo cual es genial, porque significa que puedo emplear el viaje hasta el centro para echar un último vistazo a la carpeta en la que llevo el guion, con pestañas adhesivas y anotaciones febriles, a pesar de que, *técnicamente*, Jacob no pidió notas. Pero hay que esforzarse así de duro cuando se trata del trabajo de tus sueños. La abro por la página del título y, como siempre, esas letras mayúsculas Courier que parecen no estar dispuestas a tolerar ninguna tontería hacen que el corazón me lata más rápido.

TÓCALA OTRA VEZ
Por Jacob Demsky

La obra en sí es muy diferente de lo que esperaba. Supongo que esperaba que fuera una especie de actuación experimental y multisensorial, como el concierto de danza al que Mikey y Musa me arrastraron una vez en Wesleyan, donde todos los bailarines emergieron de un vientre gigante de licra y los acomodadores repartieron bolsas de basura para olfatear en momentos críticos. Pero esta no es así en absoluto. Es solo una historia: convencional, lineal, casi encantadoramente dulce.

Va sobre un par de neoyorquinos que son *queer* y mejores amigos y el bebé para el que están ejerciendo de padres de forma platónica. Lo más probable es que haya leído el guion al menos una docena de veces a estas alturas, pero no podría evitar zambullirme de nuevo en él ni aunque lo intentara. Pero apenas he pasado de la segunda escena del primer acto cuando llegamos a Columbus Circle, donde tengo que hacer transbordo. Y desde allí, son solo unas pocas paradas hasta el estudio donde se hacen los ensayos.

En otras noticias relacionadas: trabajo en un estudio para ensayar, un estudio real, un estudio de ensayos legítimo del teatro independiente. No, no es el icónico edificio de diez pisos cerca de Times Square, donde te encuentras con los miembros del reparto de *Hamilton* en el ascensor. Pero estoy bastante seguro de que, de todas formas, nuestro estudio es mejor, por unos cinco millones de razones, empezando por el hecho de que está en el East Village, también conocido como el centro de todo lo *hipster*. No creo que haya una sola manzana en la ciudad que contenga tanta magnificencia en estado puro. Hay un par de chicos tatuados de los pies a la cabeza hablando español, una mujer con un mandala de crochet extendido sobre los radios de su silla de ruedas y un chico negro de aspecto elegante con rastas grises y una taza de café reutilizable. Me sorprende que todavía no me hayan brotado una barba y un tupé, solo por respirar este aire.

Doy vueltas cerca de la entrada principal del estudio durante unos instantes, tratando de calmar mis nervios. Todavía llego unos quince minutos antes, lo cual es tiempo suficiente para dar una vuelta a la manzana si me apetece, solo para ver lo que hay por aquí. En realidad, creo que estoy cerca del barrio de Ben. No es que Ben necesite que aparezca en la puerta de su casa en lo que debe de ser una mañana de martes muy erótica con Mario.

Supongo que es gracioso, porque solía dedicar mucho rato a hablar de lo mucho que quería intentar estar soltero. No dejaba de insistir en que necesitaba «tiempo para Ben», y de decir que no saldría con nadie a menos que estuviera completamente pillado. Para él era importante lo de preferir estar soltero antes que tener pareja aunque no estuviera locamente enamorado solo por el hecho de estar en una relación. Así que está claro que bebe los vientos por Mario. Pero supongo que eso es lo que pasa cuando conoces a un chico que tiene ese aspecto.

¿Pero sabes qué? Que yo tengo mi propio novio adorable. Mikey McCowan, de Boston, Massachusetts, quien se muere de necesidad por un selfi mío frente al estudio. Con discreción, por supuesto, para no dar la vibra de acaba-de-llegar-de-Georgia en mi primer día viviendo la vida vanguardista del East Village. Solo inclinaré mi teléfono hacia arriba a la altura del pecho…

—¿Quieres que te saque una foto?

Levanto la mirada, sobresaltado, y me encuentro a un chico con el pelo oscuro y ondulado, piel morena clara y un rostro perfectamente simétrico. Es joven, creo que tendrá unos veintitantos, y del sur de Asia. Hay algo extrañamente familiar en él, lo que significa que probablemente sea un actor, tal vez incluso uno famosillo. Pero, ante todo, es su atuendo lo que me deja sin palabras. En concreto, su corbata y sus tirantes. Su corbata y sus tirantes *florales*. Un genio en estado puro. Una revelación.

—No me importa —dice, sosteniendo su teléfono mientras yo lo miro boquiabierto—. ¡Sonríe!

Sonrío como un idiota, porque por lo que parece, el Arthur vanguardista del East Village es muy susceptible a las órdenes que le dan los chicos guapos con tirantes florales.

—Te la envío por mensaje —dice, mientras toca la pantalla de su teléfono. Asiento en silencio, esperando a que me pregunte mi número. Pero en vez de eso, solo vuelve a mirarme y sonríe y el móvil me vibra en la mano. Tengo un mensaje nuevo, con una foto adjunta, de…

—¡Eres Taj! —Niego con la cabeza mientras siento cómo empiezan a arderme las mejillas—. Dios. Lo siento mucho. Yo... Por supuesto que lo eres. Tu pelo...

—Un experimento fallido. Aunque mi pareja pensó que me parecía a Johnny Bravo. —Se ríe, con un pequeño estremecimiento.

—Bueno, soy Arthur —digo a bocajarro, y luego las mejillas me arden como en un incendio otra vez—. Cosa que es evidente que ya sabes. —Levanto mi teléfono en lo que supongo que es el gesto universal para *me acabas de mandar un mensaje y soy un auténtico payaso*—. Lo siento, solo estoy, eh...

—Es un placer conocerte por fin en persona —dice Taj—. ¿Entramos?

—¡Sí! Genial. Igualmente. Detrás de ti.

Detrás de ti. ¿Cómo me coso la boca para no volver a abrirla? Taj me abre la puerta y entro en el vestíbulo del estudio Lafayette, que se parece al recorrido virtual que he hecho ya doce veces. Es un edificio antiguo, con alfombra verde aterciopelada y marcos dorados muy recargados, pero también hay ventanas grandes, y el aire huele a limpio, a cítricos. Taj se va directo a los ascensores que hay al fondo, aprieta el botón y me sonríe.

—¿Cómo te sientes?

Respiro hondo.

—Bien. No me puedo creer que esté aquí. Jacob es mi director favorito sobre la faz de la Tierra. Me siento como en un sueño.

—Jacob es genial —me asegura Taj. Las puertas del ascensor se abren y me deja entrar primero—. La obra también es increíble. Me tiene entusiasmado.

—Dios, lo sé. Me sabe fatal haberme perdido la mesa de lectura. Tenía un examen final el viernes por la mañana. Voy a clase. En la universidad. Es obvio. O espero que sea obvio. —Me froto la mejilla—. No sé cuánto te ha contado Jacob sobre mí.

—Acabas de terminar tu primer año en Wesleyan, ¿verdad? Yo me gradué en Yale hace dos años.

—Espera, ¿en serio? —Jadeo—. ¡Mi *bobe* vive en New Haven!

Vaya puta mierda, Arthur. Buena forma de mencionar a *tu abuela* incluso antes de bajar del ascensor. La estrategia de un ganador.

—Cómo mola. New Haven es genial —dice Taj cuando llegamos al cuarto piso—. Vale. ¿Estás listo?

Asiento y le dedico una sonrisa extremadamente guay.

—En serio, no te estreses, todos son superamables. Te presentaré a todo el mundo.

En el estudio hay más luz de la que esperaba, y los techos altos y los espejos hacen que parezca más grande de lo que es. En estos momentos solo hay unas pocas personas que van de un lado a otro muy atareadas con portapapeles y colocando sillas en su sitio. Mi mirada se posa en un chico negro con un piercing en el septum y una camiseta con el eslogan «Los derechos trans son derechos humanos». Está hablando con una diminuta mujer blanca *retro femme* y un tipo de piel morena y unas enormes gafas estilo años ochenta, que apenas parece mayor que yo. La energía *hipster* está por las nubes.

—Usas el pronombre «él», ¿verdad? —pregunta Taj, y yo asiento.

—Vale, los actores no llegarán hasta las once, pero puedo presentarte a algunos de los ayudantes. Y a Jacob, por supuesto.

Hace gestos a un grupo de personas que charlan cerca de los atriles para las partituras, uno de los cuales se gira de repente en mi dirección. Incluso si no lo conociera de nuestra entrevista por Zoom, reconocería a Jacob en un santiamén: cara aniñada, pelo rubio y grandes ojos azules, como en sus fotos. Se le ilumina la cara cuando me ve y se acerca corriendo.

—¡Arthur, hola! Veo que ya conoces a Taj. Genial. Él cuidará bien de ti. —Se vuelve hacia Taj—. Ah, por cierto, Stacy necesitaba apoyo para el inventario del atrezo. ¿A lo mejor Arthur puede empezar con una hoja de cálculo?

—No hay problema.

—¡Ah! Y si encuentras a Justin, pregúntale si podemos avanzar hacia una paleta más verde para Amelia. Pero me gusta ese bermellón para Em.

Asiento a la vez que Taj, aunque literalmente no tengo ni idea de quiénes son Justin, Amelia y Em. O lo que es el bermellón. También voy vestido como Pete Buttigieg. ¿Lo estoy clavando ya?

—Buenas noticias. —Jacob se gira hacia mí—. Hemos recibido la confirmación del teatro Shumaker Blackbox. Hay cincuenta asientos y es un espacio accesible e increíble. Te va a encantar. En algún momento te lo enseñaré a fondo. Pero siéntete libre de preguntarme cualquier cosa ahora. ¡Estamos muy contentos de tenerte aquí!

El corazón me late desbocado.

—Muchas gracias. —Respiro hondo—. Ahora mismo, estoy un poco asustado. Conocerte es un *gran* honor.

—Muchas gracias. —Jacob me da unas palmaditas en el brazo—. Hoy mejor céntrate solo en aclimatarte. Taj te ayudará a empezar con el inventario del atrezo y, cuando vuelva, te presentaremos a Stacy. ¡Ah! ¿Y tienes una copia impresa del guion?

—¡Sí! —Levanto la carpeta.

—¡Estupendo! Entonces, ¿por qué no...? —Se detiene en seco, con la mirada a la deriva, más allá de mí—. Oh, *Dios* mío.

Me doy la vuelta y me encuentro al chico del piercing sosteniendo lo que parece ser un muñeco calvo de Chucky.

—Uf —murmura Taj.

—Si alguna vez escribo otra obra con un bebé involucrado —dice Jacob—, por favor, mátame.

—¿Ese es el bebé de atrezo? —pregunto.

—No. Ni hablar. —Jacob deja escapar una risa cansada mientras se pasa una mano por el pelo—. Está bien, será mejor que vaya a lidiar con eso.

—Y yo te crearé un usuario —dice Taj, girándose hacia mí, pero luego hace una pausa—. En realidad, ¿sabes qué? ¿Quieres ir a por café antes de que lleguen los actores?

—No, gracias, estoy bien. Estoy a tope con los nervios del primer día. Mejor que no tome cafeína o me convertiré en Sonic el erizo. O en un vibrador.

Hola, sí, ¿hola? Por favor, me gustaría hablar con un gerente sobre la posibilidad de estallar voluntariamente en llamas. Porque, por alguna puta razón que desconozco, he decidido referirme a mí mismo como un personaje de Sega Genesis y un juguete sexual en mi primer día de trabajo. Además, no puedo dejar de mirar esos tirantes. Y esa *corbata*.

—Entendido —dice Taj después de unas diez horas de silencio insoportable.

Le envío un mensaje de texto a Jessie en cuanto se va. **Me quedaría bien una corbata de flores, ¿¿verdad??**

No hay respuesta. Supongo que en estos momentos estará enterrada en montañas de archivos legales o peleándose con la fotocopiadora o anotando pedidos de Starbucks, y Dios, qué alegría que no vaya a ser becario en un despacho de abogados nunca más. No digo que registrar atrezo en una hoja de cálculo sea el pináculo de la creatividad: la vida de prácticas es la vida de prácticas. Pero si me veo obligado a llevarle el café helado a alguien, que sea a Jacob Demsky.

Y luego la revelación me impacta como un yunque: Taj no me estaba preguntando si quería tomar un café. Quería que compráramos café para Jacob y el equipo, tal vez incluso para los actores. Lo cual significa que soy oficialmente el becario de un asistente de dirección más inútil sobre la faz de la Tierra. ¿Este será mi legado? Arthur Seuss, pionero en el reino del olvido de tareas básicas como ofrecerse a llevarle el café a su jefe.

Tendré que compensarlo deslumbrando a Taj y a Jacob con la mejor hoja de registro de atrezo en la historia del teatro. La plantilla en blanco que me ha dado Taj es muy básica, pero apuesto a que podría replicar la cuadrícula en la aplicación de diseño que Samantha siempre está promocionando en Instagram. Tal vez incluso pueda importar imágenes que se correspondan con cada accesorio, solo por el factor sorpresa. Quiero que Jacob sepa que me tomo esto muy en serio. Se acabaron los días del mínimo esfuerzo. Voy a activar toda mi energía de perrito faldero del profesor.

Estoy tan concentrado que ni siquiera oigo los pasos de Taj hasta que el aroma a café inunda mis fosas nasales.

—Vaya. —Levanto la mirada y lo veo examinando mi pantalla con el ceño fruncido—. Esto es…

—¿Qué te parece? Obviamente, es la misma información, pero quería darle un poco más de presencia. ¿Sabes a qué me refiero?

—Mmm. Sí, claro. Ya lo veo. No hay duda de que tiene más presencia.

Reprimo una sonrisa orgullosa.

Taj se frota el puente de la nariz.

—Bueno. Por lo general, al equipo técnico le gusta ceñirse a sus plantillas estándar, solo para agilizar el proceso.

Se me cae el alma a los pies.

—Ah. Bueno…

—Es muy impresionante, de verdad —se apresura a añadir—. Solo digo que… Ya sabes. ¿También tienes la otra versión…?

—¡Pues claro! Es decir, todavía no la tengo, pero puedo rehacerlo todo. Dios. Lo siento mucho. No he caído en que… —Me miro las manos.

—No, yo lo siento. Debería haber sido más claro. Solo has… Es un gráfico impresionante. Es solo que…

—Tardaré diez minutos. Lo haré ahora mismo. —Estoy parpadeando muy rápido, mis párpados prácticamente revolotean. Pero no puedo. No puedo llorar el primer día de trabajo. Es solo que no llevo aquí ni una hora y ya he hecho mal las cosas. Y ahora tengo que repetirlas.

Esto es de verdad como una cita.

9

BEN

Viernes 22 de mayo

—Toc, toc —dice Dylan al otro lado de la puerta de mi dormitorio sin llamar de verdad.

—Un segundo.

Estoy desnudo de cintura para arriba frente a mi cajón abierto. Quiero ponerme una de las camisetas que Mario me hizo, pero esa parece una elección de vestuario trascendental para pasar el rato con mi ex y su nuevo novio. ¿Parecerá que estoy intentando demostrar a la fuerza cuánto se preocupa Mario por mí, incluso aunque no tengamos ninguna relación oficial? ¿O es más que suficiente que Mario vaya a pasar el rato con todos nosotros en su última noche antes de irse a Los Ángeles?

Es una estupidez preocuparse tanto.

No necesito que parezca que estoy compitiendo con Arthur.

Voy a llegar a esta cita doble con la cabeza en alto.

Hablando de orgullo, elijo mi camiseta favorita de todas las que Mario ha hecho para mí desde que empezamos con las clases de español: una sencilla camiseta blanca con una bandera puertorriqueña estampada en el bolsillo del pecho. Había bromeado con él sobre el hecho de que a veces me sentía como si la gente no pudiera deducir que soy puertorriqueño a menos que empezara a usar la bandera como capa, y él me hizo esta camiseta y me dijo que así sería más sutil. Siento que la gente me ve cuando me pongo esto.

—Toc, toc —repite Dylan—. Tienes cinco segundos para subirte los pantalones.

—Adelante —digo.

—¿De verdad? Todavía te quedan como tres segundos —dice Dylan, aún al otro lado de la puerta.

—Aparta —dice Samantha mientras entra—. Hola, Ben.

Samantha está enrollando su collar de la llave alrededor de un dedo y va vestida de blanco y negro: camiseta negra, chaleco blanco, vaqueros y zapatillas blancas y negras. Se da un aire a Cruella de Vil y le queda como un guante. Dylan entra detrás de ella, siguiéndola como un cachorrillo fiel.

—¡No es solo una cita o una cita doble, sino una cita triple! —exclama Dylan—. Es la primera en la historia de la humanidad.

—Tuvimos una cita triple en la bolera con mis amigos de la universidad —dice Samantha.

—Eso no cuenta. Tus amigos no tenían química. Como mucho, fue una cita doble. —Dylan se gira hacia mí—. Ashleigh no dejaba nunca el móvil, y Jonah era lo peor, Big Ben. No dejó de fanfarronear mientras jugábamos a los bolos.

—¿Así que jugaba mejor que tú? —pregunto.

—Sí —confirma Samantha—. Y Ashleigh estaba liada con una emergencia familiar, pero Dylan tiene razón: Jonah es bastante insufrible.

—¿Has oído eso? Me ha dado la razón —dice Dylan con una sonrisa.

—Eso sí que es una primera vez en la historia de la humanidad —dice Samantha.

Dylan salta sobre mi cama y rebota.

—¡Tengo razón!

—Bájate —le ordeno.

Dylan salta y me mira con desconfianza.

—¿Por qué? ¿Estás escondiendo a Arthur aquí abajo? —Mira debajo de la cama.

Me sonrojo.

—¿Por qué iba a esconder a Arthur?

—¿Porque tener a Arthur a plena vista sería francamente irrespetuoso?

—No hay nada entre nosotros.

Solo he intercambiado un par de mensajes de texto con él desde que nos vimos el lunes. El primero fue uno cuando sugerí quedar, y luego hoy, hace unas horas, para confirmar la hora para esta noche y ver si le parecía bien que Dylan y Samantha se unieran al plan.

—No hagas nada raro esta noche, D. No quiero que nadie se sienta incómodo.

—¿Yo? ¿Raro? ¿Debo sentirme insultado, señor policía de la diversión?

—Pues claro.

Me guardo la cartera en el bolsillo y los guío fuera de mi habitación. Mis padres están acurrucados en el sofá viendo la segunda temporada de *Día a día* en Netflix. Lo más seguro es que mi madre haya visto cada episodio como cuatro veces, pero es la primera vez que consigue que mi padre vea la serie. Me han invitado a verla con ellos, pero suelo preferir ir a mi cuarto a escribir o hacer un FaceTime con Mario. Ver programas familiares a menudo me hace desear que mi vida fuera más simple, como si pudiera pasar por los altibajos de vivir con mis padres a lo largo de solo treinta minutos.

—¿Cuál es el plan, Benito? —me pregunta mi madre mientras se tapa el regazo con una manta.

—Solo vamos a Times Square.

—¿Times Square?

—¿Arthur no ha estado allí ya?

—Sí, pero le encanta esa zona. Es probable que a Mikey también.

No me sorprendería que hubieran pasado todas sus noches en Nueva York viendo un espectáculo diferente. Mientras tanto, yo estoy aquí ganándome un sueldo y dando dinero a mis padres para el alquiler y la comida.

—Bueno, diviértete —dice mi madre—. Vosotros también, Samantha y Dylan.

—*Gracias* —dice Dylan como una verdadera persona blanca.

Salimos, nos dirigimos a la estación de metro y subimos a un vagón justo a tiempo para ver a un dúo de chicos de piel oscura gritar:

—¡Hora del espectáculo!

La música empieza a sonar y Dylan intenta aplaudir, aunque no va al compás. Estoy a punto de agarrarlo de la mano. Para ser sincero, no siempre presto atención a los espectáculos del metro, pero estos chicos están a otro nivel. No puedo evitar observarlos mientras recorren los pasillos y giran alrededor de los postes con una fuerza en el tronco superior propia de un superhéroe. Les dejamos unos cuantos dólares como propina antes de hacer transbordo al próximo metro.

Cuando llegamos a Times Square, soy demasiado consciente de que su hechizo mágico no me afecta. Las marquesinas iluminadas se mezclan con los semáforos. Todas las vallas publicitarias de Broadway podrían ser también carteles de paradas de autobús. Ahora siempre me siento así con respecto a Nueva York. Me despierto cada mañana y la ciudad brilla con un poco menos de intensidad. Pero este glamur no es para residentes como yo. Es para gente como Arthur y Mikey, que probablemente aparecerá en cualquier momento dando brincos y cantando la melodía de algún espectáculo que no conoceré.

Reviso mi móvil y veo que Mario va a llegar unos minutos tarde porque se ha retrasado haciendo las maletas para su viaje. He pensado en pasar la noche en su casa, pero su vuelo sale muy temprano y sé lo importante que es descansar para un viaje. Por suerte, pudimos rascarnos algunos picores ayer por la tarde mientras mis padres estaban en el trabajo.

—Me muero de hambre —dice Samantha.

—¿Un perrito? —pregunta Dylan, señalando al vendedor de la esquina.

—Puede que un pretzel —responde ella.

Dylan se acerca al carrito.

—Buen hombre, ¿cuál es la tasa de los pretzels?

—¿Por qué hablas así? —pregunta el vendedor.

—Para que no me confunda con un turista.

—Suenas como un turista.

—¿De dónde?

—Del pasado.

Dylan lo fulmina con la mirada.

—¿Cuánto por el pretzel? Mi mujer se muere de hambre y necesito llevar comida a la mesa.

—Cinco dólares.

—Ya veo. Y después de que le entregue al tío Lincoln, ¿será usted inmediatamente arrestado por sus crímenes?

Ambos se enzarzan en un concurso de miradas fulminantes. Samantha y yo ponemos los ojos en blanco.

—Cuatro dólares —regatea Dylan.

—Cinco.

—Cuatro dólares y un dólar más por un refresco.

—Siete.

Dylan se inclina hacia delante.

—Me está avergonzando delante de mi mujer. Vamos, de un padre de familia a otro. Ayúdeme.

—Eres un crío.

—¿Cómo se atreve? Tengo barba.

Samantha interviene con un billete de cinco dólares.

—Un pretzel, por favor.

El vendedor toma el efectivo y le entrega un pretzel.

—Que tengáis una gran noche.

Samantha le da un gran mordisco, murmura un agradecimiento y se va.

Dylan vuelve a fulminarlo con la mirada.

—Disfrute de la prisión.

Seguimos a Samantha, que está devorando su pretzel. No deja de decir que son mucho mejores que los del campus, y Dylan empieza a hablar sobre sus comidas favoritas de la cafetería (filetes de pollo, pizza de pepperoni, hamburguesa de ternera) y las que considera intocables (perritos calientes, patatas fritas, tacos). No tengo nada que aportar a esta conversación, lo cual es genial porque me estoy concentrando en esta noche.

Sigo esperando a Arthur y a Mario.

No, corrección: Mario y Arthur. Mario va primero hoy en día. Pienso en él cuando me despierto. Deseo que él esté detrás de cada menaje. Cancelaría los planes con todos los demás para quedar con él. Sé que debería dedicarle más tiempo a Arthur mientras está en la ciudad, pero él no ha hecho este viaje para quedar conmigo. No fue el caso en el pasado y no lo será esta vez tampoco.

Entonces, Arthur es la primera persona que veo avanzando a través de la multitud. Me sorprende que no esté dándole la mano a Mikey, aunque es posible que se hayan soltado por culpa de la cantidad de gente que hay. No verlos pegados es una buena forma de habituarme poco a poco a esta experiencia.

Pero cuando Arthur se gira para hablarle a alguien, no se trata de Mikey. Es Jessie. No sabía que iba a invitar a Jessie, pero me parece bien.

Esta es la misma zona en la que quedamos para nuestra primera primera cita.

—¡Hola! —saluda Arthur, radiante—. Guau. ¡Dylan! ¡Samantha! —Los abraza—. Me alegro de veros.

—Ser visto por ti es aún mejor —dice Dylan.

—Hola de nuevo —le digo a Jessie.

—Hola. —Jessie besa a Samantha en la mejilla—. Escuché el pódcast que me mandaste. Es supergracioso.

Me gusta que Samantha y Jessie no hayan perdido el contacto después de nuestra ruptura. Las cosas no deberían tener que ser complicadas para ellas también.

—Hola, Arthur.

—Hola, Ben.

Nos abrazamos, pero no dura mucho. Me parece bien. Genial incluso. Ya nos hemos quitado de en medio el abrazo de guau-qué-genial-verte-por-primera-vez-en-dos-años.

—¿Dónde está Mario? —pregunta.

—No debería tardar mucho. Se ha retrasado haciendo las maletas para mañana. Se va a Los Ángeles.

—¿Cuánto tiempo estará allí?

—Una semana.

Aquí estoy, hablando de los planes de Mario con mi exnovio.

Tengo que dejar de pensar en Arthur solo como mi exnovio.

Es más que eso. Somos amigos. No importa que él fuera la última persona de la que me enamoré. Eso fue hace años.

—*Hola, hola, hola, hola* —saluda Mario detrás de mí. Me pellizca los costados y abraza a todos los que conoce antes de presentarse él mismo a Jessie—. Lo siento, llego tarde, estaba haciendo las maletas y... ahora estoy aquí. —Mario me sonríe, me toca la bandera de Puerto Rico del bolsillo de mi camiseta y me guiña un ojo—. Bonita camiseta, Alejo.

—Gracias.

Mario chasquea los dedos en dirección a Arthur.

—¿Dónde está Mikey?

Arthur parece confundido.

—En Boston.

Me pregunto si todo va bien.

—¿Cuándo se ha ido?

—Nunca ha estado aquí…

—Creía que estaba en la ciudad contigo…

—Solo estamos nosotros —dice Jessie. Sus manos vuelan a su boca—. Ay, no, qué vergüenza. ¿Querías invitar a Mikey y no a mí?

—No, o sea, sí, ¡pero por supuesto estamos encantados de que estés aquí!

Esto es un desastre. ¿Cómo se ha enredado tanto la cosa? Supongo que en parte por no prestar más atención a las publicaciones de Instagram de Arthur. He asumido sin más un montón de cosas sobre la estancia de Arthur y Mikey en Nueva York: espectáculos de Broadway, paseos de la mano mientras cantan canciones de dichos espectáculos, compartir cama.

Me siento un poco más ligero. Como si no fuera la única persona en el mundo cuya vida no es perfecta.

El hecho de que el novio de Arthur no esté cerca no debería ser reconfortante.

—Es una pena que no vayamos a conocer a Mikey —digo.

—Vendrá de visita el próximo fin de semana. Puedes conocerlo entonces.

—Tendremos que enviarle una foto de grupo —dice Mario.

—Pero primero deberíamos ir a hacer algo más emocionante que estar parados en una esquina en Times Square.

Jessie señala el Regal Cinema al final de la calle.

—¿Una peli?

—Dios, sí, mataría por un granizado —dice Samantha.

Mario niega con la cabeza.

—¡Esta es la primera vez que estáis todos juntos en años! No podréis poneros al día durante una película.

—Nunca has ido a ver una película con esta parlanchina —dice Dylan, señalando a Samantha. Ella le pega en el brazo y él finge dolor.

Mario escanea nuestros alrededores.

—¿Qué os parece el Madame Tussauds? Podemos posar con diferentes figuras de cera o... Un segundo, ¡Dave & Buster's!

Arthur me mira y aparta la mirada tan rápido que debe de haberse provocado un latigazo cervical.

Dave & Buster's es donde Arthur y yo tuvimos nuestra primera cita. No debería ser un gran problema, aunque admito que no he ido desde la última vez que fuimos juntos. Pero si es lo que Mario quiere hacer, no quiero evitarlo por culpa de mi historial con Arthur.

—Por favor, dime que todavía tienen el *Mario Kart* —dice Dylan—. Necesitamos una foto de Mario jugando al *Mario Kart*. Será mítico.

—¿*Pac-Man*? —le pregunta Jessie a Samantha.

—*Pac-Man* —confirma Samantha.

Arthur parece petrificado.

—¿Te parece bien? —le pregunto.

Asiente como un muñeco cabezón.

—Pues claro. A tope con la máquina de pelu...

Mario me da la mano y me besa en la mejilla.

—Te desafío al *Guitar Hero*.

Me arrastra calle abajo antes de que pueda ver la reacción de Arthur. Estoy seguro de que es raro ver que otro chico me besa.

De camino a Dave & Buster's, Mario vuelve a disculparse por llegar tarde y sigue hablando de lo emocionado que está por su viaje. No le digo lo emocionado que estoy yo por su vuelta para no parecer necesitado. Pero esa es la pura verdad: me gusta Mario y me gusta pasar tiempo con él. Su energía es como empaparse de la luz del sol.

Entramos en el edificio y subimos por las escaleras mecánicas hasta la planta de juegos. Captamos el final de una canción de P!nk y el comienzo de una de Rihanna. En el interior, brillan las luces de las mesas de *air hockey*, las máquinas de pinball y las plataformas de baile. El bar está abarrotado, lo cual es una victoria para aquellos de nosotros que hemos venido a jugar. Mario y yo compramos juntos una tarjeta para la que cada uno aporta quince dólares. Compartiremos los créditos y, si nos separamos en algún momento, siempre tendremos que buscarnos; espero con ansias esos pequeños momentos.

Dylan está jugando a *Speed of Light*, un juego cuyo objetivo es golpear tantas luces parpadeantes como sea posible; se parece mucho al juego de golpear al topo. Y Dylan está fallando estrepitosamente en lo de darle a cualquier luz. A diferencia de Mario, que parece un auténtico profesional cuando toma el relevo. Es como si tuviera un sexto sentido para saber dónde aparecerá la próxima luz.

—Es increíble —dice Arthur, que aparece a mi lado—. ¿Juega mucho a esto?

—Eso parece, pero no lo sé. No he vuelto a este sitio desde que vine contigo.

—¿Por qué no? ¿Es que lo hice raro para ti? ¿Es raro que pregunte eso? No quiero que esto se vuelva más raro que al traer a Jessie. En el mensaje hablabas en plural y ambos supusimos que estaban hablando de nosotros. No caí en la cuenta de que pensabas que Mikey también estaba aquí.

—¿Entonces no lees las mentes? —pregunto.

—Por desgracia, no soy Ben-Jamin después de haber bebido la poción telepática.

Arthur sonríe, como si todavía se sintiera muy orgulloso de ser uno de mis fans más acérrimos. Tal vez incluso el mayor de todos.

—Ben-Jamin no está pasando por su mejor momento. Es probable que no saber lo que piensan los demás sea algo positivo.

—Es probable, sí.

A estas alturas está bastante claro que no tengo ni idea de lo que está pasando en la vida de Arthur. Seguro que leerle la mente solo me confirmaría lo poco que piensa en mí.

—De todos modos, debería haber sido más claro sobre el tema de Mikey. Asumí que estaríais pasando juntos las vacaciones de verano.

—Se suponía que íbamos a ir juntos a Boston, pero tuve la suerte de que me concedieran estas prácticas y, hola, Nueva York. Arthur Seuss está oficialmente en Broadway. En realidad, es teatro independiente, pero podré abrirme camino.

—No tienes que fingir ser ostentoso, Art. Estoy orgulloso de ti.

—Gracias, Ben.

Sus ojos siguen siendo increíblemente azules. Estoy a punto de perderme en ellos cuando los vítores de Mario captan mi atención.

Dylan se inclina ante Mario.

—Eres un ser superior.

Mario mantiene la cabeza alta, siguiéndole el juego antes de girarse hacia mí.

—¿Has visto eso?

Compruebo el marcador.

—Has superado el récord de Dylan con creces.

—No era muy difícil —dice Samantha.

—Inténtalo tú —dice Dylan.

Samantha acepta el desafío y se mueve con eficiencia mientras juega, como si todavía trabajara en Kool Koffee y estuviera en modo multitarea: sirviendo leche humeante, siropes con sabor a calabaza y llamando a la gente para que recoja su pedido. Mario la graba mientras ella domina el juego en lo que supongo que es su primera partida. Lo suyo es talento natural.

—¡Super Samantha! —vitorea Mario cuando ella supera su puntuación—. Arthur, ¿te animas?

Arthur niega con la cabeza.

—Vamos, Arthur, tú puedes.

—No pienso acceder a eso.

Mario está a punto de entrar de lleno en modo animador, así que lo agarro del hombro para frenarlo.

—Deja que se relaje —le digo.

—Retrocediendo —dice Mario.

Jessie y Samantha se van a jugar a los bolos, entre risas.

Veo el fotomatón donde Arthur y yo nos sacamos fotos en nuestra primera cita. En aquel momento, no me sentía tan cómodo como me habría gustado; incluso Arthur lo notó. Todavía estaba lidiando con mis sentimientos por Hudson y también nos habíamos hecho fotos en ese mismo fotomatón. Es como si Dave & Buster's fuera una romántica máquina del tiempo que me arrastra cada vez que mi corazón empieza a albergar sentimientos por alguien nuevo.

Veo cuatro asientos vacíos para jugar al *Mario Kart* y les propongo a todos que vayamos allí. Dylan y Mario echan a correr, y me encanta lo mucho que se están divirtiendo juntos ya. Uno siempre espera que sus amigos y su pareja se lleven bien. Dylan no me preocupa, pero no estoy seguro de cuáles son las primeras impresiones de Arthur. Me siento al lado de Mario y Arthur ocupa el último asiento, lo cual me deja entre ambos. No necesito leer mentes para saber que Dylan está pensando alguna broma vulgar sobre la situación.

Antes de que empiece la carrera, todos elegimos a nuestros personajes. La elección de Mario es obvia. Dylan se decide por Bowser y promete puro caos en la pista. Arthur elige a Toad, que en realidad no es un sapo, sino un pequeño humanoide que parece un pulgar con una gorra en forma de hongo.

El tiempo corre y tengo que decidir quién voy a ser.

—Elige a la princesa Peach para que Mario-Mario pueda rescatarte —me dice Dylan.

—Te equivocas de juego. Aquí no hay equipos.

—Si quieres, te dejo ganar —dice Mario.

—Que empiece el juego —digo, eligiendo a Yoshi. Siempre he sentido debilidad por ese dinosaurio verde.

Dylan se inclina hacia delante y guiña un ojo de forma sugerente.

—Sabes que hay niveles en los que Mario monta a Yoshi, ¿verdad?

—Cállate, D.

Hablar de sexo mientras estoy sentado entre Mario y Arthur me incomoda.

Hago todo lo posible para concentrarme en la carrera. Dylan hace honor a su promesa y me saca de la pista con un caparazón de tortuga roja. Mario nos lleva una gran ventaja a todos. ¿Hay algo que no se le dé bien? Mientras Yoshi se recupera, estoy seguro de que me he quedado el último. Luego veo a Toad chocando contra todas las paredes del cañón y me río de lo fatal que se le da a Arthur este juego.

—¿Tu primera vez? —pregunto, sin apartar los ojos de la pista.

—No sé qué te hace pensar eso —dice Arthur mientras conduce en la dirección opuesta a todos los demás.

Ni siquiera hemos completado nuestra primera vuelta cuando Mario nos vuelve a adelantar en mitad de su segunda vuelta. Está muy concentrado en el juego, como si fuera a conseguir un trofeo de oro de verdad. O como si tuviera algo que probar. Por muy tierno que sea ver a Arthur demostrar por qué nunca debería confiársele un permiso de conducir, yo juego para ganar y rezo por un milagro que ralentice a Mario: que su personaje se salga del mapa, que lo golpee un rayo o una ráfaga de caparazones de tortuga azul. Pero todo va viento en popa para los Marios.

—Felicidades —digo, deseando habérmelas arreglado aunque sea para quedar en segundo lugar. Pero al menos el tercer lugar es mejor que el sexto, que es donde ha quedado Dylan. Y sí, mejor que el duodécimo puesto de Arthur, pero hay algo adorable en esa posición.

—Selfi grupal, chicos —dice Mario, estirando el brazo y acercándose a mí.

Para la foto, Dylan abre la boca como si estuviera rugiendo. Mario sonríe con el tipo de sonrisa que tiene uno cuando es el paciente favorito de su dentista. Arthur se acerca para entrar en cámara y apoya el brazo en mi hombro.

Y yo sonrío mientras siento que las mejillas se me calientan cuando me toca.

10

ARTHUR

Viernes 22 de mayo

Es demasiado. Más que demasiado, todo: los pitidos de los láseres, la música electrónica, las luces de neón parpadeantes. El hecho de que toda esta noche parece una gran broma interna de la que no formo parte.

No sé por qué se me ocurrió que esto estaría bien. Incluso tenía ganas de que llegara, solo un par de amigos informales y relajados que pasan una tarde informal y relajada, y yo sería uno de esos tíos maduros que son amigos de sus ex. Es más, si las cosas fueran mal por cualquier motivo, siempre podría limitarme a desaparecer en Midway con Jessie. Un plan infalible, ¿verdad?

Incorrecto. Jessie ha huido con Samantha hace una hora, Ben y Dylan llevan diez niveles de una invasión extraterrestre, y el novio de mi exnovio puede o no estar planeando asesinarme con la pura fuerza de su encanto.

—Me quedé allí una semana entera después de Navidad —dice Mario—. Temperaturas altísimas y sol todo el tiempo. Alucinante. Ben ni siquiera…

—¡MIERDA! —Dylan golpea la consola con las palmas.

—Chúpate esa —dice Ben—. Chúpate. Esa.

— ... hasta que le enseñé las fotos.

Desconecto de la conversación, porque no necesito oír hablar de las fotos sexis de Mario en California. Ni necesito seguir siendo testigo de la magnífica noticia de que Mario tiene bíceps. Lo pillamos, Mario, haces ejercicio. Solo resulta que es una mierda, porque hoy estaba contento con mi cara. Incluso me sentía bien con la ropa que llevo: mangas enrolladas, chaleco de punto claro y mi nueva corbata azul de flores. Taj ha dicho que parecía el hijo maníaco de Joseph Gordon Levitt y Zooey Deschanel en una secuela ambientada en un universo alternativo de *(500) días juntos*, y supongo que mi cerebro se ha quedado con eso y ha seguido adelante. Durante todo el día, he sentido que estaba viviendo en una película, como si hubiera algo dorado y conmovedor en mí. Me rascaba la cabeza y lo sentía como un movimiento coreografiado. Casi podía escuchar a The Smiths tocando en el fondo.

Hasta que Mario ha entrado en escena. El sonido de vinilo rayado más ruidoso de toda mi vida.

¿El chico *indie* de ensueño? ¡No! Solo un tonto de dieciocho años de Georgia con un bronceado de granjero y un nuevo y llamativo grano en la mandíbula. Y esas dos docenas de luces led parpadeantes no están contribuyendo exactamente a la halagadora iluminación que esperaba. Pero apuesto a que recrean la hora dorada cuando alguien es de la altura de Mario.

¿No puedo teletransportarme a Boston y ya está? Es lo único que quiero. Una noche normal de sofá con Mikey. Él sacará del agua tiburones animados en *Animal Crossing*, yo veré vídeos en YouTube sobre actores de Broadway a los que no les pegaba el papel, y luego nos cepillaremos los dientes, apagaremos las luces y definitivamente no habrá sexo, ya que Mikey ni siquiera se masturba cuando su hermana está en casa.

Pero ¿a quién le importa? Solo quiero despertarme a su lado.

Podría llamarlo. Podría esconderme dentro de algún juego de carreras o escabullirme al vestíbulo, y puede que eso sea todo lo que necesite para sentirme centrado. El rostro dulce y fiable de mi novio.

Aunque ¿qué le diría? ¿Cómo le explicaría esta noche a Mikey? No hablo de Dave & Buster's, ni siquiera del hecho de que estoy aquí con Ben. Mikey ya lo sabe y le parece bien. Supongo que Ben no es un concepto tan amenazador cuando hay alguien como Mario en escena.

Ahora Mario está contando una anécdota sobre su clase de escritura y el manuscrito de Ben y algo que dijo Ben una vez durante la sesión de críticas de los compañeros, y juro que cada dos palabras pronuncia el nombre de Ben. Y no deja de tocarle el brazo. Lo cual está bien, supongo, aunque no estoy seguro de por qué cree que distraer a Ben en mitad del juego acabará bien. Es un chico que, según cuenta la leyenda, una vez rechazó *una mamada* a favor de superar la puntuación más alta de Dylan en *Candy Crush*.

Una mamada de Hudson, para que conste. Ben nunca rechazó una mamada mía. Aunque no es que tuviera muchas posibilidades de hacerlo.

Pero nada de esto es relevante. Está claro que las mamadas no son pertinentes. Ni siquiera es un concepto aplicable a nosotros ahora, porque Ben tiene novio, y yo tengo novio, y todo el mundo está satisfecho. Y feliz. ¡Soy feliz! Hoy estoy un poco fuera de juego, pero ¿qué más da? No es como si Mario hubiera dejado de hablar el rato suficiente como para que alguien se diera cuenta.

—Así que me puse en plan, ¿sabes qué? Me iré a casa después de esto y trabajaré el resto esta noche. Aunque tarde un montón de horas. Ya dormiré mañana en el avión.

Esbozo una sonrisa vaga, como si tuviera la más mínima idea de lo que está hablando.

—Lógico.

—Me siento bien, ¿sabes? Como si supiera a dónde voy con esto, así que ahora se trata simplemente de sumergirse en las palabras. —Bosteza y se estira—. Lo siento, tío. Trasnoché mucho…

Sexo con Ben, pienso.

— … jugando con el ritmo para el clímax —dice.

Y tardo un puto minuto entero en darme cuenta de que está hablando de un guion, no de sexo. ¿Acaso la cara de Mario está interfiriendo con mis ondas cerebrales? ¿Es esto lo que pasa cuando conoces al nuevo novio de tu exnovio?

Echo un vistazo rápido a Ben y a Dylan, y veo que ambos están inclinados tan cerca de la consola que no sé si el objetivo es aplastar a los extraterrestres o besarlos. No hay muchas probabilidades de que esta misión termine pronto.

Solo necesito alejarme un minuto. Mi cerebro necesita restablecer los parámetros de fábrica.

—Tengo una telefónica llamada. —Niego con la cabeza y hago una mueca—. Tengo una llamada telefónica. Que hacer.

—Ah. Toca hablar con el novio —dice Mario en tono cómplice.

Asiento, un poco demasiado rápido. Eso es. Hablar con mi muy perceptivo novio que va a tardar, ¿cuánto, diez segundos antes de preguntarme si estoy bien? Momento en el que explicaré de forma atropellada que estoy estupendamente, que no me siento molesto ni por asomo, porque ¿por qué habría de estar molesto? Si parezco malhumorado es solo porque estoy cansado. ¡MIRA, ESTOY BOSTEZANDO! BOSTEZO NORMAL.

Sí, eso lo tranquilizará.

Cinco minutos y un mensaje muy relajado de Mikey más tarde, me desahogo con Ethan desde el interior de un coche de carreras. **Adivina quién ha quedado con el nuevo novio de Ben** 😬.

Dos segundos después, mi teléfono suena con una llamada entrante. Ethan ni siquiera espera a que lo salude.

—¿Has salido con Ben?

—¡No he salido con Ben! Estoy con un grupo de gente en Dave & Buster's…

—Un grupo de personas que incluye a Ben.

—Y al novio de Ben —le recuerdo. El novio de Ben. El novio de Ben. El novio de Ben. Parpadeo mientras miro el volante, me siento aturdido y descentrado. Es como si estuviera viendo mi propio cerebro desde fuera.

—No sabía que Ben tuviera novio —dice Ethan.

—No solo un novio. Un novio que está buenísimo. Mucho más que yo.

—¡Guau! Bien por Ben.

Casi dejo caer el móvil. ¿Bien por Ben? ¿Recuerda Ethan siquiera nuestra ruptura? Lloré durante todo el trayecto de vuelta cuando dejé Nueva York. No podía dormir. Fui un zombi durante *semanas*. Me zampé tantas tarrinas de helado que mi padre empezó a llamarme el Rey de los Lácteos. Incluso recordar el otoño de mi último año de instituto me revuelve el estómago.

—No me puedo creer que acabes de decir eso.

Ethan se ríe.

—¿Por qué? Tú tienes novio. ¿Por qué no debería tenerlo él?

Resoplo tan fuerte que un crío con un pobre intento de bigote se gira para mirarme por la puerta del lado del conductor. Le hago un gesto con la mano para que se largue y vuelvo a concentrarme en Ethan.

—¿Te has perdido la parte en la que he dicho que está más bueno que yo?

—¿No?

—¡Se supone que tienes que decir que yo estoy más bueno!

—Pero no lo conozco —dice Ethan—. ¿Cómo iba a saberlo?

Me doy con la mano en la frente.

—Porque Mario no es tu amigo, ¡y yo sí!

—¿Se llama Mario? Vaya, eso suena a tío bueno.

—Oh, créeme, te aseguro que ya lo sé, joder. Esta es la segunda vez que experimento su atractivo en persona —digo. Y de repente me vuelvo paranoico y se me ocurre que Mario puede estar escuchando todo esto. O Ben. Dios, no sé cuál sería peor. Pero cuando miro hacia arriba, solo veo al del bigotillo mirándome desde allí e, inexplicablemente, lamiéndose con la lengua la «V» invertida que ha formado con los dedos. No es exactamente el gesto que usaría para describir mi vida sexual, pero en fin.

Lo recompenso con un gesto de manos clásico.

—Todavía le estoy dando vueltas al hecho de que hayas salido con el novio de Ben —dice Ethan.

—¡No ha sido a propósito! Es culpa del universo.

Cuando vuelvo a levantar la mirada, el chico del bigotillo parece haber decidido compartir sus dones en otros lugares, sin obstruirme la vista. Y de repente, lo único que veo es el juego de motos para dos al que jugué con Ben en nuestra primera primera cita.

Cierro los ojos con fuerza.

—No me puedo creer que Ben esté rehaciendo nuestra primera cita con su nuevo novio buenorro…

—¡No está tan bueno! ¡Tú lo estás mucho más! —Ethan hace una pausa—. ¿Qué tal lo hago?

—Eres muy convincente. —Agarro el volante—. No es raro sentirse raro acerca de esto, ¿verdad? Es decir, Ben se puso raro con lo de mi novio. Yo puedo ponerme raro con el suyo.

—Lo que es raro es que acabas de usar la palabra «raro» cuatro veces.

—¡Bueno, es que es una situación rara!

Ethan se ríe.

—¡Qué va! Solo estás celoso de que tu ex tenga un novio nuevo. Es lo más normal del mundo.

Siento un nudo en el pecho.

—¿Crees que estoy celoso de Ben?

—A ver...

—¡Seussical! —La cara de Dylan aparece junto a la pantalla del juego y casi me caigo de culo.

—Tengo que irme, luego te mando un mensaje —le digo, y presiono «colgar» con tanta fuerza que el dedo casi se me dobla hacia atrás. Dylan ya se está acomodando en el asiento que hay a mi lado.

—Seussical, escucha. Te necesito. Te quiero. Quiero pasar el resto de mi vida con —me saca de un tirón del coche de carreras— el tigre que estás a punto de ganarme en la máquina de peluches.

Así que ahora camino aturdido detrás de él como si fuera una especie de flautista de Hamelín que ha bebido demasiada cafeína. Él me conduce más allá de un grupo de traficantes de monedas, gira con brusquedad a la izquierda junto a una máquina de *Pac-Man*, y ahí están. Ben y Mario, uno junto al otro, pero también mirándose de frente en cierta manera. Mario habla y Ben se ríe, y hay algo en la manera en que se miran contra un telón de fondo compuesto por pilas de premios en forma de animales de peluche que hace que parezca que están posando para una especie de sesión de fotos caprichosamente romántica.

El aire abandona mis pulmones.

Se los ve muy, muy bien juntos.

—¡Háganse a un lado, señores! El rey de las garras ha llegado —dice Dylan, haciendo una reverencia, y de verdad que no sabría decir si está borracho o si solo tiene la personalidad de un borracho—. A ver, Seussasaurus, no digo que tengas que ganar ese hombrecito como prueba de tu amor por mí. Pero necesito que lo ganes o tendré que asumir que todo ha sido una mentira…

—Recuérdame por qué le pides esto a Arthur y no a Samantha —interviene Mario.

—Porque a Samantha se le dan fatal las máquinas de peluches y no queremos que esto acabe en lágrimas.

—¿Las de ella o las tuyas? —pregunta Ben.

—Irrelevante.

Ben me sonríe, y mi cerebro es demasiado lento para evitar devolverle la sonrisa.

—¡Arthur! Concéntrate en el premio. —Dylan hace repiquetear los dedos sobre el cristal de la máquina de peluches y apunta a lo que parece ser una bola de color naranja neón de piel sintética con dos penes blancos como la nieve sobresaliéndole de la cara.

Me inclino hacia delante.

—¿Se supone que es un tigre?

—Seussical, no me jodas. ¿Un tigre? —Dylan parece estupefacto—. Guau, entonces, ¿qué es un *T. rex*? ¿Un lagarto? ¿Mufasa es un simple león para ti?

—Bueno. —Hago una pausa—. Mufasa *es* un león…

—Es el puto *rey* de los leones. Y este cabronazo es un dientes de sable. Igual de majestuoso. Igual de legendario. Lo voy a llamar Sabre con un «-re». —Dylan se besa las yemas de los dedos—. Para darle un toque extra de clase. Di «hermano».

Miro el cristal durante un minuto, luego vuelvo a mirar a Dylan.

—Está un poco...

—Es delicado pero feroz —dice Dylan— y con carita de ángel.

—No, su cara es lo peor que le puede pasar a los tigres dientes de sable como especie, incluida la extinción. Iba a decir que está demasiado atascado. No lo podré sacar.

—Qué modesto.

—No, me refiero a que literalmente no hay forma de que el gancho levante a ese tigre.

—¡Gracias! —Mario parece triunfante—. ¡Eso es lo que yo he dicho! Hazme caso, manipulan las máquinas. No puedes ganar.

—A lo mejor *tú* no puedes ganar —respondo, cosa que sonaba muy descarada y juguetona en mi cabeza. Pero en voz alta, suena estridente e intensa, prácticamente una declaración de guerra. Ben pone los ojos ligeramente como platos y Dylan reprime una carcajada con poco disimulo.

Mario se limita a sonreír.

—Genial. Demuestra que me equivoco.

Los tres se acercan para mirar, lo que hace que el corazón se me acelere y vaya al doble de velocidad de lo normal. Nunca se me ha dado bien ignorar a la audiencia.

—De acuerdo. —Miro a través del cristal y considero mis opciones. Entonces vuelvo a mirar a Dylan—. Puedo conseguirte ese oso.

Parece que acabo de pedir permiso para pegar a Dylan.

—He pedido un tigre dientes de sable, una bestia antigua llena de dignidad y fuerza, ¿y me ofreces un oso de San Valentín?

—Antes de nada, este oso *irradia* dignidad y poder. Mírale la cara. En segundo lugar, si no lo quieres...

—¡Eh! No he dicho que no lo quisiera —dice Dylan.

Ben se inclina para acercarse más a Mario.

—¿Por qué es el enfrentamiento más emocionante que he presenciado?

—Por la tensión —murmura Mario en respuesta—. Por lo que hay en juego.

Genial, me alegro de poder ofrecer un entretenimiento tan emocionante a Ben y a su nuevo novio. ¿Para eso estoy aquí? ¿Para proporcionarles anécdotas que contarles a otras parejas en futuras veladas? *Cariño, ¿te acuerdas de aquel tapón con el que saliste, que creía que podía ganar en la máquina de peluches?*

Me giro hacia la máquina y clavo la mirada en mi objetivo a través del cristal. El temporizador marca quince segundos. El oso solo está unos centímetros detrás de la rampa de premios. Eso es bueno, si hay menos terreno que cubrir significa que la garra tiene menos oportunidades de dejarlo caer de forma prematura. *Doce segundos.* Tiene la pierna trasera atrapada debajo de algo, pero sus otras extremidades están sueltas. Aún mejor, el corazón satinado que sostiene no parece estar fusionado con su pecho. *Nueve segundos. Ocho. Siete.* Voy a por todas. *Cuatro segundos.* Si ganar este oso de San Valentín de diez centavos es como borrarle la sonrisa de suficiencia de la cara a Mario, que lo considere ganado. *Tres segundos. Dos segundos. Un segundo.*

—Está demasiado atrás —dice Mario, pero se equivoca. El gancho desciende hasta el lugar exacto, enmarcando bien el objetivo.

No parpadeo. Ni siquiera respiro.

El gancho se cierra, rozando la cara y el torso del oso. Entonces hace una pausa durante una mínima fracción de segundo antes de empezar a subir de nuevo. Vacío. Por supuesto. A no ser que…

—Oh. Dios. Mío. —Dylan presiona las palmas contra el cristal.

El gancho levanta al oso por el corazón de San Valentín y lo lleva de forma segura a la rampa de premios antes de soltarlo. Por un segundo, me quedo inmóvil, como un bailarín en la pose de manos de jazz después de un gran número de Broadway.

—*No te creo.* Joder, lo has conseguido. ¿Estáis viendo esto?

Mario me choca los cinco con más contundencia de la que he recibido en la vida y luego, antes de que me dé cuenta de lo que está pasando, me abraza.

—Increíble. No puedo creer que haya dudado de ti.

—De eso hablaba. Lo consigue *a la primera.* —Dylan se pone en cuclillas frente a la rampa de premios—. Eso es, ven con papá.

Ben me dedica la más pequeña de las sonrisas y el estómago me da una vuelta que ni las tortitas.

—¡Mirad a este pequeñín! Es tan mono —dice Mario, y me doy la vuelta, sonrojado. *¿Pequeñín?* Bueno, está mirando a Dylan. Ni siquiera a Dylan. Al oso. Mario está hablando sobre el oso.

—¿Sabes lo que me encantaría? —pregunta Dylan—. Por una puñetera vez, me gustaría ver un San Valentín un poco creativo. Yo no pienso comprar lo que vende. ¿No hemos evolucionado más allá del *Te quiero moso*? ¿Hola? —Da un golpecito al corazón del oso—. ¿Qué ha pasado con el *Te oso mucho*?

—Eso no es un regalo de San Valentín, es un regalo que provoca rupturas —dice Ben.

Mario le da un codazo y se ríe.

—¿Así rompes tú, Alejo? ¿Le ganas a tu novio un oso imbécil y ya está hecho?

No. Ya lo creo que no. Nadie, literalmente nadie, ha preguntado por la perspectiva de Mario sobre las rupturas pasadas de Ben. Y con una sola mirada a Ben, sé que también se siente raro al respecto. La verdad es que es extraño cuánto pueden enseñarte un año o dos de FaceTime. Ahora soy capaz de leer mejor a Ben que cuando estábamos juntos.

Dylan se mete en la refriega.

—¿Estás llamando «imbécil» a mi oso, Super Mario?

—¿A tu hipotético oso imbécil? Pues claro —dice Mario—.
¿A este oso? Es la cosa más adorable del mundo. Dylan, eres un
padre afortunado.

Y supongo que a mí me ha poseído algún tipo de impulso
demoniaco de elígeme-como-ex-más-guay, porque de repente le
arranco el oso de las manos a Dylan y se lo doy a Mario con
brusquedad.

Dylan se queda boquiabierto.

—¿QUÉ?

Que es cuando me doy cuenta, con creciente horror, de que
acabo de regalarle un osito de peluche al nuevo novio de mi exnovio. Con un corazón en el que dice *Te quiero moso*.

¿Es que mi vida entera me ha conducido hasta la vergüenza
total y definitiva de este momento?

—Yo… Dios, lo siento mucho. No tienes que…

Voy a por el oso, pero Mario lo aparta.

—Eh, no he dicho que fuera a devolverlo.

Dylan parece atónito.

—Nunca me he sentido tan ofendido en toda mi vida. Acabas de secuestrar a mi hijo.

—Acabas de decir que no ibas a comprar lo que vende —interviene Ben.

—Bennifer, ¿por qué haces que esto gire alrededor del capi-
talismo?

Mario aprieta el oso contra su pecho, corazón con corazón.

—Arthur, me has hecho el hombre más feliz del mundo.

—Yo… Me alegro de que las cosas os vayan bien —le digo a
Mario.

Pero mis ojos se desvían hacia Ben.

11

BEN

Sábado 23 de mayo

Lleva lloviendo todo el día.

Habría jurado que cancelarían el vuelo de Mario de esta mañana, pero el avión ha podido despegar de Nueva York antes de que las cosas se pusieran feas de verdad. Aun así, me he pasado toda la mañana en el trabajo rastreando su vuelo para asegurarme de que todo estuviera yendo bien. Antes de que pudiera comprobarlo por sexta vez, he recibido un mensaje suyo en el que me hacía saber que había aterrizado sano y salvo y ya iba de camino a encontrarse con su tío Carlos. Me gusta que me haya escrito. No tenía que hacerlo, pero lo ha hecho. Ha propiciado que estuviera de muy buen humor durante el resto de mi turno.

Hasta que Dylan me ha escrito para cancelar nuestros planes de comer en Taco Bell y hablar de todo lo que pasó en Dave & Buster's y de lo que no podíamos hablar delante de Mario y de Arthur. No sé por qué se está comportando como si la lluvia fuera ácido, pero dejaré que tenga su noche tranquila con Samantha. Entiendo lo difícil que les resulta verse desde que comparten habitación en la universidad, van y vuelven de las casas de sus respectivas familias y siguen siendo inseparables mientras pasean por la ciudad.

Lo entiendo totalmente…

Estoy en mi habitación trabajando en la reescritura de *La guerra del mago maléfico* mientras en mi cabeza repaso algunos comentarios de mi profesora sobre las primeras páginas. La señora García cree que a la historia le irían bien más antecedentes sobre Ben-Jamin, pero otros lectores beta opinaron que estaba vomitando demasiada información. No sé a qué crítica prestar más atención. Sí, ella es mi profesora y me ha dado muchos consejos útiles, no habría podido arreglar la parte central de la novela sin ella. Pero Mario y otros sintieron que los orígenes de Ben-Jamin estaban desacelerando la historia y que, en última instancia, eso no beneficiaba a la trama central.

Es en momentos como este cuando ni siquiera quiero lidiar con la historia. Como si nunca fuera a ser capaz de convertirla en lo que todos quieren que sea. Como si nunca fuera a ser lo bastante buena para la gente.

Pero a estas alturas le he dedicado tanto tiempo que quiero cruzar la línea de meta. Todavía recuerdo lo increíble que me sentí al completar el primer borrador y subir el capítulo final a Wattpad. Pero el libro también ha cambiado mucho: cambia como lo hace mi vida. Hudsonien solía ser importante para Ben-Jamin, pero a medida que he hecho madurar a los personajes, Hudsonien es más una historia de fondo que una trama principal. Lo mismo ocurre con el rey Arturo, que ya no se embarca en aventuras épicas con Ben-Jamin. El rey Arturo sigue siendo un personaje fundamental, porque necesita ayuda para localizar un cetro enjoyado tan azul como sus ojos y Ben-Jamin es el mago adecuado para la misión. Sin embargo, me he deshecho de todos los besos. Me sentía raro escribiendo sobre eso, dado que yo ya no me beso con su homónimo.

Y es aún más raro hacer que Mario lea sobre eso.

No puedo agradecerle lo suficiente a Mario lo genial que se portó ayer. Para Hudson habría sido imposible pasar toda la noche sin enloquecer, y Arthur se habría sentido muy inseguro. Y no los culpo. Pero me siento bien al saber que mientras construyo algo con Mario, mi amistad con mi exnovio no será un obstáculo.

Necesito escuchar su voz. Verle la cara.

Pero ahora no puedo.

Uso la aplicación Forest cuando escribo para calcular cuánto rato trabajo y para mantener la concentración. Según el tiempo que paso en la aplicación, en mi bosque crecen más o menos árboles. Si hago clic para ver Instagram o llamar a un chico guapo, un árbol muere. Estoy esforzándome mucho para dejar que el sonido ambiental de las olas del mar mantenga mi imaginación a flote, pero en este momento saldría en persona con un hacha a talar un árbol para llamar a Mario. Estoy al principio de un capítulo en el que estoy pensando en convertir a Mario en el nuevo interés amoroso: Mars E. Octavio, un espadachín de sonrisa encantadora y con el poder de entender cualquier idioma, ya sea de los humanos o de las bestias.

Salgo de la aplicación (lo siento, árbol muerto) e intento llamar a Mario por FaceTime. Sonrío al instante cuando responde.

—Vaya, vaya —dice Mario—. Llamas en el mejor momento posible.

—¿De verdad?

Mario sonríe. Lleva un peto azul en el que ha pintado los anillos de Saturno con los colores del arcoíris. Levanta una bolsa de supermercado.

—Carlos me ha mandado a la tienda porque ha habido un cambio de planes para esta noche. Quiere que conozca a alguien.

Se me cae el alma a los pies. ¿Su tío va a presentarle a otro chico?

—Genial. ¿A quién?

—Close Call Entertainment está trabajando en un thriller de androides y el guionista va a pasarse. Incluso podría llegar a contarme qué le ronda por la cabeza —dice Mario. Me siento muy aliviado de que solo sea algo de trabajo—. Carlos no quería contármelo hasta que estuviera aquí para que no me entrara el pánico.

—Es estupendo. —Me avergüenzo por cómo me he asustado de que Mario fuera a conocer a otro chico—. ¿Así que Carlos va a cocinar?

—Yo voy a cocinar, Alejo. —Mario se detiene en la esquina de la calle y mira a ambos lados antes de cruzar—. Voy a preparar una sopa de calabaza para todos mientras mi tío limpia el patio. Todo será acogedor y no me volveré loco por hablar con un guionista genial. Además, me encanta esto... mira. —Mario gira la cámara y me muestra el cielo azul resplandeciente y la luz del sol, que se refleja en un edificio negro y brillante.

—Aquí también tenemos un clima maravilloso —digo, apuntando con el teléfono hacia mi ventana para enseñarle la lluvia.

—¿Todavía?

—Todavía.

Alejamos nuestras cámaras del cielo y volvemos a enfocarnos a nosotros mismos.

—Examen sorpresa, Alejo. ¿Cómo se dice «lluvia» en español?

Sé que es una palabra con doble «L», pero no me sale tan rápido como quisiera. Entonces recuerdo que pensé que sonaba como un hechizo que quedaría precioso en *LGDMM* o incluso como nombre de algún personaje.

—¿*Lluvia*?

—*Bien hecho.*

Me siente raro al recibir elogios por un vocabulario de nivel uno. Tengo diecinueve años y estoy aprendiendo lo que es la lluvia por primera vez. Aunque mis padres han hablado español toda su vida, a mí no me enseñaron. Yo estaba dispuesto a aprender, pero como trabajaban tanto, no tenían tiempo. Aunque sé que hablar español no me hace más puertorriqueño de lo que ya soy, cada nueva palabra que aprendo me hace sentir menos como un fraude.

De todos modos, ahora es mejor empezar con lo básico y seguir con el objetivo de hablarlo de forma fluida en unos pocos años.

—Alejo, me llama mi tío. Seguro que quiere volver a mandarme al súper a por más cosas. ¿Puedo llamarte luego, esta noche?

— Estaré…

—¡Estarás dormido! Hay tres horas de diferencia. Yo estoy en el pasado y tú estás en el futuro.

—Estoy en *tu* futuro —digo. Entonces me callo porque me doy cuenta de cómo suena lo que he dicho. Me arde tanto la cara que necesitaría una tormenta para refrescarme.

—Sí, lo estás —dice Mario con un guiño—. *Te veo luego,* Alejo.

—Hasta luego, Colón.

Colgamos y miro por la ventana hacia el cielo nublado y oscuro. Las mismas vistas de mi barrio que he tenido toda mi vida. La misma tienda de reparación de calzado. La misma entrada al parque que hay debajo de mi bloque. El mismo edificio de apartamentos al otro lado de la calle que a todas luces es mejor que el nuestro.

Cada vez que este mundo me aburre, vuelvo a crear el mío propio.

Escribo sobre Ben-Jamin encontrándose con Mars en una fogata que aparece de la nada en el bosque. La atracción está ahí, pero la química tarda un tiempo en desarrollarse y eso me permite trabajar en algunas metáforas potentes sobre cocer pociones mágicas a fuego lento durante varias lunas. Ben-Jamin necesita los poderes de Mars para comunicarse con una serpiente conocida como serpiente de las olas que vive bajo el agua, pero me percato de que estoy fastidiando el ritmo al hacer que Ben-Jamin y Mars se besen en un campo de flores de cristal. Necesito pisar el freno. Al lector no hay que dárselo todo de entrada.

Espero no estar malinterpretando las vibraciones de Mario.

Tal vez Mario debería dejar de darme clases particulares de español y dármelas sobre cómo entender a Mario para que pueda llegar a comprenderlo más.

Entro en nuestra conversación de WhatsApp, por donde me ha mandado un montón de fotos de anoche en Dave & Buster's. Ojalá me hubiera atrevido a pedirle que se sacara unas fotos conmigo en el fotomatón.

Encuentro el selfi en grupo que nos sacamos después de jugar a Mario Kart. Recuerdo cómo me ardió la cara cuando Arthur se inclinó sobre mí, pero el resplandor de las luces oculta mis mejillas sonrojadas. Las luces exponen la sonrisa forzada de Arthur. Podría estar pensando demasiado, pero sé qué aspecto tiene el Arthur feliz: sentado en la acera de Times Square mientras escuchábamos música, el día en que por fin decidimos que no necesitábamos otra primera cita, cuando lo besé por primera vez.

Las amistades son calles de doble sentido. Él no debería ser el único que avanzara hacia mí. Tengo que encontrarme con él a mitad de camino.

Si Arthur puede pasar el rato con Mario, yo puedo mejorar en lo de hablar sobre Mikey.

Si no puedo, volveré a perderlo.

Y quiero a Arthur en mi vida.

Debería seguir escribiendo. Sé que debería, pero necesito hablar con él.

Le envío un mensaje rápido a Arthur: **Entre Mario y el Mario Kart y Dylan siendo Dylan, me da la sensación de que no llegamos a hablar mucho. ¿Volvemos a quedar?**

Ya está. Se lo he lanzado al universo y ahora toca esperar y ver…

Arthur ya ha contestado a mi mensaje: **¡Volvemos a quedar!**

12

ARTHUR

Lunes 25 de mayo

La cola que hay fuera del restaurante ya llega hasta la mitad de la calle, pero apenas me siento como si estuviera esperando. Hace sol y la temperatura es bastante cálida, tengo todo el día libre en el trabajo, y estoy, literalmente, en Broadway: la calle y el barrio. Además, el Winter Garden Theatre está prácticamente a un tiro de piedra, y ni siquiera voy a intentar comportarme como una persona guay al respecto. Si tengo que agacharme para sacar la foto perfecta de la marquesina desde abajo, que así sea.

Y así es justo como me encuentra Ben: en cuclillas en la acera. Me mira con una expresión que es mitad diversión y mitad perturbación, y me levanto con un salto tan rápido que casi estampo el cráneo contra su barbilla.

—¡Lo siento! ¡Hola!

—¡Hola! ¡Ay! ¿De verdad llego tarde? —Examina la cola con aspecto angustiado.

—Para nada. Ni siquiera está abierto todavía.

—¿Y por qué hay tanta gente aquí?

—Porque es el Eileen's Galaxy Diner. ¡Ben, es un punto de referencia! ¿Nunca has estado aquí?

Eso parece deprimirlo.

—¿Tú, sí?

—No —digo a toda prisa—. Bueno, ¿puede que una vez? Pero fue hace años. En realidad, ni siquiera lo recuerdo.

Ben me mira como si nunca hubiera visto a nadie tan mentiroso en toda su vida.

—Vale, fue hace dos años y me acuerdo de todo, ¿y qué? ¡Es increíble! Los camareros *cantan*. Es como asistir a un espectáculo de Broadway mientras comes.

—Sí, por eso lo sugerí. Desprende energía Arthur por los cuatro costados.

—Y la energía de Nueva York. —Miro a mi alrededor, feliz, fijándome en las tiendas de recuerdos, los taxis amarillos, los puestos de pretzels y las enormes vallas publicitarias—. Dios, adoro a los neoyorquinos. Abrazáis cada momento. Mira a toda esta gente. —Hago un gesto para señalar la cola—. Nadie está cabreado por tener que esperar, nadie está conduciendo por Alpharetta o donde sea, buscando un sitio para aparcar, porque Dios no lo quiera...

—¿Alpharetta, Georgia? —Una anciana blanca que tenemos delante se da la vuelta y junta las manos—. No pretendo interrumpir, pero ¿sois de allí?

—¡Sí! Bueno, soy de Milton, que más o menos está...

—Uy, lo sé de sobra. Somos de Woodstock. —Le hace señas a un tipo que lleva una camiseta del departamento de bomberos de Nueva York—. Bill, no te vas a creer de dónde son estos chicos. ¡De Milton, Georgia!

—Vaya, vaya, ¿qué te parece? —dice Bill—. ¡Pues la jovencita con esas mangas enormes y abullonadas de ahí es australiana!

—Mucha energía de Nueva York —susurra Ben.

—¡Chist! —Le doy un codazo, y él me lo devuelve, y no me puedo creer lo diferente que es esta situación a la tarde que pasamos en Dave & Buster's, o incluso a cuando nos encontramos en la oficina de correos. Me pasé toda la semana recordándome que la incomodidad entre nosotros era normal. Ver a tu ex por primera vez en casi dos años no es exactamente una situación relajada. ¿Y conocer a su nuevo novio? Es un nivel completamente nuevo de incomodidad. Pero en este momento, casi cuesta recordar que la incomodidad estuvo ahí alguna vez. Enseguida me siento como en casa cuando estoy con Ben, como me pasaba siempre.

La cola avanza con rapidez y, antes de que me dé cuenta, estamos sentados en medio de un montón de mesas rectangulares idénticas, todas separadas por apenas un codo de distancia.

—Qué acogedor —dice Ben, mirando de reojo a los lados.

—¿Te refieres al hecho de que literalmente podría extender la mano y tirar de la coleta de esa señora?

—Eso es justo lo que quería decir. Tocarles el pelo a los desconocidos.

Nos sonreímos.

—Bueno —digo.

—Bueno. —Apoya la barbilla en la mano—. Sin Jessie, ¿eh?

Hago una mueca.

—Está trabajando.

—¿En el Día de los Caídos?

—¿Te lo puedes creer? Está poniéndose al día con el papeleo. Qué trágico.

—Yo lloraría.

—Yo también, seguro. Me encanta mi trabajo y todo eso, pero… —Me detengo en seco y miro a Ben—. Espera, ¿cómo es que no sé lo que estás haciendo este verano? ¿Estás trabajando?

—Un poquito. Pero sobre todo me dedico a escribir. —Se inclina hacia delante—. Quiero saberlo todo sobre tus elegantes prácticas de teatro. Tu jefe es alguien importante, ¿verdad?

Enderezo la espalda.

—Algo así, sí. A ver, no sé cuánta gente fuera del mundillo del arte *queer* habrá oído hablar de él, pero ha ganado un montón de premios.

—Guau. ¿Es accesible? ¿Puedes hablar con él y esas cosas?

—Y tanto. Bueno, trabajo sobre todo con Taj, su asistente, pero Jacob es muy guay. Le hago preguntas todo el rato.

—Joder, eso es genial —dice Ben—. Debes de estar pellizcándote a ti mismo sin parar. El trabajo de tus sueños.

—Lo sé. —Me muerdo el labio—. Pero se me da un poco mal. No dejo de meter la pata.

Ben me regala una leve sonrisa.

—Lo dudo.

—¡Es verdad! Es porque implica mucha organización, como hojas de cálculo y seguimiento de cosas, y se me da como el culo. Deberías ver a Taj. Ordena los correos electrónicos en carpetas. Tiene un *bullet journal*.

—No sé qué es eso.

—Es como un diario y organizador elegante. No sé, ha desarrollado todo un sistema para llevarlo. Está al tanto de todo. Por ejemplo, le preguntas cuándo va a llegar un paquete y dice: «¿Quieres el número de seguimiento?».

—Odio los números de seguimiento —dice Ben.

—¡Yo también!

—De acuerdo, pero ¿qué hay de tus responsabilidades? ¿Son solo las hojas de cálculo o alguna vez llegas a hacer cosas de director?

—¿Cosas de director?

—¿Gritar por un megáfono? No sé. —Se fija en mi expresión y se ríe—. ¿Es que no se hace eso?

—Ah, es lo único que hago. Grito por un megáfono. Durante horas. —Él frunce la nariz—. No. Hago más que las hojas de cálculo… Básicamente hago lo que Taj me dice que haga. Como el viernes, que tuve que hacer el inventario de un montón de maquillaje para deshacerme de todas las cosas caducadas. Ese tipo de cosas.

—Eso no suena tan mal —dice Ben.

—Hasta que rocié a Jacob con él.

—Mmm. ¿Qué?

—Jacob vino a preguntarnos algo y yo estaba sosteniendo una botella de base hecha para el más blanco de los blancos. Y supongo que estaba inquieto o algo, porque ni siquiera me di cuenta de que la estaba agitando arriba y abajo hasta que una gota pegajosa salió volando y aterrizó en su muslo…

—¡Hola! Bienvenidos a Eileen's Galaxy Diner. Soy Kat. ¿Qué vais a beber? —Levanto la mirada y veo a una camarera que lleva coleta esbozando una sonrisa dulce mientras deja un par de menús en la mesa—. ¿O debería volver una vez que terminéis de hablar de…?

—¡Maquillaje! —digo a toda velocidad—. Ya sabes. La rociada fue con maquillaje. ¿Del que te frotas en la cara?

—¿Debería alguien frotarse otra cosa en la cara? —pregunta Kat.

Ben se ríe tanto que apenas puede pedir su café y enseguida declara que Kat es su camarera favorita de todos los tiempos. Examino un menú, sobre todo para tener algo detrás de lo cual esconderme. Escaneo la lista de opciones y ya me entra hambre: tortillas, sándwiches de queso, batidos.

Pero luego miro los precios.

—Mmm. ¿Ben?

Sus ojos aparecen de forma adorable por encima de su menú.

—Se me había olvidado lo caro que es este sitio.

—Sí, eso es lo que pasa con estas trampas para turistas.

—No tenemos que comer aquí. ¿Por qué no vamos a buscar unos bagels o algo?

—¡No, mira! ¡Tienen bagels! —Ben gira su menú y señala.

—Me refiero a un bagel que no cueste dos dígitos.

—Arthur, no pasa nada. Sabía dónde me estaba metiendo.

Estudio su rostro, tratando de leer su expresión entre líneas. Parece sincero, pero nunca estoy muy seguro de cómo comportarme con respecto al dinero cuando se trata de Ben. Las cosas serían mucho más fáciles si pudiera pagarle la comida, pero eso es algo muy de *novios*, como si estuviera intentando invadir el territorio de Mario. No es que Mario parezca territorial. Siendo sincero, lo más seguro es que sea Ben el que se sienta territorial, ahora que por lo visto he declarado mi amor por Mario a través de un osito de peluche. Porque soy, y no puedo enfatizarlo lo suficiente, un completo y puñetero desastre.

—Entonces, ¿qué pasa con Mario? —pregunto.

Ben parece desconcertado.

—¿Te refieres a…?

—Lo siento. —Me sonrojo—. Me refería a qué está haciendo hoy. ¿Por qué no ha venido a comer bagels elegantes con nosotros?

—¡Ah! —exclama Ben—. Está en Los Ángeles. Visitando a su tío.

—¡Es verdad! Lo mencionó.

Kat aparece con el café de Ben.

—¿Estáis listos para pedir, chicos, o necesitáis más tiempo para…? —Agita las manos de forma vaga.

—¡Listos! —Le dedico una gran sonrisa sin-hablar-de-semen. Al final me decido por la tostada francesa de jalá, que suena genial hasta que Ben pide algo cinco dólares más barato de la parte de los aperitivos del menú. A continuación, doy vueltas en círculos unos segundos, intentando decidir si cambiar mi pedido haría que Ben se sintiera más o menos cohibido.

—¿Por qué estás poniendo cara de pánico? —pregunta Ben en cuanto Kat se va.

—¿Qué? ¡No es verdad! —Junto las manos y las coloco debajo de la barbilla—. ¡Qué más da! ¿Cómo está el café?

Ben me estudia un momento antes de responder.

—Bueno, los he tomado mejores.

—Un esnob del café. Está claro que pasas demasiado tiempo con Dylan.

Él se ríe, pero hay algo raro en su risa.

—Espera, ¿va todo bien?

—Sí, no, pues claro —dice Ben a toda prisa—. Solo que él... No lo sé. Ha estado algo distante últimamente.

—¿Distante? —Inclino la cabeza, pensando en las payasadas de Dylan con la máquina de peluches—. ¿Como distante de la realidad?

Ben se ríe.

—Es un poco difícil de explicar.

—Bueno, inténtalo.

—Es solo... —Hace una pausa—. A ver, lo más probable es que esté haciendo demasiadas deducciones por mi cuenta. Estoy seguro de que solo está ocupado. Lo cual me parece genial, porque yo también.

—Ahora tienes a Mario —digo, asintiendo con la cabeza, pero la mirada que veo en la cara de Ben envía mi estómago en caída libre—. Vale, me parece que eso ha sonado raro.

—No...

—Solo intentaba decir que me alegro por ti. Mario parece un tío genial y me alegro de que tengas a un novio que te haga feliz.

—Él no... No es mi novio.

—Que no es... ¿no?

147

—No de forma oficial —añade Ben, y estoy bastante seguro de que está hablando inglés, pero se produce cierto retraso antes de que las palabras calen. Es casi como si estuviera esperando una traducción subtitulada en vivo.

¿Ben acaba de decir que Mario no es su novio?

No lo proceso. No estoy intentando parecer cortito, pero los vi besándose, a plena luz del día. Que es lo que haces con tu novio, no con un chico al azar con el que te estás acostando. De acuerdo, podría haber habido una modesta cantidad de besos a la luz del día antes de que lo mío con Mikey fuera oficial, pero no en la puñetera oficina de correos. Lo siento, pero hay dos y solo dos razones para besarse en una oficina de correos. O acabas de recibir una proposición de matrimonio a través de un *flashmob*, o te estás despidiendo de tu primer amor antes de volver a Georgia. Cualquier otra cosa es solo una muestra pública de afecto demasiado gratuita.

—¿Arthur?

Levanto la mirada con un sobresalto.

—¿Mmm?

—¿Por qué estás abriendo tanto los ojos?

—Mis ojos son así.

Ben enarca las cejas.

—¿Crees que no sé qué aspecto tienen tus ojos?

El corazón me salta a la garganta, lo cual no tiene sentido. *Ojos*, Arthur. No es una declaración íntima. No está hablando de tu pene. Los desconocidos del metro saben cómo son tus ojos.

—Solo digo que no tienes que escandalizarte —dice Ben—. Es lo que tanto Mario como yo queremos. Las cosas nos van bien, nos divertimos juntos y nos hacemos felices el uno al otro. Es solo que no hemos llegado a la fase de no-yo-te-quiero-más como tú y Mikey.

—Espera, ¿*qué*?

—¡Hola, Nueva York! —retumba una voz amplificada. Me giro de lado en mi asiento y estiro el cuello. Hay un camarero con un micrófono justo detrás de mí, tras la pantalla divisoria—. ¡Parece que os habéis aventurado en el restaurante Elieen's Galaxy! —Los vítores brotan de todos los rincones del comedor—. Soy Blair, pero estoy a punto de pasarle el micrófono a mis amigas Kat y Dana…

Vuelvo a mirar a Ben.

—¿Nuestra Kat?

—Van a… Está bien, Dana tiene que servir algunas bebidas antes, pero *luego* os van a deslumbrar con sus extraordinarios talentos. ¿Estás lista, Dana? ¡Sí! ¡Perfecto! Aquí va… ¡*Dance with You* de The Proooom! —Blair salta el divisor cuando las notas iniciales de la música empiezan a sonar de fondo. Cuando me doy la vuelta, Kat está de pie unos metros detrás de Ben, agarrando un micrófono con ambas manos. Ben retira su silla hacia un lado, lo que me proporciona una vista perfecta de su perfil cuando se queda boquiabierto al oír el primer verso que canta Kat.

—Por Dios. —Se vuelve hacia mí—. ¿Todos son así de buenos?

—Más o menos.

—Vale, bueno, *yo* estoy impresionado.

Me río.

—¡Yo también! Quería decir que aquí todos son increíbles. Ya lo verás.

Pero la verdad es que ni siquiera me doy cuenta cuando empieza a cantar Dana. No puedo concentrarme en la música; no dejo de pensar en lo que ha dicho Ben sobre Mikey. ¿La etapa del no-yo-te-quiero-más? ¿De verdad cree que Mikey y yo vamos tan en serio? Obviamente vamos en serio en el sentido de que nos describimos como novios y a veces nos acostamos. ¿Pero *amor*? ¿Y que Ben lo asuma sin más?

Hay una explosión de vítores cuando termina la canción. Kat aparece con nuestra comida un minuto después y soy recompensado con otra intrigante actuación: Ben Alejo en el papel no verbal de fan-que-es-obvio-que-se-está-poniendo-histérico.

—No puedo creer que estés teniendo tu despertar a Broadway en este preciso instante.

Ben agarra un palito de mozzarella.

—Lo que tú digas.

—Estoy bastante seguro de que reconozco el «hip, hip, hurra» y la alharaca cuando lo escucho.

Ben me mira con cara de no entender nada.

—¿*Canción de cuna de Broadway*? ¿De *La calle 42*?

—Oh, ¿es que el despertar viene con una enciclopedia completa de referencias poco claras a Broadway?

—¿Acabas de llamar poco clara a *La calle 42*? —Él inclina las palmas hacia arriba—. Ben, ganó un Tony. Y luego, el nuevo montaje ganó otro Tony.

—¿Lo siento?

—Es inaceptable. Voy a hacerte una lista de reproducción. No, ¿sabes qué? Voy a hacerte una lista de reproducción entera de listas de reproducción. Una para baladas, una para canciones de amor... —Siento que se me calientan las mejillas—. Ah, y para que lo sepas, Mikey y yo no hemos hablado de eso todavía.

Ben sostiene su palito de queso mozzarella en alto.

—¿De la lista de reproducción?

—No, de lo del «te quiero». Todavía no lo hemos dicho.

—¡Ah! —Parpadea—. Lo siento, creía...

—No pasa nada. Solo estamos... —Dios, ni siquiera sé cómo terminar esa frase. Pero Ben me está mirando, esperando escuchar el resto de mi mierda—. A ver, he pensado en el tema. Claro que le quiero. Es solo que no sé si estoy...

Me detengo en seco.

—¿Si estás enamorado de él?

Me meto un bocado gigante de tostada francesa en la boca y escaneo el restaurante mientras mastico. ¿Puede que un camarero esté a punto de ponerse a cantar en este preciso instante? ¿Quizás un agradable número en grupo bien ruidoso? ¿Nadie?

—No tienes que responder a eso —dice Ben.

Trago la comida.

—Lo sé.

Algo hace que el pecho me dé un vuelco cuando nuestros ojos se encuentran. Aparto la mirada lo más deprisa que puedo.

—A veces es difícil de precisar. Siempre he creído que el amor era cierto sentimiento y que está ahí o no lo está. Pero con Mikey, solo… —Coloco las palmas hacia arriba y miro de nuevo a Ben.

Él no responde. Solo frunce el ceño y me observa.

—Pero en realidad no creo que uno deba sentirse como en Broadway, ¿sabes? No es una comedia romántica. Es solo que no sé. Esto es la vida real. Él me hace feliz. Y me encanta quién es como persona.

—Parece genial.

—Lo es. —Sonrío—. Es muy gracioso, pero es tan callado que casi nadie *sabe* que es divertido. Así que me siento como si formara parte de un secreto. Y es muy inteligente. Y sabe cantar. Lo siento. Suena como si estuviera tachando puntos de una lista.

—No, lo entiendo —dice Ben.

—Es solo que… En realidad, lo pienso mucho. No dejo de intentar sumarlo todo en mi cabeza. ¿En qué punto todo eso significa que estoy enamorado de él?

Ben arruga la nariz.

—¿Por qué estás intentando convertir el amor en un problema matemático?

—¡No es eso, lo juro! —Me río—. Ojalá lo supiera a ciencia cierta, eso es todo. Sigo esperando a que algo haga clic, y quizás eso no… No tengo ni idea. Lo más probable es que lo esté haciendo mal. Seguro que dentro de un año echaré la vista atrás y diré: «Guau, estuve enamorado de él todo el tiempo, ¿verdad?».

Me remuevo en mi asiento, sintiéndome inquieto y extraño. Nunca antes he dicho nada de esto en voz alta y ahora desearía poder borrar las palabras que flotan en el aire. Todas estas preguntas sobre Mikey, estos pensamientos en segundo plano en mi cabeza. Es como si estuvieran resaltados y en negrita y los tuviera estampados en la cara: ARTHUR NO CONOCE SU PROPIO CORAZÓN.

La cosa es que, hace dos años con Ben, no sentí ni el más mínimo atisbo de duda.

Expulso ese pensamiento y me giro hacia Ben con toda la alegría que puedo reunir.

—En serio, deberías venir a conocerlo el próximo fin de semana —digo—. Mario también, por supuesto.

—Claro. —Ben hace una pausa—. Mario todavía estará en Los Ángeles.

—Pero tú estarás aquí, ¿verdad?

—Sí. Pero… ¿eso no enrarecería las cosas?

—¿Qué? Ni hablar. ¡Sé que a Mikey le encantaría conocerte! Ha oído hablar mucho de ti. No es que yo comparta demasiado…

—Por supuesto que no. Nunca.

—Cállate. —Sonrío—. ¡Solo digo que será divertido! ¡Choque de universos! ¿Sabes? De verdad creo que os llevaréis genial. Tenéis mucho en común.

—¿De verdad?

—Bueno, me tenéis a mí —le digo—. Y yo soy mucho.

Resulta que la risa sorprendida de Ben sigue siendo uno de los mejores sonidos sobre la faz de la Tierra.

13

BEN

Jueves 28 de mayo

La cafetería Kool Koffee no ha cambiado demasiado en los últimos dos años. Los antiguos clientes habituales de Samantha todavía la reconocen, sentada como está en una mesa junto a la puerta con Dylan y conmigo. Es como si fuera una celebridad que vuelve a casa, y todavía recuerda muchos detalles acerca de ellos:

—¿Aguantas con tu propósito de tomar solo descafeinado, Brian?

—Tenías mucha razón sobre lo de ir a la universidad fuera, Greg.

—¡Felicidades otra vez por la boda, Stephanie!

—¿Deberíamos conseguirte un disfraz? —le pregunto a Samantha—. Puede que unas gafas de sol.

—Ben, ¿acaso te pedimos que te pongas corrector para ocultar tus pecas? —pregunta Dylan—. No, porque en esta casa no escondemos la belleza.

—Estamos en una cafetería.

—Es una forma de hablar.

—Para las personas que viven juntas.

Dylan me mira por encima de su expreso doble moca con dos bombas de caramelo.

—Hola, sigo aquí —dice Samantha, saludando con la mano—. En fin, Ben, no dejan de interrumpirnos.

—Tus fans —digo.

—Mis devotos *amigos*, sí. Entonces, ¿por qué estás tan nervioso por conocer a Mikey?

Han pasado unos días desde que comí con Arthur en el restaurante, pero la idea de pasar el rato con Mikey sigue carcomiéndome. Incluso he tenido un par de sueños en los que soy el tercero en discordia mientras ellos se besan en mi cara. He llegado al punto de despertarme en mitad de la noche e intentar trabajar, pero el mundo que me sirve de válvula de escape está contaminado de escenas del rey Arturo.

—No sé si me voy a sentir bien conmigo mismo después de conocer a Mikey —respondo.

—Entonces quizá no deberías conocerlo —dice Samantha.

—Pero Arthur conoció a Mario —digo.

—Porque tú creías que Mikey también iba a estar allí. Y nosotros estuvimos ahí.

Juego con el hielo sobrante de mi limonada.

—Quiero ser un buen amigo. Y Arthur se presentó a pesar de que sabía que Mikey no estaría allí. Creo que echarme atrás ahora hace que todo parezca raro.

—Miente y di que estás trabajando en tu libro —dice Dylan.

—Bueno, sí estoy trabajando en mi libro.

—Pues te estás tomando un precioso descanso para una limonada.

Me muevo un poco para quedar cara a cara con Samantha.

—Es solo que no creo que sea justo que Arthur pueda pasar toda la noche con mi gente y yo no pueda conocer a Mikey.

Samantha asiente.

—A lo mejor te equivocas y Mikey no te hará sentir inferior en absoluto. Y no es que crea que deberías sentirte así.

—Pues claro que no —coincide Dylan—. He escrito poesía sobre ti. No creerás que voy a escribir poesía sobre Mikey, ¿no?

—¿Tienes pensado escribirla sobre mí? —pregunta Samantha.

—¿Tienes pensado dejar respirar a un poeta? Todo a su debido momento. —Dylan esconde la boca detrás de la mano y me murmura—: Ayúdame a escribir un poema.

—Escribe tu propio poema —le digo—. Entre nosotros, Arthur me dijo que él y Mikey aún no se han dicho «te quiero» —añado.

Dylan abre mucho los ojos.

—Pero si en años gais llevan juntos toda la vida.

—Por favor, encuéntrame un calendario con años gais.

—Eso te encantaría, ¿no? —Dylan me guiña un ojo.

Samantha suspira y se gira hacia Dylan.

—Voy a apagarte durante dos minutos. —Saca su teléfono y programa un temporizador—. ¿Unas últimas palabras?

—Te arrepentirás de esto —dice Dylan.

—Siempre lo hago. —Samantha lo besa en la mejilla y activa el temporizador—. Ben, no tenemos mucho tiempo. Yo no gastaría tanta energía en obsesionarme con la relación de Arthur y Mikey. Es algo que tienen que decidir ellos y a ti no tiene que preocuparte.

Tiene razón. Arthur podría estar diciéndole «te quiero» a Mikey en este preciso instante.

—Creo que no estaría obsesionado con todo esto si las cosas estuvieran más claras con Mario. Pero me siento como si tuviéramos el acuerdo tácito de no querer arruinar algo bueno por definir la relación. Es difícil —digo.

Entre sus labios fuertemente sellados, Dylan murmura:

—Eso es lo que él dijo.

Samantha añade otros treinta segundos al cronómetro.

—Ben, tienes que aclarar las cosas con Mario. Te mereces saber lo que alguien siente por ti. Dylan me dejó sus sentimientos muy claros.

—Ah, sí, todo aquel asunto de la futura esposa —digo—. Justo en esta misma cafetería.

Samantha se ríe.

—Es posible que a veces hable demasiado. Pero al menos sé lo que está pensando. —Se gira hacia Dylan y se toquetea el collar—. Te quiero.

—Yo también te quiero —dice Dylan.

La besa y añade otros treinta segundos al temporizador.

Esto es lo que quiero de una relación.

Ahora solo tengo que averiguar lo que quiero de una amistad con Arthur.

Lo que no digo en voz alta es cuánto echo de menos a Arthur. Han pasado meses desde que eso me hacía perder el sueño, pero no tenerlo en mi vida ha supuesto un lastre para mí. Hubo un tiempo en el que podíamos hablar de las pequeñas cosas, como lo que él estaba haciendo en la universidad. Pero yo me guardé mis cosas para mí mismo porque no quería herir sus sentimientos. Incluso cosas como el que me fijara en lo guapo que era Mario cuando empecé las clases. Quizá no debería haberme contenido, Arthur nunca lo hizo. E incluso después de silenciar su perfil de Instagram, seguía teniendo que esquivar las preguntas de mis padres sobre «¿cómo está Arthur?». Por eso eliminé nuestra vieja historia amor de mi libro. Era demasiado.

Pero ya no quiero tener miedo de Arthur ni de su vida. Y no quiero enterrarlo como si no tuviera lugar en la mía.

14

ARTHUR

Viernes 29 de mayo

La escalera mecánica sigue escupiendo gente que no es Mikey. Debería haber una regla en contra de eso, algo en los estatutos que exigiera un novio desaliñado por las horas de viaje por cada docena de desconocidos vestidos con traje pantalón.

No me queda nada que hacer más que pasar el rato debajo de la señal de Llegadas/Salidas, acunando un ramo de flores del supermercado que he comprado de forma impulsiva. Debería haberle comprado algo útil, como un protector solar o una tarjeta para el metro, pero ¿cómo se suponía que iba a resistirme a dos docenas de rosas por doce dólares?

Mi móvil suena cuando me entra un mensaje y lo compruebo a toda prisa.

Suena bien, ¡nos vemos pronto!

Un mensaje que sería perfectamente normal recibirlo de mi novio, que ya casi está aquí.

Solo que no me lo ha mandado mi novio.

Me quedo mirando las palabras, con un ligero revoloteo en el estómago, hasta que…

—Hola, lo siento. Estoy buscando a Chad, de Economía de la Empresa.

Es la cara de Mikey, pero no está en la pantalla de mi teléfono. Lo abrazo tan rápido que casi le pego con las rosas.

—¡Estás aquí!

—¡Lo sé!

—No puedo creerlo. Estabas en *Boston*. —Lo abrazo aún más fuerte—. ¡Mikey!

Él suelta una pequeña carcajada, sin aliento.

—Han sido dos semanas muy largas.

—Qué me vas a contar. —Retrocedo para mirarlo, y las mejillas se le ponen rojas de inmediato.

No puedo besarlo. Mikey es muy tímido con respecto a las muestras públicas de afecto, y uno no tiene nunca mucho más público del que hay en el andén principal de Penn Station. Pero el hecho de que esté aquí me hace sentir como los primeros pasos que uno da al bajar de una montaña rusa, cuando la tierra firme parece algo nuevo.

Bueno. Esto es bueno. Las matemáticas cuadran. *Dos semanas sin Mikey* es igual a *no podría hacerme más feliz que esté aquí*. Siento todo lo que se supone que debo sentir. Nada fuera de lugar. No hay dudas extrañas o preguntas no formuladas. Nada excepto...

¿Te parece bien si quedamos con Ben esta noche?

Oye, Ben vendrá luego a tomar un helado con nosotros.

Irá bien. Ni siquiera estoy preocupado. Hablaremos en el metro de camino a casa y todo estará resuelto antes incluso de que lleguemos a Columbus Circle.

Excepto que llegamos y dejamos atrás Columbus Circle, y luego Lincoln Center, y después estamos en la calle Setenta y Dos, doblando la esquina y pasando Citarella, y todavía no se lo he dicho.

No es que haya estado evitando el tema. Pero el metro estaba abarrotado y sudoroso, y a Mikey se lo veía muy ojiplático y abrumado. Y ahora está en proceso de contarme lo de un viaje nocturno que hizo con el coro en octavo grado, su único otro viaje a Nueva York. El Mikey charlatán es su estado natural más raro y fascinante. No pienso estropearlo. Ni siquiera lo interrumpo para informarle que hemos llegado a mi edificio. Me limito a sacar la llave y a deslizarla en la cerradura mientras él habla.

Pero en el momento en que estamos solos en el vestíbulo, lo beso con tanta intensidad que deja caer sus rosas.

Apenas puedo creer que esté aquí. El Mikey real, en tres dimensiones. En Nueva York. En este edificio. Es como encontrarte con tu profesor de matemáticas en el súper o ver que un pájaro entra volando por la ventana. No parece científicamente posible que esté besando a Mikey en el mismo lugar donde recojo el correo de mi tío abuelo Milton.

Cuando por fin nos separamos, el nerviosismo de Mikey me resulta adorable.

—¡Bueno! —exclamo, un poco sin aliento—. Este es el vestíbulo.

Mikey recoge su ramo del suelo.

—Hasta ahora, todo bien.

En el ascensor, estamos extrañamente tímidos. A Mikey no deja de sorprenderlo su propio reflejo en los espejos de las paredes del ascensor, y yo no dejo de sonreír mientras miro mi móvil, pensando en que Jessie no suele llegar a casa hasta dentro de otra hora más o menos. Y, por supuesto, no hemos quedado con Ben hasta las nueve. Algo que le contaré a Mikey en un momento. Esta vez de verdad. Se lo diré en cuanto estemos instalados en casa.

El ascensor aterriza en el tercer piso con un *ding* y agarro la maleta de Mikey. Pero en cuanto mi mano roza el picaporte del 3A, la puerta se abre de par en par.

—¡Uy! ¡Lo siento! —Jessie abre la puerta con una sonrisa brillante—. No quería interponerme en vuestro camino. He venido a dejar mi portátil. He quedado con Namrata y con Juliet para tomar algo. De todos modos... ¡Mikey! ¡Hola! Me alegro mucho de tenerte aquí.

—Me alegro de estar aquí. —Sonríe con timidez.

—Recuérdamelo, ¿a qué hora es lo de Ben? —pregunta mientras se gira hacia mí.

Se me cae el alma a los pies.

—Mmm. En realidad, no hemos...

Jessie arquea las cejas con la expresión «¿pero qué leches te pasa, Arthur?» más clara del mundo.

Mikey no dice ni una palabra, ni siquiera después de que ella se vaya. Se limita a seguirme al interior del apartamento, donde cierro la puerta con demasiado ímpetu y luego jugueteo con los interruptores de luz.

El corazón me late tan fuerte que prácticamente lo saboreo.

—Oye. Estaba a punto de contártelo.

Está mirando al suelo con expresión inescrutable.

Cuando habla por fin, su voz suena tan débil como la de un fantasma.

—¿Vas a hacer algo con Ben esta noche?

—¡Nosotros! —digo a toda prisa—. Dios mío, no es que hayamos quedado sin ti. Lo siento, no pretendía tenerte de pie en el vestíbulo. —Suelto una risilla débil y extiendo los brazos—. Bienvenido al apartamento del tío Milton.

Mikey asiente, rígido.

—¿Tienes sed? Podría traerte un poco de agua o no sé... Creo que podría haber Coca-Cola...

—No quiero nada. —Aparta la mirada de mí de forma deliberada.

—De acuerdo. —Cruzo la habitación y me hundo en el sofá de dos plazas, dejando espacio a mi lado—. ¿Podemos hablar sobre esto?

Él no responde, pero deja sus flores sobre la mesa y se acomoda a mi lado, con la espalda perfectamente recta. Cuando le doy la mano, no se aparta, pero no me devuelve el apretón. No hay ni rastro de la dulzura azorada del vestíbulo. Estudio su perfil—. Mikey.

Se está mirando las rodillas.

—Así que hemos quedado con Ben. Esta noche.

—Sé que no es lo ideal. Es solo que mañana por la tarde vamos al teatro, y luego Ben cena con Dylan, y después Mario vuelve de su viaje y te vas muy temprano el domingo, así que…

—Esta noche es la noche. Entendido.

—No hasta más tarde. Y es solo para el postre, y creo que te va a gustar el sitio que he elegido. —Le aprieto la mano, pero no levanta la vista. Dudo—. Solo quiero que os conozcáis, ¿sabes? Es importante para mí.

Mikey me mira a los ojos por fin.

—¿Por qué?

—¿Porque eres importante para mí? No sé. Él es mi amigo, y quiero que conozca al chico que me hace tan, tan feliz. ¿Vale?

Su expresión se suaviza.

—Vale.

—Mikey Mouse, lo siento mucho. No debería haberte asaltado con este tema solo un segundo después de que entraras por la puerta.

—Todavía estaba en el pasillo. —Esboza una leve sonrisa.

—Bueno, ya estás aquí. —Lo beso en la mejilla y luego descanso la cabeza en su hombro—. ¿Sabes siquiera lo mucho que te he echado de menos?

—Yo a ti también.

Y durante horas, prácticamente no hacemos otra cosa que quedarnos así, acurrucados en el sofá. A ver, sí, nos besamos un poco, pero no hacemos nada que no se vea en Disney Channel. Ni siquiera mencionamos la posibilidad del sexo. Tal vez sea una pérdida de nuestro valioso tiempo a solas, pero es agradable. Pedimos pizza, me quito las lentillas y me pongo las gafas. Para cuando terminamos de comer, todavía falta una hora más o menos para el momento en que hemos quedado con Ben, pero convenzo a Mikey de salir pronto para poder enseñarle Central Park de camino.

Por supuesto, Mikey apenas habla durante todo el trayecto por la calle Setenta y Cinco, así que mi cerebro decide llenar el vacío y no dejar de vomitar palabras.

—Creo que hay una entrada en la Setenta y Siete, si quieres ingresar por allí, o podemos dar la vuelta en el Museo de Historia Natural. Está justo ahí. Señalo hacia delante mientras miro de reojo a Mikey, quien esboza una sonrisa vaga y asiente. Tomo aire y sigo disparando.

—¿Alguna vez has visto *Noche en el museo*? ¿La peli de Ben Stiller?

—Yo… ¿Creo que sí? No lo recuerdo. Era bastante pequeño.

—Yo me negué a verla hasta que estuve en segundo de secundaria, porque sabía que saldría la ballena, y Mikey, me daba mucho miedo la ballena.

—¿Qué ballena?

—¿La puta ballena gigante que cuelga del techo? —Lo miro con incredulidad mientras bajamos del bordillo para cruzar el paso de peatones—. ¿Cómo es que no sabes lo de la ballena? Es mi némesis. Voy a… Vale, ¿sabes qué? Creo que abre mañana a las diez. ¿A qué hora es la obra? ¿A las dos?

Mikey enarca las cejas.

—No quiero obligarte a ver a la aterradora ballena.

—No me importa, Mikey Mouse. Por ti, lo haría.

Se ríe y luego exhala, sus hombros se elevan y luego descienden. Un momento después, me da la mano. Lo miro, sorprendido. Acabamos de pasar la avenida Colón, apenas se ha puesto el sol y estamos rodeados de gente. Lo cual a mí no me molesta lo más mínimo, pero ¿a Mikey?

Me aprieta las yemas de los dedos.

—¿Te parece bien?

—Sí. Dios. Por supuesto. —Estudio su perfil—. Es solo que no quiero que te sientas incómodo.

—No lo estoy. —Respira de forma temblorosa.

—Eso no ha sonado cómodo.

Mikey se ríe.

—Estoy bien. Lo siento. Sí.

Caminamos en silencio unos instantes, nuestras manos aún entrelazadas. Cuando llegamos a la avenida Amsterdam, le doy un codazo.

—Esa es la panadería de mis galletas favoritas —le digo, señalando Levain.

—¿Es ahí donde hemos quedado con Ben?

—No. Pero ya casi estamos. Vamos a llegar muy pronto.

Él me dedica un rápido asentimiento, con los labios apretados.

—¡No te pongas nervioso! —Me río un poco y lo acerco más a mí—. Te prometo que no da miedo. Te va a caer bien.

—Lo sé —dice Mikey—. Eso no es… Estoy bien.

—¿Estás listo para estar más que bien? —Señalo con la barbilla—. Al final de la calle, a la derecha.

Mikey mira calle abajo, entrecerrando los ojos, y se le ilumina toda la cara en cuanto lo ve.

—Estás de broma.

Pone *Emack & Bolio's* en mayúsculas blancas contra un toldo verde básico. Seguramente no me habría fijado si Mikey no me hubiera metido el nombre en la cabeza. Es su heladería favorita de Boston. Su hermana y su cuñado se comprometieron allí, y también es donde Mikey salió del armario con su hermano. Cuando empezamos a hablar del verano en Boston, fue lo primero que mencionó.

—No tenía idea de que hubiera una aquí. —Se lo ve asombrado.

Llegamos casi treinta minutos antes, así que nos instalamos en un banco cerca de la entrada de la heladería. Mikey vuelve a estar callado, y no soy capaz de desentrañar su estado de ánimo esta noche. No *creo* que siga molesto por lo de Ben. Es decir, hace un minuto casi se marea por culpa de la revelación de la heladería Emack & Bolio's, por no mencionar el hecho sin precedentes de haber venido de la mano en público. Pero nuestras manos se han soltado en la transición de la acera al banco, y está claro que Mikey ha dejado adrede varios centímetros de espacio entre nosotros.

Ahora no deja de lanzarme miradas, casi como si fuéramos desconocidos mirándose el uno al otro en una fiesta universitaria. Pero cada vez que intento sostenerle la mirada, la aparta con brusquedad.

—Mikey Mouse —digo al final—. No sé si estás bien o no.

—Te quiero —suelta de repente.

Lo miro fijamente, atónito.

—Dios. Lo siento, estoy… —Exhala—. He estado intentando reunir el coraje durante todo el camino hasta aquí. Me siento tan…

—Dios mío. Mikey. No… no lo sientas, ¿de acuerdo?

Me aprieto el pecho con la mano, como si eso fuera a ayudarme a recuperar el aliento. Apenas puedo diferenciar mis pensamientos de los latidos de mi corazón. *Me quiere. Me quiere. Me quiere. A mí. Mikey, que se pone rojo cada vez que lo beso. Mikey, cuyo regalo de San Valentín fue llenarme el depósito de gasolina. Mikey, que ha tomado el tren desde Boston para venir a verme. Mikey me quiere.*

Mi cerebro parece incapaz de retener la idea.

Él cierra los ojos y los vuelve a abrir, y de repente se le congela la expresión.

—Creo que Ben está aquí —dice en voz baja.

Niego con la cabeza.

—Imposible. Nunca llega pronto. Alguna vez… —Pero las palabras mueren en mi lengua.

Porque hay un chico caminando por la avenida Amsterdam. Viste vaqueros y una camiseta oscura ajustada, y es, sin lugar a dudas, Ben Alejo. Él levanta la vista de su móvil y esboza una sonrisa cuando nos ve.

Llega veinte minutos antes.

—Mikey…

—No pasa nada. En serio. —Empieza a ponerse de pie, pero lo agarro de la mano y le doy un apretón.

—Hablamos luego —digo, y las palabras me salen un poco entrecortadas—. Continuará, ¿de acuerdo?

Asiente en silencio y se ajusta las gafas, y es un gesto tan familiar en Mikey que siento un nudo en la garganta. Cuando me pongo de pie, siento las piernas como si fueran de goma.

La gente hace esto, ¿verdad? Se supone que los novios y los amigos deben conocerse. Es lo más normal del mundo. Entonces ¿por qué me siento como si estuviera intentando meter dos universos en un mismo sistema solar a la fuerza? ¿Qué voy a decir? ¿Cómo puedo presentarlos? Chico con el que perdí mi virginidad, este es el chico que acaba de decirme «te quiero» por primera vez hace literalmente dos segundos.

—¿No me llevo ni un halago por llegar pronto? —pregunta Ben, con esa sonrisa de falso orgullo que pone a veces cuando *de verdad* está orgulloso de sí mismo pero se siente raro al decirlo. Cuando se gira hacia Mikey, su sonrisa se convierte en algo un poco más tímido—. Encantado de conocerte por fin.

—Igualmente. He oído hablar… mucho sobre ti.

Ben parece intrigado.

—¿En serio?

—¡Eh! —Junto las manos con tanta fuerza que los nudillos se me ponen blancos—. ¿Quién quiere un helado?

15

BEN

Viernes 29 de mayo

Momento de ser el tercero en discordia.

Examino el tablero con la carta como si esto fuera solo otra noche por ahí con mis amigos y no la primera vez que conozco al nuevo novio de mi exnovio. Su nuevo novio, que al parecer ha oído hablar mucho sobre mí. No es una gran sorpresa, al fin y al cabo, es de Arthur de quien estamos hablando. Arthur, que siempre tiene que llenar el silencio.

—Hay muchos sabores —digo.

—Mikey es un experto en este sitio —dice Arthur, sosteniendo la mano de Mikey como si fuera un globo que no quiere que se aleje nunca flotando—. ¿Qué nos recomiendas?

—¿Qué te gusta, Ben? —pregunta Mikey.

Oírlo decir mi nombre hace que se me forme un nudo en el pecho. Con cada segundo que pasa, se vuelve más y más real, y ojalá Mario o Dylan o Samantha estuvieran aquí conmigo en este momento.

—Iré a lo sencillo —digo—. Uno de fresa me estará bien.

—Tienes muy buen gusto —dice Arthur—. Con los helados —añade—. Con la gente también, claro. No me refiero a mí, hablo de Mario.

Mikey y yo miramos a Arthur. Por lo general, lo encontraría divertido, pero es muy incómodo.

Arthur señala detrás del mostrador.

—¿Creéis que me dejarán abrir la nevera para refrescarme?

—No parece muy higiénico —dice Mikey.

Arthur asiente.

—Muy cierto.

Me pregunto si este encuentro sería más fácil si nos limitáramos a encarar el tema tabú. Sí, Arthur y yo estuvimos enamorados. Sí, Arthur y yo rompimos porque no creíamos que una relación a larga distancia fuera a funcionar. Sí, Arthur empezó a salir con Mikey y no dejó que la distancia se interpusiera en su camino. Si vamos a hablar de todo esto, la verdad es que no siento que sea cosa mía hacerlo. Esta noche, ellos son la pareja y yo soy un añadido.

Pero puedo crear una distracción.

—¿Recomiendas algún sabor en especial, Mikey?

Mikey clava la vista en la carta.

—El sabor tarta de saltamontes es una posibilidad, y respeto el derecho de todo el mundo a elegir, pero yo, personalmente, no lo elegiré esta noche.

—Yo tampoco —digo con una risa.

Arthur se ríe después, un pelín demasiado alto.

—Me vale cualquier sabor a fruta —digo.

—El de mango de Goa es el mejor —dice Mikey, con los ojos iluminados—. Invito yo.

De repente soy consciente de que Arthur ha hablado de lo pobre que soy.

—No, por favor, no hace ninguna falta —digo—. De hecho, déjame invitarte al tuyo como regalo de bienvenida a Nueva York.

—Ya pago yo —dice Arthur—. Vosotros id a buscar una mesa. Mikey Mouse, ¿lo de siempre?

—Sí —dice Mikey.

¿Mikey Mouse? Es un apodo bastante cursi. En realidad, no soy quién para juzgar, dado que Ben-Jamin es un nombre bastante ridículo para un personaje principal y solo funciona en una novela de fantasía.

Además, es genial que Arthur tenga a su Mikey Mouse. Yo tengo a mi Super Mario.

Mikey y yo nos acomodamos en una mesa junto a la ventana, desde donde puedo ver a un grupo de personas riéndose a la salida de un restaurante y abrazándose antes de irse en diferentes direcciones.

—¿Así que sueles pedir siempre lo mismo? —pregunto.

—El de pastel de barro —dice Mikey—. Suena asqueroso, pero tiene sabor a café con virutas de chocolate y galletas Oreo desmenuzadas. Puedes probar el mío, si quieres.

—Gracias, dejaré que lo disfrutes tú. ¿Vienes a menudo a Nueva York?

—En realidad, esta es la primera vez que vengo en varios años —dice Mikey.

—Pues bienvenido de nuevo. ¿Tenéis pensado ver algún espectáculo?

Mikey asiente.

—Y hacer algo de turismo.

Luego se produce un silencio incómodo. Sé que a mí no me hacía mucha ilusión la idea de conocer a Mikey. Ahora me pregunto cómo se siente él sobre conocerme a mí. Está claro que entre ellos hay una especie de energía. No diría que es química, exactamente. (Pero no te tomes muy en serio la palabra de alguien que tuvo que ir a clases de refuerzo de química en verano). Es fácil ver que se preocupan el uno por el otro, pero supongo que habría esperado que brillaran como las luces de Broadway. Es probable que los haya pillado desprevenidos por lo temprano que he llegado. Es solo que no quería llegar tarde y que pareciera que no me lo estaba tomando en serio.

Significa mucho para Arthur, por lo que significa mucho para mí.

Aun así, es la primera noche de Mikey en Nueva York en años y la está pasando tomando un helado con el exnovio de su novio. Debe de sentirse como si estuviera conociendo a un fantasma del pasado romántico de Arthur. Fui su primer beso, su primer novio, su primera vez, su primera ruptura que acabó en lágrimas. Pero puede que no le importe en absoluto porque tiene mucha confianza en su futuro juntos.

Puede que yo fuera el primero, pero él será el para siempre.

—*Voilà*, caballeros. —Arthur llega con todos los helados, y el suyo es el único con cucurucho—. ¿Qué me he perdido?

Mikey y yo empezamos a hablar a la vez y paramos en seco al mismo tiempo. Luego él insiste en que hable yo primero y yo insisto en que empiece él. Es casi como si ambos estuviéramos intentando no destacar. Mejor hundirse en las sombras.

—Le estaba contando a Ben lo emocionado que estoy de haber vuelto a la ciudad —dice Mikey.

—Va a ser muy divertido —dice Arthur.

Arthur se ajusta las gafas, lo que hace que reconsidere el hecho de que la gente no pueda distinguir entre Superman y Clark Kent. Superman y Arthur son atractivos sin las gafas, pero cuando las llevan puestas, es una transformación trepidante. No es que esté enamorado de Superman, es un personaje de cómic. Y no es que esté enamorado de Arthur, es mi exnovio. Es posible pensar que alguien es atractivo sin querer estar con esa persona, ¿verdad? Es como cuando Dylan me señala chicos guapos porque quiere que yo salga con ellos, no él. Aunque para ser sincero, aún no tengo del todo clara esa parte.

Sin embargo, yo sí estoy seguro de mis sentimientos y, en lo que se refiere a Arthur, son del todo platónicos. Obviamente.

—¿Qué obras tenéis pensado ver? —pregunto.

Me cuentan todos sus planes, pero me distraigo cuando Arthur y Mikey intercambian cucurucho y tarrina, sin decir palabra, como si lo hubieran hecho mil veces. Y cuando el móvil de Mikey vibra sobre la mesa, Arthur lo silencia por él. A mí me habría parecido pasivo-agresivo, pero Mikey le da las gracias. Puede que a Mikey le guste estar presente y que Arthur sepa eso sobre su novio.

Las pocas veces que he cotilleado el Instagram de Mikey me han servido para darme cuenta de que no publica de forma regular como muchas de las personas que conozco. No intenta ser un *influencer* o fingir que su vida es maravillosa o enseñar lo que ha comido ese día. Es auténtico.

Mikey es auténtico.

Y está sentado justo enfrente de mí. Hubo un tiempo en el que quería que Mikey fuera la peor persona del mundo para no tener que sentirme mal por el hecho de que Arthur le diera más prioridad que a mí. Pero no lo es.

Quiero alegrarme por ellos. Sobre todo por Arthur.

La felicidad es engañosa cuando se trata de la persona que solía hacerte feliz.

—Espero que disfrutéis del espectáculo. No lleguéis tarde —digo entre risas.

Arthur esboza esa sonrisa vergonzosa suya y niega con la cabeza.

—Aquello no fue divertido.

—¿El qué? —pregunta Mikey.

—Seguro que Arthur te ha contado cómo fastidié nuestras posibilidades de ver *Hamilton*.

—Pues no —dice Mikey.

De repente desearía poder revertir el tiempo, porque de verdad que no quería meterme en nuestro historial de citas. Pero es difícil cuando, en realidad, eso es lo único que Arthur y yo tenemos.

—Llegué tarde al teatro y perdimos las entradas —digo. No menciono que Arthur y yo nos sentamos en la acera a escuchar música.

Mikey niega con la cabeza.

—Eso es desgarrador.

—Una de las muchas razones por las que he mejorado en el tema de la puntualidad —digo.

Todo lo que digo parece incorrecto. Como si estuviera intentando hacerle saber a Arthur que ahora soy mejor persona. Pero no estoy intentando volver con él. Sencillamente no sé cómo ser su amigo cuando nunca lo fuimos antes de salir.

Por no mencionar que haber evitado sus redes sociales durante meses provocó que el hecho de que Arthur tuviera una relación seria me pillara totalmente desprevenido. Debería haber calentado viendo las fotos.

Por otro lado, ¿cuán seria puede ser su relación si no se han dicho «te quiero»?

—Así que eres escritor —dice Mikey.

—No he publicado nada.

—Pero sigues siendo escritor, ¿verdad?

—Sí. Escribo historias de magos.

—Tiene cientos, tal vez incluso miles de lectores que quieren más de él —dice Arthur—. Y deberían, a mí me encanta esa historia.

Vuelve la incomodidad. Solo espero que Arthur haya tenido el sentido común de no contarle a Mikey cuál es la inspiración del romance entre Ben-Jamin y el rey Arturo. O el hecho de que Arthur inspiró un personaje, aunque Arturo ya no sea el interés amoroso. No me entusiasma compartir esa noticia con Arthur. Pero cualquier preocupación sobre romperle el corazón de Arthur desaparece cuando veo a Mikey sosteniendo su mano.

—Quité la historia de Wattpad para poder reescribirla en la universidad. Tengo muchas ganas de que se publique pronto.

—¿A qué universidad vas? —pregunta Mikey.

—A la de Hostos —respondo. Me siento inseguro otra vez y desearía haber tenido las notas y los medios económicos para haber entrado en el programa de escritura creativa de la New School o en cualquier carrera de la Universidad de Nueva York. Pero así son las cosas. Lo hice lo mejor que pude y mi familia también. Estoy intentando reconciliarme con esa realidad—. Me gusta mucho. Los profesores son geniales y los compañeros aún más. Incluso hay un chico, Mario, que fue mi pareja en un proyecto y ahora tenemos una especie de lío.

—Era el que estaba con vosotros en Dave & Buster's, ¿verdad?

—Nos ganó a casi todos los juegos —dice Arthur.

—¿Y ahora dónde está?

—Está en Los Ángeles con su tío. Por lo visto, es genial.

—¿Por qué no has ido con él?

Niego con la cabeza.

—Sería un paso demasiado grande teniendo en cuenta que no es mi novio. Además, me he puesto a trabajar en mi libro.

—Ya, pero puedes escribir en cualquier parte —dice Mikey.

¿Por qué insiste tanto en esto? Es como si no me quisiera en la misma ciudad que Arthur.

—La verdad es que no tengo dinero para reservar un vuelo de última hora.

Mencionar el dinero me hace sentir incómodo. Me recuerda que, por más que lo intente, no hay mucho dinero que ahorrar.

Me hace sentir aún más impotente. Por eso un contrato editorial me vendría bien. Un editor de libros vino a vernos a Hostos para hablar de edición y nos proporcionó algunas cifras realistas de lo que se puede esperar de un primer contrato. Incluso los avances menos sustanciosos me cambiarían la vida. Quizás entonces tendría el dinero suficiente para ir adonde quisiera, cuando quisiera.

La señora García preguntó una vez a la clase cuál era nuestra motivación para escribir, además de sentirnos atraídos por las historias. La razón de que nos esforzáramos borrador tras borrador. Estaba muy nervioso, pero levanté la mano y le dije que quería seguridad financiera. Para dejar de preocuparme por cómo gasto mi dinero. Para ver algo genial en internet y comprarlo porque puedo y quiero y no porque lo necesito. Para cuidar de mi familia igual que ellos me han cuidado a mí. Para recompensar a Dylan por todas las veces que me ha prestado dinero sin pedirme nunca ni un solo dólar de vuelta, ni siquiera cuando ve que me llega el ocasional billete de veinte de parte de mi *abuelita*.

Mientras todos nos acabamos el helado y la conversación se aleja del tema monetario, me siento listo para darles espacio.

—Dejaré de molestaros. Muchas gracias por el helado, Arthur. —Me levanto de la mesa y tiro mi tarrina a la basura.

—¡No nos estás molestando! —exclama Arthur, un poco demasiado alegre—. ¿Vuelves con nosotros?

—Yo...

—A ver, ¡es que ni siquiera me has dicho qué está tramando Ben-Jamin en la versión que estás reescribiendo!

Algo me dice que Mikey podría vivir sin esa puesta al día, pero Arthur parece tan extrañamente preso del pánico que me limito a encogerme de hombros.

—Mmm. Vale.

Pero Mikey le da la mano a Arthur en cuanto salimos de la heladería y eso me desestabiliza el cerebro. No dejo de perder el hilo de lo que estoy contando a mitad de la frase.

No voy a decir que llegar al edificio de Arthur me hace sentir la mayor emoción de mi vida, pero sí el mayor alivio.

Me dirijo a Mikey.

—Ha sido genial conocerte. Ojalá disfrutes mucho del resto del viaje.

—Gracias, Ben. —Mikey me tiende la mano. Yo me habría decantado por un abrazo, pero un apretón de manos es más que respetable.

—Buena suerte con la escritura. Estoy seguro de que todo saldrá bien.

Cruzo los dedos.

—Esperemos.

—Vuelve a casa sano y salvo —dice Arthur—. No te pelees con nadie en el metro.

Hace dos veranos, nos vimos acosados por un homófobo en el metro porque Arthur y yo nos estábamos abrazando. Arthur se puso muy nervioso y, para ser sincero, todavía me tenso cada vez que paso por esa parada pensando en que podría volver a verlo. Otro aspecto más de esta ciudad que me persigue.

—Haré lo que pueda —digo.

Arthur y yo nos damos el abrazo más rápido del mundo, como si algo más largo pudiera ser confundido con un gesto íntimo.

Luego entra en el vestíbulo con Mikey. Los observo unos momentos antes de darme la vuelta, porque los celos sacan lo peor de mí. Quiero una relación sólida como la que tienen ellos.

Y la quiero con Mario.

La noche siguiente, Dylan me arrastra al Upper West Side otra vez para una cena temprana.

El Earth Café parece un sitio muy relajado, y durante todo el rato que estamos comiendo, Dylan no deja de examinar el lugar como si estuviera intentando invertir en él. No entiendo el propósito de esta comedia, pero dejo que siga inspeccionando hasta el último cubierto, el último plato y la temperatura de la comida. Pero me planto cuando intenta pedir tres tipos de cafés diferentes. Se rebela pidiendo una ración de cada postre.

Corta un cruasán de chocolate por la mitad.

—¿Qué nota le pondrías del uno al cien?

—Ese rango es muy amplio.

Toma un bocado.

—Un sólido ochenta y siete. —Toma un segundo bocado—. No, ochenta y ocho.

Estoy demasiado lleno por culpa de mi ensalada de pollo para comer cualquier otra cosa, así que dejo que lo disfrute.

Es nuestra noche de chicos, ya que Samantha y Jessie están pasando el rato juntas, pero parece muy distraído todo el tiempo.

No sé qué le pasa, pero insiste en que todo va bien.

—Mikey es agradable —digo.

—Traducción: aburrido como una ostra.

—No, Mikey es un buen tío. Puede que sea un poco privilegiado, pero no es un idiota al respecto. No tengo nada malo que decir sobre él. ¿Significa eso que es bueno para Arthur?

Dylan devora la segunda mitad del cruasán mientras reflexiona sobre la pregunta.

—Creo que Arthur necesita algo más que alguien agradable. Pero yo no lo conozco.

—Deben de compenetrarse bien. Arthur no forzaría nada que no estuviera funcionando. Además, te has llenado de migas.

Dylan baja la vista hacia su camisa.

—Di lo que quieras sobre tu exnovio, pero si se trata de mis migas, métete en tus asuntos.

—Tomo nota. Me pregunto si que Arthur y yo rompiéramos ha sido bueno para él a largo plazo.

—Me importa más si ha sido bueno para ti.

Mientras Dylan se come una magdalena de arándanos, mi teléfono vibra. Sonrío.

—Es Mario —digo, y contesto la llamada—. ¡Hola!

—Hola, Super Mario —dice Dylan con la boca llena de magdalena.

Saca su móvil, supongo que para poner nota a los postres.

—Uy, estás fuera de casa —dice Mario—. No quiero molestarte si estás ocupado.

—No, no pasa nada. Dylan está fingiendo ser un crítico gastronómico porque… ¿es Dylan? ¿Qué tal el vuelo de vuelta?

—Acabo de aterrizar hace un rato y ahora estoy yendo a casa. Todavía estoy con el horario de Los Ángeles y aguantaré unas horas. Había pensado que a lo mejor podríamos quedar y me podrías dar la bienvenida al futuro.

—¡Me apunto! —Ni siquiera voy a fingir que me lo pienso—. Estoy con D. ¿Te parece bien quedar en grupo?

—Cuantos más, mejor, mientras tú estés ahí, Alejo. Ya me contarás el plan. Casi he llegado a casa, voy a darme una ducha rápida.

Prácticamente, ya puedo oler la brisa marina de su gel de baño. Hace que me entren ganas de pasar una noche juntos, pero mis padres están en casa y su casa nunca está vacía los sábados por la noche.

—*Te veo pronto* —digo y cuelgo.

—¿Qué es ese lenguaje secreto? —pregunta Dylan.

—Solo le he dicho que lo veré dentro de nada. Ya ha vuelto. ¿A dónde deberíamos ir?

Dylan abre los ojos como platos.

—Sabes quién está cerca, ¿verdad?

Sé de quién está hablando, pero niego con la cabeza.

—No.

—Sí. Estamos en pleno territorio de Arthur. ¿Estás listo para una fiesta como la de la última vez?

—Estoy muy lejos de estar listo.

Dylan levanta su teléfono.

—¡Nos están esperando!

—¿Qué? —Le robo el móvil y veo que le ha enviado un mensaje a Arthur, para hacerle saber que estamos en el barrio—. ¿Estás haciendo algo rollo *Tú a Londres y yo a California* para intentar que volvamos a estar juntos? Está con su novio, D. Deberíamos dejarlos en paz.

—Si lo suyo es serio, ya tendrán mucho tiempo a solas.

—¿Por qué hablas como si fueras un hombre con mucha experiencia en relaciones largas? Tú y Samantha lleváis dos años saliendo.

—Lo cual me convierte en un experto en comparación con Arthur y contigo. —Ahí tengo que darle la razón—. Creo que es una gran oportunidad aquí para que presumas de novio. ¡Lo sé, lo sé! Y pasar más tiempo con Arthur y el suyo.

Está claro que la dinámica sería diferente con Mario y Mikey en la misma habitación. Incluso podría resolver un montón de mis inseguridades. Demostrar de una vez por todas que el hecho de que Arthur y yo rompiéramos nos ha hecho abrir la puerta a mejores partidos.

—Otro intento de cita doble —digo.

—Más uno, por supuesto —dice Dylan con una gran sonrisa—. Esto tengo que verlo.

16

ARTHUR

Sábado 30 de mayo

—Que van a venir… ¿cuándo? —Mikey parece un poco desconcertado.

—Ni idea. Dylan acaba de decir que están en el Upper West Side, ¿y parece que Mario está de vuelta en la ciudad? —Le paso un plato apenas enjuagado, todavía lleno de migas de pan—. Y luego ha preguntado si estábamos en casa, y le he dicho que sí, y él ha dicho que venían hacia aquí, y eso ha sido todo. Puedo volver a enviarle un mensaje, si quieres.

—No pasa nada —dice Mikey sin mirarme. Lo observo reorganizar el lavavajillas un momento, mientras intento devolver los latidos de mi corazón a la normalidad.

—Oye. —Me aferro al borde de la encimera—. No he olvidado lo que hablamos.

Le da la vuelta a un plato y lo coloca con cuidado junto a los demás.

—De acuerdo.

—¿Quieres hablarlo ahora? Iba a esperar a que Jess saliera, pero…

—Me parece bien esperar.

179

—Pues esperamos —repito, ignorando la punzada de culpabilidad que siento en el pecho. No es que haya nada malo en hablar más tarde. Es solo que los «más tarde» no dejan de amontonarse unos encima de otros. Primero fue Ben quien nos acompañó a casa después del helado, y luego hubo Jessie y más Jessie, y luego dormimos, y hemos ido al museo y al teatro, y luego hemos hablado sobre la obra, y luego hemos cenado. Así que ha habido muchas cosas. Y ahora esto, justo cuando Jessie se iba a ir a casa de los padres de Samantha.

Justo a tiempo, Jessie aparece en la puerta, con una bolsa de fin de semana colgada del hombro.

—Namrata cree que debería llevar condones y alcohol.

—Protocolo de orgía. —Junto las palmas de las manos.

Mikey abre mucho los ojos y Jessie se ríe.

—Te aseguro que no es una orgía —le confirma—. Patrick, el amigo de Samantha, está en la ciudad, así que vamos a comer dulces y a ver películas.

Niego con la cabeza.

—Todavía no puedo creer que te mensajees con Namrata. Ella y Juliet me trataron como si fuera un niño pequeño.

—Bueno, ¿y acaso no lo eras? Eso fue hace dos años.

Hace dos años. La forma en la que Jessie lo dice me deja sin aliento. Hace que suene como si hubiera sido en la Edad de Piedra, pero puede que de verdad fuera otra época. Yo a los dieciséis, con mis sentimientos de alto octanaje. Era como un volcán humano. Recuerdo cada segundo de ese verano, todo lo que sentí, todo lo que pensé. Está justo ahí, pero parece que no puedo volver a sentirlo. Casi me siento como si lo hubiera leído en un libro.

Cuando abro la puerta diez minutos después, Dylan me abraza como si hubiera vuelto de la guerra.

—Mírate. No has envejecido ni un poco. ¿Cuánto tiempo ha pasado?

Cuento hacia atrás hasta el día de Dave & Buster's.

—¿Ocho días?

—Sí, sí, sí, pero no contemos la noche en la que le entregaste mi hijo a Super Mario. —Entra en el vestíbulo y Ben se arrastra detrás de él.

—Mario está en el metro —dice Ben. Luego se gira para abrazar a Mikey—. Hola, tío, me alegro de volver a verte.

—¡El famoso Mikey! Aardvark me ha hablado mucho sobre ti —dice Dylan.

La cara de Mikey es como la de un estudiante de secundaria al que besa en la mejilla un pariente anciano desconocido. Puro pánico cortés. Es como mirar mi propio álbum de fotos del *bar mitzvah*.

Ben se gira hacia mí.

—¿Os parece bien que hayamos venido? Samantha ha echado a Dylan esta noche.

—No me ha echado ella. He escapado envuelto en gloria. Yo no me junto con esa chusma.

—¿Quién, Jessie?

Ben pone los ojos en blanco.

—Se refiere a Patrick.

—No quiero oír ese nombre. No quiero ver esa cara. —Dylan atraviesa la sala de estar y se deja caer en el sofá—. Ese tío es un maldito juanete en el pie de mi vida. ¿Sabes que él y Samantha solían compartir cama?

—En viajes familiares —dice Ben—. Cuando tenían seis años.

—¡Una cama es una cama!

—Tú y yo hemos compartido cama. Muchas veces.

Dylan se burla.

—¿Se supone que eso debe ser tranquilizador? Benzo, cada vez que tú y yo estamos a dos metros de distancia del otro, se puede cortar la tensión sexual con un cuchillo.

Ben le dedica una sonrisa rápida a Mikey.

—¿Te puedes creer que está sobrio?

—Lo cual es un crimen.

—No. Es literalmente lo opuesto a un crimen —dice Ben.

Dylan lo ignora.

—Seussical, ¿cómo vamos de bebida?

—Claro. Bueno, hay agua, obviamente. Coca-Cola, leche, zumo de naranja y… puedo investigar si hay otras cosas. —Me pongo de pie.

Un momento después, Ben también.

—¿Necesitas ayuda?

—¡Oh! —Le echo un vistazo rápido a Mikey—. Pues…

—Genial. Vosotros id a traerme un poco de zumo de Seuss. Mikester y yo necesitamos algo de tiempo entre colegas.

Dylan se acerca más a Mikey, que parece aterrorizado.

Un minuto después, estoy con Ben en la diminuta y brillante cocina de la casa de mi tío, intentando recordar cómo se mantiene una conversación.

—A ver, creo que la mayoría del alcohol está…

—¿Esto es licor de chocolate? —Ben sostiene una botella que Jessie debe de haber dejado en la encimera—. Lo podemos beber o…

—Sí, no, pues claro —le digo, asintiendo con demasiado entusiasmo. No sé cómo se me había olvidado esta sensación, el hecho de que estar a solas con Ben hace que mi corazón parezca un amortiguador. Mis ojos aterrizan sobre las rosas de súper de Mikey, que ahora están expuestas en una jarra de metal que encontré en el armario judaico del tío Milton.

—¿Alguna vez lo has probado?

Niego con la cabeza.

—Deberías. Es como una galleta Levain en forma de bebida. —Saca una cuchara del cajón de los cubiertos de mi tío—. El de Godiva es una maravilla. Una vez, mi madre recibió una botella en una cesta de regalo.

—¿Y te la dio?

—Creyó que era sirope de chocolate, así que me lo echó en el helado. Vale, prueba esto. —Me acerca una cucharada de licor como si fuera jarabe para la tos, pero de repente se queda petrificado. Yo aparto la cabeza, aturdido.

—Ten. —Me entrega la cuchara y yo me la llevo a los labios. Técnicamente, no es mi primera experiencia con el alcohol, pero estoy bastante seguro de que es la primera vez que pruebo alcohol sin que antes algún anciano haya dicho *borei pri hagafen*. Le doy vueltas en la boca un momento, y al principio me da la sensación de que sabe a chocolate, pero peor. Pero cuanto más lo saboreo, más me gusta, y para cuando me lo trago, soy un fiel creyente.

Ben me mira expectante.

—¿Te gusta?

—Está buenísimo.

—Sí. A ver, creo que se suele mezclar con algo. ¿Tienes un poco de Bailey's?

—¿El qué?

—Crema irlandesa Bailey's. O bourbon. Estoy intentando pensar en cosas que combinen bien con el chocolate.

—¿Cómo sabes todo esto? ¿Mario es camarero o algo?

—Mario no bebe.

—Ah…

—Y tiene veinte años. No es… ¡Eh, tienes vodka! Eso debería servir. —Ben me mira—. ¿Estás seguro de que a tu tío no le importará?

—Sí, no pasa nada.

—De acuerdo, genial. —Abre una receta en su teléfono—. Así que solo necesitamos suficiente para cuatro personas, ¿verdad?

—Tres. Mikey tampoco bebe.

A ver, técnicamente, yo tampoco.

Aunque no es que *no* beba. Es solo que todavía no lo he hecho. Pero una vez probé un bocado de brownie de marihuana con Musa. Vale, sí, es probable que en aquel momento no supiéramos que el brownie contenía hierba, al igual que es probable que lo escupiéramos de inmediato y nos pasáramos el resto de la noche presos del pánico por posibles pruebas antidrogas positivas y futuros truncados, pero lo importante es que no soy el chico con cara de niño que era hace dos veranos. Y puede que a Ben le haga falta saberlo.

—Está bien, prueba esto. —Ben me pasa un vaso lleno de lo que parece chocolate derretido. Pero en cuanto tomo un sorbo, tengo que taparme la boca con la mano para no escupirlo.

Ben pone los ojos como platos.

—¿Estás bien?

—¡Sí! ¡No, estoy bien!

Me quita el vaso y da un sorbo.

—Sí, está un poco fuerte. Déjame jugar con las proporciones.

Lo observo verter más Godiva, mientras intento no pensar en el hecho de que Ben ha bebido de mi vaso como si nada. ¿Acaso no es eso como una puerta de entrada a los besos?

Pego un bote para alejar ese pensamiento y casi me caigo de bruces contra los azulejos de la cocina de mi tío.

En cuanto mi culo toca el sofá, Dylan se inclina hacia mí.

—Le estaba contando a Mikelicioso que le cantaste a Ben una canción sobre una rata.

—Estupendo. —Tomo un trago de mi bebida.

—Mira, en retrospectiva, fue una táctica maestra. Está la serenata, que ya te garantiza una victoria, pero luego añades la dimensión de la rata sexy…

Ben niega con la cabeza.

—Las ratas no son sexis.

—¡Las ratas son famosas por su sensualidad!

Bebo otro trago.

Dylan hace una pausa.

—Uy, ¿sabéis qué? Creo que son los conejos.

—¿Y si pasaras menos tiempo pensando en la vida sexual de los animales? —pregunta Ben.

—¡Tengo razón igual! No olvidemos lo que ocurrió después del karaoke…

—¡Eh! —salta Ben—. Mario está abajo.

—Le abriré con el portero automático…

—Bajaré a abrirle. Vuelvo en un segundo. —Ben prácticamente sale disparado por la puerta.

Dylan se reclina en los cojines y coloca el brazo sobre el respaldo del sofá en un gesto informal.

—Qué agradable es esto, ¿verdad? Noche de chicos. Tengo a todo mi escuadrón gay aquí. Vosotros dos sois adorables. —Mueve una mano hacia Mikey y hacia mí, y luego señala la puerta—. Ellos también son adorables. ¿Pero sabéis quién no es adorable?

—¿Patrick?

—El puto *Patrick.* —Lo siguiente que sé es que Dylan está despotricando sobre Patrick con tanta saña que podría hacer que algunas secciones de comentarios de YouTube se ruborizaran. Pero Mikey asiente con cortesía a cada palabra, incluso después de los primeros cinco minutos.

Dylan todavía sigue en ello cuando Ben reaparece en el vestíbulo con Mario a remolque.

—Por Dios, este sitio es enorme —dice Mario, y aunque no esté siendo sarcástico, las mejillas me arden. Nunca veré el mundo como lo hace un neoyorquino. Ni siquiera puedo calibrar el espacio como un neoyorquino.

Mario ocupa el último asiento vacío, junto a Mikey. Por supuesto que estamos mal distribuidos. Me pongo en pie de un salto.

—Seguro que queréis sentaros juntos, ¿eh?

—Estamos bien. —Se acomoda—. ¡Hola! Tú debes de ser Mikey. Soy Mario, soy de ese de ahí.

Señala a Ben, que parece sorprendido por su elección de palabras, igual que yo.

Me acabo de un solo trago el resto de mi bebida y prácticamente salto del sofá para rellenarme el vaso. Y aunque no me apaño demasiado bien con el filtro Brita, consigo ponerle un vaso de agua a Mikey y otro a Mario. Aunque ahora tengo que volver al salón con tres vasos llenos, y me siento un poco como si estuviera recorriendo una carrera de obstáculos con los ojos vendados. Excepto porque no llevo ninguna venda en los ojos, y supongo que los únicos obstáculos son mis pies.

Me encuentro a Mario enfrascado en una historia sobre su viaje, pero me sonríe cuando le entrego su vaso. Vuelvo a sentarme al lado de Mikey.

—Ha sido increíble estar allí —dice Mario—. Quiero mudarme ahí algún día, ¿sabéis? Escribir para la televisión, vivir el sueño.

—Nosotros hemos hecho nuestros pinitos en la televisión —dice Dylan con grandilocuencia—. Big Ben y yo. Hicimos una incursión en el territorio de los realities en nuestros tiempos.

—¿*Ser chicos malos*? —pregunto.

Mario sonríe.

—Guau.

Mikey se remueve incómodo a mi lado, y de repente caigo en la cuenta de lo callado que ha estado. Seguro que toda esta situación lo abruma. Siento una repentina oleada de afecto hacia él, mi corderito de ojos degollados. Me acerco tanto que casi oigo los latidos de su corazón.

—¿Estás bien? —susurro, dejando que mis labios descansen por un momento en su mejilla sonrojada. Mikey asiente.

Ben se pone de pie y le echa un vistazo a mi bebida.

—Voy a servirme otra. ¿Quieres que te dé?

Levanto la cabeza de golpe.

—Más bebida. —Todo su rostro se ilumina de rojo—. Me refería…

—¡Eso suena genial! —Me acabo el resto de mi bebida de un trago frenético, antes de plantarle mi vaso en la mano.

Dylan termina siguiendo a Ben a la cocina, y luego Mario y Mikey empiezan a hablar de la Nintendo. Así que me limito a recostarme contra los cojines y los oigo intercambiar impresiones sobre nabos y códigos de amigos. Es lo más animado que he visto a Mikey en toda la noche. Ni siquiera me sorprende que Mario adore un juego tan friki como *Animal Crossing*, porque así de genial es. Es tan genial que ni siquiera le importa dar esa sensación o no. Es del tipo que se ríe a carcajadas en el cine y canta en el supermercado y proclama con orgullo que su cantante favorita es Taylor Swift, porque adora la música de Taylor, probablemente porque es alucinante y ella es una «geniosa», que es una palabra nueva que me he inventado hace un momento que significa «genia» y «diosa», pero creo que me estoy yendo por las ramas. El caso es que Mario ni siquiera dedicaría un segundo a preocuparse de si está siendo demasiado convencional o básico. Además, incluso la carcasa de su teléfono es genial sin intentarlo siquiera; es solo un Mario de la vieja escuela con cola de mapache, volando sobre un fondo azul cielo.

Ahora está desbloqueando la pantalla e inclinándose hacia Mikey.

—Espera, abre la aplicación.

Descanso la barbilla en el hombro de Mikey y desplazo la mirada entre sus pantallas. Siento el cerebro mareado, como si estuviera dando vueltas en un salón de baile.

—Vuestros teléfonos son amigos —les informo.

Ben y Dylan salen de la cocina, aunque Dylan se queda atrás y se toma un momento para escribir algo en su teléfono. Pero Ben se presenta ante mí con un vaso muy generosamente servido.

—Aquí tienes. Suministros de primer nivel.

—¡Lo son! ¡Literalmente! Mi tío los guarda en el estante de arriba del todo. Mi tío abuelo —añado de forma apresurada—. Es genial. Es un gran tío abuelo. Su padre era mi tatarabuelo. Creo. —Hago una pausa para tomar un sorbo—. ¿O sería mi bisabuelo?

Ben parece que no sabe si reír o quitarme la bebida.

—A ver, ¿cómo es que esto está *tan* bueno? ¡Ben! Deberías ser barman. O, espera, podrías escribir un libro sobre un *mago* barman, ¡y las bebidas podrían ser pociones!

Ben se limita a mirarme.

—No quiero ponerme en plan paternal ni nada, pero… Sabes que estás bebiendo muy rápido, ¿verdad?

—Prefiero «de forma eficiente». —Le sonrío—. Y estoy bien. Pero tengo que mear.

Me incorporo de un salto, pero en cuanto estoy de pie, mi estómago se sacude como monstruo marino. Me tapo la boca con la mano.

Mikey levanta la mirada.

—¿Estás bien?

—Mierda. —Ben salta hacia mí, me quita el vaso y lo deja sobre la mesa de café.

—¿Oye, estás…?

Asiento, frenético, intentando no vomitar.

—No pasa nada. Estás bien. Respira. —Me coloca la mano en la espalda, y siento como si alguien estuviera pixelando mi cerebro. Pero luego los ojos de Ben aterrizan en Mikey y su mano cae a un costado.

—Mmm. ¿No debería alguien llevarlo al baño?

—¡Ah! —salta Mikey—. Vale. Mmm…

—Allí atrás —señala Ben.

—Lo sé —dice Mikey.

—Lo siento. Mikey…

—Estás bien. —Mikey desliza el brazo alrededor de mi cintura—. Vamos a…

—Oye, creo que me voy a ir —dice Dylan de repente.

Ben lo mira con recelo.

—¿Estás bien?

—Mejor que nunca. Voy a rescatar a mi mujer de las garras de Satanás.

Se me retuerce el estómago de nuevo y me tapo la boca con ambas manos.

—Lo sé, Seussical, lo sé. A mí también me da asco.

—¡De acuerdo! —Ben se gira hacia mí—. Ve con Mikey. Estás a punto de vomitar en el suelo. Y, D, prométeme que no matarás a Patrick.

—No puedo prometerte nada.

Ben abre la boca para responder, pero no capto ni una palabra porque resulta que sigo siendo un volcán humano a la edad de casi diecinueve años.

Mikey me lleva al baño justo a tiempo.

17

BEN

Domingo 31 de mayo

La familia de Mario está fuera, sus hermanos en un juego de escape y sus padres en el trabajo, así que me he venido esta mañana a su casa en Queens. Ojalá tuviera mi propio piso, así podría acostarme con mi posible novio siempre que quisiera. Pero, aun así, ponerme al día con Mario después de que haya estado fuera ha sido una muy, muy buena forma de empezar el día.

Me ducho solo, usando con generosidad su gel de baño para que el olor de Mario permanezca a mi alrededor un poco más. Cuando termino, Mario me sorprende con un plato de huevos revueltos y una cara sonriente dibujada con kétchup.

—¿Qué es esto? —pregunto.

—Un desayuno algo tardío —dice Mario—. Come.

Lo sigo de vuelta a su dormitorio, que es el sótano que comparte con uno de sus hermanos. Lo que hay aquí abajo es una cueva de hombres con consolas, un sofá destartalado en el que duermen los huéspedes, una mininevera para la adicción al té Snapple de su hermano y un televisor de cincuenta pulgadas. La mesa que Mario utiliza para estamparse las camisas está cerca. Me siento en su cama, donde ya hemos comido juntos otras veces, pero solían ser cosas que habían preparado sus padres o que pedíamos de fuera. Sé que son solo unos huevos revueltos con un sobre de kétchup del McDonald's, pero ha elegido cuidar de mí.

—Estás de buen humor —le digo.

—¿Cómo podría no estarlo después de todo eso? —dice Mario, que tira mi condón a la basura y lo entierra bajo una pila de bocetos descartados de diseños de camisetas—. No sé, Alejo, por fin siento que me estoy encontrando. Es como si cada vez estuviera más y más cerca de convertirme en la persona que tanto me he empeñado en creer que no es un sueño estúpido.

—¿Eso también es gracias a mí o a tu viaje?

Mario se inclina y me besa.

—A ambas cosas. De hecho, anoche quería hablar contigo sobre todo esto, pero no tuvimos tiempo.

—Lo siento, no te habría llevado a casa de Arthur si lo hubiera sabido.

—No hace falta que te disculpes. Me divertí mucho. —Mario se sienta—. Sobre todo, me lo he estado pasando muy bien contigo.

—Lo mismo digo. —El corazón me palpita con mucha fuerza. Creo que este es el momento que he estado esperando.

—Me gustas más de lo que me han gustado mis novios anteriores, Alejo. No pretendo faltarles el respeto, pero no te llegan ni a la suela del zapato. *Eres amable. Eres bastante guapo. Tu corazón lo es todo.*

Soy amable.

Soy guapo.

Mi corazón lo es todo.

No importa cuánto tiempo haya pasado construyendo mi autoestima a solas, sigo agradeciendo las palabras de Mario sobre lo mucho que significo para él. Le creo cuando dice que mi corazón lo es todo.

—¿Cómo te pregunto en español si estás intentando hacerme llorar?

Mario sonríe.

Le doy la mano.

—Eres una de las almas más generosas que conozco. Y tú también eres condenadamente guapo.

—De verdad que desearía haber empezado a hablar contigo en cuanto pusiste un pie en clase.

Me alegro de que no lo hiciera. Mis sentimientos por Arthur todavía eran muy intensos y necesitaba más tiempo para abrirme a alguien nuevo.

—Todo a su debido tiempo —digo.

Mario clava la mirada en nuestras manos entrelazadas.

—Excepto por que me equivoqué al no haber actuado antes. Ha surgido algo que es bastante emocionante.

Siento la tentación de soltarte la mano, nervioso por lo que está a punto de decir.

—De acuerdo…

—Resulta que Héctor, ese guionista al que conocí en Los Ángeles, me dejó ver el guion para su serie de androides para que pudiera ver el tono apropiado para vender la idea. Fue genial, y me encantó la premisa. Pero me pareció que sus personajes más jóvenes necesitaban un poco más de desarrollo, así que le di algunas ideas. Y parece que Héctor las aprovechó y reescribió varias escenas y dijo que así brillaban más.

—Eso es increíble —digo.

Sigo esperando el puñetazo en el corazón.

—Héctor todavía no está seguro de si alguna cadena comprará el proyecto, pero si lo hacen, quiere contratarme como asistente.

—Es maravilloso… —Me detengo cuando caigo en la cuenta de lo que está diciendo—. El trabajo no es en Nueva York.

Él no me mira.

—Sería en Los Ángeles.

—¿Irías?

—Por supuesto que sí.

Se trata de la clase de noticias por las que la gente te pregunta si estás sentado antes de contártelas.

¿Por qué todo tiene que ser tan asquerosamente difícil para mí? He esperado años para encontrar a alguien adecuado para mí. Por fin me está confesando sus profundos sentimientos, ¿y ahora está listo para marcharse? Son mierdas como esta las que hacen que no quiera creer en el poder del universo. En esta ciudad no dejo de conocer a gente increíble que me deja atrás y se va a vivir una vida mejor.

—¿Qué pasa con la universidad? —pregunto. Sé que me estoy agarrando a un clavo ardiendo, pero no hay forma de que se quede por mí.

—Me pagarían por aprender en una auténtica sala de guionistas en vez de tener que pagar yo a la universidad para que me enseñen.

—¿Cuándo sabrás si dan luz verde a la serie?

—Puede que en un par de semanas.

—Semanas. Guau. —Podría irse dentro de nada—. Mario, ¿estás seguro de que no estás colocado por todo ese sol de Los Ángeles?

Mario por fin me mira a los ojos.

—Creo que hay una versión de mí en Los Ángeles que será más feliz de lo que soy ahora. Es algo que merece la pena que lo intente. ¿Tú crees que este es el sitio donde más feliz vas a ser?

—No. Hace un tiempo que no lo soy. Pero tú has ayudado.

—Y aparte de a mis hermanos, tú eres al que más echaré de menos. Eres único, Alejo. Creo que Los Ángeles te gustaría.

—No tengo dinero para irme a Los Ángeles ni un tío con una casa para invitados.

—Pero tienes a un Mario que sí. A lo mejor podrías quedarte conmigo en alguna ocasión.

No sé cómo responder a eso. Toda esta situación me hace sentir como si hubiéramos estado saliendo todo el tiempo y yo me hubiera despistado cuando lo hicimos oficial porque estaba demasiado ocupado mirando sus ojos color avellana.

—Di algo —me pide Mario.

Hay mucho que asimilar en este momento.

—Solo estoy pensando en todo lo que estoy a punto de perder —digo. Prácticamente puedo sentir sus labios en los míos, el consuelo de su cabeza en mi hombro, mi creciente orgullo cada vez que entiendo lo que dice en español.

—Oye, a lo mejor no tengo ni idea de lo que estoy hablando y el guion de Héctor es una auténtica porquería —dice Mario—. Si ese es el caso, no me iré a ningún lado.

—Quiero que triunfes en la vida —le digo—. Incluso si eso significa echarte de menos.

—No me eches de menos todavía —dice Mario.

Se inclina para besarme, y por mucho que quiera dar un paso atrás para proteger mi corazón, doy la bienvenida a sus labios, porque sé que pronto estarán al otro lado del país.

18

ARTHUR

Viernes 5 de junio

¿Conoces esos memes de expectativa versus realidad? Así es mi vida profesional.

Adoro mi trabajo, no quiero que nadie me malinterprete. Puedo bromear con Taj y respirar el mismo aire que Emmett Kester y Amelia Zhu. Incluso voy relajándome un poco más con Jacob, probablemente porque es tan intimidante como un Papá Noel de centro comercial, hasta que lo ves darle la vuelta a toda una escena con una sola indicación. Me fascina el proceso: observar cómo se hila la historia, pieza por pieza.

Es solo que creía que me encargaría de algunas de las costuras.

—¿Así que *crees* que lo enviaste? —pregunta Taj, que logra transmitir un airado *Por Dios, Arthur* en una fracción de segundo mientras enarca una ceja. Como si fuera la mayor metedura de pata de la historia.

—No, lo envié. Estoy seguro. —Me inclino hacia delante, escaneando la lista de asuntos de mi bandeja de salida—. Se lo envié el… viernes. ¡Ja! —Señalo el presupuesto del departamento de diseño de la semana pasada en mi pantalla, dándole las gracias en silencio al Arthur del pasado por no dejar caer la pelota.

—Vale, genial. Es probable que no lo haya visto. ¿Por qué no lo vuelves a enviar? Yo llamaré a Jacob para estar seguro de que no necesite nada más.

Mi teléfono vibra contra el vinilo de mi mesa de trabajo.

—¡Suena genial! —digo a toda prisa.

Estoy bastante seguro de que es otro mensaje de Ben, que lleva toda la semana desahogándose conmigo de vez en cuando sobre las vibraciones tan raras que percibe en Dylan, cosa para la que estoy ciento por ciento dispuesto. Y no solo porque las vibraciones raras sean lo mío. Para ser sincero, el hecho de que Ben vuelva a confiar en mí me parece algo frágil y precioso de una manera que soy incapaz de explicar. Supongo que creía que lo habíamos perdido para siempre.

Entro a ver los mensajes en cuanto Taj se marcha y, en efecto: **De verdad no te pareció raro el sábado?**

Mmm, le contesto, **depende de lo que quieras decir con raro, supongo. Desprendía una energía muy caótica, pero eso es lo habitual en él, verdad?**

Es decir, si Ben quería ver auténtico caos, debería haberse quedado y ser testigo del momento en el que necesitaba mear con todas mis fuerzas pero no quería estar de pie, así que me deshice en lágrimas al respecto durante una hora en brazos de Mikey.

Sí, no sé, me estoy imaginando cosas? pero estuvo pegado a su móvil todo el rato, hiperconcentrado en él, responde Ben, y no soy capaz de decidir si me encanta o me molesta que siempre se preocupe por Dylan. No parece que a Ben le haya quitado el sueño el hecho de que literalmente yo bebí hasta que poté el sábado por la noche. No es que esperara que lo hiciera. Eso sería algo muy, muy extraño que esperar de tu ex. Mucho.

Le contesto. **¿A lo mejor? ¡La verdad es que no me fijé!**

Qué gracioso, responde Ben, **parecías muy lúcido y alerta esa noche.**

Le sonrío a mi teléfono.

Me llega otro mensaje de Ben. **Y lo de que se fuera tan de repente?**

Bueno, tenía que rescatar a Samantha de 🐱, escribo.

jaja bien visto

Pero en serio, ¿tan malo es Patrick?

Ben responde con el emoticono de un chico encogiéndose de hombros. **No lo conozco, y no creo que lo conozca en el futuro.**

Sabes lo que deberías hacer??, escribo, y luego le doy a «enviar» para que pueda sentir el suspense mientras perfilo las múltiples fases de mi plan para introducir poco a poco un personaje basado en Patrick en *La guerra del mago maléfico*. Patricio, el pícaro demonio que secuestra a Sam O'Mal, pero cuyos intentos acaban frustrados por el mayor aliado de Duke Dill, la legendaria quimera dientes de sable guerrera, Sir Sabre. Dejaré que Ben y Dylan decidan cuál de las tres cabezas de Sir Sabre da el golpe fatal. No digo que sea un genio diabólico, pero si los cuernos quedan bien…

—¿Cómo está Mikey? —pregunta Taj mientras se acomoda en su escritorio.

—¿Qué? —Lo miro—. Mikey se fue hace cinco días.

Las cejas de Taj están haciendo el trabajo que harían mil guiños.

—Lo sé. Solo digo que te salen las arrugas del amor cuando hablas con él. Justo aquí. —Se pellizca las comisuras de los ojos.

—No es… —Me detengo en seco, el calor me corre por las mejillas. ¿Qué se supone que debo decir?

¿Que no estoy seguro de estar enamorado? ¿Que llevo una semana evitando esa conversación?

¿Que ni siquiera le estoy escribiendo a Mikey?

Mi teléfono suena e intento no mirar la pantalla. Es como volver a primaria. Cuando me cambiaban la tarjeta de comportamiento de verde a amarillo y sabía que estaba a una silla inclinada de que mandaran una nota a mi casa. Yo, jodiéndolo todo la mitad de las veces. Todos mis informes de notas eran variaciones de exactamente lo mismo. *Extremadamente brillante. Muestra entusiasmo por aprender. Es un placer tenerlo en clase. Un absoluto desastre incapaz de controlar sus impulsos.*

—Bueno —digo, obligando a mi cerebro a bajar de las nubes. Observo cómo Taj se desplaza por una lista de carpetas, todas ellas nombradas con cuidado y ordenadas por año—. ¿Todo bien con el presupuesto?

—Ah, sí. Solo estoy sacando algunos números de los últimos veranos para que Jacob pueda comparar. Ha empezado a hablar de volver a reemplazar el MB.

El MB, también conocido como «el maldito bebé». Básicamente, el guion requiere un bebé en el escenario, pero Jacob se sigue asustando con cada muñeco que compra el jefe de atrezo. Así que no dejamos de devolverlos y los reembolsos a veces tardan días o incluso semanas en procesarse. Eso está causando estragos en el presupuesto del departamento de diseño.

—No acabará trayendo a un bebé de verdad, ¿no?

Taj se ríe.

—De hecho, eso ya se ha hecho antes en Broadway. Había una obra de teatro llamada…

—¡*El barquero*!

—No me puedo creer que sepas eso —dice Taj.

Mi teléfono vuelve a vibrar, pero antes de que pueda echar un vistazo, Jacob se materializa de la nada.

—¿Estás mandando un mensaje? —pregunta con una sonrisa.

Pego un bote en mi silla.

Jacob se ríe.

—Te prometo que no estoy aquí para echarte la bronca. ¡Contesta al pobre chico!

Chico. Al chico. Jacob cree que estoy hablando con Mikey, igual que Taj cree que estoy hablando con Mikey. Porque ¿por qué no iba a estar hablando con él? ¿Por qué no iba a mandarle mensajes al novio que está enamorado de mí, y a quien puede que yo también quiera, la cual es una pregunta que está claro que debería ser capaz de responder a estas alturas?

—¡De acuerdo! —anuncia Taj—. Tengo de 2016 a 2019. Cuando quieras.

Jacob entrelaza las manos.

—Dios, te quiero.

Mi cerebro se detiene en seco.

—Vuelvo enseguida —digo, levantando mi teléfono de la mesa—. Vestidor. Cuarto de baño.

Taj asiente con solemnidad.

—Buena suerte.

Durante todo el camino, apenas soy consciente de que mis dos pies tocan el suelo. Porque…

Dios, te quiero.

Quiero.

Es una palabra muy imprecisa. Ese es el problema. El amor significa demasiadas cosas. Jacob quiere a Taj porque encontró un montón de hojas de cálculo llenas de presupuestos. Yo quiero a mis padres, a *bobe*, el chocolate y *Hamilton*. O sea, es bastante absurdo si lo piensas bien, ¿verdad? Aquí estoy, tambaleándome bajo el peso de la gran pregunta de si quiero a Mikey, cuando ni siquiera parpadearía si me lo preguntaran sobre cualquier otra persona de mi vida. ¿Quiero a Ethan y a Jessie? ¡Por supuesto! Y quiero a mis amigos wesleyanos. Quiero a Musa. Ni siquiera me planteo lo contrario. ¿Cómo es que sí me lo planteo cuando intento aplicar el concepto a Mikey?

Es decir, quiero a Mikey de la forma habitual. Eso es obvio. Es solo que lo demás está borroso.

Estoy tan distraído que ni siquiera veo a Emmett saliendo del baño del vestidor y me choco con él de frente.

Me quedo mirándolo incapaz de apartar la vista, boquiabierto. Emmet Kester.

Acabo de chocar de frente con una persona cuya cara está literalmente en un cartel de Times Square. Y sí, está un poco hacia un lado, algo escondido detrás de Maya Erskine y Busy Philipps. ¡Pero eso es porque va a salir en un programa de televisión! ¡Con Maya Erskine! ¡Y Busy Philipps! Y hoy en día ni siquiera puedes buscarlo en Google sin tropezar con otro artículo de *Orgullosos iconos bi fuera del armario* o *Veinte estrellas negras* queer *menores de treinta*.

—Lo siento *mucho* —Me atraganto—. No iba…

—Eh, no pasa nada. —Me da una palmadita rápida y tranquilizadora en el brazo—. Arthur, ¿verdad? Soy Em.

Emmett, Emmett Kester, sabe mi nombre. Quiere que lo llame *Em*. Y ahora estamos pasando el rato en el camerino como un par de colegas de camerino y no hay absolutamente ninguna posibilidad de que esto sea real. Todavía estaba a semanas de distancia de reunir el valor necesario para hablar con los actores. ¿Y ahora nos llamamos por apodos?

—¡Hola! ¡Sí! Lo siento, por lo general no soy tan desastre… —Hago una pausa, solo el tiempo suficiente para pasar en espiral y a toda velocidad por mis grandes éxitos, comenzando por el momento en que felicité a Ben por el tamaño de su paquete—. ¡Ah, y yo soy Arthur! Encantado de conocerte oficialmente, Ben… *Em*.

Mi corazón se estrella en algún lugar cercano a mi estómago. Mierda. Joder, joder, joder. Deshacer. Flecha para atrás. Borrar.

Emmett se limita a sonreír.

—Encantado de conocerte también. Ya nos veremos.

Después de que se va, me miro en el espejo del vestidor, con las manos contra mis mejillas escaldadas. Parezco un Macaulay Culkin bajito, judío y quemado por el sol.

No puedo creer que lo haya llamado «Ben».

Tomo unas cuantas respiraciones profundas y saco el móvil. Dos notificaciones: dos mensajes de texto de Ben. Entro en nuestra conversación y busco el último mensaje que le he mandado. Es de hace casi treinta minutos. **Sabes lo que deberías hacer??**

La respuesta de Ben, unos minutos después: **??**

Y unos minutos después de eso: **qué suspense!!**

Me desplazo hacia abajo para volver a leer el mensaje no enviado que estaba escribiendo sobre Patricio, Sir Sabre y Duke Dill, y es tan dolorosamente pretencioso, que ni siquiera puedo llegar al final sin que me dé un escalofrío. Aprieto con fuerza el botón de borrar.

Lo siento, me han interrumpido en el trabajo!, escribo, deteniéndome un segundo sobre el signo de exclamación. Pero creo que no está mal. Quizás incluso esté bien. Sobrio, no me disculpo demasiado, no es forzado. Sé que no alivia exactamente el suspense (el suspense!!), pero puede que ser un poco misterioso no esté tan mal.

Jajaja no pasa nada, me responde.

Supongo que, con Ben, a veces me siento como si estuviera jugando a un juego, y cuanto más invierto en el juego, más pierdo. Siempre soy el que escribe primero y el que responde más rápido, y casi todas las conversaciones que hemos tenido acaban con un mensaje mío. No solo este verano. Ha sido así durante dos años. Llevo perdiendo *dos años*.

Tal vez debería dejar de responder. Abandonar la partida mientras tenga la ventaja, por una vez.

Pero no. No puedo. Estamos empezando a recuperar la normalidad en nuestra amistad, y no es algo que esté dispuesto a perder de nuevo. Además, con lo supuestamente raro que está Dylan, está claro que necesita a un amigo más que nunca.

Vuelvo a entrar en nuestra conversación y empiezo a escribir con el tipo de sinceridad sin filtros que siempre intento mantener a raya hoy en día. Al menos con Ben, me contengo. Pero esta vez, le doy a «enviar» antes de que pueda cambiar de opinión.

De acuerdo, iba a hacer una broma sobre Dylan y su extraña rivalidad unidireccional con Patrick, pero en serio, sé que estas preocupado por él y solo quiero que sepas que estoy dispuesto a escuchar si alguna vez quieres que nos sentemos a hablar del tema.

¿O si quieres hablarlo de pie?, añado. **¿O hablar de ello mientras saltamos a la pata coja?**

Ben responde de inmediato. **Gracias, eso estaría genial. Puede que te tome la palabra.**

¡Hazlo! Siento que las comisuras de mi boca tiran hacia arriba. **Dime cuándo y lo apunto en el calendario, será como programar una cita con un psicólogo tremendamente incompetente**

Qué oferta tan atractiva jajaja, responde Ben, y justo cuando estoy a punto de mandarle el emoticono del payaso, añade: **está bien, ¿qué tal el próximo miércoles?**

Me quedo mirando la pantalla un momento, sintiéndome como si hubiera bebido una botella entera de licor de chocolate. Pero alejo ese pensamiento y empiezo a escribir. **¡Perfecto, solo tengo el trabajo! Debiera salir alrededor de las seis**

Genial, queda bastante cerca de mi casa, verdad? quieres que te recoja fuera y ya pensaremos a dónde ir?

El mejor plan de la historia, escribo.

Porque ¿y qué si Ben y yo pasamos por algunos momentos incómodos el fin de semana pasado? Puede que nuestra amistad solo necesite un intento más. Lo ayudaré a diseccionar e hiperanalizar todas sus interacciones con Dylan, una a una.

Y tal vez Ben sea el amigo que pueda ayudarme a atravesar por fin la niebla que rodea mi relación con Mikey.

PARTE DOS

Podemos intentarlo

19

BEN

Martes 9 de junio

Hoy todo está saliendo mal.

Cuando he fichado en el trabajo, había un niño al que nadie estaba supervisando sentado en un rincón con una olla como las de la televisión en la que estaba mezclando ponche de frutas y Sprite de la nevera para elaborar una poción mágica. Aplaudo la imaginación que tiene, pero este niño tendrá la entrada vetada a mi futuro parque de atracciones después del desastre que he tenido que limpiar. Otro cliente me ha gritado al cobrarle porque le faltaban setenta y cinco centavos para una baraja de cartas y no he podido limitarme a mirar hacia otro lado. Y he tenido mucho trabajo extra porque mi compañero ha llamado para decir que estaba enfermo, a pesar de que en Instagram se lo ve celebrando un pícnic con unos amigos junto al puente de Brooklyn. Me siento muy tentado de enseñárselo a pa, pero entonces sería la persona que se chiva a su padre para meter a sus colegas en problemas.

Está empezando a no importarme.

Este trabajo no es lo que soy, y no intento quedarme aquí para siempre.

Tampoco estoy seguro de si sigo hablando solo de Duane Reade cuando pienso en *aquí*.

En los nueve días que han pasado desde que Mario me dio la noticia de que podría conseguir un trabajo en Los Ángeles, he experimentado una amplia gama de emociones: orgullo de que se reconozca su genialidad, celos de que el nepotismo le consiga a Mario un trabajo en la televisión y que lo único que me haya reportado a mí haya sido tener que limpiar pociones de Sprite y ponche de frutas en Duane Reade mientras rezo a las fuerzas superiores para que los ejecutivos de la cadena de televisión odien los androides para que Mario no tenga que irse.

He intentado concentrarme en mi propio trabajo en lugar de dejar que mis sentimientos egoístas se interpusieran. Últimamente me cuesta más escribir. Me quedo mirando siempre las mismas palabras, sin saber cómo arreglarlas para hacer que queden bien.

Todo resulta muy confuso, y ya no sé cuál se supone que es mi historia.

Tal vez Mario tenga razón con lo de que sería más feliz en Los Ángeles.

Un hogar nuevo. Gente nueva. Una vida nueva.

Mi mente sigue volviendo una y otra vez a cuánto me dolería despedirme de Mario. Si una relación a larga distancia no era una opción con Arthur (¡que estaba enamorado de mí!), no puedo esperar que una relación con Mario sobreviva a eso. No estoy listo para otra época de noches sin dormir y de odiar lo solo que estoy.

No estoy listo para dejar que otra persona increíble se me escape entre los dedos.

Termino de fregar el pasillo, coloco un cartel de CUIDADO y me voy a la sala de descanso a pesar de que se supone que todavía debo estar de cara al público. La puerta de la oficina de mi padre está cerrada y el baño para empleados está vacío, así que es seguro llamar a Mario por FaceTime antes de que cambie de opinión. Contemplo la pared de la que cuelga mi horario para el resto de la semana, deseando con todas mis fuerzas poder arrancarlo, dejar mi empleo y no volver a casa con mi jefe esta noche.

—Alejo —responde Mario en voz baja. La forma en que dice mi nombre me calma y me excita a la vez. Está en su dormitorio y ha apoyado el teléfono contra una pila de libros, como siempre.

—¿Es estúpido que te eche de menos a pesar de que te vi ayer?

—Ni un poco.

—Tengo miedo de echarte aún más de menos cuando no estés a un trayecto en metro.

—Recuerda que es posible que todo esto ni siquiera salga adelante.

—Saldrá bien. O algo lo hará. Te vas a mudar y yo te voy a echar de menos.

—Ya sabes que podemos hacer algo al respecto.

—También he estado pensando en eso. —Echo un vistazo a la sala de descanso—. No quiero estar aquí.

—¿Cuándo termina tu turno?

—No me refiero a aquí. Creo que me refiero a Nueva York.

Mario sonríe y parece que está conteniéndose para no levantar un puño al aire.

—¿Por casualidad no estarás pensando en mudarte a Los Ángeles?

—Tú mismo lo dijiste. Podría ser más feliz en otro sitio.

A continuación, se abre la puerta del despacho del gerente y mi padre sale de ella. Cuelgo tan rápido que alguien podría pensar que estaba viendo porno.

—No estoy en la tienda, así que no puedes enfadarte conmigo por haber sacado el móvil.

—No deberías estar al teléfono durante tu turno, pero ese no es el problema. Recuerda, antes que nada, soy tu padre. ¿Acabo de oír que te quieres mudar a Los Ángeles?

—Sí. Es decir, sí, eso es lo que acabas de oír. Todavía no estoy seguro de si es lo que quiero.

Mi padre asiente.

—No es tan fácil dejarlo todo e irse.

—¿Cómo vas a saberlo? Llevas toda la vida en Nueva York.

—Porque, Benito, no es tan fácil dejarlo todo e irse.

—Si siempre voy a tener que estar esforzándome, ¿por qué no puedo hacerlo en otro lugar?

—Hay una gran diferencia entre esforzarte bajo el techo de tus padres y hacerlo por tu cuenta.

—No estaría solo.

—¿Te refieres a tu novio? ¿Te mudarías con él?

—No es mi novio. —No importa lo cierto que sea, es la cosa más estúpida que podría haber dicho.

—¿Tú te estás oyendo? ¿Estás conforme con esa situación? ¿Tiene sentido para ti?

No, ni me siento bien ni le encuentro mucho sentido.

Pero ¿y si me hace feliz?

—Mira, Mario ni siquiera sabe a ciencia cierta si se va, ¿de acuerdo? No es que me vaya a ir mañana mismo…

—Sé que no, porque tu madre tomaría el primer vuelo que hubiera para arrastrarte de vuelta.

—Que me tratéis como a un niño no hace que me entren ganas de quedarme, pa.

—No es esa mi intención. Quiero que tengas una vida increíble, pero estás cometiendo un error enorme. Todavía vas a la universidad…

—Pues me equivocaré —interrumpo. Es mi vida—. Pa, no he tenido aventuras como las de mis amigos. Dylan y Samantha pueden salir de la ciudad. Arthur es muy feliz con su novio en Wesleyan. Y yo estoy atrapado aquí.

—Lamento que te sientas tan atrapado aquí, pero a muchas personas les encantaría estar en tu posición.

—Lo sé.

Estoy cansado de no poder ser dueño de mis sentimientos porque otros lo tienen peor. Sé que tengo suerte de tener un techo sobre mi cabeza, unos padres que me quieren y comida en la mesa. Lo sé, lo sé, lo sé. Pero también puedo querer más cosas para mí mismo.

—Benito, no quiero que tomes una decisión impulsiva de la que luego te arrepientas. Ni siquiera has traído a ese chico a casa para conocer a tu familia y ya estás pensando en dejar la ciudad con él.

Es como si pensara que Mario es solo alguien con quien acostarme. Pero tiene razón en lo de que Mario y yo tenemos que dejar claras algunas cosas antes de contemplar siquiera seguir hablando de Los Ángeles. Sin embargo, por primera vez, es como si no sintiera que mi vida está a años luz de distancia. En mi cabeza se está formando un mapa con un círculo dibujado alrededor de Los Ángeles. Y sé cuál es el primer movimiento para llegar allí.

—Voy a volver a atender a los clientes. Estamos cortos de personal —digo.

—Hablaremos luego —me dice mi padre, que me sigue hasta la tienda.

Una vez que un cliente sale del pasillo de medicamentos, saco mi móvil y encuentro un mensaje de texto de Mario.

¿Todo bien?

Sí, respondo. **Te gustaría venir a cenar con mis padres a finales de esta semana?**

No sé cómo no estoy sudando. Estoy nervioso y agradecido de no haberle preguntado esto en persona o por FaceTime, por si acaso me responde con una negativa. Aunque ya es suficiente. Mario y yo tenemos que averiguar qué es esto antes de calcular mis próximos movimientos.

Responde antes de que pueda volver a guardarme el móvil en el bolsillo.

Lo leo y sonrío.

¡Pues claro!

20

ARTHUR

Miércoles 10 de junio

Ver a Ben fuera del estudio donde ensayamos es como atravesar un agujero de gusano. No sé de qué otra manera explicarlo. Tal vez solo sea una de esas cosas que pasan con los exnovios, pero su cara me hace olvidar qué año es.

—He pasado por este lugar un millón de veces —dice Ben, dándome un rápido abrazo a modo de saludo—. Ni siquiera se me había ocurrido que trabajaras aquí. —Lleva demasiadas capas para junio: un suéter gris claro con cremallera sobre un polo azul.

—Llevas un look universitario muy otoñal —le digo.

Se ríe.

—¿Cómo dices?

—No sé, es como si te hubieras vestido para el gran juego de bienvenida. ¡No es nada malo!

De repente se me ocurre que nunca he visto a Ben en otoño, no en persona, al menos. Nunca he estado con Ben en ninguna época que no fuera el verano, y ese único pensamiento hace que me quede sin aliento por un segundo.

—El juego de bienvenida —repite Ben—. Eres tan Georgia.

Pero cuando da un paso hacia el cruce, lo sigo, a pesar de que el semáforo aún no ha cambiado, y si eso no es puro instinto neoyorquino, no sé lo que es. Es gracioso lo fácil que es volver a ese estado mental que provoca la ciudad, esquivando taxis, anticipando los cambios de los semáforos, caminando tres veces más rápido que en casa. Estoy justo donde lo dejé hace dos veranos, como si una versión paralela de mí nunca hubiera dejado de cruzar esta calle.

—Así que Dylan está raro y distante —digo.

—No tenemos por qué hablar de eso.

—Pero yo quiero. —Resopla, pero rechazo su actitud con la mano—. ¡Soy tu amigo! Me preocupo por ti.

Ben se queda mirándome, y no soy capaz de leer su expresión. Pero luego sonríe un poco y dice:

—De acuerdo, pero en realidad ni siquiera sé por dónde empezar.

—Empieza por el principio. Has dicho que es algo sutil, ¿verdad?

—No para mí, pero sí. —Giramos hacia St. Marks Place, y Ben juguetea con la manga de su suéter—. Sigue siendo Dylan, y sigue siendo el show de Dylan. Pero por debajo de eso, siempre ha sido auténtico conmigo, y ahora no lo es. Siento que lleva semanas excluyéndome. —Se encoge de hombros mientras señala una plaza cercana—. Oye, ¿sabes que aquí solía haber una escultura de un rinoceronte?

—¿Un rinoceronte *rinoceronte*? —Me pongo un dedo en la frente para imitar un cuerno.

—Eso es un unicornio. —Ben tira de mi dedo-cuerno hacia abajo unos centímetros, hasta que mi mano descansa sobre mi nariz—. Esto es un rinoceronte. Fue como un anuncio público sobre su muerte.

—Suena divertido de ver —digo, intentando ignorar los latidos acelerados de mi corazón.

—No estaba muerto en la escultura —se ríe.

Dejamos atrás Cooper Union y un montón de restaurantes y estudios de tatuajes, y no dejo de mezclar mi pasado y mi presente. Tengo dieciséis años, llevo una bolsa llena de condones y cada centímetro cuadrado de esta acera me parece suelo sagrado. Camino frente a edificios que nunca he visto con un chico que se los conoce de memoria.

Ben sigue contándome historias. Señala una calle lateral para hablarme de un restaurante que sirve latkes, que él pronuncia como *lot-keis*. Y cuando lleguemos a Tompkins Square, me cuenta cómo él y Dylan se dejaron plantados el uno al otro la primera vez que quedaron para jugar porque sus madres los acompañaron a diferentes parques infantiles en ambos extremos del parque.

—Parece una especie de metáfora. —Ben esboza una sonrisa vacilante.

—¿Tienes alguna idea de lo que pasa? ¿De por qué te está apartando?

Él mira al frente.

—Supuse que era algo relacionado con Samantha, ¿sabes? La gente siempre se deshace de sus amigos cuando tienen una relación.

Me sobresalto.

—¿Qué…?

—Pero luego volvió a cancelar nuestros planes —continúa Ben, todavía sin mirarme—, así que le pregunté por qué y dijo: «Tengo una cita en el médico».

—Espera. —Levanto la mirada—. No creerás que está teniendo problemas con… —Me callo, sin querer mencionar en voz alta los problemas cardiacos de Dylan. Pero me señalo el pecho.

—Sí. No lo sé.

—Mierda.

Él parpadea.

—A lo mejor estoy exagerando. Seguro que solo es que está inmerso en Samantha.

—Sí, esperemos. —Hago una pausa—. No es que quiera que te deje de lado. No pretendía…

—Lo sé, Arthur.

Permanecemos en silencio un momento.

—Oye —digo al final—. ¿Puedo preguntarte algo?

Me mira, pero no responde.

Trago saliva.

—¿Sientes que te abandoné?

—Bueno. —Frunce el ceño—. «Abandonar» no es la palabra. Ya sabes. Solo… ¿Cambiaste de prioridades, supongo? Pero eso es normal.

Niego con la cabeza.

—Nunca debes esperar que te abandonen. Si te hice sentir así…

—Tú, no. Yo me hago sentir así.

Lo dice en un tono muy suave. Pero esas palabras reverberan en mi cabeza como si las gritara en una cueva. *Yo me hago sentir así.*

De repente, lo único en lo que puedo pensar son esos tres meses en los que no hablamos, y en el hecho de que ninguno de nosotros los haya mencionado desde entonces. Supongo que sentía como si hubiera algún acuerdo tácito para fingir que el semestre de primavera nunca sucedió. Pero tal vez deberíamos hablar de ello. Los amigos deberían poder hablar de su amistad, ¿verdad?

—Creo que la cagué —digo al final.

Ben me mira.

—¿Qué?

—Contigo. —Ben abre la boca para responder, pero me adelanto—. Sé que las cosas han estado un poco extrañas entre nosotros. No sabía si estaba bien hablar de Mikey contigo.

—Puedes hablar conmigo de cualquier cosa.

—Ya, pero… —Hago una pausa, tratando de tamizar el remolino que son mis pensamientos en busca de algo medio coherente—. Supongo que no sabía cuánto contarte, y no estaba intentando ser un imbécil… No estoy diciendo que todavía estuvieras enamorado de mí —me apresuro a añadir.

—¿Y si lo hubiera estado?

Me quedo helado.

—Estás diciendo que…

A Ben se le ponen las mejillas de un rojo brillante.

—Lo siento, solo quería decir que… *¿Y qué* si lo hubiera estado? No habría sido tu culpa. No querría que dejaras de hablarme.

—Bueno, tuve la sensación de que *sí* querías que dejara de hablarte.

Durante un minuto Ben no responde, solo levanta la mirada para inspeccionar una señal del parque y nos lleva más allá de una bifurcación. Pero luego emite una pequeña y aguda inhalación.

—Nunca respondí a tu felicitación de cumpleaños.

—No pasa nada, en serio. Siento…

—No, esto es culpa mía. Quería responder, pero llevábamos casi dos meses sin hablar y se me hizo todo bola, ¿sabes? Y luego me monté un pollo en la cabeza, y cuanto más tiempo pasaba sin responder…

—¡Ben, no pasa nada!

Me lanza una sonrisa rápida y se queda callado un rato.

—Bueno —dice al final—. Se os ve genial juntos.

Parpadeo, sintiéndome un poco desconectado.

—Te refieres a…

—A ti y a Mikey.

—Lo mismo digo de Mario y de ti. Parece una persona increíble. —Me estremezco un poco—. Lo siento, no sé si te parece un fastidio hablar de eso.

Ben se ríe.

—¿Por qué iba a ser un fastidio?

—¿Por lo de California? Es una mierda que vaya a mudarse. —Me froto la nuca y siento que las mejillas me arden. Puede que el tema de la mudanza de Mario a California esté restringido. Ben no lo ha mencionado, no desde que dejó caer la noticia en un mensaje el domingo por la noche. Sin embargo, siento mucha curiosidad.

No ha dicho nada sobre romper, ¿pero qué otra alternativa tienen? Ben ha dejado muy claro que no es un hombre de relaciones a larga distancia.

—Bueno, todavía no es definitivo, pero sí. Es una mierda —responde por fin Ben. Aprieta los labios y parpadea—. Oye, ¿puedo preguntarte algo?

—¡Por supuesto! Siempre.

Respira hondo.

—¿Alguna vez te has sentido estancado?

—¿Estancado? Hablas de…

—No, no me refiero a Mario. No sé. Hablo de la vida en general. No es que me encante la universidad. No me encanta Duane Reade.

—Duane Reade, ¿la tienda?

Aparta la mirada, sonrojado.

—Sí. Mmm. —Se desabrocha el cárdigan y deja al descubierto un pequeño logotipo bordado—. Ahora estoy trabajando allí. Para mi padre.

—¡Ah, vale! Guay.

Hace una mueca.

—A ver, necesito el dinero, pero es un trabajo frustrante. Y en verano es un poco mejor, pero cuando vuelvan a empezar las clases, apenas tendré tiempo para hacer los deberes y mucho menos para trabajar en mi libro.

—Eso sí que es una mierda. —Hago una pausa—. ¿Tal vez haya alguna forma de hacer que tu libro te convalide créditos para clase o algo así?

—No lo sé —dice Ben—. No sé si quiero.

—Ya, sí, entiendo que…

—Para serte sincero, ni siquiera estoy seguro de querer estar en la universidad.

Lo miro.

—Te refieres a…

—Quizá. —Su voz adquiere un matiz afilado—. Solo digo que a lo mejor la universidad no es para todos.

—Lo sé. Es que creía que te gustaba. La escritura creativa…

—Sí, me gusta esa clase, pero… —Infla las mejillas—. La matrícula es muy cara, y apenas siento que esté sacando provecho de la mayoría de mis otras clases. Mientras tanto, hay un millón de talleres de escritura que enseñan exactamente lo mismo, pero por bastante menos dinero. Además, ni siquiera es necesario nada de eso para ser…

—Por supuesto que no. Lo siento. No pretendía presionarte.

—No lo has hecho. Estoy… Supongo que estoy un poco sensible con este tema. —Se frota la nuca—. Lo siento, ¿podemos hablar de otra cosa? ¿Cómo es la vida en el mundo del teatro independiente? ¿Ya te dejan gritar por el megáfono?

—Ojalá. Sigo en el universo de las hojas de cálculo.

Ben hace una mueca.

—No pasa nada. Me estoy acostumbrando. Es solo que me aburro… —Me detengo en seco, sonrojado—. Dios, debes de pensar que soy el mayor gilipollas del mundo.

Ben deja escapar una carcajada.

—¿Por qué?

—Con la cantidad de personas que matarían por tener mi trabajo, y yo me quejo de que he tenido que reenviar un Excel.

—¡Estás hablando conmigo! Puedes quejarte de esas cosas.

—Lo sé. Solo intento tener una actitud más positiva al respecto. De verdad que me encanta. Y allí todos son brillantes. Puede que de alguna manera absorba ese genio.

Doblamos una esquina para quedar fuera del alcance del agua de una boca de incendios. Hay un grupo de niños que atraviesan el agua corriendo, chillando y riendo, mientras una canción en español brota del teléfono de alguien en la escalera de entrada.

—¿Y Taj sigue siendo tan guay? —pregunta Ben.

—Absolutamente —digo, pensando en la camisa abotonada de manga corta con encaje que llevaba hoy. Y el hecho de que acaba de volver de un largo fin de semana de ensueño en Montauk con su pareja—. Él es justo la persona que quiero ser a los veinticinco. Y el siguiente paso es ser un tío gay como Jacob, con un marido británico y un perro hipoalergénico...

—Guau...

—¿Y luego, para mi forma final y más poderosa? —Hago una pausa dramática—. Seré el padre gay ñoño de un par de gemelas a las que llamaré Rosie y Ruby.

Se ríe.

—Eres como un Pokémon gay doméstico.

Pasamos junto a una pareja de ancianos que saluda a Ben por su nombre, en inglés pero con un fuerte acento.

—Esos son el señor y la señora Díaz. Viven en mi edificio. —Se detiene en seco debajo de un toldo y me mira mientras esboza una sonrisa rápida y tímida—. Y hablando de mi edificio...

Levanto la vista y lo reconozco al instante.

—Guau. Ya hace bastante, ¿eh?

—Pues sí —coincide conmigo—. Deberías subir. Te aseguro que a mis padres les dará algo si te ven entrar en casa.

Otro agujero de gusano. Aquí estoy, justo después del trabajo, siguiendo a Ben Alejo mientras sube las escaleras hacia su apartamento. Estoy extrañamente nervios… Quizá solo sea porque ha pasado mucho tiempo desde la última vez que vi a los padres de Ben. Me pregunto si pensarán que soy diferente del Arthur de hace dos veranos. Puede que sí. Al fin y al cabo, uno nunca siente que está cambiando hasta que ya ha sucedido.

El ascensor nos escupe en el rellano de Ben, justo al lado de su apartamento, donde Isabel está equilibrando un montón de bolsas del supermercado y buscando a tientas sus llaves. Jadea cuando me ve.

—Arthur Seuss. Dios mío.

—¡Me alegro de verte! —La libero de algunas de las bolsas y luego casi las dejo caer todas mientras intento abrazarla.

—Gracias, Arthur. —Me da un apretón en el brazo—. No me lo puedo creer. ¿Cómo estás?

—¡Bien! De vuelta en Nueva York para pasar el verano.

Isabel gira la llave y abre la puerta con un golpe de cadera.

—¡Benito dice que estás trabajando para un director famoso de Broadway!

—Creo que podría haber exagerado un poco. —Le dedico una sonrisa rápida por encima del hombro a Ben, que me devuelve la sonrisa y me enseña las palmas de las manos—. No es Broadway, pero me encanta.

—Eso es lo único que importa —dice mientras Ben y yo la seguimos al interior—. ¡Diego, no te vas a creer quién ha venido!

—Vuelve a mirarme—. Mírate. Aún más guapo que antes. Apuesto a que vas rompiendo corazones a diestra y siniestra.

—Espero que no. —Me río.

Echo un vistazo alrededor, empapándome de cada detalle. Siempre que Ben y yo hacíamos videollamada, me imaginaba tirado en su cama o sentado en su pequeña mesa de comedor. Todo está igual, hasta los manteles individuales. Para ser sincero, todo el apartamento está igual salvo por algunos pequeños detalles: la altura de Ben, el diploma del instituto enmarcado en la pared, algunas fotos familiares nuevas.

—Bueno, mira a quién tenemos aquí —dice Diego, que se me acerca dando largas zancadas.

—Las bolsas las puedes dejar en la encimera, *conejo* —dice Isabel—. Muchas gracias.

Diego me abraza.

—¿Qué te trae por aquí? ¿Estabas en el barrio?

—Trabaja cerca de aquí —dice Ben.

—Con un director muy famoso —añade Isabel.

Diego aplaude.

—¿En serio?

Me sonrojo.

—Él… ¿sí? En ciertos círculos, supongo.

Empiezo a vaciar una de las bolsas de la compra y Ben me ayuda. Diego nos mira un instante con los ojos relucientes.

—Benito, sigue trayendo a estos chicos. Hoy tenemos aquí a Georgia encargándose de la compra y California viene este fin de semana a preparar asopao de pollo. Ni siquiera lo conocemos y va a cocinar para nosotros.

Es como si me asestaran un puñetazo en la garganta, y por un momento juraría que hasta dejo de respirar.

—Asopao —explica Ben, como si el plato principal fuera una bomba. Parece un poco asustado—. Es un plato puertorriqueño, un guiso de arroz. Se puede preparar de muchas formas diferentes, pero la receta de la abuelita es con *pollo y gandules*.

—Pronunciación de diez. —Diego le da palmaditas en el hombro—. Benito, estoy impresionado.

—Ha estado esforzándose mucho —dice Isabel, pero yo no puedo dejar de contemplar el paquete que acabo de sacar de la bolsa de la compra.

Gandules.

Claro que sí. No creía que el universo fuera a encontrar una manera de tenerme colocando los ingredientes para la gran cena de Ben y Mario para conocer a sus padres, pero aquí estamos.

—Cuéntame, Arthur —dice Diego, acercándose a mí con sigilo—. ¿Has conocido a Mario? Este no suelta prenda. —Isabel le lanza una mirada y murmura rápido y en voz baja algo en español. Los ojos de Diego se posan en mí y levanta las palmas de las manos, a la defensiva—. Vale, vale.

Isabel me da un apretón en el hombro.

—En fin —dice, recalcando cada sílaba—. Estamos muy contentos de que estés aquí. ¿Por qué no te quedas cenar con nosotros?

—Oh, eh… —Sacudo la cabeza y dejo los gandules—. Gracias. Pero debería irme a casa.

Ben frunce el ceño.

—¿Te acompaño al metro?

—No hace falta…

—Al menos déjame acompañarte abajo. —Hace una pausa—. Por favor.

—Arthur, tendrás que quedarte más rato la próxima vez. Quiero saber cómo están tus padres.

—Están bien —digo con un rápido asentimiento, ya a mitad de camino de la puerta—. Me ha encantado veros.

Ben me sigue al pasillo y nuestras miradas se cruzan en cuanto la puerta se cierra a nuestra espalda.

Me aclaro la garganta.

—Así que tú y Mario empezáis a ir en serio, ¿eh? Ya vais por lo de conocer a los padres.

Su risa inunda el pasillo.

—Bueno, en realidad no…

—¡No, me alegro por ti! Supongo que has cambiado de opinión sobre las relaciones a larga distancia, ¿eh?

—Ah…

—Lo siento. ¡Vale! —Palidezco—. Ya me marcho, pero… ¡Nos vemos!

Estoy bastante seguro de que mi garganta se está cerrando sobre sí misma. Pero eso no tiene sentido. No es mi novio. Ben no es mi novio.

Supongo que debería estar contento de que por fin haya encontrado a un chico por el que merezca la pena soportar la distancia.

21

BEN

Sábado 13 de junio

Han pasado varios días y sigo dándole vueltas a la expresión de Arthur cuando mi padre mencionó a Mario. No sé por qué creyó que estaría bien preguntar como si nada al ex de alguien sobre el chico que lo ha reemplazado. Creo que se me olvidaría cómo respirar si alguien me preguntara por Mikey de esa forma.

Es una puta mierda, porque hasta ese momento todo había sido perfecto. Me sentí bien al volver a pasear al lado de Arthur, como si estuviéramos retomándolo justo donde lo dejamos hace dos veranos. Ni siquiera estuvo mal hablar de nuestra propia amistad. En realidad, fue un alivio, como si las cosas pudieran volver por fin a la normalidad entre nosotros.

Pero Arthur estaba tan lejos de la normalidad en el pasillo que ni siquiera pudo fingir.

Supongo que has cambiado de opinión sobre las relaciones a larga distancia, ¿eh?

¿Por qué pensaría eso? Y si se siente tan raro sobre la relación a larga distancia, ¿cómo va a reaccionar cuando le diga que estoy pensando en mudarme? Pero ahora no puedo preocuparme por eso. Sobre todo, porque puede que ni siquiera suceda si no dan

225

luz verde al guion. ¿Por qué obsesionarse con las sonrisas forzadas o los ojos llorosos de Arthur antes de tiempo?

La mesa ya está puesta para la cena y Mario acaba de enviarme un mensaje para decirme que ya se ha bajado del metro y viene de camino. Lo cual está perfectamente bien, no hay nada de qué asustarse, ni en lo más mínimo. Ni siquiera es la primera vez que pasa el rato aquí. Claro que mis padres no estaban cerca en esas ocasiones. Algo intencional, en especial después de que pa descubriera que Mario y yo nos habíamos acostado. El tiempo a solas con él siempre ha sido genial. Me da una idea de cómo será la vida cuando tenga algo de espacio propio. Cómo podría ser si termino en Los Ángeles con Mario.

Todo lo que sale de la cocina huele genial. Tenemos tostones untados con ajo como aperitivo, un jamón que está pasando más tiempo en el horno para que esté especialmente crujiente y unas empanadillas que siempre devoro con un poco de salsa picante.

Suena el timbre. Me tenso como las otras dos veces que traje a un chico a casa para que conociera a mis padres. Es gracioso cómo uno vuelve al pasado cuando piensa en el futuro. Mis padres siempre son cálidos con mis invitados, pero no había ni punto de comparación entre cuánto adoraban a Arthur y cuánto a Hudson. Y ahora Mario está aquí, listo para encandilar a mis padres como lo hace con todos los que lo rodean.

Abro la puerta.

Mario lleva su peto y una camisa a cuadros desabrochada. Sostiene una bolsa con comida en una mano.

—Hola. Traigo provisiones.

—Gracias. Entra.

La primera vez que dejé entrar a Mario en el apartamento no estaba tan nervioso como cuando suelo invitar a la gente. Ni siquiera había estado en casa de su familia todavía, pero sabía que no vivían a lo grande. Mario contaba muchas historias sobre cómo su madre sacaba a un ratón de su casa con la escoba como un personaje de dibujos animados, y que sus hermanos actuaban como si fueran alérgicos a hacer la colada, y que su padre es el único que sabe cómo arreglar la estufa, pero no lo bastante bien como para que no salte el piloto de la luz. Fue agradable no sentir que mi hogar tenía que ser perfecto. No me sentía acomplejado porque los armarios de la cocina tengan más años que yo o porque nuestra nevera suene como una pulidora de metal cuando lleva abierta más de diez segundos, o que haya una mosca que de vez en cuando establece un campamento en nuestra sala de estar como si intentara unirse a la noche de cine familiar.

Ese consuelo es raro de encontrar, y una de las razones por las que siempre he creído que encajamos.

—Ma, pa. Este es Mario.

—¡Hola, Mario! —Ma termina de secarse las manos y le da un abrazo y un beso en la mejilla—. ¡Bienvenido!

Papá le estrecha la mano. Me alegro de que Mario no tenga ni idea de lo cariñoso que suele ser mi padre; de lo contrario, podría sentirse molesto, igual que me siento yo.

—Gracias por venir.

—¿Estás de broma? Gracias por invitarme. Ben os estaba escondiendo de mí.

Mario nunca ha pedido conocer a mis padres. Siempre he sentido que nos escondíamos de ellos para tener la máxima privacidad. Ni siquiera era solo por el sexo. Era agradable descansar la cabeza en su hombro mientras estábamos tumbados en mi cama y él jugaba al *Animal Crossing*. O cuando enredábamos nuestras piernas mientras él dibujaba en su cuaderno y yo trabajaba en *LGDMM*. Y luego podía destrozar cualquier palabra en español que me estuviera enseñando y a continuación agradecérselo con besos. Pero tampoco he querido presionar nunca a Mario con el tema de conocer a mis padres. Parecía un paso demasiado grande.

Puede que Mario estuviera respetando mi espacio tanto como yo el suyo.

—Seguro que se avergüenza de nosotros —dice mi madre a la ligera.

—Sabes que no —le digo. Hace años que no me avergüenzo de mi familia, y eso fue solo por el tema del dinero. Me deshice de ese sentimiento cuando me di cuenta de que a lo mejor no tenía las mejores zapatillas o la consola más nueva el mismo día de su lanzamiento, pero mis padres siempre han sido increíbles conmigo y con mis amigos, y no se puede decir lo mismo de otras personas.

—*Perdón. ¿Cuáles son sus nombres?* —pregunta Mario.

Cierto, no he presentado adecuadamente a mis padres.

—*Yo soy Isabel y este es Diego* —dice mi madre.

—*Mucho gusto* —dice Mario con una pequeña reverencia—. Aquí huele de maravilla.

—Benito dice que nos vas a hacer asopao —dice mi madre—. Buena suerte con impresionar a Diego. Lo odia cada vez que lo preparo yo.

—*Mentirosa* —dice mi padre.

—*¿Mentirosa?* —pregunto.

—Mentirosa —traduce Mario.

—Supongo que todavía no habéis llegado a la «M» en vuestras clases —dice mi padre.

—Sabes que no vamos en orden alfabético, ¿verdad? —pregunto.

—¿No? —Mi padre se gira hacia Mario—. Vamos a tener que revocarte la licencia.

Mario levanta las manos en señal de rendición.

—A ver si puedo ganarme tu confianza con algo de comida.

—Solo porque tengo un gran apetito —dice pa, invitando a Mario a la cocina.

Ma me sonríe y da palmadas en el aire.

—Es muy guapo —articula.

Asiento.

Mi madre pone música y todos nos dedicamos a trabajar en la cocina. Está llena de gente y todos estamos sudando en cuestión de minutos, y Mario se quita la camisa de cuadros. Podría pasarme la noche entera observándolo solo con su camiseta blanca y su peto. Está inmerso en una conversación en español con mis padres. Decodifico una palabra aquí y allá sobre algo que tiene que ver con números, pero me doy por vencido porque están hablando muy rápido. Aunque no necesito un traductor para ver que mis padres se están riendo de forma auténtica. Eso me hace muy feliz. Y me pone un poco triste que no hayamos hecho esto antes.

Tal vez haya más oportunidades como esta en el futuro.

Mientras preparo un poco de té helado, Mario me traduce su historia.

En segundo curso, tenía dificultades para restar. Solo quería resolver problemas en los que hubiera que sumar, así que dibujaba líneas verticales en los signos de la resta para poder hacer sumas. Su profesora mandó una nota a sus padres para que lo supervisaran mejor mientras hacía los deberes.

Es una historia muy adorable, pero sigo impresionado por cómo es capaz de contar una historia como esa tan rápido en español y de forma casual. Pasar más tiempo con Mario debería ayudarme a llegar a ese nivel.

Cuando preparamos toda la comida, nos acomodamos en la mesa del comedor. Me siento como si fuera una cita doble con mis padres.

Todos intercambiamos historias, y como puente entre Mario y mis padres, ya me las sé todas. Pero, de todas formas, presto atención cuando Mario empieza a hablar de que sus padres son ambos de Carolina, en Puerto Rico, y que vivían a un par de ciudades de distancia pero no se conocieron hasta que se mudaron a los Estados Unidos. Añade detalles nuevos, como que su madre estaba comprando cristales en un mercadillo en Queens cuando se topó con su padre, que estaba comprándole un regalo a su hermana por su cumpleaños. La madre de Mario lo ayudó a elegir y, como se habían caído bien, ella le pidió el número de teléfono. Ni siquiera descubrieron la conexión de Carolina hasta su cuarta cita. Es una historia adorable.

Mis padres le preguntan a Mario por las clases, y Mario y yo citamos las anotaciones más populares de nuestra profesora, cosas como *¿es necesario?* y *recorta* cada vez que algo alarga innecesariamente nuestras obras. Quieren saber por qué está tan dispuesto a abandonar la universidad, y se lo explica igual que lo hizo conmigo. Pero a mis padres les cuesta entenderlo porque no son creativos como nosotros.

—Seguir a tu corazón puede tener consecuencias —dice pa.

Mario asiente.

—Creo que no se trata tanto de seguir a mi corazón sino de que mi corazón me está arrastrando a alguna parte.

Nunca antes lo había pensado de esa manera. Técnicamente, perseguir sus sueños es una elección, pero muy en el fondo, no lo es. Es magnético e inevitable. Así es como me siento sobre lo de ser escritor. No me desperté un día queriendo escribir, simplemente empecé a hacerlo.

Para mí tiene mucho sentido. Mis padres también asienten, como si hubieran hecho las paces con la decisión de Mario. Ayuda mucho que él no sea su hijo.

Después de devorar la cena, mamá nos sorprende con churros con salsa de caramelo. Mientras Mario habla sobre las etapas por las que pasa una serie de televisión antes de que elijan producirla, recuerdo esa vez en la que estaba con

Arthur e hice que descubriera los churros. Eso condujo a una conversación importante entre nosotros, sobre lo que significa para mí ser blanco y puertorriqueño, algo sobre lo que nunca he tenido que educar a Mario, ya que él está en mi misma situación. Arthur se portó increíblemente bien con todo ese tema desde aquel momento. No fue ninguna sorpresa, dado lo grande que tiene el corazón. Y él también me enseñó cosas sobre los judíos. Recuerdo el último año de instituto, cuando hablamos durante tres horas en Yom Kippur, porque Arthur estaba ayunando y necesitaba una distracción. Me contó que en Yom Kippur se da importancia a admitir tus tonterías y jurar hacerlo mejor en adelante, y me encantó la forma en que se rio cuando dije que sonaba como la repetición definitiva.

Por supuesto, un año después, Mikey era la única distracción que necesitaba.

Mario me da un apretón en el hombro.

—Cuando Alejo publique su libro, tal vez yo pueda adaptarlo al cine.

—Sí, por favor —dice mi madre—. Benito, prometo ver la película sin hacer un millón de preguntas.

—¡*Mentirosa*! —exclama mi padre.

Tardo un segundo. Entonces recuerdo el significado.

—¿Mentirosa?

—¡Sííí! —confirma Mario—. ¡*Buen trabajo*!

Papá levanta el plato con el último churro.

—Mario, mi regalo para ti.

—Muchas gracias —dice Mario. Comparte el churro conmigo.

Veo que mis padres sonríen.

Se está haciendo tarde, así que después de que terminarnos el postre, Mario ayuda a limpiar la cocina. Se despide de mis padres y les dice en español que espera verlos pronto. Mis padres le responden que a ellos también les gustaría. Eso significa mucho para mí, sobre todo viniendo de mi padre.

Bajo las escaleras con Mario, sin pensar apenas en la vez que Arthur se echó a llorar y me besó en el rellano del segundo piso, porque acababa de buscar en el traductor de Google *estoy enamorado*.

—Los adoro, Alejo —dice Mario—. Mis padres son fantásticos, pero con tantos hermanos es difícil conseguir ese tipo de atención en casa. Ya veo por qué no querrías alejarte de ellos.

—Demasiada atención puede ser un problema. Estoy listo para un poco más de privacidad.

—Mira, si las cosas avanzan en la buena dirección, entonces Los Ángeles podría ser tu oportunidad de reiniciar tu vida. Hablaba en serio cuando te invité a venir. De verdad que me gustaría que estuvieras allí conmigo.

—Creo que a mí también me gustaría.

Lo beso en la calle y pienso en besarlo en Los Ángeles, en calles donde nunca he besado a Arthur.

22

ARTHUR

Domingo 14 de junio

Jessie frunce el ceño ante su espejo de mesa con luces incorporadas.

—Recuérdame por qué estoy haciendo esto.

—Porque Namrata te ha convencido y eres incapaz de decirle que no. —Le devuelvo la sonrisa desde la litera de abajo—. Jess, así es como los abogados se aparean en la naturaleza. Los socios júniores conciertan citas a ciegas a sus becarios, que luego se convierten en socios júniores que conciertan citas a ciegas a sus becarios…

—Pienso romper el ciclo. Mis becarios no tendrán que pasar por ningún *brunch* a ciegas. Recuerda mis palabras. —Se echa una gota de maquillaje en la punta de los dedos con una finalidad categórica.

—¿Sabes lo mucho que me voy a reír si ese tío resulta ser tu alma gemela? —Levanto la almohada de Jessie y la fijo contra la pared con la cabeza—. De acuerdo, repasemos lo que sabemos de él. Grayson, veinte años, va a Brandeis y es de Nueva York.

—Long Island. Montauk.

—¡Montauk! Taj acaba de estar allí. Sacó unas fotografías impresionantes.

Presiono las palmas contra los listones del somier de la litera superior.

—¡Deberías celebrar tu boda junto al gran faro!

—Qué cosa tan normal y razonable de decidir antes de conocer al chico en cuestión.

—¡Oye, el amor es impredecible! Tienes que estar preparada.

—Una gran charla —dice Jessie—, sobre todo viniendo de alguien que todavía no ha contestado al «te quiero» de su novio.

Pongo una mueca.

—Eso es diferente.

—¿Lo es? —pregunta mientras se aplica puntitos de líquido marrón claro sobre los pómulos. Jessie siempre dice que no tiene ni idea de lo que está haciendo con el maquillaje, aunque no es que yo pudiera saberlo si fuese al contrario. Pero hay algo muy pacífico en observarla mientras abre y cierra todos esos pequeños botes y tararea su lista de reproducción de canciones infravaloradas de Phoebe Bridgers. Apuesto a que podría dormirme en el acto.

Excepto por que cada vez que cierro los ojos empiezo a pensar en Mikey. *Yo también te quiero.* Pruebo a ver qué tal suenan las palabras en mi cabeza. *Yo también te quiero. Yo también te quiero. Yo también te quiero.* Seis sílabas rápidas que ya tenía en la punta de la lengua. ¿Cómo es que todavía no he estallado?

Mikey no lo ha vuelto a mencionar, ni siquiera lo ha insinuado. Pero cuanto más tiempo pasa sin respuesta, más grande se hace, y la verdad es que empiezo a sentirme como si fuera una especie de extraño examen final. *Pregunta #1, en la que te juegas toda tu nota: ¿Estás o no estás enamorado de Mikey?*

¿Es probable? ¿Es posible? ¿Las señales apuntan a que tal vez?

Me entran ganas de contratar a un científico para que husmee en mi cerebro y lo convierta en un PowerPoint. Que haga todos los cálculos y elabore gráficos y que simplemente me diga cómo me siento.

No sé qué me pasa. Con Ben lo tuve muy claro. Saber que lo quería era como saberme mi propio nombre. Pero esta situación me resulta muy resbaladiza, como si estuviera teniendo dificultades para recordar un sueño. Sé que se supone que el amor es diferente cuando te haces mayor.

Tal vez la certeza llegue después de decirlo en voz alta.

—Es que me parece que no tiene sentido —dice Jessie—. Ambos volveremos a la universidad en dos meses. No estoy buscando un novio que viva a una hora de distancia.

—Mejor que un novio que vive al otro lado del país.

—No estoy segura de que Boston sea «el otro lado del país».

Jessie se ríe, pero luego se queda mirándome.

—Ah, claro. Ben y Mario.

—Es que no tiene sentido. Ni siquiera tienen una relación oficial.

—Bueno, puede que ahora sí. Cenaron con los padres de Ben. Eso suena bastante a relación formal. —Jessie apaga las luces del espejo y consulta el reloj de madera en forma de silueta de caballo que cuelga en la pared.

Novio. Levanto las rodillas, me siento aturdido. Tal vez Jessie esté en lo cierto, tal vez la etiqueta de su relación haya cambiado desde la última vez que Ben y yo hablamos del tema. No se puede negar que llevar a alguien a cenar a casa para conocer a tus padres desprende muchísima energía de relación oficial y seria.

—Debería escribirle —le digo.

Jessie se queda inmóvil.

—¿Te refieres a Ben?

235

—Sí, no lo sé. Me siento como un imbécil por cómo dejé las cosas el miércoles pasado con todo el tema de Mario. —Empiezo a manotear por la cama en busca de mi teléfono—. Debería preguntarle qué tal.

—No sé si…

La música se apaga y el teléfono de Jessie comienza a vibrar a mi lado.

—Mmm. —Echo un vistazo a la pantalla de Jessie—. No te lo vas a creer, pero Ethan te está llamando.

Jessie salta a por el móvil y acepta la llamada.

—¡Hola! —jadea—. Llego tarde, lo siento. ¿Puedo llamarte en cinco minutos? —Hace una pausa—. Sip.

La miro fijamente, atónito.

—¿Desde cuándo os habláis?

—Tengo que irme —dice—. Luego te lo cuento. ¡Te quiero! No le escribas a tu ex.

¿Que no le escriba a mi ex? Literalmente, dos segundos después de que yo haya pronunciado el nombre de Ben, Jessie ha recibido una llamada de *su* ex. ¿Podría el universo haber sido más claro, o Jessie lo necesita tallado en una tabla de piedra? COMBATIRÁS LA TORPEZA DE LA SEMANA ANTERIOR MANDÁNDOLE UN MENSAJE PLATÓNICO A TU EX.

Abro la conversación incluso antes de que Jessie llegue al vestíbulo.

Me comporté súper raro el miércoles, hay alguna posibilidad de que tú (¡y Mario!) queráis repetirlo? A lo mejor en central park? Le doy a «enviar» y me siento muy maduro, tanto que tengo que quedarme aquí sentado y disfrutar de esta sensación un minuto. La prueba está ahí, por escrito: soy el ex más guay y más digno.

Al menos, me relajo hasta que Ben empieza a escribir. **jajaja no estuviste raro! Me encantaría lo de central park, pero se supone** que tengo que ayudar a Dylan a probarse un traje para la boda del primo de Samantha, está demasiado asustado para ir solo a Bloomingdale's. 🙄

Patrick no estaba disponible?, pregunto.

JAJAJA, Ben responde, **JAJAJA EN MAYÚSCULAS**

Le sonrío a la pantalla del móvil. Se me había olvidado cuánto me encanta hacerle reír.

Ben empieza a escribir otra vez. **Espera, qué te parecería si quedáramos los tres?? A lo mejor podrías darme tu opinión sobre Dylan**

Ah, vale! ¿Seguro que a D le parecerá bien que me una?

La respuesta de Ben es instantánea. **Pues claro! Deberías venir, hemos quedado al mediodía en la tienda insignia de Lex, ropa formal para hombres, cerca de Armani.**

Es la que está cerca de nuestra oficina de correos 😃, añade.

Nuestra oficina de correos.

Y yo que creía que Mikey era el único chico que podía dejarme sin aire en los pulmones con unas pocas palabras.

De pie junto a un grupo de maniquíes con trajes de Armani, Ben y Dylan parecen un par de monitores de campamento colándose en la gala del Met. Cuando llego adonde están, Dylan ya está a mitad de una declaración.

—Yo estaba allí cuando ella lo encargó. Lo juro por la vida de mis ancestros, ahí atrás hay un traje con el nombre de Digby en él.

—Es una promesa vacía —dice Ben—. Tus ancestros ya están muertos.

—No estamos hablando de mi linaje, Benstagram. Hablamos de Digby Worthington Whitaker, cinco veces graduado en Yale, Tsunami cum laude. Muestra algo de respeto, joder.

—¿Digby es el primo de Samantha? —pregunto.

—¡Artrópodo! ¡Menuda camisa! —Dylan se ilumina—. Es como juntar *Stranger Things* con... el sol.

—Ja, sí. Supongo que es bastante amarilla. —Jugueteo con el cuello mientras noto que las mejillas me arden—. Gracias por dejar que me una a la tarde de compras.

—Me alegro de que estés aquí, hermano. —Me da unas palmaditas en el hombro—. Tengo que ir a comprobar lo del traje de Digby, pero ponte cómodo. *Mi casta es su casta.*

—*Mi casa* —dice Ben.

—Sí, cariño, es *nuestra casta.* —Dylan pone los ojos en blanco con una sonrisa.

En cuanto desaparece entre la ropa formal para hombres, Ben logra extraer una etiqueta de entre los botones de una camisa azul doblada.

—Madre de Dios. Adivina cuánto cuesta esto.

—¿Cincuenta dólares?

Ben levanta las palmas de las manos y me hace un gesto para que suba más.

—¿Cien?

—Doscientos veinticinco —dice—. Por una camisa.

—Uf. Armani no se anda con tonterías.

—No lo entiendo —dice Ben—. ¿Por qué esta es mejor que una de Marshall? ¿Tiene diamantes incrustados? ¿Llevarla puesta te provoca un orgasmo?

—*Hola*, me gustaría encargar una camisa orgásmica de diamantes, por favor.

Ambos nos giramos y nos encontramos con Mario, que lleva una camiseta de tirantes azul y parece que se hubiera teletransportado directamente desde la playa. Me saluda con un beso en la mejilla y me pilla con la guardia tan baja que apenas puedo procesar el hecho de que esté aquí. Estoy bastante seguro de que

Ben no mencionó que vendría, pero supongo que ahora la presencia de Mario es la configuración predeterminada.

Pero antes de que pueda escupir un auténtico saludo, Dylan reaparece llevando un traje negro en una percha.

—Señores, es hora de comprobar si el tamaño de este malote es el correcto. Y por «malote» —le echa una mirada ladina a Ben—, no me refiero al traje.

—No pienso acostarme contigo en un probador de Bloomingdale's —dice Ben.

—Entonces nos reservaremos para Bergdorf. —Dylan despeina a Ben—. Vamos, no quiero ser el único que se prueba cosas.

Ben niega con la cabeza.

—No tengo…

—No te preocupes, Benji. Te encontraré algo impresionante.

—D, ni siquiera creo que pueda comprar calcetines aquí.

Pero Dylan ya está empujando a Ben hacia el probador, lo cual nos deja a Mario y a mí siguiéndolos. Por supuesto, no puedo resistirme a mirar las etiquetas de los precios, por pura curiosidad morbosa.

—Este cuesta ochocientos dólares. —Me quedo boquiabierto ante un maniquí con un traje de tres piezas de un color azul intenso—. ¿Cómo es que esta boda es tan elegante? ¿Acaso el primo de Samantha es Jeff Bezos?

—Dios. —Mario choca los cinco con el maniquí—. Impresionante, señor pantalones elegantes.

Unos minutos más tarde, sigo a Mario a un espacio que podría pasar por un estudio minimalista, con su suelo de madera noble, lámparas colgantes tipo orbe y marcos con fotografías en blanco y negro de letreros callejeros extravagantes. No es el tipo de probador donde los pies asoman por debajo de las cortinas, pero es bastante fácil saber dónde están Ben y Dylan gracias a sus voces. Sobre todo, en el caso de Dylan. Me acomodo en uno de los sofás de cuero negro sin respaldo junto a Mario, que de inmediato ahueca sus manos alrededor de la boca y grita:

—¿Dónde está mi desfile de moda? Quiero veros contoneándoos.

—Mis contoneos serían demasiado para ti —responde Dylan, y Mario abre la boca para contestar. Pero entonces la puerta de al lado de la de Dylan se abre y mi cerebro cambia a modo retrato. Todo se vuelve borroso excepto Ben.

Ben lleva un traje gris oscuro con la chaqueta desabrochada y unas zapatillas de deporte desgastadas que sobresalen de la parte inferior de un pantalón gris que le queda un poco largo. Tiene las mejillas sonrosadas y se muestra tímido, y la forma en la que se agarra los brazos me hace pensar en un pingüino. Me siento aturullado solo con mirarlo.

—Guau —dice Mario en voz baja. Se está agarrando el corazón, pero Ben se limita a hacer una mueca.

—Podría pagar la mitad de nuestro alquiler con este traje. Es ridículo.

Me aclaro la garganta.

—Estás hecho un medio Windsor.

Él sonríe y dice «sí» y luego nos quedamos mirándonos durante un minuto. O diez minutos. O diez horas. No sé cómo medir el tiempo cuando Ben me está mirando.

—¡Atención! —La voz de Dylan resuena a través de la puerta del probador. La abre y revela un traje que, no sé cómo, consigue ser incluso más elegante que el de Ben—. Soy yo, saliendo de mi crisálida, transformado por las fuerzas de la naturaleza y la belleza.

Le enseño el pulgar hacia arriba.

—Me gusta.

—¿Te *gusta*? —Me mira boquiabierto—. Suenas como mi madre.

—Eso es… ¿malo?

Mario lo estudia.

—Me encanta el traje. ¿Estamos abiertos a comentarios constructivos sobre la pajarita?

—Yo… No sé si estamos abiertos a ello. —Dylan saca su teléfono del bolsillo del pecho y empieza a escribir—. Le diré a Samantha… que se lo pregunte a su primo.

—Ah —digo—. ¿Un novio difícil?

—Ni te lo imaginas —dice.

—De acuerdo, esto es lo que vamos a hacer —salta Mario, girándose hacia Dylan—. Vente conmigo. Vamos a buscar alternativas y se las mandaremos a Noviozilla.

—Super Mario, soy todo tuyo —dice Dylan, pero luego se gira para agarrar a Ben por la manga de su chaqueta—. ¿Y tú a dónde te crees que vas?

—¿De vuelta al probador?

—Y una mierda. —Golpea a Ben en el hombro—. No te atrevas a quitarte eso hasta que Frantz te vea. Vuelvo enseguida.

Ben pone los ojos en blanco y se deja caer en el sofá a mi lado. Pero un momento después se pone de pie, se quita la chaqueta y vuelve a sentarse tan tieso como un palo.

—La verdad es que no esperaba tener que disfrazarme.

—Bueno. —Me sonrojo—. Estás increíble.

—Gracias. Me siento fatal. El tal Frantz nos ha instalado aquí y ha sido muy agradable. Odio hacerle trabajar extra sin razón alguna.

—Lo entenderá. La gente se prueba trajes todo el tiempo —digo. Al menos, estoy bastante seguro de que esas palabras han salido de mi boca, que mi voz las ha pronunciado.

No recuerdo haber visto nunca a Ben solo con una camisa y una corbata. Y creo que la última vez que lo vi de traje fue cuando hicimos FaceTime desde nuestros respectivos baños antes del baile de graduación. Hay mucho que asimilar.

Cuando Dylan vuelve lleva varias corbatas sobre los hombros, como un talit. Mario trota detrás de él, pero cuando nos ve a Ben y a mí nos mira dos veces y saca su teléfono del bolsillo.

—¡Guau!

Ben inclina la cabeza.

—¿Qué estás haciendo?

—Ya lo verás. —Todavía mirando fijamente a la lente de la cámara, se echa hacia delante y le quita a Ben la chaqueta del regazo—. Ahora vuelve a poner las manos como estaban —saca una foto— porque —saca otra foto— ahora mismo —saca otra foto— parecéis sacados —saca otra foto— de una recreación de *La La Land*.

Suelto una risa brusca.

—¿Qué?

—Mirad cómo estáis sentados. —Mario se besa las puntas de los dedos—. Y los trajes.

Dylan abre mucho los ojos.

—Madre mía.

—Debe de ser una señal. —Mario se inclina para besar a Ben en los labios.

Ben esboza una sonrisa torpe.

—¿De qué?

—De que te va a encantar Los Ángeles y nunca querrás volver aquí.

Durante un minuto, las palabras no cuadran. No tienen sentido juntas. *Los Ángeles. Nunca. Volver.*

Dylan está mirando a Ben como si nunca lo hubiera visto antes.

—¿Vas a *mudarte*?

Algo se me tensa en el pecho. Tal vez sean mis venas y arterias, desconectadas como los cables desenchufados. Tal vez todas las válvulas de mi corazón se estén quedando a oscuras.

—¿Puede? Supongo que depende de si dan luz verde a la serie de Mario. —Ben mira a Mario—. No sería para siempre. Solo para probar. Un cambio de aires.

—¿Qué mierda te pasa? ¿Pensabas contármelo?

—¡Sí! —Ben se sonroja—. D, yo... No sé, simplemente decidí...

—¿Acabas de *decidir* mudarte a California? Nunca has salido de Nueva York. Ni siquiera vienes a visitarnos a Samantha y a mí en Illinois.

Ben lo mira con incredulidad.

—Estás enfadado porque no puedo...

—¡Te dije que podía pagártelo yo!

—¡Bueno, pues eso no me parece bien!

—Claro. —Dylan suelta una risa estridente—. Pero te parece bien mudarte a *California* con un tío al que conoces desde hace... ¿cuánto? ¿Dos meses?

Ben parece a punto de estallar en lágrimas.

—¡Hemos ido juntos a clase todo el año! Y no voy... no voy a mudarme por nadie.

Desconecto. Ni siquiera me siento como si estuviera aquí. Siento como si me estuviera viendo en una pantalla gigante a cincuenta metros de distancia.

23

BEN

Miércoles 17 de junio

He sido convocado a Dream & Bean.

Salgo de la estación de metro y termino mi conversación con Arthur mientras camino por la calle.

Creo que Dylan solo necesitaba calmarse, digo.

Nunca lo había visto tan molesto, escribe Arthur. **Lo has convertido en un niño de verdad, Geppetto.**

Me río. **Y me está tratando como si yo fuera un Pinocho de nariz larga! No mentí, es solo que todavía no se lo había contado.** Me detengo fuera del Dream & Bean y saco una foto. **Viaje al pasado!**

Arthur está escribiendo un mensaje. Para. Vuelve a escribir. Para. Vuelve a escribir. El suspense me está matando. Por fin llega el mensaje: **Cómprale a Dylan un café helado extragrande para que se calme!**

Debe de haber borrado algo. A lo mejor incluso algún párrafo entero, y no puedo evitar preguntarme lo que podría haber dicho.

A lo mejor era por el tema de California.

Ojalá supiera lo que piensa Arthur. La verdad es que hasta ahora no ha dicho nada al respecto, aparte de dejarme protestar sin parar sobre la reacción de Dylan. En todo caso, parecía casi alegre al respecto. Lo cual tiene sentido. O al menos no carece de sentido. Excepto cuando pienso en lo aturdido que parecía en Bloomingdale's.

No puedo evitar preguntarme si hay algo que no me está contando. Y, por supuesto, no me debe ninguna reacción. Puede guardarse las cosas para sí mismo si quiere. Pero lo que me preocupa es que así fue exactamente como empezó la cosa el invierno pasado. Así fue como Arthur y yo perdimos el contacto. Y cuando pienso en perder a Arthur otra vez…

A lo mejor esto no tiene sentido. Tal vez debería alejarlo ahora para poder superar esa pérdida de una vez por todas.

Vale, guau, le estoy dando demasiadas vueltas. Seguro que solo es que está muy ocupado en el trabajo, o se está esforzando mucho para encontrar las palabras adecuadas para una broma, porque es Arthur, y él es así. Y no es una pregunta. Estaremos en contacto, no importa la zona horaria en la que esté. Le enviaré mensajes antes de irme a dormir, y para cuando me despierte, lo más probable es que tenga media docena de mensajes de Arthur contándomelo todo sobre su mañana, desde elegir su atuendo a lo que él y Mikey vayan a hacer. Y luego yo le contaré mi día con Mario.

Puede que Arthur-y-Ben-como-amigos sea la mejor versión de nosotros.

Le envío un mensaje rápido: **Voy a entrar. Deséame suerte. Envíame un mensaje que me ayude a escapar de aquí en caso de que lo necesite.**

Sí, sí, capitán, escribe.

Entro a Dream & Bean, y me siento como si estuviera reviviendo ciertos recuerdos. Excepto que esto no se parece en nada a la vez que Dylan y yo descubrimos en la pared el cartel que Arthur había colgado con mi foto. Dylan está sentado con Samantha en la mesa del rincón. Tiene las manos cruzadas y establece contacto visual conmigo antes de desviar la mirada al techo como si no me hubiera visto.

Pongo los ojos en blanco.

Me acerco a Samantha y le doy un beso en la mejilla.

—Hola. ¿Qué tal estás?

—Cansada —dice ella—. Ha sido una noche larga.

—¿Todo bien?

—Cosas familiares. La verdad es que ahora mismo no me apetece hablar del tema.

—Claro, no te preocupes. Espero que todo mejore. —Me dirijo a Dylan—. Hola, D.

Dylan mira hacia otro lado.

Ni siquiera me molesto en retirar una silla.

—Colega, tú has querido que quedáramos, me «has convocado» aquí para hablar. ¿De verdad no me vas a dirigir la palabra?

—Hablará —dice Samantha.

—¿A través de ti?

—¿Qué te parece?

—Que somos demasiado mayores para esto.

Samantha aplaude.

—Eso es lo que he dicho yo. Siéntate y habla conmigo en lugar de con Dylan. Él puede unirse a la conversación cuando madure.

Dylan se vuelve hacia ella.

—Soy maduro.

Samantha saca su teléfono.

—No pongas un temporizador —dice él.

—No estoy haciendo eso. Estoy configurando un cronómetro para poder registrar cuánto tiempo estás con esta tontería.

—Eso parece bastante infantil.

—Le dijo la sartén al cazo. —Samantha pone en marcha el cronómetro. Dylan lo mira pero no dice nada—. Vamos allá, Ben. Hablemos de todo este asunto de Los Ángeles. ¿Cuánto tiempo llevas planteándotelo?

—Un tiempo. Bueno, algo así. Mario mencionó la posibilidad, pero yo ya llevaba un tiempo sintiéndome inquieto en Nueva York. Mi vida no ha cambiado en absoluto, no como las vuestras. Sé que hay muchas cosas que han cambiado entre vosotros desde que os veis las veinticuatro horas del día, los siete días de la semana, pero eso es bueno. Aunque no tenga ni idea de cómo sobrevives a esto. —Hago un gesto hacia Dylan, que parece que quiere tomar represalias, pero recuerda que no me habla.

—Sobrevivo a esto porque no es veinticuatro horas, siete días a la semana —dice Samantha—. Me doy duchas muy largas y prácticamente le ruego a mi consejera que me deje estar con ella más rato.

—Suena a relación sana —digo.

—Suena a relación sana —se hace eco Dylan en tono burlón.

Me inclino hacia delante.

—¿Ya está? ¿Ya me oyes?

Dylan no dice nada.

Samantha niega con la cabeza.

—Ben, creo que es muy repentino. Ya te has inscrito para el semestre de otoño y te encantan tus clases y...

—Solo me gusta mi clase de escritura creativa. Y Mario no estará allí.

—¿Y desde cuándo sigues a Mario por todo el mundo?

—Eso es muy dramático.

—Uf —añade Dylan, como si él no estuviera siendo ridículamente dramático ahora mismo.

247

—De acuerdo, estás pensando en seguir a Mario por todo el país. Hasta una ciudad en la que nunca has estado.

—No tengo que quedarme allí si no me gusta.

—Personalmente, creo que te encantará Los Ángeles, pero no estoy segura de que vayas a ir por el motivo correcto.

—¿Esto es una intervención?

—Es una comprobación cariñosa. Queremos lo mejor para ti, aunque el tratamiento silencioso e *infantil* de Dylan diga lo contrario.

Mi móvil vibra. Casi no compruebo el mensaje, pero me alegro de hacerlo. Es Arthur mandándome ánimos y diciéndome que sea fuerte. Es como si estuviera sentado en el asiento vacío que hay a mi lado.

—Solo quiero un poco de apoyo. Yo siempre os he apoyado a vosotros dos, incluso cuando este te llamó «mi futura esposa» demasiado pronto. No pretendo casarme con Mario, ¿de acuerdo? Solo estoy pensando en pasar un tiempo en Los Ángeles con él.

—Y vas a dejar la universidad para hacerlo —dice Samantha.

—¡Sí, dejaré la universidad! No tengo una beca como tú, y no merece la pena que mi familia se endeude para que yo reciba esta educación. Las otras clases no han sido exactamente muy útiles para mi escritura. Puedo apuntarme a algunas clases allí y no llevar a mi familia a la bancarrota.

Samantha asiente.

—Lo entiendo. Ben, sabes que publicar un libro no garantiza que todo vaya a cambiar, ¿verdad?

—¿Qué pasa, no crees en mí?

—Yo… —Samantha respira hondo y se vuelve hacia Dylan—. Déjalo ya. Tu mejor amigo tiene problemas y yo no pienso ser la mala porque tú estés siendo inmaduro. —Se gira hacia mí—. Ben, te quiero y creo en ti. Eres un escritor increíble y dedicado.

Quiero que vivas una historia mágica en la que publicas un libro y tu vida cambia a mejor de muchas formas. Pero no quiero que tu sueño acabe dándote una patada en el culo. —Se levanta y agita su botella de zumo vacía—. Y ahora, si me disculpáis, tengo que ir al baño. —Se gira hacia Dylan—. Si cuando vuelva no le estás diciendo a Ben lo mucho que te gustaría hacerle el amor con mucha dulzura, entonces te harás el amor a ti mismo durante mucho tiempo.

Samantha se encamina hacia la cola para el baño y deja caer la botella en la basura como si fuera un micrófono.

Dylan cierra los ojos.

—Un capuchino, dos capuchinos, tres capuchinos, cuatro capuchinos…

Nunca ha sido un gran fanático de contar con «Mississippi» porque cree que ninguna palabra debería ser tan difícil de deletrear. A mí siempre me ha parecido algo estúpido porque no deletrea la palabra cuando la dice, pero Dylan es Dylan.

— … diez capuchinos. —Abre los ojos y detiene el cronómetro del teléfono de Samantha—. Hola, Benjamín. Aprecio que reserves un rato de tu día para que podamos conversar como hombres civilizados.

Lo fulmino con la mirada.

—Me gustaría hablar contigo sobre algo que encontré bastante molesto, si estás dispuesto a dialogar conmigo sobre dicho asunto.

—Para eso estoy aquí.

—Una vez más, agradezco tu presencia. Entonces, el asunto que vamos a tratar es el anuncio de que estás considerando mudarte a Los Ángeles. Anuncio que no vino de ti, como uno esperaría entre mejores amigos para siempre, sino de un tal Mario Colón. Soltó la bomba como si fuera un juguete cuando puedo asegurarte que las bombas no son juguetes.

—Eso háblalo con él.

—No le tengo mucho cariño en este momento. Va a llevarse a mi mejor amigo muy lejos de Nueva York.

—Tú ya ni siquiera vives aquí.

—¡Eso podría cambiar! ¡Los inviernos de Chicago son lo peor!

—¿Sabes en qué sitio el invierno no es lo peor?

—No lo digas…

—En Los Ángeles.

—Maldito seas, Benjamín. Lo has dicho, aunque te he pedido lo contrario y me preocupa que nuestra conversación civilizada corra el riesgo de volverse poco civilizada.

Me está entrando un dolor de cabeza importante.

—D, ¿por qué te importa? No dejabas de hablar sobre cómo íbamos a pasar un montón de tiempo juntos en verano, y vez de eso, has cancelado nuestros planes mil veces…

—¡Falso! ¡Falso!

—Y tus razones son muy pobres. ¿Por qué debería quedarme en Nueva York si tú no estás aquí? ¿Por qué debería quedarme si, incluso cuando estás, te comportas más raro que de costumbre?

Dylan se inclina hacia delante.

—Hay fuerzas en juego de las que no puedo hablar porque he jurado guardar el secreto —susurra—. Lo que está pasando en la familia de Samantha es gordo, pero es cosa suya y como novio me lo han confiado, y no puedo abusar de su confianza. Ni siquiera por ti, mi pecoso mejor amigo que equipara que yo cancele planes con que él se mude al otro lado del país sin decirme nada.

—Todavía no me he mudado. ¡Ni siquiera sabemos si la serie saldrá adelante!

—¿Y cuándo podremos disponer de esa información? ¿O debo preguntárselo a Mario?

—Mario cree que lo sabremos dentro de poco. ¿A lo mejor en una semana o dos? Pero incluso si Mario tiene que irse antes, no creo que yo me vaya hasta el próximo mes.

—¿El próximo mes?

Samantha vuelve del baño.

—No veo a nadie haciendo el amor con dulzura.

Dylan se gira hacia ella.

—¡Va a mudarse el mes que viene!

Samantha le da la mano.

—Es su vida. Tenemos que respetarlo.

—A lo mejor lo odio y vuelvo enseguida —digo.

—Por favor, ¿vas a alejarte del buenorro de tu novio, que probablemente hace los mejores castillos de arena del mundo y surfea como un atleta olímpico y siempre es sexy?

—En realidad, Mario no sabe nadar.

—¿Qué hay de los castillos de arena, Ben? ¿Qué pasa con los castillos de arena?

Me encojo de hombros.

Dylan suspira.

—Supongo que quiero que me avises cuando te mudes a Los Ángeles para siempre el mes que viene.

—Tenemos que quedar todos juntos más a menudo —dice Samantha—. Dylan y yo vamos a una noche de micrófono abierto el viernes. ¿Por qué no venís Mario y tú?

Asiento.

—Suena divertido. —Desbloqueo mi teléfono, distraído, mientras Dylan le murmura algo a Samantha. Tecleo **noche de micrófono abierto este viernes con Dylan y Samantha?** Y pregunto—: ¿Qué pasa, D?

—Nada —dice.

—Ha dicho que espera que la noche de micrófono abierto te haga adorar Nueva York otra vez —dice Samantha—. Y esa no es mi intención. Solo quiero que pasemos un rato juntos mientras podamos.

Mi teléfono vibra.

Suena divertido! Dónde?

El mundo deja de girar.

Le he mandado el mensaje a la persona equivocada.

—Mmm. —Trago saliva—. Sin querer, le he mandado un mensaje a Arthur en vez de a Mario sobre el viernes. ¿Debería…?

—No pasa nada —dice Samantha—. ¡Invítalos a los dos! Cuantos más seamos, mejor.

—Gracias.

Le mando un mensaje a Mario, de verdad esta vez, y enseguida se apunta. Este viernes, estaremos nosotros cinco pasando el rato.

¿Qué podría salir mal?

24
ARTHUR

Jueves 18 de junio

No quiero hacer sonar las alarmas de forma prematura, pero estoy bastante seguro de que estoy siendo acosado por el estado de California. Primero ha sido el GIF de *Clueless* que Jessie me ha enviado a la hora de comer. Después: un anuncio en un taxi de *Real Housewives of Beverly Hills*, un músico callejero cantando *Hotel California*, un tipo leyendo *Big Sur* en el andén del metro, y no menos de cuatro artículos en mi aplicación de noticias sobre el *spin-off* de *Érase una vez… en Hollywood*. No sé si el universo cree que es gracioso o qué, pero si veo una sola palmera más o una puesta de sol o una enorme letra blanca, pienso solicitar una orden de alejamiento.

Aunque el verdadero ganador es el puto Ethan, que me funde el cerebro con un enlace a la última publicación de Instagram de Mario. **Por favor dime que has visto esto**

Me dejo caer en el sofá, intentando imaginar un mundo en el que yo no haya revisado esa publicación cinco millones de veces desde que Mario la ha subido. **Desde cuándo sigues a Mario?**, pregunto.

Un momento después: **jajaja desde que me enviaste el enlace a su muro?**

Hago clic en el perfil de Mario y abro la ya familiar publicación: Ben y yo en el sofá del probador, recortada junto a una captura de pantalla de Emma Stone y Ryan Gosling en el banco de un parque. La descripción de Mario dice: «Encuentra las diferencias». Ya lleva casi ochocientos «me gusta», y cada uno de ellos me sienta como si me clavaran una aguja. Pero lo que es aún peor es que no puedo dejar de examinar los selfis sin filtros de Mario y sus fotos de Los Ángeles: La Brea Tar Pits, una montaña de tortitas, el exterior de un bar donde se grabó un episodio de *RuPaul's Drag Race*. Es un poco demasiado fácil insertar a Ben en todas las fotos. Mario y Ben paseando de la mano por el muelle de Santa Mónica. El portátil de Ben junto al de Mario en alguna mesa de algún patio. Es como una herida en la que no puedo parar de hurgar.

La gente nunca te advierte que la angustia es una condición crónica. Tal vez se calme un poco con el tiempo, o se puede silenciar con la distancia, pero el dolor nunca disminuye del todo hasta llegar a cero. Está al acecho en el fondo, lista para estallar de nuevo en cuanto bajas la guardia.

Ben se marcha de Nueva York. Y me siento como si me estuviera dejando a mí específicamente.

Lo cual no tiene sentido. Ni siquiera vivo aquí. E incluso si viviera aquí, Ben no es mi novio. No es, ni por asomo...

Mikey. Una foto aparece en mi pantalla como si la hubiera convocado: un selfi con cara de pez con Mia en la tenue luz de su dormitorio. Es la foto más dulce de la historia, y me siento tan culpable que podría vomitar.

Pero ¿de dónde viene la culpa? No he cruzado ninguna línea. Y no lo haré. No lo haría. Le he hablado a Mikey de todas las veces que he quedado con Ben durante el verano.

Subo las rodillas al sofá y presiono el botón de llamar. Él responde en un susurro.

—Hola, espera un segundo. Voy a salir de la habitación de Mia. —Un momento después, una puerta se cierra con un chirrido y me imagino a Mikey paseando por el pasillo en calcetines blancos—. De acuerdo, ya estoy aquí —dice—. ¿Podemos hacer FaceTime? Quiero preguntarte algo.

Siento cómo se me retuerce el estómago, pero sonrío de todas formas.

—¿Debería ponerme nervioso?

—¿Por qué ibas a ponerte nervioso?

—Porque has dicho que querías preguntarme algo, y las preguntas dan miedo.

—Esta no da miedo, lo prometo. —Mikey aparece en el vídeo, sonriente. Ahora está en su escritorio, con la cámara del teléfono apuntando hacia arriba desde abajo. Es todo barbilla, siempre sale adorablemente mal en FaceTime—. Mis padres por fin han convencido a Robbie y a Amanda de que se casen —dice.

—¡Qué dices! Guau…

—Será una boda pequeña. Un poco de baile y pastel en el patio trasero. Pero puedo llevar a un acompañante, así que… —Sonríe con timidez—. ¿Puedes reservar el once de julio?

Hago una pausa.

—¿De este año?

—Lo sé, es ridículo. No queda nada. Pero al parecer ya han cuadrado fechas con nuestro pastor y creo que también han reservado ya una carpa.

—Mikey, no puedo —digo en voz baja—. Lo siento mucho. La obra se estrena ese fin de semana. Tengo que trabajar.

Frunce el ceño.

—¿No puede cubrirte nadie?

—¿El fin de semana del estreno?

—Eres el becario del ayudante.

Noto cómo me pongo rojo.

255

—Entiendo que estés decepcionado, pero, por favor, no la pagues con mi trabajo.

—Eso no es… —Cierra los ojos un momento—. Arthur. Lo siento. Ha sonado mal. Es solo que te echo de menos, ¿sabes? —Tiene las mejillas sonrojadas—. Y no es solo lo de la boda. Supongo… Siento que últimamente soy el único que se esfuerza.

Siento un nudo en el estómago.

—¿Qué quieres decir?

—No lo sé. Son las pequeñas cosas del día a día, y también FaceTime…

—¡Hablamos todos los días!

—Sí —dice en voz baja—. Porque te llamo todos los días.

Me detengo en seco.

—Lo siento. No me había dado cuenta…

—Y es como que se te dan genial los grandes momentos. Como en Año Nuevo. O las entradas para el teatro. Pero me da la sensación de que, entre todo eso, nos hemos perdido un poco…

—Bueno —digo—, a lo mejor quiero más grandes momentos por tu parte.

—¿Como cuando te dije que te quería? —dice Mikey.

Todo el aire abandona mis pulmones.

—Lo siento. —Se pellizca el puente de la nariz—. Lo siento. No debería presionarte.

—No, tienes razón. —Respiro hondo—. Lo siento mucho. Has sido muy paciente. Yo también quería decírtelo. Es solo que… no sé qué me pasa. No dejo de pensar en ello y al final no salgo del círculo vicioso de mis pensamientos.

Mikey asiente muy deprisa, sin mirarme a los ojos. Ambos nos quedamos en silencio un minuto.

Cuando por fin hablo, se me quiebra la voz.

—No debería haber venido a Nueva York.

—¡Arthur, no! Es el trabajo de tus sueños. No tendría que haber dicho nada. —Le tiembla la voz y eso me hace sentir mucha tensión en el pecho.

—Mikey.

—Voy a colgar. —Intenta sonreír, pero no acaba de conseguirlo.

—Mikey Mouse. Oye. ¿Podemos hablar sobre esto?

—Mañana. Lo siento. No estoy enfadado, ¿vale? —dice—. Te echo de menos.

Luego cuelga antes de que tenga la oportunidad de decirle que yo también.

En el trabajo al día siguiente, Taj me embosca incluso antes de que deje mi mochila.

—¿Listo para alucinar? No te lo vas a creer. —Pone manos de jazz—. El teatro ya ha reservado otra obra para el fin de semana del día diez.

Me quedo boquiabierto.

—¿En serio? ¿El fin de semana del estreno?

—Sí.

—¿Eso es...? ¿Es algo normal?

Deja escapar una risa ahogada.

—Está muy lejos de ser lo habitual. La campaña publicitaria ya ha empezado. Los pósteres. Me estoy volviendo loco —dice, alcanzando su *bullet journal*. Luego se pasa los siguientes minutos explicando todo el nuevo calendario de la producción, que se me olvida en el acto, porque parece que mi cerebro solo tiene espacio para dos fechas.

El 17 de julio, nuestra nueva noche de estreno. Y el 11 de julio, la boda.

Supongo que el universo estaba escuchando cuando Mikey me pidió que reservara la fecha.

Taj se va a buscar a Jacob, pero apenas noto su ausencia. Estoy demasiado absorto en lo que debería ser la ecuación más simple de todos los tiempos: ser el acompañante de Mikey.

Me siento en mi mesa, apoyo la barbilla en las manos y espero a sentirme en las nubes por todo esto.

Es algo bueno, sin duda. Me gustan Robbie y Amanda, me gusta el pastel, me gusta bailar. Definitivamente, me gusta hacer feliz a Mikey. Y quién sabe, tal vez ver a Mikey de traje haga que todas las piezas encajen en su sitio. Nos besaremos bajo las estrellas y nos daremos la mano debajo de la mesa, y por fin tendré la certeza absoluta de que estoy enamorado sin remedio. Que llevo enamorado todo este tiempo.

Pero sé que hay algo que se me olvida. Lo sé. Es como si hubiera un pensamiento dando vueltas en mi cerebro, esperando autorización para aterrizar. Algo sobre bodas y bailes y novios impresionantes y el *l'dor v'dor* de todo. Generación tras generación.

Pienso en mi *bar mitzvah* y en cómo me perdí el almuerzo *kidush* porque estaba llorando en una de las aulas donde se impartían clases los domingos. Me las había arreglado para saltarme una línea de mi fragmento de la Torá, y aunque mis padres me habían jurado que nadie se había dado cuenta, yo sabía que me estaban mintiendo. Dios se había dado cuenta. ¿Y no era Dios el objetivo de todo? ¿Acaso seguía contando mi *bar mitzvah*?

Me había transformado en un guiñapo tembloroso de tela a rayas y gomina cuando *bobe* me encontró y al principio no dijo nada. Solo acercó una silla para sentarse a mi lado y me frotó la espalda con movimientos circulares como solía hacer cuando era pequeño. Pero cuando por fin habló, sentí que aquella era la primera conversación adulta real de mi vida.

—No se trata de la Torá —había dicho con suavidad, y no pude evitar mirarla asombrado y escandalizado—. ¡Que no! Tu *zayde* fue llamado a la Torá, y tu tío Milton, y mi padre, y su padre… Pero tu madre y yo nunca leemos de la Torá. Cuando era niña, era muy inusual que las chicas lo hicieran. Incluso leer de la *haftará*. Mi madre dio *tzedaká* y recibió una bendición privada en casa. Un ritual no tiene por qué llevarse a cabo de una forma en particular. Podrías haber bailado el charlestón y no habría importado, siempre y cuando lo sintieras justo aquí. —Se llevó ambas manos al pecho y sonrió—. Es nuestro vínculo con las generaciones que nos han precedido, y así es como hacemos sitio para los que aún no han nacido. *L'dor v'dor, Aharon* —dijo, usando mi nombre hebreo, y supe que estaba pensando en mi bisabuelo Aaron. *Bobe* era joven cuando su padre murió, ni siquiera mi madre llegó a conocerlo. Pero me llamo así por él, y *bobe* siempre dice que mi corazón es como el suyo.

La cosa es que no se trata solo del pastel, y no es solo un baile. Es una boda. Lo que significa que está relacionada con todas las bodas que haya habido antes y también todas las que vendrán. Puede que incluso con la mía.

Aprieto una mano contra la cara. De repente, estoy conteniendo las lágrimas.

He rebuscado en mi cerebro, centímetro a centímetro, pero nunca he pensado en intentar ver las cosas desde lejos. Ahora me parece tan evidente como la «X» en un mapa.

Estoy enamorado sin remedio. He estado enamorado todo este tiempo.

Pero no de Mikey. Y cuando pienso en el futuro, no es a Mikey a quien veo en él.

Debo de estar viajando en el tiempo otra vez. Cada vez que parpadeo, pasa otra hora: un viernes entero de trabajo se ha ido sin dejar rastro. No recuerdo haber bajado en el ascensor, pero aquí estoy, bajo el toldo de la entrada, esperando a que la lluvia amaine. El plan era llamar a Mikey desde casa, pero tal vez debería hacerlo ahora, antes de perder el valor.

Excepto por que las manos no dejan de temblarme. Ni siquiera sé cómo irá la conversación. Tiene que haber un guion para estas situaciones en alguna parte. No soy el primer chico de la Tierra en romper con alguien. Ni siquiera es la primera vez que rompo con Mikey.

Esa idea me atraviesa con tanta brusquedad que apenas consigo que no se me caiga el móvil.

Sé que soy impulsivo. Y descuidado. ¿Pero la forma en que he tratado a Mikey? ¿La forma en que sigo apartando mi corazón cada vez que intenta alcanzarlo?

Soy su primer *te quiero*, su primera vez, su primer beso, su primer todo.

Soy su Ben.

La lluvia no ha amainado en absoluto, así que vuelvo a entrar en el vestíbulo. No me cuesta encontrar a Mikey en la sección de mis contactos, su nombre está en la parte superior de mis favoritos. Toco el botón para llamar e intento recuperar el aliento mientras suena el tono de llamada.

Creo que le debo esto.

Pero no contesta. Así que meto el móvil en una bolsa de plástico y me adentro en la lluvia.

Cuando llego a mi edificio, apenas me importa estar empapado. Aprieto el botón del ascensor con tanta fuerza que me crujen los nudillos. Y luego me quedo mirando mi reflejo en la puerta, viendo cómo se mueven mis labios mientras repaso mis frases.

Hola, ¿podemos hablar?

Mikey Mouse, te mereces mucho más que toda esta mierda que yo te doy.

Te mereces el «te quiero» más grande y más sonoro del universo. Sin duda.

Pero, Mikey, no creo que pueda ser yo.

Porque. Porque. Porque.

¿Cómo narices le voy a contar esta parte?

Hola, Mikey, ¿recuerdas aquello a lo que le tenías miedo?

El ascensor me escupe en mi pasillo, pero por la forma en la que me late el corazón, cualquiera pensaría que estaba caminando por una cornisa. Solo unos pocos pasos para llegar. Me secaré y me cambiaré de ropa, y luego sacaré fuerzas de flaqueza y lo llamaré. Arrancaré la tirita de golpe.

Hola, Mikey, ¿podemos hablar?

Hola, Mikey, me lo avisaste.

Giro la llave y abro la puerta. Las luces del salón están encendidas. Hay una maleta en la entrada.

Me siento como un viejo rollo de película con el zumbido de una cuenta atrás incorporado.

En todos los meses que hace que lo conozco, Mikey nunca me ha besado así. Es tan sincero que se me doblan las rodillas.

Parpadeo cuando nos separamos, estupefacto.

—¿Qué te parece esto como gran gesto? —pregunta.

25

BEN

Viernes 19 de junio

La cafetería New Town Street en Tribeca es uno de los mejores sitios para asistir a una velada de micrófono abierto según Yelp. Y según Dylan, que lleva aquí el mismo tiempo que el resto de nosotros. No tengo con qué compararla, pero está muy bien. El primer comediante al que hemos visto ha acabado su número sin ser completamente ofensivo, lo cual siempre es una victoria. Lo que es una mierda es que la iluminación es demasiado tenue, hasta el punto de que cuesta distinguir las pinturas de la pared que varios artistas han donado para que fueran expuestas. Es como si yo dono mi manuscrito a la biblioteca de la ONU solo para que sirva como tope de puerta.

Dylan vuelve con las bebidas: dos *ginger ales* para Samantha y él mismo, una Pepsi para mí y una limonada para Mario, y brindamos por nuestra salida nocturna. Ha pasado casi una hora y sigo sin tener noticias de Arthur. Incluso le he mandado un mensaje con un *mira quién llega tarde ahora* en tono de broma, pero no he recibido respuesta. Voy a darle otros diez o quince minutos antes de llamarlo para asegurarme de que esté bien. No me sorprendería que se hubiera dormido delante de su portátil viendo *covers* del musical *Waitress,* como ya le ha pasado otras veces.

—¡Por favor, den la bienvenida a Pac-People al escenario! —exclama el anfitrión.

—¡Bravo! —anima Samantha, y Dylan no deja de levantar el puño, como si estuviera en un juego de deportes.

—¿Quiénes son? —pregunta Mario.

—No sé —digo.

—Patrick me los ha recomendado —dice Samantha—. Los Pac-People estaban de moda en TikTok y le pareció que me gustaría su sonido.

—Puede que Patrick tenga razón en algo —dice Dylan.

—¿Y qué hay de cuando dijo que le gustaba tu moño? —pregunta Samantha.

Dylan levanta la barbilla, indignado.

—No estoy de acuerdo con él. Los moños masculinos están descartados.

No le presto atención y me concentro en Pac-People, que se están instalando en el escenario. Son cinco, todos vestidos con los colores clásicos del señor y la señora Pac-Man: amarillo chillón, rojo, azul, rosa y amarillo otra vez. Y una vez que empieza la música, es tan enérgica que siento que es algo que escucharía durante un nivel particularmente divertido en un videojuego. Mario abraza a Dylan por detrás y se balancea con él, y Dylan no se muestra tímido en absoluto cuando se trata de bailar.

—Aguántame la bebida, nena —dice Dylan, pasándole su *ginger ale* a Samantha, que la sostiene con la mano en la que no tiene el suyo y bebe de los dos a la vez como una campeona.

—*Sostén mi bebida*, Alejo —dice Mario, entregándome su limonada.

—¿Los chicos siempre serán chicos? —me pregunta Samantha.

—Mario y Dylan siempre serán Mario y Dylan —digo.

Han estado muy relajados con Mario esta noche, y Dylan solo ha hecho diez chistes de «me estás robando a mi mejor amigo». Necesito que Dylan suba el ritmo porque Samantha y yo nos hemos apostado cinco dólares a cuántas veces acosará Dylan a Mario con el tema de mi mudanza a Los Ángeles a lo largo de la noche.

—Qué monos — dice alguien cuando pasa junto a nuestros chicos.

—¡Gracias! —dice Dylan.

—Hace que la confianza parezca agotadora —digo.

—Y excitante —dice Samantha con una sonrisa.

—No le contaré que has dicho eso.

—Se lo digo bastante a menudo.

—¡Samantha, estás alimentando a la bestia!

—Lo sé.

Pac-People toca otra canción, y Dylan y Samantha se miran y animan.

—¡*La balada de Afrodita*! —exclaman al unísono.

Samantha aleja a Dylan de Mario y se ponen a bailar juntos.

—Suena como si Cupido hubiera creado una canción solo con un arpa y un teclado electrónico —dice Mario.

—Pero de alguna manera funciona, ¿verdad?

Él extiende la mano.

—Veamos si funciona.

—¿Cómo se baila esto? —pregunto.

Mario me agarra por las muñecas y me mueve como si fuera una marioneta.

—No lo sé, no importa. Muévete y ya está.

Y me muevo con él, riendo, hasta que le suena el teléfono.

—Es mi tío. ¿Te importa si contesto?

—¡*Ve*! ¡*Ve*!

Mario se da la vuelta para irse, pero vuelve y me da un beso antes de dirigirse hacia la puerta principal. Entre este beso y los que me ha dado durante toda la semana cada vez que nos hemos saludado, tengo lo que he querido tener con él todo el tiempo.

Mientras Dylan y Samantha están ocupados bailando, llamo a Arthur. Suena una vez antes de ir al contestador. Al instante siguiente, me llega un mensaje: **Llego en cinco minutos, lo siento!**

Bien!, contesto.

Estoy viendo el final de la actuación de Pac-People cuando Mario vuelve y me arrastra hasta la puerta principal con una sonrisa descomunal en la cara.

—Tengo noticias —dice Mario—. Tengo *las noticias.*

— La serie…

—¡Están subastando la serie! ¡Va a pasar!

Mario está dando botes, casi como si alguien presionara sin parar el botón de salto en el juego de Super Mario. Se detiene y me agarra las manos.

—Alejo, siento que mis sueños se están haciendo realidad. Voy a trabajar en una serie de televisión y ayudaré a dar vida a algunos androides. Voy a hacerlos reales. Guau. *¡GUAU!* No me lo puedo creer.

Se queda ahí, inmóvil. Como si estuviera imaginándose su increíble futuro.

Ahora yo estoy haciendo lo mismo.

Mario irá a Los Ángeles y yo voy a seguirlo hasta allí. Este es el borrón y cuenta nueva más emocionante de la historia.

Me agarra de la mano.

—Hay más, Alejo.

—Dios mío. ¿Qué?

Tal vez vaya a ser más que un ayudante.

—El tío Carlos tiene muchos contactos en la industria, como es obvio, y es amigo de un agente cinematográfico de la UTA, la agencia de talentos. Dariel es uno de sus agentes y es un hombre *queer* que adora las historias de fantasía. Carlos sacó a colación *La guerra del mago maléfico*.

Estoy casi seguro de haber oído mal.

—¿Que qué? ¿Tu tío sabe lo de mi historia?

—Por supuesto. Le conté cuánto me gusta.

Mario me tiene en mente, incluso cuando no nos vemos.

—Pero no he terminado la revisión.

—Ya llegarás ahí. A Dariel le gusta mucho la premisa y también podría recomendarte a algunos agentes literarios, si le gusta el libro.

Esto es muy emocionante y también muy abrumador. Siento que debería ir corriendo a casa para ponerme a trabajar, por si acaso esta oferta tiene fecha de caducidad.

Me siento tan agradecido que quiero besarlo. Cuando me inclino, escucho mi nombre. De boca de Arthur.

—Siento mucho llegar tarde, pero ¡sorpresa!

Arthur va de la mano de Mikey, el mismo Mikey que se suponía que estaba en Boston. Se me cae el alma a los pies. Al verlos juntos, me entran más ganas de aferrarme a Mario.

—Guau. Hola, Mikey.

—¡Hola!

Llevo a Arthur, Mikey y Mario a nuestra mesa, justo cuando Dylan y Samantha vuelven a sus asientos. Dylan mira dos veces antes de lanzarse directamente a los brazos de Mikey.

—¡Cita triple! —grita Dylan—. ¡La primera en la historia de la humanidad!

—Eso no puede ser verdad —dice Mikey.

—¿Qué te trae de vuelta? —pregunta Samantha—. ¿Otro espectáculo de Broadway?

—Quería sorprender a Arthur. Porque sí.

—¡Y has conseguido sorprenderlo! —exclama Arthur.

—Voy a por algo de beber —dice Mikey—. ¿Quieres una Sprite?

—Perfecto —dice Arthur. Y luego, después de que Mikey se va, clava la vista en el siguiente comediante que sube al escenario.

—Oye, ¿va todo bien? —pregunto.

—Perfecto —vuelve a decir Arthur, aunque hay lágrimas formándose en sus ojos.

Me acerco a él.

—¿Quieres ir a algún lado y hablar?

Es desgarrador verlo así.

Arthur niega con la cabeza.

—No puedo. Es decir, no lo necesito. Todo va bien. Soy como ese GIF del perro con el sombrero de todo va bien a pesar de que está en mitad de un incendio. Salvo por que no hay fuego.

Quiero detener el tiempo y limitarme a hablar con Arthur. Sin Mikey, sin Mario. Sin nadie más. Quiero que sea sincero conmigo para poder estar ahí para él, como es obvio que necesita en este momento. Pero no me deja.

Finge que está escuchando al comediante y suelta risas falsas ante las bromas que hacen que Mario y Dylan se rían de verdad.

Mikey vuelve con las bebidas.

—Perdona que haya tardado tanto.

—No es necesario disculparse. Tienes prohibido disculparte nunca más —dice Arthur.

En serio, ¿qué le ha hecho Mikey?

¿O qué le ha hecho Arthur a Mikey?

No consigo sentirme cómodo durante las siguientes dos actuaciones. Alguien canta *Jingle Bell Rock*. Mikey comenta que es una elección arriesgada y elogia cómo canta la chica. Luego dos personas hacen una improvisación y resulta doloroso de ver, y Dylan tampoco piensa tragarse esa mierda, así que les da la espalda.

Cuando el presentador regresa al escenario, dice:

—¡El siguiente es Mikey!

Arthur abre los ojos como platos.

—Guau. ¡Vamos!

La cuestión es que, por mucho que a Arthur le encante Broadway, no es un gran actor. Veo perfectamente que no siente tanto entusiasmo como pretende hacernos creer. Sea lo que fuere por lo que esté pasando, ¿a lo mejor Mikey está haciendo esto para animarlo?

Mikey besa a Arthur en la coronilla y pone rumbo al escenario. Agarra el micrófono y dice:

—Esto se lo dedico a mi novio, Arthur. Te mereces grandes momentos, y este es el primero de muchos.

—Ooooohhh —dice Dylan, frotándole la rodilla a Arthur.

Alguien empieza a tocar el piano.

—¡*Arthur's Theme*! —grita Mario—. ¡Gran elección!

Nunca antes he oído esta canción. Me quedo sin palabras cuando Mikey canta sobre quedarse atrapado entre la luna y Nueva York. Tiene una voz preciosa y me lagrimean los ojos por lo bonito que es todo. Bajo este foco, Mikey resulta adorable mientras le canta al micrófono: *Lo mejor que uno puede hacer es enamorarse.*

Empujo mi silla hacia atrás y me pongo de pie.

Mario me sonríe.

—¿Estás bien?

Murmuro algo sobre ir al baño y luego salgo pitando.

Debería sentirme feliz por Arthur. Se merece esto, ¿verdad? Se merece un novio que lleve a cabo actuaciones personalizadas dignas de Broadway y lo sorprenda porque sí. Yo no podría darle a Arthur el tipo de momento que Mikey le está dando ahora mismo ni en un millón de años.

Y, claro, puede que Arthur no estuviera muy animado al entrar en el bar. Puede que él y Mikey no sean perfectos. Pero hablo el idioma de Arthur mejor que nadie y sé con exactitud lo que este tipo de grandes gestos significan para él. Lo que fuera que estuviera pasando entre los dos, estoy seguro de que ha desaparecido de un plumazo en cuanto Mikey ha puesto un pie en ese escenario. Estoy seguro de que se irán a casa, se acostarán y harán un montón de grandes declaraciones de amor entre lágrimas.

Lo cual me parece perfecto. Yo también puedo tener segundas oportunidades.

26

ARTHUR

Viernes 19 de junio

Nada de esto tiene sentido. Mikey no hace solos. *Definitivamente,* no hace solos estando de pie en una silla de una cafetería de Tribeca. Y, sin embargo, el chico que acaba de poner todo su corazón en una canción ante una sala llena de extraños es, sin duda, mi novio, el que odia ser el centro de atención.

La dulzura y los nervios de su expresión me dan ganas de romper a llorar.

—Eres increíble —le digo, sin mirarlo a los ojos. Le doy la mano para guiarlo de vuelta a nuestra mesa, e incluso esto parece una mentira.

Dylan nos saluda con un lento aplauso.

—Espectacular, *sir* Mike.

Mario se sube la manga para enseñarnos la piel de gallina.

—Has estado brillante, joder. Ese sí es un auténtico gran gesto al más puro estilo del viejo Hollywood. —Entonces todo el mundo empieza a hablar de que Mario debería escribir una escena así para una serie de televisión, pero dejo de escuchar bastante rápido. Principalmente porque Ben por fin ha vuelto del baño, y su cara está secuestrando mi cerebro.

—Bueno, hablando de Hollywood —dice Mario, dándole a Ben un rápido abrazo lateral—. Alejo, ¿deberíamos darles la gran noticia?

—Espera, ¿cuán grande? Quiero estar preparado —dice Dylan—. ¿Estamos hablando de una nueva película de Los Vengadores, o es más algo de serie B…?

Samantha le tapa la boca con la mano.

—¿La serie ha recibido luz verde?

Mario sonríe.

—Diez episodios de una hora de duración. Han encargado una puta temporada completa.

Samantha da un golpe en la mesa.

—¡Dios mío! ¿Eres un guionista de televisión?

—¡Soy un guionista de televisión!

Mikey abre los ojos como platos.

—Eso es increíble.

—Felicidades —digo, mirando hacia Ben. Parece un poco aturdido.

—Supongo que eso lo hace oficial —dice Dylan—. Mi Benhattan se muda a Los Bengeles.

—Mmm. Sí. —Ben sonríe—. Supongo que sí.

Mario le da un codazo.

—Ahora cuéntales lo que *tú* tienes en marcha.

Ben se sonroja.

—¿Lo del agente?

Mario sonríe.

—¿Te refieres al agente que quiere echarle un vistazo a *La guerra del mago maléfico* cuando lo tengas terminado?

—Sí, porque tú y Carlos no dejáis de darle bombo. Ya veremos lo que dice cuando lo lea de verdad —dice Ben mientras pone los ojos en blanco. Pero no puede ocultar lo esperanzado que suena.

—Le encantará —digo, intentando esbozar una sonrisa—. ¿Cómo no iba a gustarle?

Recuerdo la noche en la que Ben me dejó leer su borrador, lo sagrado que me pareció. En ese momento, parecía lo más íntimo que uno podía compartir con otra persona. Tu corazón inconcluso.

Sin embargo, Mario es el que va a llevar los sueños de Ben hasta la línea de meta. Puede que yo fuera el primer borrador de Ben, pero Mario es su libro en tapa dura.

Pero supongo que así es como funciona. A veces, los «felices para siempre» no giran en absoluto alrededor de tu felicidad.

Mikey no me suelta la mano durante todo el trayecto a casa desde el metro, y me siento más y más mentiroso a cada paso que doy. No tengo ni idea de por dónde empezar. ¿Cómo funciona esto cuando no hay ninguna pelea? ¿Cómo rompes con un chico que no ha hecho nada malo?

—No me puedo creer que hayas encontrado una canción llamada *Arthur's Theme* —suelto de repente.

Mikey se ríe un poco.

—Yo ya la conocía. Llevaba un tiempo pensando en ello.

Genial, genial. Es estupendo saber que Mikey ha estado tramando sorpresas maravillosas mientras yo me he sentido destrozado por Ben. Joder, es estupendo saber que soy un auténtico monstruo.

—Bueno, gracias —me las arreglo para decir—. Ha sido muy dulce.

—Te mereces una serenata.

Siento que se me constriñe la garganta.

—Tú también.

—Oye. ¿Estás bien? —pregunta Mikey.

—¿Qué? ¡Por supuesto! ¿Por qué?

—No lo sé. Estás muy callado. Pareces perdido en tus pensamientos.

—Estoy… Sí, estoy bien. —Me detengo frente a mi edificio y le suelto la mano a Mikey para buscar la llave—. Lo siento. Ha sido una semana extraña.

Las luces de la entrada están apagadas cuando llegamos al apartamento, tal como las hemos dejado.

—No hay nadie en casa —dice Mikey—. Supongo que la cita de Jessie está yendo bien.

—Ja, sí —digo sin mirarlo.

—A lo mejor deberíamos…

—¿Quieres ver una película? —lo interrumpo, prácticamente tirándome de cabeza al sofá. Me siento muy nervioso y extraño, un desastre humano. Agarro el mando de la tele y empiezo a desplazarme por la pantalla, pero todas las miniaturas parecen juntarse y difuminarse. Que es cuando me doy cuenta de que mis ojos están mojados.

—¿Arthur?

Dejo el mando y me aprieto los ojos con las palmas de las manos. No puedo hacer esto. No puedo hacer esto. No esta noche.

—Estoy bien —digo.

—No pareces estar bien. —Me habla con tanta ternura que por un momento dejo de respirar—. No tenemos por qué hablar de ello —añade a toda velocidad—. Pero si te apetece, aquí me tienes.

Se me cierra la garganta y, por un momento, mis palabras no pueden atravesarla.

—Eres una buena persona —le digo, ronco y tenso.

—No, no lo soy. Solo estoy enamorado de ti.

Intento sonreír, pero fracaso. Aprieto las manos contra la cara.

—Eh. —Mikey me acerca más—. No tienes por qué decirme que me correspondes. Lo sabes, ¿verdad?

Mañana, pienso, y me odio por ello.

Me besa en la coronilla y los ojos se me cierran.

La última vez que me meto en la cama junto a Mikey. La última vez que deja sus gafas en mi mesita de noche. La última vez que catalogo sus rasgos en la penumbra: sus pómulos, la pendiente de su nariz, sus pestañas rubias como la nieve.

Soy el único chico con el que ha compartido cama. Soy el único que sabe que abraza una almohada cuando duerme. ¿Qué se supone que voy a hacer con esa información? ¿Dónde la guardo?

Cuando respira, la almohada sube y baja con su pecho, pero luego abre los ojos e inclina la cabeza hacia mí. Por un momento, nos quedamos mirándonos.

—¿No puedes dormir?

Niego con la cabeza.

—La verdad es que no.

—Yo tampoco. —Rueda sobre su costado, dejando apenas un centímetro entre nuestras caras. Intento sonreír, pero de alguna manera ya patino hacia las lágrimas.

—Lo siento mucho.

—¿Por qué? —Me envuelve con sus brazos y tira de mí para acercarme más—. Eh.

—Por ser un imbécil.

—No eres un imbécil.

—Mikey. —Inspiro hondo—. Ni siquiera sé cómo decirte esto. Iba a esperar hasta mañana.

Su pecho se pone rígido contra el mío.

—Vale.

—Mikey.

—Por favor, dímelo.

Cierro los ojos con fuerza durante un instante.

—Creo… Cuando me dijiste que me querías —hago una pausa para secarme una lágrima—, me quedé… Simplemente, no me lo esperaba. En ese momento. Así que me cerré en banda. No sé.

—Arthur, lo sé. Lo entiendo.

—Y te quiero. Claro que te quiero. Eso lo sabía. Pero no sabía si era el mismo tipo de amor, y no quería decirlo a menos que estuviera seguro…

—¡Y no pasa nada! No hay prisa.

—Lo sé. Lo sé. Has sido —trago saliva— maravilloso y muy paciente. No lo merezco.

—Claro que sí.

—No.

Lo miro a los ojos y me siento como en plena caída libre. Se muestra inexpresivo.

—Mikey, tengo muchas ganas de estar enamorado de ti.

Cierra los ojos y esboza una sonrisa tensa.

—Pero no lo estás.

Sacudo la cabeza, despacio.

—No.

Una lágrima se desliza por el puente de la nariz de Mikey y se la limpia con brusquedad. Luego rueda sobre la espalda para alejarse de mí.

—No es…

—No es por mí, es por ti. Lo pillo.

—¡Sé cómo suena, pero es verdad! —Me siento en la cama y me abrazo las rodillas contra el pecho—. Eres el novio perfecto. No sé lo que me pasa. He estado estrujándome el cerebro para intentar averiguar lo que no cuadra. ¿Cómo es posible que lo adore todo sobre ti pero no sea capaz de hacer clic? Y Mikey, te mereces a alguien que pueda darte eso. Siento que te estoy impidiendo que conozcas a ese chico.

—¿Y ahora qué? Simplemente… ¿se acabó?

—Lo siento mucho.

—Guau. —Mikey mira al techo.

—Lo siento tanto. Mikey, solo quiero que sepas lo increíble…

—¡No quiero oír lo increíble que soy! —Se sienta y esconde la cara entre las manos—. Dios, Arthur. ¿Me puedes dar un segundo para asimilar el hecho de que acabo de venir en tren hasta aquí para que puedas dejarme?

Me estremezco.

—No me gusta la palabra «dejar»…

—¡Y a mí no me gusta que me dejen!

Empiezo a llorar otra vez.

—Lo siento…

—¿Puedes parar?

Cierro la boca y asiento.

—¿Quieres que me vaya? —pregunto al final—. Puedo dormir en el salón.

—Por favor. Para. No tienes que dormir en el salón.

—Entonces, ¿podemos hablar de esto? —pregunto.

—¿Qué quieres que te diga? ¿Que está bien?

—No…

—No está bien. —Inclina la cabeza hacia atrás, con los ojos fijos en el techo—. ¿De dónde viene esto? ¿Te he avergonzado esta noche?

—¡No! ¡Dios, no, has estado increíble! Esto no ha sido cosa de una noche. Llevo un mes intentando aclararme.

—Un mes. ¿Cuando llegaste a Nueva York y empezaste a ver a tu exnovio todos los días?

—No es por…

—¿No? —Mikey se gira hacia mí—. Mírame a los ojos y dime que esto no tiene nada que ver con Ben.

Todas mis palabras se desvanecen.

—Entendido. —Una lágrima corre por su mejilla.

—No ha pasado nada —digo con voz ronca—. Lo juro por Dios.

—¿Con «nada» te refieres a que no os habéis acostado o…?

—¡Nada de nada! Mikey, yo nunca te engañaría.

Él se limita a mirarme.

—¿Lo has besado?

—¡No! Para mí, besar es engañar. —No responde—. Mikey, te he contado todas las veces que hemos quedado. Y eso es todo. Nada de sexo, ni de besos, ni de darse la mano. Solo hemos pasado el rato. Y la mitad del tiempo, Mario estaba ahí.

Mikey presiona una mano en su frente.

—Si no te estás liando con él, ¿qué sacas tú de esto?

—¿Qué? ¡Nada! Es mi amigo.

—¡Un amigo del que estabas enamorado! ¿Cuánto tiempo te lo tuviste que pensar antes de decirle a él que lo querías?

Me miro las rodillas.

—¿Cuánto tiempo estuvisteis saliendo? ¿Tres semanas?

—Tres semanas y dos días —digo sin pensar, y parece como si hubiera abofeteado a Mikey—. Tenía dieciséis años. Fue mi primer novio. ¿Qué quieres que te diga?

—Me alegro mucho, Arthur. Me alegro de que tuvieras una primera historia de amor tan especial. ¿Quieres oír la mía? Compartimos cama todas las noches durante tres meses, pero no quería ser mi novio. Y luego me dejó dos horas antes del concierto de invierno. Fue genial. Me encantó.

—Mikey, lo siento. No estaba…

—¿Quieres saber cómo pasé la Navidad? Llorando sin parar. Apenas salí de la cama. Mi madre estaba tan asustada que ni siquiera fue a la iglesia.

Levanto la mirada con un sobresalto.

—Pero dijiste que...

—¿Qué se supone que debía decir? Hola, sé que acabas de volar a Boston por mí, pero hablemos de cómo me has arruinado la Navidad...

—¡Deberías haber dicho eso! —Mis lágrimas empiezan a caer—. ¡Me lo tenía merecido!

—Estaba muy enamorado de ti, Arthur. ¿Es que no lo entiendes? ¿Crees que este verano ha sido la primera vez que he querido decírtelo? ¿La primera vez que lo he sentido?

Lo miro, atónito.

—No sabía...

—¿Y luego apareces en mi puerta en Año Nuevo diciendo que quieres ser mi novio? —Mikey se lleva ambas manos al pecho—. Era lo único que quería. Lo único que quería era empezar de nuevo contigo.

—Lo siento mucho —digo en voz tan baja que es casi una exhalación—. Fui muy estúpido y estaba confundido. Acababa de romper con Ben...

—Siempre se trata de Ben. —Mikey cierra los ojos detrás de las gafas—. Entonces, ¿qué? ¿Estás enamorado de él o algo así?

—Yo...

—Supongo que por eso has venido a Nueva York.

—¡No! Para nada. ¡Ni siquiera nos hablábamos! —Respiro hondo—. Mikey, no ha pasado nada. Lo juro. Se va a ir con su novio a California. No tengo ni idea de si alguna vez volveremos a vernos. Eso es todo. Esa es toda la historia. No existe ningún epílogo en el que acabemos juntos. —La voz me sale estrangulada—. Y sí, siento algo por él. Probablemente, siempre he sentido algo. Esto no se me da bien, ¿de acuerdo? Creía que lo había superado, pero parece que no, y quién sabe si alguna vez lo haré. ¡Pero tú no deberías tener que quedarte esperando a que suceda!

Mikey guarda silencio un momento mientras se frota el puente de la nariz.

—Supongo que eso es todo —dice al final.

Asiento, con las comisuras de la boca húmedas y saladas por las lágrimas.

No habla, pero suelta una exhalación larga y temblorosa que siento hasta en la médula. El impulso de abrazarlo es tan fuerte como la gravedad. Mis brazos están a mitad de camino antes de que el pensamiento llegue a mi cerebro.

—¿Puedo?

Mikey asiente y lo rodeo con los brazos. En este momento, lo quiero más que nunca. Quizás en otro universo podría haber sido suficiente.

No recuerdo cuánto tiempo nos pasamos llorando o cuándo decidimos dormir. Lo único que sé es esto: cuando me despierto, estoy solo. Las mantas del lado de la cama de Mikey están estiradas y bien puestas.

Madrugador, pienso, aunque ya son más de las diez. Oigo el débil sonido de la televisión filtrándose desde el salón. Lo más probable es que Mikey esté viendo Netflix mientras se termina el desayuno. Excepto…

Hay un lugar vacío junto a mi cómoda. Su maleta ya no está.

Salgo de la cama y cruzo la habitación hacia la puerta, sintiéndome muy lejos de mi cuerpo. Cuando entro en el salón, en la televisión se oye el sonido de una campana escolar.

Se ha ido. Por supuesto que se ha ido. Y cuando Jessie levanta la mirada hacia mí desde el sofá, me deshago por completo.

—Mierda. —Apaga la televisión—. ¿Estás bien?

—¿Tan mala pinta tengo? —Intento reírme.

—Estás hecho una mierda. —Ya ha recorrido medio salón—. ¿Qué ha pasado?

No hay inicio. En esta historia no hay una primera página. Ni siquiera sé cómo contarlo. Lo único que sé es que se ha ido. Me lo merezco. Me siento aliviado. Y lo echo de menos. Y quiero contárselo a Ben, para que pueda acariciarme la cara y besarme y decirme que ha seguido enamorado de mí todo este tiempo. Excepto por que no lo hará, porque no es verdad, y que yo le haya roto el corazón a Mikey no cambiará el hecho de que Ben volverá a romperme el mío.

27

BEN

Martes 23 de junio

—Esto no es lo que tenía en mente cuando te he propuesto que nos encontráramos.

Dylan se encoge de hombros.

—No, no, no, no, no. No dejabas de quejarte y gemir porque no poder pasar el rato conmigo es la única razón por la que te vas de Nueva York. Ahora no te quejes y gimotees cuando de verdad pasamos un rato juntos.

—Tú no eres la única razón. Ni siquiera estás entre las tres primeras razones.

—Eso es ofensivo, pero ahora mismo no me importa tu mezquindad porque estoy de compras por mi aniversario —dice Dylan mientras entramos en una floristería de Alphabet City—. Mikey hizo un solo que parecía recién salido de un episodio de *Glee*, y ahora tengo que asegurarme de que Samantha se sienta tan querida como Arthur.

No estoy seguro de que Arthur se sintiera querido en absoluto. No sé, a lo mejor estoy malinterpretando las cosas, pero juraría que Arthur se comportó aún más raro después de que Mikey terminara su canción. Estuvo muy callado toda la noche, casi desconectado del todo. No conseguí entenderlo. Estaba seguro de que la actuación de Mikey arreglaría la tensión que había entre ellos.

Casi siempre estoy a punto de mandarle un mensaje para preguntarle qué tal van las cosas, pero no sé cómo sacar el tema sin que resulte raro. Es decir, no es que me muera de ganas de que Arthur sepa cuánto tiempo he pasado obsesionado con la dinámica de su relación.

Pero seguro que está todo en mi cabeza. Es probable que solo me imaginara la tensión. E incluso si de verdad estuvieran peleados, seguro que a estas alturas ya han vuelto a besarse y enrollarse. Estoy seguro de que Mikey ha conseguido su «yo también te quiero».

Tampoco es que me muera exactamente de ganas por oír hablar de eso.

—Eh. —Dylan se inclina hacia mí—. Estar en esta preciosa floristería hace que me pregunte cómo debe de ser desflor…

—Me cuesta creer que Samantha haya sobrevivido a casi dos años contigo —interrumpo.

—Ahora ya no tiene escapatoria.

—¿Crees que nunca te romperán el corazón?

—Tú me lo rompes todos los días —dice Dylan, que lee las tarjetas de las flores mientras el florista ayuda a otro cliente—. Pero Samantha y yo somos felices.

—Eso ya lo veo. Es agradable no tener que estar preocupado por ti. En ese tema, al menos. Sigue preocupándome que algún día seas demasiado Dylan delante de la persona equivocada y te den una paliza. Tengo la esperanza de que Samantha te salve.

—Por favor. Veo lucha libre profesional. Ojalá alguien lo intentara.

Solo Dylan puede creer que ver lucha libre falsa lo capacita para la autodefensa.

Levanta un ramo de florecillas blancas.

—¿Qué te parecen?

—Parecen coliflores.

—¡Son *stephanotis*, tonto!

—¿Cómo es que te sabes esa palabra?

El florista se nos acerca.

—Una buena elección —dice con una voz profunda. Es un hombre negro con una espesa barba blanca y enredaderas alrededor de los hombros. Me recuerda a un hacedor de pociones de *LGDMM*—. ¿Qué se celebra?

—El segundo aniversario con mi novia.

—Ah, *mazel tov*. ¿Sabe cuáles son sus flores favoritas o buscamos algo nosotros mismos?

Dylan saca el móvil y abre la aplicación de las notas.

—Le encantan las calas y los ranúnculos.

—¿Se ha hecho una chuleta con sus flores favoritas? Qué monada.

—No hay otra alternativa con nombres como estos.

Los sigo mientras el florista lleva a Dylan por la tienda.

Dylan señala unas rosas blancas.

—B, ¿qué te parecen?

—Están geniales.

—¿Intentas pasar por un colega heterosexual? Si no lo dejas ahora mismo y hueles las rosas, me agenciaré un nuevo mejor amigo en el desfile del Orgullo.

—Adelante —lo reto.

—Te arrepentirás de esto. Va a ser una gran extravagancia. Va a ser como *The Bachelor*, solo que buscaré un mejor amigo y toda tu gente va a ir detrás de mí.

—Me muero de ganas de no ver eso.

—Estás de mal humor. Voy a pasar el rato con Phil.

Le deseo a Phil la mejor de las suertes.

Envío un mensaje a Mario para preguntarle qué tal va el baloncesto con sus hermanos y luego deambulo por la tienda mientras espero la respuesta. Hay una sección llamada «Flores para todos los estados de ánimo». Es una estrategia inteligente, ya que nadie quiere llevar iris de solidaridad a una cita. Hay rosas rojas y rosas para el amor y la alegría. Margaritas de color púrpura azulado para desearle a alguien buena salud. Recomiendan unos tulipanes amarillos brillantes para animar a alguien. Eso me hace pensar en Arthur, aunque si quisiera alegrarle el día, le regalaría flores silvestres, que son sus favoritas. Casi le envié un ramo en diciembre, después de su ruptura con Mikey. Pero el único ramo de flores salvajes que encontré era para funerales y costaba sesenta dólares, así que, en vez de eso, le mandé un enlace a la visita virtual de una exposición de flores silvestres de un parque. Fue mejor que un ramo, porque pudimos verla juntos.

Sigo pensando en el diciembre pasado. Arthur y yo tonteamos tanto que cualquiera pensaría que no nos habíamos enterado de que habíamos roto. Arthur me rogó una secuela de *LGDMM*, y alrededor de la época navideña llegué a plantearme una secuela de lo nuestro. Estaba dispuesto a intentar lo de la larga distancia, sobre todo después de haber visto lo conectados que seguíamos estando.

Estuve muy cerca de confesarle cómo me sentía.

Y luego Arthur eligió a Mikey incluso antes de que yo tuviera oportunidad de hacerlo.

Ahora ni siquiera confío en mí mismo para saber qué le pasa por la cabeza. Si de verdad estuviera molesto por lo que pasó la noche del micrófono abierto, ¿me lo habría contado siquiera?

Si lo hiciera, saldría corriendo de esta floristería.

Me saltaría el desfile del Orgullo, aunque podría ser mi último desfile en Nueva York.

Incluso le diría a Mario que alguien importante me necesita.

Pero dudo de que pueda hacer sonreír a Arthur como solía hacerlo. Ni siquiera sé si me sigue correspondiendo intentarlo.

28

ARTHUR

Viernes 26 de junio

—Ya entrará en razón —dice mi madre. Me la imagino en su silla de oficina giratoria, sosteniendo el teléfono como un walkie-talkie—. Estoy segura de que solo necesita un poco de espacio para procesarlo todo.

—¿Un poco? ¡Me ha sometido a un bloqueo suave!

—Eso es muy… No sé qué es eso —dice—. ¿Por qué es suave?

—No lo es. Solo significa que me ha eliminado de entre sus seguidores de Instagram. Y se ha puesto el perfil en modo privado, ¡así que ni siquiera puedo ver sus fotos! —Miro aturdido el techo de mi habitación, mientras me presiono las mejillas con las manos. De todas las cosas que pensé que echaría de menos, quién iba a decir que lo que más extrañaría serían las horribles fotos de Instagram de Mikey. Sobre todo, sube fotos de cuerpos de agua al azar y tomas sobreexpuestas del gato de su hermana, Mortimer, que tiene una afección intestinal a la que Mikey hace referencia con frecuencia en la descripción de las fotos, porque por lo que parece es el primer *boomer* de diecinueve años del mundo.

Y no digo que eche de menos las actualizaciones intestinales. Solo echo de menos a Mikey. Echo de menos hablar con él, chincharlo y hacerlo reír, y desearía poder decirle lo mucho que lo siento.

Después de que mi madre cuelgue, me tumbo sobre las sábanas y sostengo el teléfono en alto para verme las bolsas debajo de los ojos en la cámara frontal. He dormido fatal toda la semana, y se nota.

Hace una semana, Mikey estaba en un tren con destino a Nueva York.

Soy incapaz de asimilar nada de esto. Apenas le he contado a nadie lo de la ruptura, lo que significa que apenas parece real. Sí, mi madre me ha llamado todos los días esta semana y mi padre no deja de intentar llamarme por FaceTime cuando estoy en el trabajo. Y Taj lo sabe, lo adivinó en cuanto me vio la cara el lunes. Pero las únicas otras personas que lo saben por mi parte son Jessie, Ethan y *bobe*. Y los amigos del club de lectura de *bobe* y el tipo en el mostrador de delicatessen del supermercado favorito de *bobe* y una mujer llamada Edie de la sinagoga cuyo nieto bisexual está estudiando Medicina y está soltero. Pero no se lo he dicho a Musa. Y por supuesto que no se lo he dicho a Ben. Ni siquiera quiero que Jessie se lo cuente a Samantha, porque Ben se enteraría, y no estoy listo para eso. No lo estoy. Y punto.

Vuelvo a meterme en las historias de Mario, solo para caer aún más hondo en esta espiral de miseria. Por qué no, ¿verdad? Es la víspera del fin de semana del Orgullo, y llorar desconsolado en calzoncillos por el nuevo y superatractivo novio de mi ex es una expresión profundamente válida de la cultura gay.

Es solo la cuarta vez que veo esta secuencia de historias en particular: pequeños clips consecutivos encadenados, con la canción *Hollywood Swinging* sonando de fondo. En los vídeos, Mario finge que toca el tambor sobre unas cajas de cartón y las sella con cinta de embalaje, y de vez en cuando levanta la vista para pronunciar la letra directamente a la cámara. Su emoción es tan contagiosa que me duele el corazón. Todo está grabado por alguien que no sale en pantalla, que dice *guau* a mitad del segundo clip. Al menos sé que no es Ben. Reconocería la voz de Ben en cualquier universo, incluso a partir de una mera sílaba.

Me suena el móvil y me sobresalto tanto que casi se me cae en la cara.

Es Ethan. Lo adoro, pero no estoy de humor, así que dejo que suene y vuelvo directo a Instagram. Pero antes incluso de poder acceder nuevamente a las historias de Mario, vuelve a sonar. Esta vez es un número desconocido con un prefijo de Nueva York.

—¿Hola? —El corazón me late con fuerza.

Al principio, no es más que estática y ruido de la calle, pero después de un momento una voz amortiguada dice:

—¡Eh! ¡Hola!

Frunzo el ceño.

—¿Hola?

—¡Lo siento! Estoy fuera. ¿Me oyes? —Suena una bocina de fondo—. ¡Soy Ethan!

—Lo siento, *¿qué?*

—¿Ethan Gerson? ¿Te acuerdas de mí? ¿Tu mejor amigo desde primaria?

—Yo no… ¿dónde dices que estás? —Miro la pantalla de mi teléfono, y me doy cuenta: no es un número cualquiera de Nueva York. Es el de alguien-que-quiere-que-lo-dejen-entrar.

—¿Con lo de fuera te refieres a…? ¿Fuera, en Nueva York?

—Me refiero a fuera, en Nueva York. ¿Piensas dejarme pasar?

Me río, sobresaltado.

—Madre mía. ¡Sí! Voy al telefonillo. No, espera, bajaré y... No, Dios, lo siento, fuera hace calor. Voy a abrirte, pero quédate en el vestíbulo. Bajaré a ayudarte. Solo tengo que ponerme, eh... Ropa. —Me echo un vistazo y me veo en calzoncillos y con la camiseta de ayer.

—Sé cómo usar un ascensor. El 3A, ¿verdad?

—¡No me puedo creer que te acuerdes!

—No me acuerdo —dice—. Dispongo de un espía en el interior...

Le abro la puerta antes de que, que Dios nos ampare, empiece a rapear.

—Estás aquí de verdad —le digo, por millonésima vez esta tarde. Se supone que debería estar enseñándole Times Square a Ethan, pero no puedo dejar de girarme para contemplar su cara de turista—. ¡No puedo creer que hayas pedido permiso en el trabajo!

—No puedo creer que en tu trabajo os den a todos el día libre por el Orgullo —dice, apartando la mirada de un cartel gigante con los colores del arcoíris—. ¿Es lo habitual en Nueva York?

Me río.

—No lo creo. Pero es un teatro *queer*, y mi jefe y su marido hacen todo lo posible por el Orgullo. Se disfrazan y marchan en el desfile, y te aseguro que hay plumas involucradas.

—¡Guau! Entonces, ¿cuál es el plan?

—Bueno. —Me protejo los ojos mientras miro hacia Broadway—. Ahora estamos en la Cuarenta y Dos, así que, si quieres, puedo enseñarte algunos de los teatros. La mayoría de ellos solo...

—No, me refería a que cuál es nuestro plan para el Orgullo —dice Ethan—. ¿Cuál es el plan gay?

—Ehhh, no, gracias. —Hago una mueca.

—¿Qué? ¿Por qué no?

—Digamos que no estoy de humor para celebrar nada —le digo.

—Ni hablar. No. ¡El Orgullo no tiene nada que ver con Mikey!

—Sabes que Mikey es gay, ¿verdad?

—Me refiero a que esto no es por ti y por Mikey. Es por ti y tu identidad, tu comunidad. Es decir, mira esto. Es increíble. —Ethan señala vagamente las banderas y serpentinas que adornan los escaparates, las pantallas gigantes iluminadas con los colores del arcoíris.

—¿De acuerdo? Como es obvio, me alegro de que exista. Es solo que no tengo ganas de ir a una gran fiesta gay una semana después de mi gran ruptura gay.

—¡Pero esta es una gran oportunidad gay para seguir adelante! ¿Y si te encuentras con el tipo con el que realmente deberías estar?

—Entonces tendrá que esperar —le digo—. Mira, te agradezco el esfuerzo, pero…

—O incluso con el chico con el que estás destinado a darte un revolcón. ¡Puedo ser tu compinche!

—Estoy bastante seguro de que el universo no está pensando en mis revolcones.

—¿No? Entonces explica *esto* —dice Ethan, deteniéndose en seco frente a una tienda de recuerdos de Broadway. En el escaparate hay un maniquí con una camiseta que me sé de memoria, lleva la palabra «amor» escrita una y otra vez en todos los colores del arcoíris.

—Es una cita de Lin-Manuel Miranda…

—Colega, me sé la frase. Vamos, te la voy a comprar. —Ya me está empujando hacia la tienda.

—No es necesario.

—Insisto.

—Me refiero a que ya tengo esa camiseta —murmuro.

Ben me la mandó por correo el último año de instituto como regalo de Navucá. Todavía recuerdo cómo me sentí al ver su caligrafía en la etiqueta del paquete.

—¡Qué dices! Es perfecto…

—Ethan. Para —digo con brusquedad—. ¿Cuántas veces tengo que decírtelo? No quiero ir.

—Lo sé. Te he oído, pero…

—¿Por qué estás tan obsesionado con esto?

—¡No estoy obsesionado! Por Dios —dice, mirando con demasiada atención una exhibición de globos de nieve.

Que es cuando recuerdo que Ethan literalmente ha venido en tren desde Virginia para animarme. Y aquí estoy yo, gritándole en una tienda de souvenirs.

—Ethan, Dios. Lo siento.

—No, no pasa nada. Lo entiendo.

—Es solo que ahora mismo no estoy en mi mejor momento, con todo el tema de Mikey —digo—. Pero es genial e increíble por tu parte haber venido aquí. Siendo sincero, ¡es estupendo que quieras ir al Orgullo! O sea, no todos los heterosexuales se prestan a ser el compinche de su mejor amigo gay en el Orgullo…

—Bueno —dice Ethan—, no sé si eso es verdad…

—Lo es. No creas que no soy consciente. No todo el mundo tiene a un Ethan. Has ido más allá. Me has sorprendido en Nueva York y… ¿lo has orquestado todo con tu exnovia?

—No me refiero a eso. —Ethan levanta un globo de nieve—. Está bien, supongo que tengo algo que contarte.

—Algo.

—¿Una actualización de mi vida o algo así?

—Vale… —Mi mente recorre todas las posibilidades como si se tratara de una presentación de diapositivas. *Una actualización de vida. Algo que me quiere contar.* Es gracioso, esto me recuerda mucho a…

Hace dos veranos. Cuando Ethan y Jessie anunciaron que estaban saliendo.

Me quedo boquiabierto.

—¡Tú y Jess volvéis a estar juntos!

Ethan parece estupefacto.

—¿Ah, sí?

—No pasa nada, esta vez no voy a ser un imbécil. ¡Guau! Sabía que habíais vuelto a hablar…

—No hemos vuelto —dice Ethan.

—Os acostáis…

—Sabes que vivo en Virginia.

—¡Por eso has venido! ¡Para reconquistarla!

Ethan se echa a reír.

—Arthur, guau. No.

—Entonces, ¿qué…?

—Si dejas de hablar durante un minuto, te lo diré. —Agita el globo de nieve y su sonrisa flaquea—. Verás… me he dado cuenta de algo últimamente.

Mi mano vuela hasta mi boca.

—Y todavía estoy intentando aclararme. ¿A lo mejor tú podrías ayudarme con el tema? —Deja escapar una risita rápida y nerviosa—. Vale, pareces muy emocionado.

Asiento sin hablar, sonriendo detrás de la mano.

—Bueno. —Hace una pausa—. Este… ¿creo que podría ser bi?

—¡LO SABÍA!

Ethan parece sorprendido.

—¿En serio?

—A ver, no, lo siento. No me refería a que lo haya sabido todo este tiempo. Solo que ahora mismo desprendías un aire muy fuerte a alguien que está saliendo del armario. ¡Ethan! —Niego con la cabeza, radiante—. ¿Qué necesitas de mí? ¿Puedo ser tu mentor *queer*? Dios mío. Vale, me callo. Cuéntamelo todo.

Ethan deja el globo de nieve, con las mejillas sonrosadas y sonriendo.

—Mmm. Bueno…

—¡Espera! —Lo rodeo con los brazos en un abrazo de oso—. Te quiero. Pero eso ya lo sabes. Vale, ahora de verdad que cierro el pico.

—Yo también te quiero. Y, eh, sí. Es raro. No dejo de pensar en el baile de graduación y en cómo tú ya lo sabías desde hacía mucho tiempo y solo estabas buscando la forma de decirlo. Pero lo mío ha sido repentino. Como una reacción alérgica.

—¡Eres alérgico a la monosexualidad!

Se ríe.

—¿Quizá? No, lo que quiero decir es que… Ya sabes, a veces se puede tener una alergia latente que está ahí esperando en tu sistema al detonante adecuado, y luego, PAM. —Se da un golpe suave en el pecho—. ¿Tiene sentido?

—Pues claro. Sip. Te sigo, totalmente. Un montón de cosas científicas y luego más cosas científicas, y luego viviste tu detonante.

—Algo así. —Sonríe—. Supongo que lo que intento decir es que esta cosa, esta epifanía o lo que sea, es algo muy nuevo, pero también siento que es algo que ya estaba ahí. Como si hubiera estado oculto a plena vista todo el tiempo, y luego, hace dos semanas, dije, *ay, mierda*.

—Eso, señor, es lo que llamamos —hago una pausa, agarro una camiseta de uno de los estantes con cosas del Orgullo y se la pongo en los brazos— un despertar bi.

Que es literalmente lo que dice la camiseta en letras rojas estampadas que imitan la fuente del musical *Spring Awakening*.

Ethan se ríe.

—Dios mío, es perfecta.

—¿Entonces ha pasado algo? ¡Quiero todos los detalles!

Las mejillas se le ponen aún más rojas.

—Pues es gracioso que lo preguntes, porque… Bueno, te vas a llevar parte del crédito.

—¿De verdad? —Me pongo más derecho—. Cuéntame más.

—¿De verdad quieres que lo haga?

—¡Ethan! ¡Claro que sí!

Él asiente, apretando contra el pecho la camiseta del despertar bi.

—¿Recuerdas cuando me llamaste desde Dave & Buster's porque te estabas volviendo loco después de haber conocido al novio superatractivo de Ben y luego me enviaste su perfil de Instagram para poder validar tu necesidad de que te dijeran que eres más sexy que él?

—Eso no era lo que…

—Da igual. Mario. Empecé a mirar sus fotos y pensé que sí, es guapo. Y entonces fue como, espera. Es *muy* guapo.

Lo miro fijamente.

—Espera. Entonces…

—No lo sé —dice Ethan a toda velocidad—. Fue como… Había algo en Mario que activó un interruptor en mí. Fue una locura. Y empecé a recordar un montón de cosas a las que había restado importancia. Como algo que pasó en primaria. ¿Te acuerdas de aquel niño que se llamaba Axel, el que era de Florida?

Le dedico un vago asentimiento, pero la verdad es que mi cerebro se ha desviado en el momento en el que ha pronunciado el nombre de Mario. Y ahora Ethan está repasando todos los detalles de sus enamoramientos pasados y yo solo... Es que no lo puedo creer...

¿Mario? ¿El despertar bisexual de Ethan ha sido *Mario*? Tiene que ser una broma. Lo siento, pero esto lleva el hijoputismo del universo a un nuevo nivel estratosférico.

—Así que —parpadeo—, ¿no tenías ni idea?

—A ver, había toneladas de pistas. En retrospectiva parece muy obvio, pero no. No era consciente, porque... No sé por qué. Me gustan las chicas. Estuve perdidamente enamorado de Jessy. Pero supongo que incluso cuando estaba saliendo con ella, había un montón de señales a las que no presté atención y, Arthur, eran como *vallas publicitarias*. Enormes. ¿Jessie tampoco las vio? No lo sé. Sea como fuere, ella me ha estado ayudando con el tema últimamente.

—Ya veo. —Consigo hacer un leve asentimiento.

—Así que sí. Me siento... Muchas gracias. —Me mira con los ojos brillantes.

—Dios. Por supuesto. Me alegro mucho por ti. Y pienso comprarte esto. —Le arrebato la camiseta de las manos.

—Te refieres a... ¿com*bi*prarla?

—Guau, de verdad eres bi, ¿no? —Lo abrazo de nuevo—. ¡Joder, estoy tan *orgulloso* de ti!

—Gracias. —Sonríe—. Y lo siento, estaba insistiendo mucho sobre el Orgullo. En realidad, no he venido con, ya sabes, ningún plan bi. Todavía estoy un poco... Es una línea de investigación muy reciente para mí. No la he puesto, eh, bajo supervisión de un compañero.

—¡Vale! —Junto las manos—. ¿Qué tal menos metáforas científicas sin sentido y más encargarnos de tu atuendo para tu primer Orgullo?

—No, en serio...

—Está decidido. Ahora soy *tu* compinche. ¿Y sabes qué? Necesitas un sombrero. —Selecciono dos gorros del expositor del

Orgullo y sostengo uno en cada mano—. ¡Que elija el caballero! ¿*Les Bisexuales* o *Queer Evan Hansen*?

—¿De verdad acabamos de pasar del Arthur post ruptura malhumorado al Arthur que hace juegos de palabras *queer* en diez minutos?

—Lo mejor es un hombre que sea capaz de hacer ambas cosas —digo con aire de suficiencia mientras le planto el sombrero de Evan Hansen en las manos.

29

BEN

Sábado 27 de junio

Oficialmente ha pasado más de una semana desde que estuve en contacto con Arthur, y supongo que no debería sorprenderme. Es el mismo truco de magia de siempre: cuanto mejor le van las cosas con Mikey, más desaparece.

Pero hoy no puedo dejar que mi cerebro piense en eso. Arthur no tiene permitido arruinarme el desfile del arcoíris. Es mi último Orgullo en Nueva York y ya me siento como si fuera un sueño. Marchar por las calles de la mano de Mario. Nuestras mejillas pintadas con arcoíris que nos hemos dibujado el uno al otro. Llevo una camiseta que Mario ha hecho para nosotros con flechas de colores que apuntan al otro en las que pone *Estoy con él*, lo cual es genial, porque la gente no deja de pegarle repasos a Mario.

—Tienes un montón de fans aquí —digo mientras cruzamos una concurrida Union Square.

—Tú también, Alejo —dice Mario.

No he visto ninguna prueba de eso, pero no importa. No estoy intentando atraer a nadie.

Solo intento estar presente en el desfile: rozar con el hombro a personas que pueden haberlo tenido más difícil que yo a la hora de salir del armario; escuchar a Mario cantar canciones que suenan a todo volumen desde el altavoz de una *drag queen*, como *Dancing On My Own* de Robyn y *Cut to the Feeling* de Carly Rae Jepsen; vitorear mientras el confeti de colores llueve desde una azotea; comprarle unos pines con nuestros pronombres a un vendedor que lleva pintalabios azul; sacar fotos de los carteles de dos latinas que rezan *¡Soy gay!* y *¡Dios, soy bi!*; y unirme a la ronda de aplausos masivos cuando un adolescente agarra un megáfono y declara por primera vez que es trans.

¿Por qué no pueden ser todos los días así de bonitos?

He enterrado el móvil en el bolsillo porque ni siquiera me importa si Arthur me escribe. No quiero perderme ni un solo momento de todo esto. El sol me da en la cara y estoy listo para que mis pecas salgan a relucir como una pequeña constelación del Orgullo.

Y por mucho que me divierta con la comunidad, es difícil no reírse cada vez que veo a mi aliado favorito.

Dylan lleva una camiseta en la que pone *ALIADO* junto con una diadema de arcoíris, un collar con el signo de la paz de los colores del arcoíris y muñequeras del arcoíris también. Básicamente, Dylan lleva una estética rematadamente gay. Y como le encanta la atención, pide a la gente que le firme la camiseta como recuerdo de este día. Ninguno le ha dicho que tres personas diferentes le han dibujado penes en la espalda.

—Todos parecen estar en una audición para un videoclip de Lady Gaga —dice Dylan.

Samantha se da la vuelta en su vestido del arcoíris de cintura alta.

—¡Dylan!

—¡No es un insulto! Eres una homófoba por pensar eso.

El sol calienta bastante, pero me da la sensación de que, aunque estuviéramos bajo cero, algunas personas seguirían celebrándolo y paseándose por aquí en nada más que ropa interior. Todos los que viven con tanta intensidad este momento desprenden mucha fuerza, aunque este sea el único fin de semana en el que se sienten cómodos vistiéndose (¿o desvistiéndose?) así.

—Esto voy a echarlo de menos —dice Mario—. También acabamos de perdernos el Orgullo de Los Ángeles.

—Aprovecha al máximo el día de hoy, entonces —digo con una sonrisa.

—Ya lo estoy haciendo, Alejo.

Samantha besa a Dylan en la mejilla y él anuncia de repente:

—Necesito una pausa para mear.

—Yo igual —dice Samantha—. Pero sin decirlo con tanta vulgaridad.

—¡Formad la Serpiente! —grita Dylan.

Ha inventado la Serpiente como una forma de que todos nos demos la mano para que podamos desplazarnos entre la multitud sin que «ningún hombre o Samantha se quede atrás». Serpenteamos entre la gente hasta que encontramos un café al final de la calle del Duane Reade de mi padre. No entraría ahí en mi día libre ni aunque me pagaran. Dylan y Samantha se ponen a la cola, ambos parecen estar bailando mientras se retuercen.

—¿Cuánto efectivo tienes? —pregunta Dylan—. Sobornaremos a la gente para que nos deje colarnos.

Samantha busca en su bolso.

—Tengo un billete de veinte.

—Me he quedado sin nada después de comprar los pines —digo.

Mario observa la cola.

—Hay nueve personas delante de vosotros. Iré a buscar cambio para el billete de veinte y lo conseguiremos.

Toma el billete de Samantha y corre hacia un puesto de perritos calientes.

—¿Confiamos en Mario con el dinero? —pregunta Dylan.

—No, es un *mentiroso* total —le digo.

—¿Un qué?

Sonrío mientras me alejo, sin traducírselo.

Observo a la multitud que pasa y me pregunto cuáles serán sus historias. Lo que habrán pasado para poder estar aquí hoy. Quién estará aquí el año que viene. Y el siguiente. ¿Volveré yo? ¿Volveré con Mario?

No soy psíquico, así que me centro en el presente.

Aquí hay tanta vida que es como una explosión. Y hay más estilo que ningún otro día. Alguien ha hecho todo lo posible para que un disfraz del Capitán América tuviera los colores del arcoíris en vez de rayas rojas, blancas y azules. En su mayor parte, las personas representan el día llevando camisetas increíbles que ojalá usaran todo el año:

Suena gay, me apunto.

La «T» No Es Silenciosa.

Trans y orgullosa.

As del espacio.

No des nada por supuesto.

Y luego un chico mono y bajito dobla la esquina con una de esas camisetas de Lin-Manuel Miranda en las que pone *love is love is love*. Medio segundo después, me doy cuenta de que es Arthur y, de repente, no importa que no me haya escrito. El corazón me late muy rápido, porque esto tiene que ser cosa del universo. Quién sabe cuántas personas abarrotan estas calles, pero por supuesto que me fijo en Arthur Seuss. Me alegro tanto de verlo que salto arriba y abajo y grito su nombre, pero no puede oírme por encima de la enérgica multitud y la música a todo volumen.

Y luego, justo cuando estoy a punto de empujar a todo el mundo para llegar hasta él, veo a alguien con un gorro azul acercarse a él con sigilo y enlazando el brazo con el suyo. Tiene que ser Mikey.

Siento que he perdido la voz y el control de mis músculos. Quiero hundirme en la acera y esconderme detrás del desfile.

Ni siquiera entiendo cómo es que Mikey sigue en Nueva York. ¿Acaso ha dejado su trabajo y se ha mudado aquí? ¿En serio no son capaces de vivir separados durante un verano? Vuelvo a pensar en esa extraña noche en el bar del micrófono abierto e intento imaginar cómo debió de acabar todo. A lo mejor Mikey no pudo subirse al tren. A lo mejor se han pasado toda la semana absortos en sesiones de sexo increíbles. A lo mejor Mikey ha estado haciendo cada noche bises personales de su actuación en el karaoke. Eso explicaría por qué Arthur no me ha escrito en toda la semana. Es una mierda, porque de verdad creía que Arthur y yo estábamos volviendo a ser íntimos. Pero ahora me siento más lejos de él que nunca, más incluso que cuando vivíamos a casi mil kilómetros de distancia.

Al menos podría haberme dicho que vendría al Orgullo.

Por otra parte, supongo que yo también podría haber empezado la conversación.

Ni siquiera sé por qué me importa. Lo único que sé es que esta es la puta razón de que esté tan listo para empezar de nuevo en Los Ángeles. No más recuerdos que me constriñan la garganta cada pocas calles. No más doblar esquinas y tropezarme con el nuevo novio de mi ex, el que consigue la segunda oportunidad que yo nunca tuve.

30

ARTHUR

Martes 30 de junio

Lo que es una mierda es que de verdad creía que estaba bien, o que al menos estaba llegando a ese punto. Claro, me ha dolido no poder mandarle mensajes a Mikey sobre los *cosplayers* de *Animal Crossing* en el Orgullo, y no dejo de revisar el Instagram de Mario como si fuera mi trabajo a tiempo completo, pero al menos mi boca estaba empezando a recordar la mecánica de las sonrisas. Incluso ha habido periodos en los que no he pensado en Ben o en Mikey en absoluto. Solo estaba siendo un tío con una camiseta de *Hamilton* en el Orgullo, marchando con mi mejor amigo por las calles salpicadas de arcoíris de Manhattan.

Y luego Ethan se ha ido a casa.

Lo cierto es que necesito empezar a aprender la diferencia entre estar *bien* y estar *distraído*.

Resulta que el mundo no deja de girar por un corazón roto. No puedo faltar al trabajo solo porque tenga la pinta de un espíritu privado de sueño, o porque me sienta mal por Mikey, o porque Ben no me quiera. No puedo desmoronarme nueve días antes de nuestro primer ensayo general.

Nueve días, y solo ocho días más después de eso hasta el estreno oficial. ¿No debería estar al menos un poco emocionado? Estoy de pie en un auténtico escenario de Nueva York, debajo de unos andamios y de una iluminación profesional. No digo que sea el Radio City Music Hall; es una caja negra, básicamente un cubo pintado de oscuro, incluso en un lugar de categoría como el Shumaker. Pero la caja negra no es el problema. Yo soy el problema. Porque mi cerebro no deja de parlotear sobre el chico del que no estoy enamorado.

Excepto cuando recuerda al que no está enamorado de mí.

—No me convence —dice Jacob—. Arthur, lo siento, ¿te importaría empujar la cuna unos metros hacia atrás? Lo único en lo que me fijo es en ese espeluznante bebé falso.

Hago rodar la cuna al fondo del escenario, casi hasta el final.

—¿Aquí?

Jacob examina la nueva configuración durante un minuto antes de suspirar y girarse hacia Taj.

—¿Deberíamos traer a un bebé de verdad? Vamos a tener que traer a un bebé, ¿no?

—¿Te refieres a uno de los que lloran? —pregunta Taj.

Jacob se pellizca el puente de la nariz.

—¿A lo mejor podemos hacer que tenga tres o cuatro años? Le daré un par de vueltas al guion…

—Por supuesto. Te entiendo. Pero —Taj mantiene un tono desconcertantemente tranquilo— me pregunto si hay alguna forma de evitar que se modifique todo el guion. Ya que estamos a menos de tres semanas de la noche de estreno.

Cambio el peso de un pie al otro, mi mirada vaga a la deriva por las filas de sillas vacías, de derecha a izquierda, como leyendo en hebreo. Cincuenta asientos dispuestos en plataformas que ascienden como una escalera. Pero la primera fila está al mismo nivel que el suelo y el escenario, y ahí es donde están sentados Jacob y Taj.

—Ya… —Jacob suspira—. Está bien, ¿por qué no nos tomamos un pequeño descanso? Volvemos en quince minutos. —Se pone de pie y se estira mientras toquetea la pantalla de su teléfono. Para cuando llego a la primera fila de asientos, ya está a mitad de camino del vestíbulo.

—Uf. Un día difícil —dice Taj mientras le quita la tapa a un yogur de soja.

Saco un paquete de aperitivos de queso de mi mochila y me siento a su lado.

—No va a añadirle años al bebé, ¿verdad? Tendría que reescribir toda la escena en la que lo acuestan, además de cualquier cosa que suceda en el parque, y es…

—Una locura —dice Taj—. Una locura de psiquiátrico. Pero odia a esos muñecos con todas sus fuerzas.

Vuelvo al escenario, que ahora mismo está configurado para parecerse al interior de un apartamento: sala de estar, habitación infantil y cocina. El diseño es más sugerente que literal; en realidad son solo algunos muebles clave dispuestos frente a tres lienzos que actúan como telones de fondo. Aunque cuando se ve con la iluminación encendida y los actores moviéndose de una habitación a otra, sí parece un hogar.

Pero incluso yo tengo que admitirlo: Jacob tiene razón sobre el maldito bebé. Supongo que es bastante realista para ser un muñeco de atrezo, pero uno no puede fingir que no parece un cadáver.

—Tiene que haber una solución más fácil —digo.

De repente, me levanto de mi asiento y cruzo los pocos centímetros de espacio entre la primera fila y el escenario. Durante un momento echo un vistazo a los tres telones de fondo. Son enormes e intimidantes, pero al menos se mueven con ruedas. Le doy al central un pequeño empujón.

—¿Redecorando? —pregunta Taj.

—Quiero intentar algo.

Taj deja su yogur y se pone de pie.

Cinco minutos más tarde, hemos hecho rodar el panel central hacia atrás y tirado de los paneles laterales hacia dentro, hasta que ya no hay tres habitaciones adyacentes. Ahora solo hay una sala de estar y una cocina, con un toque a habitación infantil escondido detrás, solo un fondo azul y la esquina de una cuna.

—Así el bebé siempre estará *ahí* —le explico—. Un poco entre bastidores.

Observo a Taj asimilarlo todo y sigo su mirada desde un panel a otro. Es increíble cómo la modificación más sencilla puede cambiar toda la percepción de un espacio. La parte central está más focalizada y la profundidad añadida hace que el apartamento parezca mucho más real. Como si estuviera implícito que la vida existe más allá de los límites de estas habitaciones. No tengo idea de lo que le parecerá a Jacob, pero estoy bastante seguro de que a mí me encanta.

—De acuerdo —dice Taj—. Digamos que somos Addie y Beckett, en mitad de la escena ocho, cuando están discutiendo y Lily se despierta…

—¡Claro! ¿Y si Beckett se sitúa fuera del escenario para esa escena? Se oye que ella está llorando y lo vemos entrar en la habitación del bebé.

—¡Eh! —Taj frunce los labios—. Entonces… Dejamos a Addie en el salón… ¿Se hablan de una habitación a otra? A lo mejor él puede asomar la cabeza por un lado y así sabremos que sigue ahí.

—Exacto —digo, y por primera vez desde que Ethan se fue, una luz parpadea en mi cerebro.

Por lo general, siento que en el trabajo no paro de meter la pata, e incluso cuando no dejo caer la pelota, siempre parece que estoy a punto de hacerlo. Pero hoy algo hace clic de una forma que no puedo explicar. Taj no deja de asentir mientras hablo y toma notas en su teléfono, como si valiera la pena escribir mis ideas. Como si no fuera un becario estúpido. O por lo menos soy un becario estúpido con *potencial*.

—¡Guau!

Al oír la voz de Jacob, el corazón se me sube a la garganta.

—Esto es muy interesante —dice mientras se acerca a Taj—. Enséñamelo todo.

Taj me señala.

—Es todo cosa de Arthur.

Jacob junta las manos.

—Asumiendo riesgos creativos. Me encanta.

—Lo más probable es que no funcione —me apresuro a decir—. Es solo una idea, no he tenido tiempo para pensarlo bien. Solo tenía curiosidad. En serio, puedo ponerlo todo otra vez donde estaba...

—O —dice Jacob, con una sonrisa—, podrías explicarme qué has hecho.

Diez minutos después, Jacob y Taj se han puesto en marcha, fotografiando el escenario desde todos los ángulos, enviando mensajes al director escénico y utilizando todo un segundo idioma a base de abreviaturas y jerga teatral. Normalmente, es el tipo de cosa que hace que me sienta como un aficionado, pero hoy no me siento así. Hoy, es solo otra parte de la magia que he ayudado a poner en marcha.

Observo desde la primera fila, aturdido e incrédulo.

A Jacob le ha encantado mi idea. De hecho, se ha quedado sin aliento cuando se la he explicado. Me ha llamado *genio*.

Sí, soy un completo desastre. Sí, Ben se muda. Sí, he fastidiado las cosas con Mikey. No, nunca me quedará tan bien como a Taj una pajarita de flores.

Pero.

Jacob Demski. Me ha llamado. Genio.

Cuando vuelven adonde estoy, Jacob está acunando al muñeco como si fuera su propio bebé.

—Tenemos una tregua —explica Taj.

Qué bien sienta reírse un poco.

—Arthur, lo has cambiado todo. —Jacob se inclina sobre Taj para chocarme el puño—. Esta noche hablaré con Miles para poner un par de marcas más, pero en realidad creo que todo va sobre ruedas. No sé cómo agradecértelo.

—Me encanta poder ayudar. —Me sonrojo con orgullo.

—En serio. Dios, tómate el resto del día libre. ¡O el viernes! Súbete a un autobús, sorprende a tu novio…

Taj le da un codazo y él se detiene de golpe, en mitad de la frase.

Durante unos instantes, nadie habla.

—Mmm. —La voz me sale una octava demasiado alta—. No tengo uno.

—Un…

—Un novio. Ya no tengo.

—Ah. —Jacob se vuelve hacia Taj y hacia mí—. Ay, Arthur. Lo siento mucho.

—¡No, no pasa nada! —añado, un poco demasiado rápido—. Fue por mi culpa. Me preocupo por él, pero supongo que me di cuenta de que no estaba… No estoy enamorado de él. Aunque de verdad quería estarlo.

—Entonces parece que tomaste la decisión correcta —dice Jacob, con tanta sencillez que me desgarra de par en par.

Empiezo a vomitar toda la historia.

—Es una mierda, porque nos iba genial juntos, y ahora lo echo de menos. Mucho. Pero no siento todo lo que debería sentir. ¿Y cómo se puede arreglar eso? No lo sé, a lo mejor al final habríamos llegado a ese punto. —Se me forma un nudo en la garganta—. Supongo que en parte me afectó haberme dado cuenta de que todavía estoy bastante obsesionado con otra persona, lo cual, obviamente, no era justo para Mikey. Él no debería tener que esperar a que supere a Ben, que es mi otro ex. Mi primer ex. Pero con él tampoco va a haber nada. Va a seguir a su novio a Los Ángeles.

—¿Con seguirlo te refieres a que va a mudarse allí? —pregunta Taj.

Asiento y agacho la cabeza hasta que me quedo mirando mi mochila, y su superficie marrón parece desdibujarse un poco.

—No pasa nada. Es solo una de esas cosas que pasan, ¿verdad? El universo no tenía en mente que yo fuera su amor definitivo. Pasa mucho.

—Pero tú no le has olvidado —dice Jacob.

—Bueno, no. Estoy enamorado de él. —Se me rompe la voz un poco y me estremezco. No sé por qué me ha parecido que podía sonar despreocupado mientras lanzaba esa bomba. Frunzo los labios en algo parecido a una sonrisa—. Patético, ¿verdad?

—No, en absoluto —dice Taj.

—Tengo curiosidad. ¿Qué te hace pensar que ya no tienes ninguna oportunidad? —pregunta Jacob.

—¿Con Ben? —Lo miro de reojo y él asiente—. Bueno… Supongo que el hecho de que se vaya a mudar a California con su nuevo novio.

—Correcto. Novio, no marido —dice Jacob—. Lo de mudarse es algo definitivo, para siempre, solo durante el verano, ¿o qué?

—Bueno, él dice que por ahora solo será una prueba, pero no es que vaya a odiar vivir en California gratis con su superatractivo novio guionista de televisión. Es un escenario de ensueño.

—Claro, pero… Está bien, mira. Soy escritor. Tengo que plantearme esto como una historia. El chico del que estás enamorado se muda a California con otro chico. Esa es la narrativa, ¿verdad?

—Básicamente.

Jacob asiente.

—Así que la pregunta obvia es sobre la perspectiva, ¿correcto? ¿De quién es la historia que estamos contando? ¿Cuál es tu papel en todo esto?

—¿Soy el tipo que descubrió lo que sentía demasiado tarde?

—De acuerdo. ¿Eres el obstáculo? ¿California es el «felices para siempre»? O… —Jacob hace una pausa—. ¿Eres el tipo que va corriendo al aeropuerto para impedírselo? ¿Eres el protagonista?

—Yo… —Parpadeo—. ¿Cómo voy a saberlo?

—Una pista. —Jacob sonríe—. Es tu vida. Tú siempre eres el protagonista.

El corazón me da un vuelco, pero me controlo.

—Cierto, pero mi ex también es el protagonista de su propia historia. Y su novio también.

—Por supuesto —dice Jacob.

—Así que no es tan sencillo. No puedo declarar ser el protagonista solo porque quiero formar parte de esta historia.

—Exacto. No puedes controlar cómo se desarrollará. Y si Ben dice que no, se acabó. Pero si quieres formar parte de la historia, ¡hazlo! ¡Persíguelo hasta el aeropuerto!

—Creo que va a ir en coche.

Taj se inclina hacia mí.

—Es una metáfora. Te está diciendo que deberías ir a decirle a Ben cómo te sientes.

—¡Ah! Dios, no. Eso… Ya, no. Ja, ja. Ni hablar.

—¿Por qué no? —pregunta Taj.

—¿Porque no intento arruinar su felicidad? —Hago una mueca—. Tiene una nueva relación. No quiero interferir.

—Solo estarás interfiriendo si él también siente algo por ti —señala Taj.

—Ni siquiera le he dicho que Mikey y yo hemos roto. Es solo que no… —Me interrumpo, con el corazón acelerado—. Solo me preocupa ponerle las cosas más difíciles.

Jacob me mira.

—¿No te preocupa que te rechace?

—Me aterroriza que me rechace —le digo, sin dudarlo.

Estoy bastante seguro de que ya lo ha hecho.

Jacob no deja de repetirme que me vaya a casa, pero prefiero perderme en el trabajo; apenas bajo del escenario hasta que Jacob nos echa a las cinco. Han pasado horas desde la última vez que he mirado el móvil, pero lo oigo sonar en la mochila incluso antes de salir a la calle.

Es Jessie, que suele enviar mensajes, así que acepto la llamada a toda prisa.

—¡Hola! ¿Va todo bien? —pregunto.

—¿*Tú* estás bien? ¿Has recibido mis mensajes? —Su voz suena tan exasperada como preocupada, y me doy cuenta con una punzada que ya he oído esa combinación. En nuestro último año, durante las primeras semanas después de que Ben y yo rompiéramos.

—Totalmente bien. —Busco en la mochila los auriculares—. Lo siento, he estado en el escenario todo el día. Hemos estado trabajando en poner marcas y esas cosas.

—Ah, vale. Lo siento. Quería comentar lo del domingo, pero lo tienes todo en los mensajes. No quiero repetirme. Básicamente, te pregunto si podemos pasar lo de la noche del viernes con Grayson a una cena el domingo.

—Ningún problema. Me muero de ganas de conocerlo. —Me pongo los auriculares, así puedo leer los mensajes mientras hablamos.

—¡Yo también tengo ganas de que os conozcáis! Creo que os llevaréis bien —dice, y lo siguiente que sé es que está haciendo una lista de restaurantes, pero pierdo el hilo por completo cuando veo el mensaje de Dylan. **Seussical, sala de escape del viernes por la noche, noche de colegas. Allí te espero.** 😊

—¿Quedamos sobre las siete? —pregunta Jessie.

—Por supuesto. —Miro mi pantalla—. Oye, Dylan acaba de invitarme a una sala de escape el viernes.

—Ah, guay. Son muy divertidas. Fui a una en Providence.

—Sí, pero… —Doy un paso a la derecha para dejar que una familia me adelante por la acera—. ¿No crees que es raro que Dylan me invite a pasar el rato? ¿Y a una sala de escape? ¿Por qué iba a querer estar encerrado en una habitación con Ben y Mario? A menos que esté intentando sabotear el asunto de California…

Me detengo en seco, tratando de arrancar la pequeña semilla de esperanza que amenaza con echar raíces en mi cerebro. Porque incluso aunque Dylan esté intentando provocar algo, no es que Ben vaya a estar a favor. Al fin y al cabo, Dylan no tiene voto en la vida amorosa de Ben.

Y yo tampoco.

—Ah, sí. Bueno —dice Jessie—. No sé.

—Debería decir que no, ¿verdad?

—Claro, a menos que quieras ir…

—Por supuesto que no. —Hablo tan alto que un perro deja caer su palo—. Se acabó. No me hace falta enredarme más con ese grupo y sus liosas y extrañas amistades. Solo quiero pasar el rato con mi gente. Contigo y con Ethan. Y me muero de ganas de conocer a Grayson, y… Uy, casi he llegado al metro, pero escucha, sé que Grayson no puede, pero si todavía sigues queriendo hacer algo el viernes por la noche, dímelo. Estoy libre. Obviamente.

—Ah, eh, bueno… —Jessie duda—. Espero que esto no suene raro, pero… Esa noche he quedado con Samantha.

—¡Ah! —Asiento, lo cual siempre es una fantástica elección durante una llamada—. Sí, no. No pasa nada, genial. Eso es. Genial.

Me quedo mirando la pantalla durante treinta segundos enteros después de colgar.

Durante todo el viaje de vuelta a casa, en lo único en lo que puedo pensar es en mi última noche en Nueva York. Mi *primera* última noche, cuando Ben y yo pasamos toda la tarde estudiando química. Recuerdo cómo le temblaba la boca cada vez que acertaba una pregunta. ¿Ha habido alguna vez algo tan hermoso como la cara de Ben Alejo cuando está orgulloso de saber algo?

Me dijo la diferencia entre los cambios físicos y químicos, ni siquiera tuvo que mirar las tarjetas que habíamos preparado. Las reacciones físicas son un tipo de cambio sin importancia, los superficiales. Pero las reacciones químicas rompen enlaces y forjan otros nuevos, hasta que la composición de la sustancia cambia de forma irrevocable.

—Por ejemplo, hornear un pastel —dijo Ben—. Puedes interrumpir la cocción a la mitad, pero no recuperarás los ingredientes. Es un cambio químico.

Ver también: la amistad de Jessie con Samantha. Los mensajes que me manda Dylan. Y el hecho de que no puedo hacer ni un solo viaje en metro sin pensar en Ben, porque se ha entrelazado con todas las células de mi cerebro, y empiezo a pensar en que ha reconstruido mi corazón desde cero.

31

BEN

Viernes 3 de julio

Estoy listo para jugar.

Hace un tiempo que no participaba en una sala de escape. Adoro los juegos, pero a veces me da la sensación de que hay mucha presión para resolver el rompecabezas, y no me gusta que me vean como alguien que no es lo bastante inteligente. Esta inseguridad es también la razón por la que odio el *Scrabble*. Todo el mundo me jura que se me dará genial porque soy escritor, como si eso me permitiera conocer hasta la última palabra en el idioma humano. Luego me quedo petrificado y juego con palabras como «palo» y «coche». La única partida de *Scrabble* que no hizo que me entraran ganas de romper cosas fue la que jugué en línea contra Arthur el último año de instituto. Ambos perdimos el interés casi de inmediato y acabamos haciendo capturas de pantalla del tablero para poder escribir un montón de palabrotas con una aplicación para editar fotos.

¿Pero sabes qué? Estoy bastante seguro de que tampoco odiaría el *Scrabble* con Mario. Apuesto a que incluso sería relajante jugar contra él, porque sé que no le importa si mi mayor contribución al *Scrabble* es una palabra de tres letras. Igual que no le importará si no contribuyo en esta sala de escape.

Estamos todos en el vestíbulo, esperando al infame Patrick. Mario está mandando algunos mensajes desde el sofá naranja. Dylan está mirando la tabla de clasificación y murmurando que será imposible que ganemos con Patrick en nuestro equipo. Yo examino la cesta llena de signos de victoria/derrota de gomaespuma, emocionado por ver cómo se desarrolla todo esto.

—Increíble —dice Dylan—. Qué tarde llega el tío.

—¿Por qué lo has invitado? —pregunta Mario, levantando la vista de su teléfono—. Pareces odiarlo.

—Porque quiero a mi novia y… —Dylan imita unas comillas en el aire y dice en tono burlón—: Tengo que ser amable con su mejor amigo porque ella lo es con el mío. —Pone los ojos en blanco y me señala—. ¿Quién no iba a querer a este ángel pecoso?

—Muy cierto —dice Mario.

Esas palabras me impactan de manera diferente. ¿Está intentando decir que me quiere? Es decir, ¿las personas se mudan juntas si no están enamoradas? ¿Se trasladan al otro lado del país si no están enamoradas? Tengo que hacerme la misma pregunta: ¿quiero a Mario?

Me encanta pasar tiempo con él, me encanta lo bien que encajamos, pero ¿le quiero?

Debería saberlo.

El empleado de la sala de escape, Liam, sale de detrás del mostrador mientras se limpia las gafas.

—Vuestra partida empieza en tres minutos. ¿Ha llegado ya vuestro cuarto jugador? —pregunta con acento británico.

—Fantástica pregunta, Liam. Déjame llamar a ese cabrón —dice Dylan.

Saca su teléfono justo cuando entra un chico con aspecto de modelo. Tiene el pelo negro y rizado, una mandíbula fuerte, ojos castaños llenos de disculpas y está tan pálido que creo que puedo distinguir un rastro de protector solar en su cara. Es como un vampiro triste.

—Dylan, tío, lo siento mucho. Le echaría la culpa al metro, pero debería haber salido media hora antes.

Es Patrick.

—No pasa nada —murmura Dylan.

—Vosotros debéis de ser Ben y Mario —dice Patrick, dándonos un apretón de manos a la vez—. Dylan siempre habla de vosotros.

—Él también nos ha hablado un poco de ti —digo.

Patrick se lleva la mano al corazón.

—Qué dulce.

El tono de llamada de Mario empieza a sonar muy fuerte.

—Es la empresa de mudanzas —dice—. Un momento.

—Pero…

Sé que lidiar con el tema del camión de mudanzas es muy importante, en especial porque Mario ha adelantado la fecha de su mudanza al lunes. Pero tengo muchas ganas de este recuerdo con él.

Guardamos nuestras pertenencias en los casilleros y Liam se lanza a contarnos lo que se debe y no se debe hacer en las salas de escape mientras esperamos a Mario, quien, por fortuna, ya sabe jugar. Las reglas son simples: tenemos una hora para escapar y podemos pedir pistas en cualquier momento.

—El tema es el virus Z —dice Liam, pasándose una mano por su pelo rubio—. Una pandemia mundial está convirtiendo a la gente en zombis. Cosas muy aterradoras. Vuestra misión es explorar el laboratorio abandonado y escapar con el antídoto. O se acabará el mundo.

Patrick finge temblar de miedo.

—¡Una misión a nuestra medida!

Dylan finge apuñalar a Patrick por la espalda.

—¿Estáis listos para empezar? —pregunta Liam, abriendo la puerta de la sala.

—Ah, bueno, Mario debería volver en cualquier momento —digo.

Liam consulta su reloj.

—Hay una fiesta después de vosotros. Tenemos que empezar.

Dylan pone los ojos como platos.

—¿Qué pasa si no conseguimos escapar?

—¿Qué quieres decir? —pregunta Liam en tono cortante.

—Me parece que la pregunta está muy clara.

—¿A nivel narrativo o en la vida real?

—¿Ambas cosas? —pregunta Dylan.

—A nivel narrativo, morís. En la realidad, os dejamos salir.

Dylan asiente con la cabeza, despacio, como si estuviera digiriendo la respuesta.

—¿Y si…? —Se gira hacia la puerta principal, al otro lado de la cual Mario sigue hablando por teléfono—. ¿Y si no queremos salir de la habitación?

—¿Estás intentando retrasarlo? —pregunta Liam.

—Cómo te atreves…

—Bueno, habéis reservado esta hora. Si no entráis ahora, os cobraremos igual. Tenéis treinta segundos antes de que cierre la puerta.

Dylan emite un gruñido. Se gira hacia Patrick y hacia mí.

—Así que solo estamos nosotros…

Patrick se frota las manos.

—¡Qué emoción! Es mi primera vez. —Entra.

—Mátame —pide Dylan.

—Diez segundos —dice Liam.

—Voy a por Mario —digo.

Dylan me agarra de la muñeca y me arrastra al interior.

Liam cierra la puerta detrás de nosotros.

—¡D!

—De ninguna manera pienso quedarme encerrado a solas en una habitación con Patrick durante una hora entera —susurra Dylan.

—Y ahora yo no tengo a Mario.

—Vivirás. —Dylan señala a Patrick—. Él no habría sobrevivido.

Menuda mierda. No podemos salir antes sin perder. A lo mejor Liam demostrará tener buen corazón y romperá las reglas para dejar que Mario entre.

En el laboratorio hay una luz roja parpadeante en el techo y el ruido lejano de una alarma. Huele a espuma de poliestireno y pintura. Hay un poco de sangre falsa seca sobre algunos documentos y una lupa sucia. Patrick se pone una bata de laboratorio con una manga rasgada.

—Esto es genial —dice Patrick.

Dylan mueve los labios para imitarlo en silencio.

—¿Por dónde empezamos? —pregunto, ignorándolo.

Patrick levanta un botiquín de primeros auxilios.

—A lo mejor esto es una pista.

—Lo dudo —dice Dylan.

Examino el botiquín de primeros auxilios y tiene un candado de combinación. Está claro que es relevante. Nos ponemos a buscar los números que necesitamos y Patrick no tarda nada en encontrarlos en los documentos sangrientos. Le concedo el honor de abrir el botiquín. Encontramos unos guantes, un estetoscopio, un vial y una llave.

—Ja, le han puesto un candado a la llave —dice Patrick—. Muy inteligente. —Empieza a dar vueltas por la habitación con la llave—. Deberíamos buscar la cerradura.

—Sherlock Holmes —murmura Dylan.

—D, solo está jugando. Compórtate.

Al otro lado de la sala, Patrick intenta abrir todos los cajones del escritorio. Dylan y yo revisamos algunos armarios.

—Siento lo de Mario. El estrés de la mudanza empieza a afectarlo.

—Y ahora tenemos que sobrevivir al apocalipsis zombi… y a Patrick.

Zombis inexistentes y una de las personas más amables del planeta. ¿Cómo sobreviviremos?

Algunos de nosotros tenemos escapes reales en los que pensar.

Sigo pensando en lo difícil que me resultó ver a Arthur y a Mikey en el desfile del Orgullo. Supongo que siempre pensé que sería el que acompañara a Arthur en su primer Orgullo en Nueva York. Es como si tuviera una caja entera llena de momentos hipotéticos con Arthur escondida en algún lugar de mi cerebro. En su mayoría cosas aleatorias, como tallar calabazas o lavar platos. O incluso simplemente darnos la mano por la calle o entrelazar los brazos como hacían Arthur y Mikey.

A veces parece que Arthur ya está viviendo la vida que siempre pensé que compartiríamos.

Pero sé que esos «y si» no son reales. Lo que es real son los recuerdos que voy a hacer en California. Con Mario.

—D, tengo algo que contarte.

—Ya sé que eres gay.

—Quiero ser el primero que te diga esto. Creo que a lo mejor me voy con Mario el lunes.

Dylan deja de hurgar en el armario.

—¿Qué?

—Ir en coche me ahorraría mucho dinero.

—Nunca te han interesado los viajes por carretera.

—Estoy intentando cambiar mi vida.

Dylan niega con la cabeza.

—No puedes. Hay una barbacoa en casa de Samantha el próximo fin de semana y te necesito allí.

—¿Por…? —Señalo a Patrick, que está jugando con las manecillas de un reloj—. No te pasará nada.

—No, que le den. Tienes que venir. Puedes mudarte después de que me haya ido, pero ahora estoy aquí.

Cierro el armario.

—Dylan, ¿no quieres que yo tenga lo que tú tienes?

—¡Sí! Pero también quiero que… —Dylan respira hondo una vez, luego otra, y empieza la cuenta regresiva en capuchinos—. Ocho capuchinos, siete capuchinos, no puedes irte. Confía en mí, Ben Hugo Alejo. Te necesito aquí. Te conseguiré el dinero para el vuelo a Los Ángeles después del próximo fin de semana. Pero no puedes dejarme todavía.

Me estoy poniendo nervioso. No está haciendo ninguna broma sobre que me necesita cerca para hacer el amor. Y la respiración no deja de acelerársele.

—¿Qué está pasando?

—Tú no te vayas y ya está.

—¡Dime por qué debería quedarme en esta ciudad que no me deja estar en paz!

—Porque Samantha y yo vamos a celebrar una boda sorpresa el próximo fin de semana porque también estamos embarazados, ¡sorpresa! Ella está embarazada, no yo, pero ya lo pillas. Y me ha pedido que no hablase del embarazo con nadie, ni siquiera contigo, porque hemos estado intentando resolverlo todo. Su familia no nos ha dejado en paz, pero ahora ya sabes, ¡necesito a mi padrino para la boda! Y sería maravilloso si el padrino no se mudara a Los Ángeles, ya que vamos a volver a mudarnos a Nueva York para que nuestras familias puedan ayudarnos, incluyéndote a ti, ¡el padrino del bebé!

Todo queda en silencio excepto por el ruido de la respiración de Dylan y los zombis que golpean la puerta desde fuera.

—¿Necesitáis una pista? —pregunta Liam por el altavoz.

Patrick levanta la mano con timidez.

—Sí, por favor.

Dylan se gira con mucha brusquedad, hablando por encima de Liam.

—¿Por qué no estás interesado en la bomba que acabo de lanzar?

Patrick se estremece.

—Samantha ya me lo había contado…

—¿QUÉ? —La cabeza de Dylan parece a punto de explotar—. Yo no tenía permitido contarlo… Ben, ¡será mejor que te presentes en mi boda y objetes!

—No pienso hacer eso.

—Bien, la dejaré plantada.

—Estaba asustada —dice Patrick—. Nos conocemos de toda la vida…

—Yo conozco a Ben desde antes de la vida —dice Dylan.

—¿Samantha está bien? —pregunto.

—Está bien y el bebé está genial y todo eso.

—Espera. —Lo agarro por los hombros—. Vas a ser padre.

Dylan llora y yo también.

¡Mi mejor amigo va a ser padre y marido!

Patrick resuelve un rompecabezas y sale una ráfaga de vapor de la pared.

—He abierto un respiradero —dice, luego se arrastra hacia él y desaparece.

—No estarás aquí —dice Dylan—. Siempre he creído que estarías aquí.

—Oye, no me voy a ir con Mario esta semana, no te preocupes. Estoy aquí. Ojalá hubiera podido apoyarte todo este tiempo.

—Ben Alejo, te quiero. Nunca haría esto sin ti. Es decir, *he tenido* que hacerlo sin ti, pero no *podía* hacerlo sin ti. —Dylan me agarra la mano—. Has estado ahí en todos los momentos importantes. Hice que te probaras un traje para poder encargarte uno a medida. La degustación de café fue para la recepción. La noche de micrófono abierto fue para que pudiéramos ver a la banda tocar en vivo. Lo de la floristería también era para la boda. Y esto —señala la sala de escape—: ¡es mi despedida de soltero!

Su mente es muy extra.

—Dios mío, va a haber otro como tú.

Dylan sonríe como ese emoticono del diablo.

—Siento mucho haber cancelado planes tantas veces. Entre las citas con el obstetra y lo agotados que hemos estado después de pelearnos con su familia y decidir volver a mudarnos aquí, hemos tenido mucho con qué lidiar. Mis padres también nos han frustrado mucho. Odiaba no poder hablar contigo sobre esto, pero creía que no se lo diríamos a nadie hasta… —Dylan echa un vistazo a su alrededor—. ¿Dónde está Patrick? ¿Lo han pillado los zombis?

Patrick sale arrastrándose por el conducto de ventilación con un pequeño vial.

—He resuelto el misterio.

—¿Tú solo? —pregunto.

—Sí.

—Bien hecho.

—Liam le ha ayudado —dice Dylan.

A continuación, la voz de Liam sale por el altavoz:

—No, en absoluto. Tú has hablado por encima de mi voz. Ah, y felicidades por la boda. Y el bebé.

Dylan mira a la cámara y murmura:

—Felicidades por tu boda y tu bebé.

—No ha sido tu mejor réplica —le digo.

— Cerebro de padre.

Patrick pone el vial dentro de una gradilla para probetas y la puerta se abre.

—¡Lo hemos conseguido!

No ha sido exactamente un esfuerzo grupal, pero es dulce por su parte incluirnos.

Mario está en el vestíbulo y salta del sofá cuando nos ve.

—¡Alejo!

—Hola. ¿Todo bien con la empresa de mudanzas?

—Todo saldrá bien, pero siento mucho haberme perdido la sala de escape.

Rodeo con un brazo los hombros de Dylan.

—Eso no es lo único que te has perdido.

32

ARTHUR

Domingo 5 de julio

No puedo dejar de mirar a Jessie, estupefacto.

—¿Embarazada como en *embarazada*? ¿De un bebé?

—Bueno, espero que eso sea lo que hay ahí.

—Y se van a casar. —Me deslizo a su lado en el sofá de dos plazas y tiro de una manta marrón peluda para colocarla sobre nuestras piernas y pies recogidos. Mi nueva rutina matutina favorita en fin de semana: el oso pardo de dos cabezas.

Jessie tiene en las manos una taza de café.

—Sí. Casados. En menos de una semana.

—¡Pero tienen nuestra edad! ¿Cómo ha pasado esto?

—Bueno, cuando dos personas se quieren mucho, mucho, mucho…

Le doy una patada rápida debajo de la manta.

—Me refiero a que cómo es que nos enteramos de esto ahora.

—Ni siquiera tenían pensado contárselo a nadie tan pronto. Fue por culpa de un conjunto de acontecimientos. Estábamos en casa de los padres de Samantha. —Jessie hace una pausa para tomar un sorbo de su café—. Éramos su hermana, yo, y algunas otras personas, y Samantha había organizado todo un torneo de vidcojuegos. Así que llevábamos unas tres horas jugando, y el teléfono de Samantha empieza a sonar, y al principio lo ignora, porque está enfrascada en hacerle morder el polvo a su prima Alyssa, pero luego vuelve a sonar. Entonces se aleja un poco para investigar, y es Dylan, y se sienta en el futón a hablar con él, muy bajo, y en un momento dado pone *esta* cara. —Jessie mira al techo y deja la boca abierta—. Entonces cuelga y durante un minuto se queda mirando al vacío, y obviamente todos nos preocupamos un poco. Pero entonces se ríe y dice: «Supongo que tengo algo que contaros».

Mi mano vuela hasta mi boca.

—¿Dylan le propuso matrimonio por teléfono?

Jessie se limita a mirarme.

—Arthur.

—¿Te refieres al *embarazo*? ¿Cómo iba a saberlo él antes que ella?

—¿Lo preguntas en serio? —Asiento con la cabeza y ella cierra los ojos muy despacio—. Tu despiste es verdaderamente innovador. Lo sabes, ¿verdad?

—Suena como un cumplido, pero no estoy seguro de que lo sea.

—No lo es. —Jessy se ríe—. Mierda, te quiero mucho. Sí, resulta que Samantha, la persona que lleva al bebé dentro de su cuerpo, era consciente del embarazo...

—¡Algunas personas no lo saben! Hicieron una serie entera sobre...

—¿Quieres que te lo cuente o no?

Asiento a toda velocidad y hago la pantomima de cerrarme los labios con cremallera.

—Está bien, resulta que Samantha está embarazada como de cuatro meses, pero solo se lo habían contado a la familia inmediata, porque... Bueno, es una larga historia, pero básicamente el plan era anunciar el embarazo en su boda, que *también* era una sorpresa; han estado diciéndole a la gente que es una barbacoa.

Parpadeo mientras pienso en el repentino interés de Dylan en poseer un elegante traje de Bloomingdale's.

—Déjame adivinar: la prima de Samantha no va a casarse.

—Alyssa tiene doce años —me informa Jessie.

Presiono la mano contra mi mejilla.

—Entonces, ¿por qué han decidido anunciarlo todo este fin de semana?

—No creo que tuvieran la intención de hacerlo. Parece posible que a Dylan le entrara un ataque de pánico y simplemente se le escapara. No es que lo tuiteara ni nada, pero se lo contó a Ben y a Patrick y…

Mario, pienso, pero me sacudo el pensamiento de encima.

—¿Dylan está bien?

—Sí, totalmente, es solo que se sintió mal. Pero creo que les emociona poder hablar por fin de ello.

—Guau. —Me entierro más debajo de la manta.

—Lo sé.

—¿Qué van a hacer con la universidad?

—No estoy segura —dice Jessie—. No creo que lo tengan completamente decidido. El bebé nacerá en diciembre, así que supongo que intentarán tener un semestre normal. Pero después de eso, ni idea.

—Supongo que debería escribir a Samantha, ¿no? Y a Dylan.

Pero cuando desbloqueo el teléfono, el nombre que busco es el de Ben.

Acabo de enterarme!! Dios mío, escribo. **NO TE EQUIVOCABAS al creer que le pasaba algo a Dylan!!!!!!**

Ben responde de inmediato. **LO SÉ. Ni siquiera me parece real todavía. Ahora soy el tío Ben?**

Un instante después, añade: es solo que no tengo ni idea de cómo hacer esto. Literalmente estoy en una tienda de bebés ahora mismo y todo es agresivamente mono pero muy abrumador, en plan, cómo sé qué quiere el bebé?? Ni siquiera ha nacido todavía

Sonrío hacia mi teléfono. Jaja ni idea. supongo que también debería comprarles algo en algún momento, ¿no?

ESPERA, escribe Ben. Estás en casa? Estoy en el upper west side, en Columbus con la Ochenta, justo enfrente del museo. Te vienes conmigo?

De compras para el bebé con Ben.

Un domingo por la tarde.

Como un par de padres recién casados. Y si…

No. Ni de broma. Mariposas, largaos de mi estómago. Esta vez no pienso albergar esperanzas de ningún tipo sobre un gran momento, cuando sé perfectamente que lo más probable es que Ben esté justo al lado de Mario en este preciso instante.

Veinte minutos después, veo a Ben absorto en su teléfono en el exterior de un conjunto de boutiques de aspecto caro. Pero se lo guarda en el bolsillo y me abraza en cuanto me ve.

—Justo a tiempo —dice—. Los de esa tienda estaban empezando a mirarme de reojo con bastante mala leche. Creo que piensan que soy un delincuente de tiendas de bebés.

Me río, sintiéndome un poco mareado ya.

—He oído que son una verdadera plaga en esta ciudad.

—¿Los crímenes en tiendas de bebés?

—Creían que todo acabaría una vez que atraparan al bandido del peto, pero…

—Qué monada. —Me da un codazo suave—. ¿Entramos?

—¡Por supuesto! Es decir, a menos que quieras esperar a que llegue Mario.

—Ah, no, está haciendo las maletas. —Ben se rasca la nuca, repentinamente azorado. Creo que luego me pasaré a ayudarlo. —Hace una pausa—. O no. Supongo que ya lo tiene casi todo hecho. Nosotros… Mmm. Iba a irse mañana, pero ha retrasado la mudanza una semana. No puede perderse la boda de Dylan.

—Claro que no. —Lo sigo al interior de la tienda, tratando de ignorar la punzada que siento en el pecho. *Nosotros*—. Tenías razón, este sitio es agresivamente monísimo. —Miro a mi alrededor, absorbiendo las lámparas esféricas y las mesas de exhibición de color blanco brillante que albergan bodis y ropa de cama expuestos con mucho arte.

Ben señala una pila de mantas orgánicas, cada una estampada con una ilustración diferente.

—Mira, de esto te hablaba. ¿Al bebé le gustan los *macarons*? ¿Tiene siquiera sistema digestivo a estas alturas? ¡Quién sabe!

Sonrío.

—Bueno, pero tienen unicornios. ¡Y narvales!

—Ni de coña. No permitiré que Dylan se burle de mí durante otros seis meses contándome que los narvales son reales.

—Espera, ¿Dylan cree que los narvales son reales?

Ben inclina la cabeza.

—Son reales.

—Bueno…

Ben se echa a reír.

—¿Verdad? ¡Eso fue lo que yo dije! Arthur, fue horrible. Tenía toda una escena acuática planeada para la secuela de *La guerra del mago maléfico*. Se la fui a contar a Dylan, estábamos en vacaciones de Navidad, y se puso en plan: Benion, te quiero, pero no puedo permitir que pongas un narval en una escena que pasa en el Caribe. Así que, como un imbécil, empecé a hablar de que es mi «interpretación de una criatura de fantasía», y Dylan, joder, se puso como loco. Se rio tan fuerte que creía que se estaba ahogando. Porque resulta que... —Ben saca su móvil, escribe en la barra de búsqueda y lo levanta para enseñarme la pantalla.

Es una fotografía de una ballena con un cuerno largo y puntiagudo.

—ESPERA...

—Absolutamente, ciento por ciento, real.

—No tenía ni idea.

Ben hace una mueca que de alguna manera parece mitad sonrisa y mitad mueca.

—Somos las únicas dos personas sobre la faz de la Tierra que no lo sabían.

—La vida viene a por uno a toda velocidad.

—Hablando de eso. —Ben deja escapar una risita rápida y falta de aliento—. ¿Te puedes creer que Dylan y Samantha hayan planeado una boda justo delante de nuestras narices?

—Lo sé. Menudas leyendas.

—Vendrás, ¿verdad? ¿Vas a traer a Mikey? —pregunta—. No sé si Dylan ha hablado ya contigo, pero tened claro que estáis más que invitados.

Me quedo petrificado.

—Mmm. Yo... no llevaré a Mikey. Porque... —Me muerdo el labio—. Como que hemos roto.

La mano de Ben se queda inmóvil sobre un mono con estampado de flores.

—¿De verdad?

—Sí. Hace como dos semanas. ¿Cuando estuvo aquí?

Genial. Me encanta el discurso que estoy dando. El rey de la confianza.

Ben abre la boca, la cierra y la vuelve a abrir.

—¿Estás bien?

—Sí. Claro. Fue después de todo lo del micrófono abierto. Me di cuenta… La verdad es que no quiero entrar en detalles, pero digamos que no estaba funcionando, así que se lo dije y… —Me encojo de hombros—. Eso es todo, más o menos.

—No tenía ni idea.

—Lo siento. No quería soltártelo así. Tienen mucho que hacer.

—Eso no es… —Ben niega con la cabeza—. No hagas eso. No tienes que ocultarme esas cosas. Quiero poder apoyarte.

—Lo sé. Es que es complicado. Pero, de verdad, estoy bien.

Ben se queda en silencio un momento, con el ceño fruncido.

—Lo siento, solo estoy… —Me estudia por un instante, casi como si estuviera decidiendo si decir algo o no—. Habría jurado que os vi juntos en el Orgullo.

—Espera, ¿qué?

—A lo mejor fue una alucinación. ¿Cerca de Strand? Estábamos esperando a que Dylan y Samantha terminaran de ir al baño. Otra vez.

—¡Estuve en Strand! Pero no con Mikey. ¿Estás seguro de que no viste a Ethan? Estuvo en la ciudad ese fin de semana.

Ben entrecierra los ojos.

—¿Llevaba un sombrero? La verdad es que no lo vi muy de cerca…

—¡Sí! ¡Un sombrero de *Queer Evan Hansen*!

—¡Ah! —Los ojos de Ben se agrandan—. ¿Ethan es…?

—Digamos que tuvo una epifanía. —Sonrío.

—Bien por él —dice Ben, y luego mira hacia arriba con un sobresalto—. Espera, ¿vosotros estáis…?

—¡Dios mío, no! —Me echo a reír—. Eso sería como si tú salieras con Dylan. Está bien, mal ejemplo, porque puedo imaginarte perfectamente saliendo con Dylan…

—¿Me permites recordarte que estamos, literalmente, justo en este momento, eligiendo regalos para el bebé que va a tener con su prometida, con quien se casará el próximo fin de semana?

—De acuerdo, es justo, pero no estoy saliendo con Ethan. Soy un joven becario soltero.

Ben sonríe.

—Los becarios son geniales. Además, ¡guau! Menos de dos semanas para el estreno, ¿eh?

—¡Sí, el diecisiete! Y el primer ensayo general es dentro de cuatro días.

—Joder. ¿No estás flipando?

Me río.

—¿Es raro que crea que irá muy bien? Acaban de revelar los carteles promocionales y me tienen obsesionado. ¿Quieres verlos? —Encuentro la imagen en el móvil y lo sostengo en alto.

Ben abre los ojos como platos.

—Espera, ¿esos son...?

—Amelia Zhu y Em...

—Me estás diciendo... Todo este tiempo, cada vez que mencionabas a Emmett y a Amelia... —Niega con la cabeza, con pinta de estar conmocionado—. ¿Emmett Kester sale en tu obra?

—¡Sí! Es increíble y superamable...

—¿Has hablado con él? —La voz de Ben aumenta una octava completa, como la camarera de aquel restaurante. Ben, el gran fan del teatro.

No sé si quiero reírme o besarlo o ambas cosas.

Definitivamente ambas cosas.

—Si vienes a ver la obra, puedo presentártelo —le digo, esperando que mis mejillas no estén tan rojas como las siento.

Algo parpadea en sus ojos.

—En realidad. Mmm. Creo que ya estaré en California para entonces.

—Ah. —Intento sonreír, pero apenas dura una milésima de segundo.

—Ya. Lo siento, todavía no se lo he dicho a la mayoría de la gente, pero creo que iré con Mario cuando él se vaya. Después de la boda.

Por un momento, ninguno de los dos habla.

—Así que de verdad te vas, ¿eh? —digo al final.

—Todavía no lo he asimilado del todo.

Me agarro al borde de la mesa más cercana.

—Supongo que entonces deberíamos aclararnos con el regalo del bebé. Seguro que tienes que hacer las maletas.

—Sí… —Se le ponen rojas las mejillas—. No, eso…

—Voy a por la manta de narval —digo a toda velocidad, obligándome a sonreír—. Le diré a Dylan que ha sido idea tuya.

—Imbécil. —Ben sonríe.

Escogemos una manta cada uno y las llevamos al mostrador para pagar: yo con tarjeta, Ben con un fajo de efectivo enrollado con una goma elástica. Entonces Ben se salta la estación de metro de la calle Setenta y Nueve y me acompaña hasta mi edificio.

Me detengo en la puerta.

—¿Supongo que te veré en la boda?

—¡Pues claro! O antes. Ya me dirás qué planes tienes esta semana.

Lo observo caminar por la calle Setenta y Cinco hasta que desaparece en un giro a la derecha en Broadway. Va a hacer las maletas para irse a California.

Menuda persecución por el aeropuerto, ¿verdad? Joder.

Me siento totalmente vacío, no me queda ni una gota de aire en los pulmones.

Se va.

Le he contado lo de Mikey y ha dado igual. No creo que me hubiera dado cuenta siquiera de cuánta esperanza había depositado en eso. Como si Ben fuera a abandonar de repente todos sus planes de irse a Los Ángeles. Como si Mario fuera algún tipo de «plan B».

Se va a ir de verdad.

Nueva York va a ser solo otra ciudad sin Ben. Nueva York sin ninguno de sus «¿y si?». ¿Para qué venir aquí siquiera? ¿Por qué intento fingir que este es mi sitio?

No soy un puto neoyorquino.

Solo quiero irme a casa.

PARTE TRES

Podemos ser nosotros

33

BEN

Domingo 5 de julio

No puedo apartar la mirada de las cajas que hay en la habitación de Mario.

Hay un montón de cajas en el sótano. La mayor parte de las cosas se las llevará a Los Ángeles; también hay algo de ropa de invierno que sus hermanos no querían y que va a donar a un albergue local. No puedo dejar de pensar en mi ruptura con Hudson y en la caja con sus cosas, lo que me llevó a Arthur, a quien mandé de vuelta a su casa en Georgia con una caja de la amistad. A veces las cajas guardan despedidas. Y a veces guardan nuevos comienzos.

—Alejo —dice Mario, que finge ser un cañón de camisetas.

Atrapo la camiseta al vuelo y la desenrollo. Pone *Mago en Los Ángeles* y un dibujo de una varita subraya las palabras.

—Es increíble. Gracias.

No puedo creer que esto esté pasando de verdad. Me voy a Los Ángeles. Podría ponerme esta camisa el día de la mudanza. Luego, ¿cómo será mi vida? Estar tirado en la playa con Mario, leyendo los libros y guiones del otro podría ser increíble. Podríamos pasar más tiempo en restaurantes y así podría intentar pedir la comida en español y dejar que Mario me ayude cuando sea necesario.

Aunque suene todo muy divertido, me pone nervioso tener que decir adiós a todos los que conozco. A mi madre, a mi padre. Dylan, Samantha. Sobre todo, ahora que justo estoy recuperando a mi mejor amigo.

Y luego está Arthur. Ni siquiera sé si voy a dejar atrás ese adiós de una pieza.

No ayuda que Arthur haga que me cuestione hasta la última de mis decisiones. No he dejado de darle vueltas al tema desde que me ha dicho que él y Mikey han roto. Es decir, es obvio que no tiene ningún sentido. Es demasiado tarde para los «¿y sí?».

Pero los «¿y sí?» no dejan de aparecer.

Estoy cerrando otra caja con cinta aislante cuando veo algo por el rabillo del ojo. Es el oso de peluche que Arthur ganó en la máquina de Dave & Buster's y que le regaló a Mario. Fue la noche en que yo creía que conocería a Mikey.

Supongo que me resulta difícil creer que la ruptura con Mikey sea definitiva. Es decir, ni siquiera puedo dejar que mi mente vaya allí con Arthur. No puedo reescribir mi próximo capítulo solo porque él vuelva a estar soltero. ¿Dónde me dejará eso cuando Arthur y Mikey decidan inevitablemente ir a por la tercera ronda?

Cierro la caja con cinta adhesiva y me quedo mirando al vacío.

—¿Estás bien? —pregunta Mario.

—Estoy bien. O sea, *estoy bien*. Solo pensaba en que serás la única persona a la que conozca en Los Ángeles.

Mario sonríe.

—Hay peores personas que conocer.

—Prefiero no quedar con esas personas.

—No lo haremos, pero hacer nuevos amigos es parte de la aventura. Es la experiencia que estabas deseando cuando querías hacer la carrera en otra parte. Toda la gente a la que quieres estará aquí cuando vuelvas. Así que, ¿qué te está asustando?

Tiene razón. Vuelvo a mi metáfora de la caja, a veces las cosas se quedan sin salir de la caja durante un tiempo. No te las llevas contigo, pero tampoco las tiras. Te están esperando cuando vuelves a casa. Es el caso de mi familia, Dylan y Samantha.

Pero no todos a los que quiero estarán aquí cada vez que vuelva.

—¿Qué pasa si no funciona? —pregunto.

—¿Si no funciona el qué?

—Lo nuestro —digo.

Estoy tan acostumbrado a ser el que intenta recordar una palabra en español que nunca he visto a Mario sin palabras.

—Es solo que nunca hemos hablado de una relación seria, Mario. Y enseguida me iré a casa a preparar las maletas para seguirte al otro lado del país.

—Yo no lo veo como si me siguieras al otro lado del país. Estás escapando de la ciudad que has dicho numerosas veces que te asfixia.

—Supongo que me preocupa que mudarme a otro sitio tampoco vaya a ayudarme a respirar.

Mario no deja de empezar frases y luego las abandona a la mitad. Está claro que no está preparado para esta conversación. Ni siquiera yo tenía pensado sacar el tema. Durante mucho tiempo he querido asegurarme de no perturbar el ambiente porque quiero que me quiera, que vea que no soy complicado. Es muy difícil encontrar a un tío como él. Somos tan compatibles que me siento como si estuviéramos hechos el uno para el otro. Pero, entonces, ¿por qué esta decisión no me resulta más fácil?

—Todavía puedes echarte atrás —dice—. Aunque si decides quedarte aquí, no estoy seguro de que sea capaz de llevar una relación a larga distancia.

¿Me voy a arrepentir tanto de no seguir con Mario como me pasó con Arthur si no me voy con él? No estoy seguro de querer descubrirlo. Me llevó mucho tiempo recuperarme de esa ruptura y no quiero volver a encontrarme en la misma situación, sea la relación oficial o no.

—Lo entiendo —digo.

Luego se hace el silencio. Es probable que ni siquiera dure mucho rato, pero es incómodo. Siento que me he equivocado. Debería haberme callado, haber sido feliz y haber dejado que todo saliera bien.

—Podemos seguir hablando de esto —dice Mario.

—No, estoy bien. Es solo que es una semana importante, también por la boda de Dylan.

—También acabas de descubrir que tiene un hijo en camino. Es mucha cosa, Alejo.

—También tengo miedo de perderme eso.

—Estarán a un vuelo de distancia. Es Los Ángeles, no Marte —dice mientras esboza su primera sonrisa desde el giro que ha dado esta conversación.

La cuestión es que Los Ángeles podría ser Marte. No dispongo de dinero suficiente para subirme a un avión cuando quiera, y eso hará que parezca que mi mejor amigo está a planetas de distancia.

—Claro —digo para no sacudir más la barca.

Voy a hacer que esto funcione. Conseguiré un trabajo en Los Ángeles. Crearé una cuenta de ahorros especial específica para visitar Nueva York. Terminaré mi libro y, con suerte, lo venderé por mucho dinero y podré tener lo mejor de ambos mundos.

—Es tu vida. Tú eliges cómo vivirla, Alejo —dice Mario, descansando las manos sobre mis hombros—. Solo asegúrate de vivirla por ti mismo y no por otros.

34

ARTHUR

Martes 7 de julio

La llovizna vespertina se convierte en lluvia torrencial en cuanto llego a Tompkins Square Park. Tendría que haber sabido que el universo daría el toque final perfecto a este momento de mierda. Esta podría ser la última vez en mi vida que esté a solas con Ben Alejo y ahora apareceré empapado y jadeante, como un señor Darcy triste y gay.

Corro hacia la primera estructura que veo: mitad cenador, mitad estatua, con la palabra CARIDAD grabada en mayúsculas cerca del techo. Hay una fuente de agua en el medio y la lluvia se cuela por sus laterales abiertos de par en par. Pero es suficiente refugio para proteger mi móvil y el regalo para Ben, así que por ahora me sirve.

Me tiemblan las manos, así que llamo en lugar de mandarle un mensaje.

—¡Hola! Lo siento, guau, la lluvia hace mucho ruido. ¿Me oyes?

—¿Estás bien? —pregunta Ben—. ¿Dónde estás?

—En Tompkins Square Park, y está lloviendo, pero estoy en un cenador, así que voy a esperar un poco…

—Un cenador… —Hace una pausa—. ¿Hay una mujer de bronce encima?

—¡Sí! Y un montón de palabras virtuosas.

Se ríe.

—De acuerdo, espérame ahí. Voy a por un paraguas y luego iré a buscarte.

—¿Qué? Ben, no…

—Ya estoy en camino. ¡Nos vemos en un segundo!

Contemplar la lluvia me aturde tanto que se me ponen los ojos vidriosos y ni siquiera me fijo en Ben hasta que está justo enfrente de mí, sosteniendo un paraguas con estampado de pavo real. Sonríe cuando me pilla mirándolo.

—Es de mi madre. Es demasiado llamativo, lo sé, pero es el más grande que he podido encontrar.

—No, me encanta —digo—. Gracias por rescatarme.

—Por supuesto —dice, levantando el paraguas para que pueda colocarme debajo. Luego lo baja hasta aproximadamente unos tres centímetros por encima de su cabeza y media cabeza más o menos por encima de la mía, como un pequeño capullo de nailon y metal. Soy muy consciente de lo cerca que está, solo mi bandolera se interpone entre nosotros.

Este momento acaba de empezar y ya lo echo de menos.

—Qué mierda de clima —dice.

Me siento demasiado cohibido para hablar. Prácticamente, ya hemos salido del parque cuando hago la pregunta más tonta posible.

—¿Cómo van las maletas?

—Supongo que bien. Podría ser peor. —Ben cambia el mango del paraguas de mano un segundo para rascarse—. No voy a llevarme toda mi habitación ni nada. Y la casa de invitados del tío de Mario está amueblada, así que solo tengo que llevar ropa y cuatro cosas de las que no quiero separarme.

—No te olvides de llevar algo para la alfombra roja.

Ben se ríe.

—Creo que eso es adelantar un poco las cosas.

—Bueno, es lo que te mereces.

—Gracias, Arthur.

Nos limpiamos los pies en el felpudo ante de entrar en el apartamento de Ben y dejar el paraguas en un soporte cerca de la puerta.

—Mis padres están trabajando —dice. Creo que, en un universo diferente, eso podría ser una invitación.

Toca algo en su teléfono y sale música de un altavoz que creo que está en su habitación. Pero no la reconozco hasta que abre la puerta de su dormitorio. Lo miro, sonriendo.

—¿Esa es mi lista de reproducción de Broadway?

—Tengo que empaparme de Nueva York mientras pueda.

La habitación de Ben es una zona de guerra con ropa y libros tirados por todas partes y algunas cajas de cartón a medio embalar.

El *Chico Caja*, recuerdo mientras el corazón me late con fuerza.

Ben examina el caos.

—Siento todo esto. —Cruza la habitación, aparta una bolsa de ropa negra de su cama y la cuelga de la ventana por el asa. Luego vuelve a sentarse en la cama y sigue haciendo sitio.

Dudo.

—¿Necesitas ayuda con algo de esto? No quiero retrasarte con el equipaje.

—No pasa nada. Puedo tomarme un descanso.

Me acomodo a su lado, mirando la bolsa con cremallera que ahora cuelga de su ventana.

—¿Es el traje de Bloomingdale's?

—Mi regalo de padrino de Dylan y Samantha. No entiendo cómo es que no me di cuenta. Es que, en retrospectiva, ¿por qué iba Dylan a arrastrarme a Bloomingdale's para que me probara un traje caro y traer a un asesor para que me tomara bien las medidas?

Me río.

—¿Porque es Dylan y hace cosas así?

—Ya lo sé. —La expresión de Ben se nubla—. Sigo sin poder creerme esta sincronización. Me mudo al otro lado del país y ahora resulta que él va a tener un bebé.

—Pero el bebé no nacerá hasta diciembre, ¿verdad? A lo mejor puedes volver durante unas semanas.

—Siempre que pueda encontrar billetes baratos. —Sonríe, un poco nervioso—. Será la primera vez que monte en avión.

—Se me había olvidado que nunca te has subido a uno.

—Ya estoy asustado por tener que volar.

—¡No! No lo estés. Es extraño, la mayor parte del tiempo apenas sientes que te estés moviendo. Te acostumbrarás bastante rápido. —Hago una pausa—. Y Mario te acompañará, ¿verdad?

—¿Supongo que sí? Probablemente querrá pasar la Navidad aquí si puede, así que…

—Eso ayudará.

—Sí. —Se desliza hacia la pared, dobla las piernas y suspira—. Vale, a ver, pregunta sincera. ¿Soy el mayor imbécil que existe si me voy?

—Espera. ¿Por qué ibas a serlo?

—Bueno, ¿con qué frecuencia va a tener tu mejor amigo a su primer hijo?

—¿Una vez? ¿A menos que todos sus otros hijos sean nuevos intentos de primogénito?

Ben enarca muchísimo las cejas.

—Deja de ser morboso. El primer primogénito está vivo y saludable. Y tú —le pellizco el brazo— tienes que dejar de releer ese libro juvenil en el que todos mueren al final.

Levanta las palmas de las manos.

—Es un buen libro.

—Y tú no eres un imbécil —añado—. No deberías tener que poner tu vida en espera por la de Dylan.

—Ya. No, tienes razón. Estoy siendo raro. —Se mira las rodillas sin pestañear.

—Deja que te dé tu regalo —digo cuando el silencio es un poco demasiado insoportable. Alcanzo mi bandolera.

—No tenías que traerme nada.

—Es solo un detalle. Ya verás. —Busco dentro de la bandolera un momento y logro deslizar el sobre fuera de mi carpeta del trabajo sin desabrochar siquiera el cierre. Es un sobre blanco normal de tamaño comercial, sellado y, por fortuna, seco.

—¿Lo abro ahora?

Asiento y él lo abre con cuidado, revelando una pequeña imagen a todo color en una cartulina tamaño foto. A lo largo de un lateral, imitando el estilo de una entrada, se leen las palabras: *Tócala otra vez*: Ensayo general, entrada para uno.

—¡Es genial! —dice Ben.

—Dale la vuelta.

Lo hace, con los ojos muy abiertos mientras lee las palabras escritas a mano en voz alta.

—Ben, ¡espero verte el jueves! Tuyo, Em Kester. —Ben se vuelve hacia mí, boquiabierto—. ¿QUÉ?

—¡Sorpresa!

—¡Arthur! Mierda. Esto es *increíble*. —Vuelve a darle la vuelta a la entrada—. Estoy… Guau. Ni siquiera sabía que había entradas para el ensayo general.

—No las hay. O sea, *sí*, pero solo para el ensayo final con vestuario, y para entonces ya te habrás ido. Pero Jacob me dijo que podías venir a este. He hecho la entrada para que Emmett tuviera algo que firmar. —Hago una pausa, con el corazón acelerado—. Si quieres venir, estoy bastante seguro de que puedo presentarte a Em después.

—Oh. —Ben parpadea muy deprisa—. Guau.

—Pero sin presión —digo rápidamente—. Sé que tienes un montón de cosas encima, con la mudanza y la boda. Además, no tienes que decidirlo ahora. En absoluto. Es solo que, si quieres, puedes.

—Suena increíble. Necesito organizarme la semana…

Las mejillas empiezan a arderme.

—En serio, ni te preocupes por esto.

—Es un regalo increíble. Gracias.

—¡No hay problema! —digo, y me encojo de inmediato—. Guau, no acabo de decir eso. Lo que sea que creas que has oído…

Él se ríe.

—Te voy a echar de menos.

—Yo también. —Exhalo—. Lo cual es muy ridículo, porque yo ni siquiera vivo aquí. ¿Cuál es la diferencia?

—No, lo entiendo —dice, y los ojos empiezan a picarme.

Me pongo de pie con brusquedad.

—De todas formas, te dejo que acabes las maletas.

—¡No pasa nada! Quédate todo el tiempo que quieras.

Miro su rostro, tratando de memorizar hasta el último detalle. Sé que lo volveré a ver en la boda, y tal vez en la obra. Pero la cara de Ben siempre resulta un poco diferente cuando estamos nosotros solos.

—Debería… Nos vemos pronto.

Salta para abrazarme.

—De acuerdo. Muchísimas gracias. Por… sí.

Asiento con la cabeza en su hombro, apenas capaz de hablar.

La puerta se cierra a mi espalda, y durante un minuto apenas puedo respirar. No sé qué esperaba. ¿Un beso espectacular en el último acto? ¿Un rechazo sofocante? Es el tipo de cosa que tiene sentido en las películas, pero no tanto cuando se trata de la vida real, cuando se trata de Ben, cuando el suelo de su dormitorio está cubierto por cajas de mudanza. Cuando me dice que me quede tanto rato como quiera, pero no me ruega que lo haga.

Me pregunto cuántas historias de amor terminan así, con un abrazo ambiguamente largo y un millón de cosas sin decir.

Llego a la escalera y miro hacia abajo con la vista desenfocada, como si estuviera observando un acantilado. El móvil me suena un par de veces en el bolsillo y lo saco para leer un largo hilo de mensajes de Ben. El primero es solo una palabra: **Soy.**

A ese le siguen una serie de capturas de pantalla, cada una haciendo más zoom que la anterior sobre el *Tuyo* escrito a mano por Emmett.

Tuyo. Se me entrecorta la respiración.

Me manda otro mensaje. **EM ES MÍO???**

Suyo. Emmett. No mío. Jamás. A no ser que…

Apenas me doy cuenta de que mis pies me llevan de vuelta al pasillo, apenas escucho el ruido de mis propios nudillos contra la puerta de madera de Ben.

Ben me abre con una sonrisa.

—¿Qué te has olvidado?

Paso junto a él para entrar en el apartamento.

—Está bien, escucha —digo—. No estoy intentando que las cosas se pongan raras, y no quiero joderte nada. Ni siquiera sé cómo va esto, porque no puedo… No puedo imaginarme diciéndote esto, pero tampoco puedo imaginarme saliendo por esa puerta sin decirlo. —Me giro para mirarlo por fin, y me tiemblan los labios—. Ben, lo siento mucho.

Se ríe. Parece desconcertado.

—¿Por qué?

Empiezo a taparme la cara con las manos, pero me detengo y las dejo bajo la barbilla.

—Lo que digo no tiene ningún sentido.

—Literalmente ninguno.

Me río, un poco sin aliento.

—Cierto. Solo tengo que… joder. Hacen que esto parezca muy fácil, y yo… —Sostengo las manos delante del cuerpo, me están temblando.

—A ver, me estás asustando un poco.

—Sigo enamorado de ti —suelto de sopetón.

Ben se queda boquiabierto.

—Oh…

—Y sé que se supone que no debo estarlo, y te prometo que no intento que me digas que me correspondes. Eso no… no va a pasar, pero no pasa nada. —Intento sonreír—. Y quiero que sepas que me alegro por ti y por Mario. —Hago una pausa—. Bueno. Más o menos. —Me callo otra vez—. Vale, ¿sabes qué? A la mierda. No me alegro.

Ben deja escapar una risita sorprendida.

—Quiero que seas feliz. Pero no con él, porque él es, bueno, es genial. —Una lágrima se desliza por mi mejilla—. La verdad es que me gusta mucho. Pero quiero que estés conmigo. —Aprieto las manos contra el pecho, contra el ruido sordo de mi corazón—. Y él no soy yo.

—Arthur…

—Espera, deja que te diga el resto muy rápido, antes de que… Solo necesito decirlo, ¿de acuerdo? No quiero despertarme un día dentro de dos años y tener que decirle al siguiente chico que no estoy… —se me quiebra la voz— que no estoy enamorado de él. Porque él no será tú. Y sé que esta es la parte en la que se supone que debo enumerar todas las peculiares razones que tengo para ello, como que me encanta lo intenso que te pones con los videojuegos…

—No es por los juegos en sí —dice Ben—. Es solo que no me gusta…

—Perder. Lo sé. —Suelto una risa ahogada y llorosa—. Esto… se me da fatal. ¿Cómo se me puede dar tan mal? ¿Sabes qué hice anoche? Me vi hasta la última escena con confesiones románticas que pude encontrar, y todas me recordaron a ti. Todas ellas. *Notting Hill. Locos, ricos y asiáticos. Diez razones para odiarte*. Ben, lloré viendo el final de la secuela de *Mi primer beso*, porque, para mí, siempre eres tú. Eres el tema de cada historia.

Una lágrima rueda por la mejilla de Ben y se la limpia con los dedos.

—Y quiero decirte que no pasa nada con que te vayas y que te superaré, estoy seguro de que es así, y estoy seguro de que lo haré. Pero ¿ahora mismo? —Cierro los ojos un momento—. Ni siquiera sé cómo es superarte. Ni siquiera puedo imaginármelo y… Dios, no debería estar contándote esto. No es justo para ti. —Me limpio los ojos—. Lo sé. Sé que no lo es.

—No pasa nada, Art. De verdad.

—¿Sabes qué? Voy a irme —hago un gesto vago hacia la puerta—, para que no tengas que decidir qué decir o como decirlo. Solo quiero que sepas que lo entiendo. De verdad, y voy a encontrar la forma de no seguir enamorado de ti. Con el tiempo. —Esbozo una sonrisa vacilante—. Supongo que te veré en la boda. Adiós, Ben.

Tras una respiración profunda y temblorosa, salgo por la puerta.

35

BEN

Miércoles 8 de julio

¿Qué se suponía que debía decir cuando Arthur me confesó que me quiere?

¿Que *todavía* me quiere?

Estoy sin palabras desde anoche. Después de que se fuera, me quedé en la entrada, mirando la puerta que él acababa de cerrar. Pensando en la puerta que acababa de abrir. No pude hacerme a la idea en ese momento y sigo sin poder. Simplemente no parece posible que dijera esas palabras en voz alta. A mí. Estaba convencido de que a finales de semana estaría en Boston, rogándole a Mikey otra oportunidad. Como la última vez.

Pero ahora dice que no me ha olvidado. Que ni siquiera se imagina olvidándome.

Y dejé que se fuera.

Debería haber ido detrás de él.

No, no debería haberlo hecho.

Hay un tiempo para las grandes confesiones de amor y cuando estoy a punto de irme a Los Ángeles con alguien que de verdad me gusta mucho no es ese momento. No le pedí a Arthur que se precipitara como si fuera el último acto de algún espectáculo de Broadway. No soy un personaje de ninguna historia. Soy una persona real cuyo corazón pisoteó cuando volvió con Mikey.

Nunca le dije a Arthur que encontré un autobús para New Haven por quince dólares. Que iba a intentar sorprenderlo. Sería la primera vez que saldría de Nueva York. No podía parar de imaginar la forma en que su rostro se iluminaría cuando bajara del bus, cómo me sentiría al besarlo de nuevo por fin. Estaba superseguro de que las cosas estaban a punto de encajar en su sitio para nosotros.

Y luego me llamó desde el aeropuerto en Nochevieja.

Fue como si alguien pulsara un botón y atenuara el resto del mundo. Como si el corazón se me resquebrajara por la mitad. Nunca había sentido una angustia así, ni siquiera cuando vi a Arthur alejarse de la oficina de correos en su último día en Nueva York. Pasé todo el mes de enero en un agujero negro. Ni siquiera creo que Arthur lo sepa.

La cosa es que Mario es lo único que me ha hecho sentir casi normal en meses.

Ahora lo único en lo que puedo pensar es en Arthur con las manos presionadas contra el pecho. *Porque, para mí, siempre eres tú. Eres el tema de cada historia.*

No dejo de redactar mensajes en la cabeza, pero luego reviso tres veces cada palabra antes de poder pensar siquiera en enviarlos. Conociendo a Arthur, se muere por tener noticias mías. Pero si no me pongo en contacto para decirle *yo también te quiero*, entonces ¿qué sentido tiene?

Necesito tiempo para aclarar mis sentimientos.

Alguien llama a la puerta de mi habitación.

—*Entra, por favor* —digo.

Mis padres entran en mi dormitorio. Mi madre trae un plato de galletas cubiertas con mantequilla de cacahuete. Mi padre echa un vistazo a todas las cajas, y juraría que se está esforzando por contener las lágrimas.

—*Aquí tienes* —dice mi madre mientras me entrega el plato.

—*Gracias.*

Apenas tengo apetito, aunque me haya saltado el desayuno. Solo quiero meterme en una caja y esconderme en la oscuridad.

—No es demasiado tarde para cambiar de opinión —dice pa.

Lo miro.

—¿Acerca de qué?

—¿La mudanza? —dice mi padre—. Todavía no hemos alquilado tu habitación.

—Ah, claro.

Mi madre se sienta en el suelo a mi lado.

—No me molestaré en preguntar si estás bien porque sé que no lo estás. —Me peina el pelo—. Habla con nosotros, mijo.

Ni siquiera niego que no estoy bien. Solo evito el contacto visual, porque siento que podría romperme y estoy intentando ser más fuerte. Estoy rodeado de cajas porque se supone que… No, porque me voy a Los Ángeles. Por fin he encauzado las cosas con Mario, y la confesión de Arthur solo ha provocado un tráfico que me impide avanzar. No es justo. No después de que él tuviera una relación completamente diferente antes de darse cuenta de que quiere estar conmigo.

Pa también se sienta con nosotros en el suelo.

—Siempre vamos a estar aquí para ti, Benito, aunque tú no estés aquí con nosotros. Excepto que en California serán tres horas menos, así que no nos llames después de las nueve de la noche, porque tu madre y yo estaremos dormidos. —Me da unas palmaditas en la espalda—. Habla con nosotros mientras seguimos todos juntos.

Últimamente, he pasado mucho tiempo deseando que me dieran más espacio de ellos. Las cosas serán diferentes cuando no pueda salir de mi habitación y encontrármelos en el sofá.

—Bueno... —Respiro hondo—. Anoche, Arthur me dijo que todavía está enamorado de mí.

Mis padres intercambian una mirada. Como si estuvieran intentando decidir quién responde primero. Luego me da la impresión de que es más que eso. Me recuerda a hace un par de años, cuando llegué a casa con la noticia de que tenía que ir a clases de verano. Sabían que mis notas se habían visto perjudicadas. No se sorprendieron. Y creo que ahora tampoco.

—¿Qué sientes tú? —pregunta mi madre.

—Que no sé qué hacer.

—No estoy preguntando qué piensas hacer, te estoy preguntando qué sientes.

—No hay respuestas incorrectas —aporta mi padre.

—Tampoco hay una respuesta fácil —digo—. Durante mucho tiempo, he querido que Arthur dijera todo lo que dijo ayer, y me castigaba mentalmente a mí mismo por no decírselo yo cada vez que surgía la oportunidad. Pero parecía que lo nuestro nunca tendría sentido y sigue sin tenerlo. ¿O sí? Está claro que estoy dispuesto a mudarme. Pero entonces le estoy haciendo una jugarreta a Mario, que no ha hecho nada malo. Esto sería mucho más sencillo si uno de ellos se marcara un Hudson y me hubiera engañado. Pero no lo han hecho. Y los dos son increíbles.

Alguien va a salir herido de esto.

—Te repito, Benito, que no estás respondiendo la pregunta. ¿Qué *sientes*?

No sé por qué mi madre está tan obsesionada con conseguir que responda.

—Tengo miedo de arrepentirme en el futuro de no haber aprovechado esta oportunidad para hacer las cosas bien con

Arthur. Y me aterroriza que, si no funciona, entonces habré perdido a la única otra persona que quiere estar conmigo.

—No te preocupes por eso —dice mi padre—. Sigues teniendo a Dylan.

—Muy cierto —dice mi madre—. No hay votos lo bastante poderosos para mantenerlo alejado de ti.

Dedico a mis padres la más pequeña de las sonrisas por intentar animarme.

Mi madre me da la mano.

—Tienes a dos chicos maravillosos que serán muy afortunados de estar contigo y hay más por ahí que se sentirían privilegiados de tener una oportunidad contigo. Ahora mismo depende de ti averiguar qué riesgo te hará más feliz. No debes apresurar una decisión así.

—Aunque tampoco tienes una eternidad para elegir —dice mi padre—. Hay un camión de mudanzas que vendrá pronto a por tus cosas. Y una vez que te ayude a cargar las cajas, mi trabajo estará hecho.

—Sin presión.

—Hay un poco de presión —dice él, lo cual me sorprende. La mayoría de los padres mentirían—. Esto forma parte del proceso de hacerte mayor. No siempre vas a poder complacer y proteger a todos los que amas. Lo mejor que puedes hacer cuando la vida es difícil es esforzarte al máximo. —Me da un beso en la cabeza y se levanta—. Yo creo en ti.

—Yo también —dice mi madre, aceptando la mano de mi padre cuando él le ofrece ayuda para que se levante también.

—Un segundo. ¿Hay alguna posibilidad de que queráis decirme en qué equipo estáis? ¿En el de Arthur o en el de Mario?

—Siempre estamos en tu equipo —dice mi madre, cerrando la puerta de mi habitación detrás de ellos.

—¡Eso no es útil! —grito.

Es muy dulce, pero quiero que alguien me lo haga más fácil.

Localizo mi móvil y llamo a Dylan. He estado intentando aclararme antes de sacarle el tema porque va a hacer un montón de preguntas. Ojalá también pueda ayudarme a responderlas.

Mi llamada va directa al buzón de voz y al instante siguiente recibo un mensaje. **Estoy en el juzgado.**

Por qué?, pregunto.

Para demandar a Samantha por contarle la noticia a Patrick antes de que yo te la dijera a ti.

Traducción?

Papeleo. El matrimonio es aburrido!

Ja, ja. Bueno, diviértete. Llámame luego.

Tu dulce culito puede apostar a que lo haré.

Me doy unas palmaditas mentales por mi desarrollo como personaje. En lugar de preocuparme por que Dylan esté viviendo su vida, lo respeto. No me está dejando de lado o actuando de forma rara. Sus prioridades han cambiado, y eso forma parte de hacerse mayor. Mi mejor amigo ya no puede estar disponible las veinticuatro horas del día, los siete días de la semana. Pero confío en que cuando nos pongamos al día, será inútil y coqueteará durante una hora antes de decir algo inteligente. Y luego volverá a sacar a relucir mi dulce culito.

Sería demasiado extraño hablar con Mario de que Arthur se me ha declarado. Lo haré, pero todavía no.

Me desplazo por los contactos de mi teléfono, con la esperanza de que alguien pueda ayudarme a entender todo esto. Todo está cambiando, y no quiero arrepentirme.

Me detengo en el nombre de alguien.

Parece una locura, pero…

Voy a pedirle a mi primer exnovio un consejo amoroso.

36

ARTHUR

Jueves 9 de julio

Han pasado treinta y nueve horas desde mi horrible confesión romántica, y no he sabido ni una palabra de Ben. Lo cual está totalmente bien y para nada me induce al pánico, aparte del hecho de que llevo dos días seguidos comprobando el móvil cada diez segundos, porque es evidente que mi cerebro piensa que Ben podría mandarme un mensaje de *yo también te quiero* a las nueve y media de la mañana de un jueves.

—¿Sabéis qué? —Jacob examina el escenario, pensativo, con la barbilla apoyada sobre el puño cerrado—. ¿Podemos resaltar más a Addie durante el monólogo?

La luz ilumina despacio el rostro de Amelia.

—Genial. —Hace una pausa—. ¿Alguien puede hacer unas fotos rápidas desde la parte trasera de la casa? Quiero ver cómo queda.

—Ahora mismo. —Taj me da una palmadita en el hombro y ambos volvemos a ponernos de pie. Digamos que Jacob no tiene reparos en hacer cambios de última hora en la iluminación. Saco unas cuantas fotos y casi me olvido de mandárselas a Jacob, porque estoy demasiado ocupado comprobando de nuevo la configuración de mi móvil. Solo para asegurarme de que no he activado sin querer el modo «no molestar».

Me gustaría mucho que Ben Alejo me molestara.

Lo que de verdad lo hace insoportable es el silencio, incluso un rechazo directo sería mejor. Me gustaría que me dijera *algo*. Aunque tal vez el silencio sea ese algo, porque ¿qué más podría significar aparte de que Ben no me quiere? No es una solicitud de empleo. No está por ahí comprobando mis referencias y sopesando mis pros y mis contras. Querer a alguien no es una decisión racional para la que haya que estar bien informado. Simplemente lo sientes.

O, en el caso de Ben, no.

Lo único que puedo hacer es soportar la jornada laboral más larga de mi vida. Incluso aunque todo esté listo a tiempo, el ensayo general no será hasta las ocho y media de esta noche. Y gracias a un error en la programación, tenemos que desmontar los decorados justo después y llevarlo todo de vuelta al estudio durante una semana. Hace que me pregunte por qué Jacob se molesta en hacer un ensayo general en primer lugar. Tanto esfuerzo y cuidado invertidos en algo que termina casi tan pronto como comienza.

Vuelvo a revisar mis mensajes. Nada.

Estoy bastante seguro de que es hora de que alguien me quite el teléfono y lo entierre. Hace mucho que es hora de hacerlo. Estoy bastante seguro de que el momento adecuado ha sido cuando mi madre me ha enviado un mensaje con una foto del nuevo cachorro de mi tía y he llorado, porque, por lo que parece, he llegado a la etapa de la ruptura de «vete a la mierda, cachorro, cómo te atreves a no ser Ben».

Ya han pasado cuarenta horas. Creo que podría estar volviéndome loco. ¿Mi gran declaración de comedia romántica tuvo lugar? ¿Lo soñé? ¿Está Ben intentando hacerme creer que lo soñé? No va a mencionarlo nunca, ¿verdad? ¿Eso está permitido siquiera? ¿Quién haría algo así?

Algo se detiene en seco en mi cerebro.

Yo. Yo lo haría. De hecho, es exactamente lo que hice, joder.

Tres semanas. Estuve tres semanas sin darle a Mikey una respuesta, y cuando por fin lo hice, fui un gilipollas al respecto. Y luego él se vino a Nueva York en tren, agarró un micrófono y expuso su corazón frente a una habitación llena de extraños. En ese momento, se lo pisoteé sin piedad y nunca miré atrás.

—Dime qué quieres —dice Taj en tono alegre.

Levanto la mirada.

—Lo siento, ¿qué?

—¿Starbucks? Oféndete, pero parece que te vendría bien. Un *frappe* de moca con extra de nata, ¿verdad? ¿Qué tamaño?

—¿Mediano, supongo?

—Mejor vamos con *venti* —dice—. Solo por si Jacob decide cambiar también todas las marcas de sonido.

—Dios. ¿Por qué?

—¿Porque es Jacob? —Taj se encoge de hombros—. Te acostumbrarás. Confía en mí, para el próximo verano, te anticiparás a todos sus movimientos.

—¿El próximo verano?

—Ya ha mandado una solicitud de subvención para que podamos pagarte bien —dice Taj—. Si tú quieres, por supuesto.

Me quedo boquiabierto.

—¿Como otra oportunidad?

—Más bien como un bis bien merecido —dice Taj, revolviéndome el pelo.

Cuarenta y una horas. Vuelvo a mirar mi aplicación de mensajería, pero ahora estoy obsesionado con el nombre de Mikey. La última docena de mensajes de nuestra conversación tienen todos la doble tilde azul. Todos son míos.

La verdad es que no puedo culparlo.

A nivel racional, siempre he sabido que Mikey era el más involucrado en la relación, pero no estoy seguro de que me lo creyera del todo. Parecía un poco ridículo que yo le pudiera gustar *tanto* a alguien. No dejo ese tipo de marca. O no creía que la dejara.

Debería llamarlo.

O no. Pues claro que no. No quiero poner a Mikey en una situación así. Es mejor mandarle mensajes. De esa forma, puede tomarse su tiempo o responder con emojis o algo así. O a lo mejor ni siquiera responde.

Miro el cuadro de texto vacío durante un puto minuto entero.

Hola, escribo por fin.

No hay respuesta inmediata, pero no pasa nada.

Sigo adelante. **Sé que probablemente estés ocupado con la boda de Robbie, por lo que no es necesario que me respondas de inmediato**

O nunca

En serio, sin presión.

Solo quería repetirte que lo siento muchísimo, Dios. Cuanto más pienso en cómo te traté, más horrorizado me siento.

Y es como que

Tú fuiste TAN sincero conmigo, y no me puedo imaginar cómo debiste de sentirte cuando te hice esperar una respuesta. Ojalá hubiera sido más valiente

Y ojalá hubiera tenido las cosas más claras

Desearía haber cuidado mejor de tu precioso corazón

Lo siento mucho, Mikey Mouse.

Le doy a «enviar» y en cuanto salgo de mis mensajes aparece una notificación de mi aplicación de fotos.

9 de julio. Hace dos años, hoy.

Unos rascacielos sacados desde un ángulo tan bajo que parece que le van a caer a uno encima. Un destello brillante al fondo. Recuerdo este momento con tanta claridad que prácticamente siento el sol en las mejillas.

El Arthur que sacó esa foto no sabía que iba de camino a la oficina de correos. No sabía que estaba a minutos de conocer a un chico con una caja.

37

BEN

Jueves 9 de julio

No he estado en casa de Hudson desde hace casi un año y medio.

Llamo al interfono y no deja de sorprenderme que me deje pasar.

El vestíbulo no ha cambiado mucho. Hay paquetes depositados enfrente del buzón. Un espejo manchado. El ascensor sigue oliendo a limón. El oscuro pasillo que conduce a su apartamento siempre huele como si alguien estuviera haciendo la cena, no importa la hora del día, pero resulta apropiado para esta hora de la tarde. Llamo al timbre, que sigue sonando tan fuerte como siempre.

El corazón me late con fuerza cuando una llave gira en la cerradura y la puerta se abre. Hudson lleva gafas, eso es nuevo. Le quedan muy bien.

—Hola, Ben.

—Hola.

Hudson me invita a entrar, pero no abre los brazos para darme un abrazo. Ahora me siento increíblemente incómodo dentro de este espacio que solía parecerme un segundo hogar. Pero él no me debe una cálida bienvenida, sobre todo dado que sabe por qué estoy aquí. Me siento agradecido de que no esté actuando con tanta frialdad como para no estar dispuesto a hablar de mi vida amorosa. En especial, ya que no nos hemos visto desde la primavera pasada, cuando me rajé en el último minuto y no fui a jugar a los bolos por el cumpleaños de Harriett.

Echa a andar hacia su habitación y ni siquiera estoy seguro de si quiere que lo siga, pero retira la silla de su escritorio y luego se sienta en la cama. Es la mejor invitación que voy a conseguir.

—¿Cómo van las cosas? —pregunto.

—Las cosas son cosas —dice Hudson.

La verdad es que empiezo a sentir que he venido hasta aquí para nada.

—¿Debería irme?

—Haz lo que quieras —dice Hudson—. O lo que no quieras.

—Así que sigues molesto por lo del cumpleaños de Harriett —le digo.

—¿Te refieres a cuando nos diste la espalda cuando estábamos intentando arreglar las cosas contigo?

—No creo que ninguno lo estuviera intentando con demasiadas ganas.

Hudson se cruza de brazos, está claro que un poco a la defensiva. Pero no tenemos que hablar de nada de esto. He venido aquí por un asunto mío y está haciendo una montaña de un grano de arena, como si mis crímenes del pasado fueran más grandes que los suyos. Él fue quien me puso los cuernos. Y él sigue siendo el que consigue ser feliz en una nueva relación, mientras que mi vida amorosa parece un accidente ferroviario.

—Así que Arthur todavía te quiere —dice Hudson.

—Eso parece.

—¿Y no tenías ni idea?

—Pues no. Arthur y Mikey parecían perfectos el uno para el otro.

—¿En qué sentido?

—Broadway los vuelve locos…

—Que te gusten las mismas cosas que a otra persona no significa que ese alguien sea perfecto para ti. Significa que te gustan las mismas cosas y que ese alguien es una buena compañía. —Hudson desprende un aire de condescendencia increíble—. Mencionaste que estabas pensando en mudarte a Los Ángeles con tu novio.

—Mario no es mi novio.

—No es tu novio. —Ni siquiera es una pregunta. Hudson está afirmando el hecho y duele todavía más—. Ves qué hay de malo en eso. —De nuevo, no es una pregunta.

Tomo una respiración profunda.

—Queremos darle una oportunidad a lo nuestro.

—Me da la impresión de que Dylan te ha metido en la cabeza que se supone que a nuestra edad todo el mundo tiene que vivir una historia de amor épica.

—Bueno, Dylan y Samantha se van a casar y a tener un bebé.

Hudson se ríe.

—No es una broma.

—Lo sé —dice Hudson—. Es muy ridículo. Dylan ha arrastrado a esa pobre chica a su locura.

—Son muy felices. Tienen algo real. Como los padres de Dylan.

—No hay garantía de que vaya a resultar como lo de sus padres.

—Él no quiere ser como sus padres. Él quiere lo que tiene con Samantha.

—Ben, da la sensación de que ya tienes las respuestas que necesitas. Si quieres arriesgarte, múdate a California con tu amigo y demuéstrame que estoy equivocado. Si quieres estar con Arthur, pues hazlo.

Esto no era lo que quería. Quería un poco de madurez. Hudson se ha hecho responsable de algunas cosas, pero no podría importarle menos si me voy de Nueva York o si me quedo.

—Hudson, eres la única otra persona con la que he salido. Fuiste mi primer amor y eso fue real para mí. No sé cómo fue para ti, pero todo dolía mucho. Pero logré seguir adelante y tú también lo hiciste. Eso es genial, no estoy intentando quedar contigo y Rafael como si fuéramos amigos, pero no me importa lo vuestro.

—¿Porque ahora tienes opciones?

—Porque quiero que siga siendo real.

Me levanto, nada de esto me parece útil.

—Ben, también fue real para mí —dice Hudson—. Eso no me impide querer a alguien más, o incluso sentir cosas por cualquier otra persona, pero era real. Todavía me siento como un pedazo de mierda por cómo terminó. Engañarte fue lo peor que he hecho nunca. Hice la peor elección posible y, joder, siempre me he arrepentido. Pero ahora tengo que vivir con ello.

—Eso me asusta. ¿Qué pasa si tomo una mala decisión? No quiero vivir con remordimientos.

—Pero no es lo mismo —dice—. No es como engañar o no engañar. No hay nada objetivamente malo en esta elección. Solo tienes que averiguar lo que de verdad quieres.

—Es solo que no quiero hacerle daño a nadie.

Hudson se ríe rotundamente, sacudiendo la cabeza.

—¡Vas a hacerle daño a alguien! Así son las cosas a veces, y es una mierda, pero ¿cuál es la alternativa? ¿No tomar nunca una decisión real? ¿Cerrarte en banda? Tienes que ser sincero, al menos contigo mismo. Ben, eso lo aprendí de ti. ¡Sé tú mismo! O le dices a Arthur que has pasado página o le dices a Mario que siga adelante sin ti. —Se levanta y camina hacia mí, y pienso que está a punto de abrazarme. Pero en lugar de eso, me da la mano y me mira a los ojos—. Tú eres el escritor, Ben. Si pudieras escribir tu final perfecto, ¿cuál sería?

Alguien va a salir herido.

Lo cierto es que he necesitado escuchar esas palabras de boca de mi exnovio infiel para que el mensaje calara.

No importa cuántas veces haya puesto a Ben-Jamin y a los demás en la peor situación posible, el dolor que estoy a punto de generar esta noche es mucho peor que cualquier monstruo de siete cabezas o cualquier fuego mágico. Esto será real.

Siempre he odiado el tópico del triángulo amoroso, probablemente porque siempre me he considerado la persona que no sería elegida. Ahora soy alguien con opciones. Dos opciones increíbles. Para ser sincero, me tienta la posibilidad de no elegir a ninguno, para que todos podamos estar solos y ser miserables juntos. Pero entonces habría tres corazones rotos para nada. No me parece el mejor resultado.

Estoy en el metro, a una parada de la casa de Mario. Me he pasado todo el viaje mirando la camiseta de *Mago en Los Ángeles* que me hizo y la entrada pirata de Arthur para el ensayo de vestuario de *Tócala otra vez* de esta noche. Estos pequeños regalos son recordatorios personales de cuánto me quieren estos dos chicos en sus vidas. Parece un poco difícil de creer, pero tengo que demostrar algo de desarrollo como personaje. Eso es lo que estoy preparado para hacer cuando baje del metro.

No arrastro los pies para llegar a casa de Mario. Le mando un mensaje para que salga, porque no estoy listo para hacer esto delante de su familia.

El corazón me late con fuerza, como si todo me hubiera estado conduciendo hasta este mismo momento.

La puerta principal se abre y Mario baja los escalones solo con un peto. Sin camiseta, sin calcetines. Uno de los tirantes está colgando, mostrando su pecho desnudo. A Mario no parece afectarlo el frío que hace. Solo me recorre de arriba abajo con sus ojos color avellana y tira de mí para darme un beso mentolado. Yo mantengo nuestros labios pegados mientras paso las manos por sus brazos.

Rompo el beso y respiro hondo.

—Hola.

—¿No soportabas estar lejos de mí, Alejo?

—Eso parece…

Mario me da la mano.

—Bueno, ¿por qué estamos aquí fuera? *Vamos.*

—En realidad no puedo quedarme mucho tiempo. Tengo que ver a Arthur.

—¡Es verdad! Su obra de teatro. Me alegro muchísimo por él. ¿No vas a llegar tarde?

—La historia de mi vida. —Le aprieto la mano. Me asusta dejarlo ir—. Tengo que contarte algo. —Respiro hondo—. Arthur está enamorado de mí. En realidad, nunca ha dejado de estar enamorado de mí.

Se hace el silencio. Como si ya lo atemorizara esta conversación.

—Así que por eso rompió con Mikey. —Mario se frota la frente—. ¿Cuándo te ha dicho todo esto?

—Hace un par de días.

Se queda callado. Solo se escucha el ruido de los coches al pasar y los estallidos de risas del interior de la casa.

Mario se sienta en los escalones.

—Supongo que no quiere que vengas a Los Ángeles.

—Entiende por qué quiero ir. Pero si leo entre líneas, no quiere que me mude. Lo cual sigue sin tener sentido, porque él ni siquiera vive aquí.

Mario me mira a los ojos.

—Tal vez haya otra razón por la que no tiene sentido… Yo.

Me siento a su lado.

—Por supuesto que eres la razón principal por la que no tiene sentido. Todo lo demás con Arthur podría arreglarse si eso fuera lo que quiero hacer. Pero incluso con todo lo que tú y yo tenemos en común, hay algo en mi relación contigo que no tenía cuando estaba saliendo con Arthur.

—¿Un mejor conocimiento del español?

—Está bien, dos cosas —le digo—. La otra cosa es la duda, Mario. No sé lo que el futuro nos depara a Arthur y a mí. Solo sé que cuando estaba con él, sabía que él quería estar conmigo. No puedo decir lo mismo de ti.

Asiente. Sopla otra brisa y se frota los brazos para entrar en calor. Quiero abrazarlo, pero no es el momento adecuado. Puede que nunca más haya un momento adecuado para nosotros.

—Mereces saber lo que alguien siente por ti —dice Mario. Su mirada es tan intensa que casi desvío los ojos. Puedo sentir lo mucho que se preocupa por mí—. Pero ya lo intentasteis una vez. ¿Qué te hace pensar que ahora será diferente?

—Puede que no sea diferente. Puede que no funcione. Pero tú eres lo suficientemente especial para mí como para no querer hacerte más daño del que ya te estoy haciendo. Y la verdad es que desde la ruptura he empleado mucho tiempo en superar lo de Arthur. Prácticamente me miento a mí mismo todos los días al decirme que no me importa en absoluto con quién está saliendo, cuando en realidad me rompe por dentro. No es justo mudarme y empezar una vida contigo cuando todavía siento algo tan intenso por él.

—¿Todavía lo quieres? *No importa.* No respondas a eso. No necesito saberlo. —Mario mira hacia el cielo y contempla la cada vez más escasa luz del sol—. La verdad es que creo que podríamos haber tenido algo genial, Alejo. Espero poder alegrarme por ti algún día. Pero no va a ser esta noche.

—No tienes que alegrarte nunca por mí, Mario.

—Lo sé. Pero quiero hacerlo.

Nos sentamos juntos en silencio, y cuando Mario se estremece, le doy la camiseta de *Mago en Los Ángeles*.

—Ten. Ahora tiene más sentido que la tengas tú. Especialmente porque harás cosas mágicas e increíbles en Los Ángeles.

De verdad lo creo. Un día, veré el cartel promocional de un programa de televisión que acreditará a Mario como el guionista. Y sacaré fotos como un amigo orgulloso, aunque hayamos perdido el contacto para entonces.

Mario mira la camiseta sin pestañear en lugar de ponérsela.

—Voy a entrar, Ben.

Que ya no use mi apellido parece una bajada inmediata de categoría en nuestra situación romántica. Y es extraño, pero resulta adecuado para nosotros.

—¿Puedo abrazarte? —pregunto.

—Más te vale.

Él es el primero en rodearme con sus brazos y yo apoyo la barbilla en su hombro.

—*Gracias* por todo lo bueno y *lo siento* por todo lo malo.

—*De nada. Para lo bueno y lo malo.*

Reprime un sollozo, me suelta y se gira tan rápido que ni siquiera puedo ver su rostro por última vez. Y después de eso ya ha vuelto a entrar en su casa, rápido como la magia.

Me quedo aquí por un momento, sintiéndome demasiado pesado para moverme.

Pase lo que pasare con Arthur, sé que he hecho lo correcto al terminar las cosas con Mario. Hudson me ha preguntado por mi final perfecto. Pero, en vez de eso, voy a centrarme en el comienzo.

En volver a repetir el comienzo, para ser precisos.

38

ARTHUR

Jueves 9 de julio

Estoy bastante seguro de que mi teléfono se está burlando de mí en este momento. Como si el enorme vacío de mi conversación con Ben no fuera suficiente, ahora hay una nueva ronda de silencio por parte de Mikey. Me pregunto cuántas veces puede uno desbloquear el móvil antes de que le empiecen a salir ampollas en el pulgar.

Debería desaparecer por completo del mapa. Debería mudarme a una casa de campo en una versión post apocalíptica de New Hampshire en la que casi todos estén muertos y no haya cobertura ni electricidad, porque en lo que se refiere a la ausencia de mensajes, resulta que soy un maldito experto.

Pero no pasa nada. Me quedaré aquí sentado y releeré cada línea del programa como si fuera *bobe* y sus amigos de la sinagoga llegando temprano de New Haven para una matiné dominical. Porque esta noche no tiene nada que ver con mi teléfono, ni con los chicos, ni con la ausencia de ellos. Tiene que ver con que esté aquí, en el Shumaker Blackbox Theatre, una fila por detrás de mi director favorito. Tiene que ver con mi nueva obra favorita en su forma casi final y con saber que he ayudado a lograrlo.

Jacob murmura algo en su auricular que hace que las luces de la casa parpadeen.

Luego: un barrido de movimiento, el suave deslizar de una silla. Ben sentándose a mi lado con una indiferencia asombrosa, justo antes de que se apaguen las luces de la casa.

Estoy bastante seguro de que mi corazón se ha saltado una octava completa.

Entrecierro los ojos en la oscuridad, tengo el estómago lleno de nudos. ¿Estoy despierto? ¿Esto está sucediendo de verdad? Ben me dedica una sonrisa rápida y ladeada, pero me parece perfecto, porque ¿quién necesita pulmones? ¿Por qué estamos todos tan obsesionados con la respiración?

Es de lo más surrealista. El hecho de que él esté aquí. Me habría puesto a cantar el *dayenu* con un simple mensaje de texto. Un solo GIF hubiera sido suficiente.

¿Cómo se supone que voy a actuar con normalidad cuando mi corazón está tocando corcheas?

El tiempo sigue avanzando; cada vez que parpadeo, pasa otra escena. Por lo visto el primer acto dura diez segundos. O alguien está jugando con el dial de control de velocidad del universo o mi cerebro está cortocircuitando.

Cuando termina el espectáculo, Emmett y Amelia se dejan caer en el escenario como niños de secundaria. Me giro aturdido hacia Ben.

—¿Te ha gustado?

—Ya lo creo. Ha sido increíble. —Asiente rápidamente.

Vuelvo a mirar al escenario, donde Jacob y Miles, el director de escena, se han colocado junto a Emmett y Amelia.

—Solo les están dando algunas indicaciones a los actores —explico—. No deberían tardar demasiado, y luego puedo presentarte a Emmett.

—No estoy aquí para ver a Emmett. —La voz de Ben es inesperadamente intensa—. ¿Hay…? ¿Podemos ir a alguna parte? ¿Solo unos minutos?

—Sí. Sí. Pues claro. Deja que… Vale, ven conmigo.

Lo guío entre bastidores, detrás de la cortina negra que hace de telón de fondo para salir por la puerta de atrás. *No hagas nada raro, no hagas nada raro, no hagas nada raro, no hagas nada raro, no hagas nada raro.* Pero no es posible. No existe tal cosa. No para mí.

Creo que mi cerebro se está inclinando hacia un lado. Me siento como el cielo antes del amanecer, la pausa entre el *dos*, *uno* y el *ya*.

Lo miro.

—¿Aquí está bien? ¿Estás bien?

—Sí. No sé. —Deja escapar una risa un poco histérica.

—Ben, lo siento. No debería haber dicho nada. No te culpo en absoluto. Lo sabes, ¿no? No te culpo ni de lejos. Eres tan… Dios, no me puedo creer que hayas venido a la obra. Me alegro de poder ser tu amigo. Eso no…

—Realmente nunca dejas de hablar, ¿verdad? —dice Ben, sonriendo con tanto cariño que se me entrecorta la respiración.

—Nunca.

Se ríe un poco.

—Está bien, bueno, es mi turno. Yo solo… No he podido dejar de pensar en el martes. En todo lo que dijiste. Arthur, no tenía ni idea. Ni la más mínima.

—Lo sé. No debería haber…

—No. —Ben niega con la cabeza con ferocidad—. Escucha. En cuanto te fuiste, volví a mi habitación, y me quedé allí sentado, mirando esas malditas cajas y pensando: *Dios mío, California.* Se supone que es como darle al botón de reinicio a lo grande, ¿verdad? Se supone que tengo que volver a montar toda mi vida a cuatro mil kilómetros de todo y de todos. Excepto de ti. Arthur, eres como un polizón en mi cabeza. No sé cómo no llevarte conmigo. Cada vez que pienso algo extraño, sé que tú lo entenderías. ¿Te das cuenta de que siempre, todas y cada una de las veces que alguien me ha sonreído durante los últimos dos años, he comparado esa sonrisa con la tuya? *Durante dos años.* Como si otra persona pudiera ganar ese juego. Se aprieta la frente con la mano—. Y lo que pasa cuando eres escritor es que no se trata solo de contar historias a otras personas, ¿verdad? También están las historias que me cuento a mí mismo. Cualquier cosa que me haga creer que soy feliz. Pero se ha acabado lo de reescribir cómo me siento porque tengo miedo de volver a hacerme daño. Lo único que voy a conseguir así es un corazón roto más adelante, cuando no consiga mi final perfecto. Y el final perfecto para mi historia es contigo.

—¿Estás...? —Me llevo el puño a la boca—. Voy a llorar.

—Ya estás llorando. Justo ahora. —Deja escapar una risa ahogada y me agarra de las manos para acercarme más. Luego presiona los labios contra mi frente y los deja ahí el tiempo suficiente para convertirme en un charco—. Te quiero. *Te amo.* No voy a mudarme. He roto con Mario. ¿Puedo besarte? —Tiene los ojos húmedos—. ¿Por favor?

Mis manos están ahuecando su rostro antes de que termine de hablar.

Creía que recordaba este sentimiento, pero debo de haber guardado un recuerdo deslucido. Porque no habría sobrevivido al impacto completo de no tener esto. Ben me envuelve y me acerca más a él, sus manos presionan mi espalda y lo único que puedo pensar es: *Oh. Cierto. Esto.*

Esto. La forma en que tiene que inclinarse para besarme, el hecho de que yo tengo que echar la cabeza hacia arriba como si estuviera mirando las estrellas. Entierro las manos en su pelo, entre todos estos mechones que no he conocido nunca. Dos años de cortes de pelo, nuevas células de piel, nuevas pecas. Muchas actualizaciones descargadas.

Me besa en la sien.

—Recuérdame por qué hemos tardado tanto.

—¿Porque somos idiotas que no podemos ver lo que tenemos delante de las narices?

Nuestros labios están tan cerca que puedo sentir el calor de su aliento cuando se ríe.

—Ni siquiera parece real. Es como si me estuviera viendo a mí mismo en una película.

—¿Te refieres a *El retorno de Arthur y Ben*? —pregunto—. *La venganza de Arthur y Ben. Ben y Arthur…*

—Esa existe de verdad —dice Ben.

—Sí, pero ¿qué pasa con *Ben y Arthur, toda la noche*?

—Suena a *spin-off* porno amateur…

Vuelvo a besarlo y él me devuelve el beso, y de repente no sé de quién es cada lengua, de quién es cada boca. Doy un paso atrás y me apoyo contra la pared trasera del edificio, tirando de él conmigo hasta que no hay espacio entre nosotros. Sus labios vuelven a encontrar los míos sin perder el ritmo, y pienso: *Sí, esto.*

—Te quiero —digo—. ¿Te lo había dicho ya? Yo también te quiero. *Te amo* mucho.

—Te amo mucho. —En sus ojos se refleja un amor tan sincero que me deja sin aliento.

—Te amo mucho —digo, deseando saber todavía hebreo, deseando poder decirlo en todos los idiomas del mundo. Las palabras salen con mucha facilidad cuando se trata de él, como si estar enamorado de Ben fuera parte de mi infraestructura.

—Lo que es fuerte es que tú ya lo *sabías* —dice de repente—. Desde el primer día.

—¿Sabía que nos besaríamos detrás del lugar donde trabajo?

—Sabías que el universo no era un gilipollas.

—Pues claro que no. Sabes qué día es, ¿verdad?

—¿Jueves? Nueve de... —Se detiene en seco—. No me lo creo.

—Exacto. No puedes decirme que no es cosa del universo.

—El puto universo. Guau. —Deja escapar una carcajada entrecortada.

Le sonrío con aire de suficiencia.

—Supongo que ya hemos visto cómo ha salido la jugada.

—Hemos sido una historia de amor de lo más básica todo este tiempo. —Me revuelve el pelo y me río, pero también me siento frenético.

Y luego hablamos los dos a la vez.

—Vale, ¿sabes qué?

—¿Quieres...? —Se interrumpe, me agarra las manos y entrelaza nuestros dedos—. Tú primero.

—No, lo siento, no pasa nada. Me preguntaba si querías ir a algún lado. Uno que no esté detrás de un teatro. —Levanto la mirada—. ¿Qué ibas a decir tú?

—Justo eso. —Se ríe—. ¿Quieres venir? Mis padres no están. O, bueno, más les vale. Si les digo que voy a llevarte a casa, apuesto a que se irán para dejárnosla a nosotros.

Nosotros. Nunca, nunca me cansaré de escuchar esa palabra en los labios de Ben.

39

BEN

Jueves 9 de julio

El universo por fin me ha concedido una victoria.

La victoria.

Arthur y yo no perdemos el tiempo de camino a Casa Alejo. Vamos de la mano todo el rato, incluso en el metro, a pesar de ese episodio aterrador hace dos años. Si alguien nos fulmina con la mirada, nunca lo sabremos, porque nuestros ojos no se apartan de los del otro, como si no nos hubiéramos visto desde que rompimos. Hay cierta verdad en eso. Por primera vez desde que nos despedimos, volvemos a ser nosotros.

Esta historia no ha sido fácil.

El encuentro en la oficina de correos nos ha llevado a buscarnos el uno al otro.

No dejábamos de intentar que nuestras citas fueran perfectas cuando la perfección es un mito.

Nuestra ruptura debería habernos separado, pero éramos virtualmente inseparables.

Llegamos a Casa Alejo y, gracias a Dios, mis padres todavía no han llegado. Prácticamente arrastro a Arthur hasta mi habitación como si estuviéramos en mi libro y huyéramos de algunos magos malvados. Choco contra las cajas y las derribo. No me preocupa, ahí dentro solo hay ropa, pero lanzaría mi portátil al otro lado de la habitación en este preciso instante si se interpusiera en nuestro camino.

Soy el primero en caer en la cama, me quito las zapatillas y le desabrocho la camisa a Arthur mientras me besa. Estamos encontrando el camino de vuelta al otro con cada roce, ambos más experimentados que la última vez, y sin pretenderlo, estamos colocando esas historias sobre las sábanas. Incluso a pesar de que estoy más que preparado para desnudarnos otra vez, me tomo mi tiempo para desvestirlo.

—Te he echado mucho de menos —susurro.

Me dice que él también me ha echado de menos con otro beso.

Abrazarlo parece un sueño. Pero esto es real. Me estoy aferrando a sus suaves brazos. Siento su aliento en la cara. Sus ojos azules me ven. Sus labios no dejan de visitar los míos, y quiero que se queden.

Ya he esperado todo lo posible cuando saco el condón de mi cajón.

Y a medida que abrazamos este nuevo comienzo, ya me emociona la posibilidad de hacerlo una y otra vez.

Cuanto más profundizo, más nos acercamos.

Con cada beso y cada respiración, más y más confianza siento en que Arthur y yo nunca dejaremos que nada nos vuelva a separar. Podrían lanzarnos a extremos opuestos de este sistema solar y encontraríamos la forma de volver con el otro. El universo siempre nos ha querido juntos.

Cuando acabamos, quiero empezar de nuevo. Pero estoy exhausto y el pobre Arthur intenta reprimir sus bostezos sin mucho éxito.

—Duérmete, Art.

—No estarás en Los Ángeles cuando me despierte, ¿verdad?

—No voy a ir a ningún lado sin ti.

—Eso es muy —Arthur se resiste a otro bostezo y fracasa— dulce.

—Dondequiera que vayas este verano, yo también iré. Y espero que tú también me sigas. Tal vez incluso a la boda de Dylan. Como mi acompañante.

Parece como si alguien hubiera dejado caer un cubo de agua helada encima de Arthur.

—¡Sí!

Sábado 11 de julio

Mi mejor amigo se va a casar. Y necesita desodorante.

—Benito Franklin, se suponía que ibas a traer desodorante.

—Nada de eso.

—Como padrino, tienes que anticiparte a todas mis necesidades.

—D, si eres lo bastante mayor para casarte, eres lo bastante mayor para acordarte del desodorante.

Estamos usando el baño de invitados de Casa O'Malley, una preciosa propiedad en Sunnyside, Queens. Me da miedo que los pantalones se me vayan a romper mientras busco desodorante en todos los cajones. Probablemente, sería lo mejor. Me horrorizaría más que Dylan usara un olor que no fuera el suyo propio.

—¿Debería usar pasta de dientes? —pregunta Dylan. No lleva nada puesto aparte de unos bóxers.

—D, son este tipo de cosas las que hacen que sienta verdadero alivio por que te vayas a mudar aquí para criar a tu hijo.

—Entro en la ducha y agarro el jabón de Dylan—. Ten y no me pidas que te ayude.

Dylan se frota las axilas con el jabón.

—El peor padrino de la historia. —Ya se ha duchado, pero al sudor nervioso no le importa. Levanta el brazo—. ¿Mejor?

—Tu nariz llega hasta tu propia axila.

—Segundo *strike*, padrino. Uno más y estás fuera.

—¿Te refieres a echarme de la propiedad o a que puedo ir a sentarme con Arthur durante la ceremonia?

—Estás obsesionado con tu futuro marido.

—No empieces —digo, atándome la corbata como me enseñó Arthur.

—El matrimonio es algo maravilloso, Ben. Te encantará.

—Todavía no estás casado.

—Todavía tienes tiempo para mover ficha conmigo.

—No pienso ser un rompehogares, por respeto al bebé Boggs.

—Uf, ese niño ya está arruinando mi vida sexual.

Terminamos de vestirnos y ayudo a Dylan con su corbata.

—¿Benny Conejo?

—¿Dylan Pepinillo?

—Me alegro por ti.

—Cállate. Es el día de tu boda. Yo me alegro por ti.

—Lo sé. Te quiero y soy del equipo Arthur. ¡Ponle un anillo!

Niego con la cabeza. Todavía no estoy pensando en matrimonio. Pero cuando llegue ese día, sé en qué equipo estoy.

—Me hace muy feliz que tú y Samantha estéis dando este paso, D. Creo en vosotros, y me emociona mucho pasar el rato con vuestro hijo.

—Será mejor que hagas un *mago maléfico* infantil.

Terminamos de prepararnos. Dylan está tan impresionante que la verdad es que debería buscar un trabajo de modelo. Lleva el moño atado con una banda amarilla que conjunta con su pañuelo de bolsillo. El traje negro le queda perfecto.

—Estos pantalones no me hacen buen culo —dice Dylan.

Casi perfecto, supongo.

—¿Estás preparado para hacer esto, D?

—Llevo años preparado, Ben.

Me da la mano mientras salimos del baño de invitados y espera un total de un segundo antes de levantarlas en el aire para que sus padres lo vean. El señor y la señora Boggs, también conocidos como Dale y Evelyn, son dos de las personas más normales del mundo. Ni siquiera se puede soltar una palabrota delante de Evelyn sin hacerla sentir incómoda. Y aquí tenemos a Dylan, actuando como si acabáramos de practicar sexo en el baño. Seguro que lo cambiaron al nacer. Lo que significa que en algún lugar de este mundo hay un Dylan discreto que no está a la altura del humor crudo de sus salvajes padres.

Seguiría sin cambiar a nuestro Dylan por nadie más.

(La mayoría de los días).

—Estás muy guapo, Dyl — dice Evelyn, intentando reprimir las lágrimas—. Tú también, Ben.

—Los pantalones me esconden el culo —dice Dylan, como si esperara que su madre lo arreglara.

—Estamos muy orgullosos de ti, hijo —dice Dale, ignorando la queja de Dylan; tiene toda una vida de práctica. Le endereza la corbata.

Dylan abraza a sus padres.

—Gracias por demostrarme que puedo hacer esto.

Su madre estalla y las lágrimas le estropean el rímel, así que corre al baño a limpiarse. El padre de Dylan le da un apretón en el hombro antes de seguir a su novia del instituto.

—Eso ha sido muy dulce, D.

—Es una ocasión especial. ¡Pero ya no habrá más!

—Espero que hayas guardado algo bonito que decir para tus votos.

—Me he decantado por un estás-embarazada-así que-tengo-que-casarme-contigo.

Dylan mira por encima del hombro hacia la puerta lateral. Muy pronto vamos a salir ahí, al patio trasero, donde los invitados esperan. Está sudando otra vez, y le limpio la frente con mi pañuelo de bolsillo. Lo disfruta como un perro al que le rascan detrás de las orejas.

—Gracias, padrino.

Me abraza.

—Te quiero, D.

—Cierta parte de mí también te quiere —dice Dylan—. Y yo también.

La puerta del baño se abre y Evelyn vuelve a llorar al vernos abrazados. Esta boda la va a dejar destrozada. Esta vez, en lugar de salir corriendo, saca su teléfono y nos hace una foto. Voy a necesitar que luego me la mande.

—Qué bonito —dice la madre de Samantha, Donna, mientras gira la esquina del pasillo—. Tengo familiares y amigos esperando ahí fuera y una novia preciosa lista para casarse contigo.

Se ha autoproclamado la directora de la boda, y juro que debe de tener un clon, porque todo parece funcionar como la seda. Incluso está completamente arreglada ya, con un vestido color crema y un blazer rosa claro. Ni siquiera quiero saber a qué hora ha tenido que despertarse para rizarse la melena castaña con tanta elegancia.

—¿Cómo te sientes, Dylan?

—Listo para ver a esa preciosa novia —responde.

—Entonces vamos a llevarte ahí fuera —dice Donna.

Dylan abraza a sus padres por última vez antes de que Donna los acompañe a sus asientos.

Todo esto está pasando de verdad.

La boda de mi mejor amigo está a punto de empezar.

La música procesional sale por los altavoces. Es una versión instrumental de *Into the Wild* de Lewis Watson, que Dylan cantaba con sus padres cuando era niño. Dylan sale y absorbe el sol y los aplausos, que él solo alienta, hasta que la gente vitorea y silba.

Voy justo detrás de él, pensando en por qué me estoy volviendo tan fan del universo. Una de las razones es que no ha habido tiempo suficiente para que Dylan ensayara uno de esos bailecitos para avanzar por el pasillo. Pero mi razón favorita está sentada entre los invitados. Esta es la primera vez que veo a Arthur en persona hoy y me ha dicho que habría una sorpresa: lleva la corbata de perritos calientes del día en que nos conocimos.

Casi olvido que esta no es nuestra boda. Estoy listo para echar a correr y besarlo cuando recuerdo que estoy aquí para ser el padrino.

Todo a su debido tiempo.

Por ahora, le sonrío. Tardo demasiado en registrar incluso que está sentado entre Jessie y mis padres.

De pie bajo el dosel, Dylan y yo estamos acompañados por Patrick. Lleva un traje verde bosque con unos zapatos negros sencillos. Nos sonríe y saluda con la mano.

—Psst. —Dylan llama mi atención—. Está intentando superar mi traje. Qué descaro tiene el muy hijo de p…

—Dylan. Colega. No está compitiendo contigo. E incluso si lo estuviera haciendo, estás literalmente a pocos minutos de casarte con Samantha. Creo que tú ganas.

Dylan asiente.

—Di que sí, yo gano. —Le sonríe con aire de suficiencia a Patrick.

Al final del pasillo, los cinco miembros de Pac-People salen de una carpa blanca, todos ellos llevan zapatillas deportivas negras con sus respectivas corbatas de colores e instrumentos. Todo el mundo se queda en silencio cuando la banda comienza a interpretar la versión de Israel Kamakawiwo'ole de *Over the Rainbow*.

Todos los invitados se levantan, a la espera.

Luego, las solapas de la carpa blanca se abren de nuevo, esta vez para revelar a Samantha y a su padre.

Samantha lleva un vestido blanco vaporoso con mangas de encaje y su collar de la llave de plata. Quiero describir este atuendo en mi libro durante un baile real. Pero no seré capaz de describir su sonrisa cuando ve por primera vez a Dylan.

—Voy a llorar —dice Dylan. Está temblando—. No me dejes llorar, Ben.

Apoyo la mano en su hombro.

—Sé fuerte, D —le digo mientras lucho contra mis propias lágrimas.

Samantha abraza a su padre antes de unirse a nosotros en el altar.

Dylan cae sobre una rodilla al instante.

—Hola. Estás preciosa. Cásate conmigo.

Ella se ríe.

—Eso intento hacer, míster atractivo.

Una vez que la risa de todos se extingue, el oficiante da comienzo a la ceremonia.

No me puedo creer que esté de pie junto a mi mejor amigo en su boda. Creía que este día estaba a años de distancia. Pero está siguiendo los pasos de sus padres y casándose joven. No tengo ninguna duda de que a Dylan y a Samantha les irá bien. Solo estoy un poco preocupado por el bebé y por si Samantha estará lo bastante centrada como para contrarrestar a Dylan siendo Dylan. Por suerte, estaré aquí para ver crecer a este niño.

Samantha empieza con sus votos.

—Dylan, cuando me propusiste matrimonio en el Día de los Inocentes, no pensé ni por un momento que estuvieras bromeando…

Me siento muy feliz de estar aquí con Dylan, pero estoy deseando sentarme pronto con él y Samantha y dejarme fascinar por todas las partes secretas de su historia. Me he perdido muchas cosas. Samantha está contando lo nerviosa que estaba por decírselo a su familia, pero que cuando Dylan le dijo que todo iba a salir bien, ella le creyó porque nunca ha confiado en nadie de la forma en que confía en él.

—Dylan, prometo amarte incluso en los días en los que deseo que tuvieras un botón con el que apagarte —concluye Samantha.

—¿Puedo besarla ya? —pregunta Dylan.

—Ya queda poco —dice el oficiante con una sonrisa. Le pasa el micrófono—. ¿Te gustaría compartir tus votos?

Dylan hace girar el micrófono entre los dedos.

—Samantha, en honor a nuestro primer encuentro en una cafetería, había pensado en aderezar estos votos con juegos de palabras. Cosas como que no tienes ni un grano y que te quiero moca y que dónde has cafeteado toda mi vida. Pero eso no es digno de mí. En lugar de eso, me gustaría rememorar ese Día de los Inocentes en el que no tenía un anillo que ofrecerte, pero te di una llave en su lugar… —Se gira hacia los invitados como si fuera un comediante en el escenario—. ¿Que por qué una llave? Pues bien… —Ahueca sus manos alrededor del micrófono y grita—: ¡PORQUE AHORA NO PUEDE ESCAPARSE DE MÍ!

Mientras todos se ríen, incluida Samantha, ella le arrebata el micrófono.

—Diles la verdadera razón o me iré.

—¡Ya has prometido amarme!

—Dylan...

—De acuerdo. —Rodea con la mano la llave que cuelga del cuello de ella—. Esta es la llave de nuestra habitación en la universidad, también conocida como nuestro primer hogar juntos. Y te dije que quiero compartir más hogares contigo.

Me llevo la mano a la boca por lo precioso que es eso.

—Genial, ahora todos saben lo dulce que soy —se queja Dylan.

—Te humaniza —dice Samantha mientras le acaricia la mejilla.

Dylan se vuelve hacia el oficiante.

—Por el amor de Dios, ¿podemos besarnos ya?

El oficiante se ríe mientras concluye la ceremonia. Patrick y yo les damos los anillos a nuestros mejores amigos. El de Dylan es una banda simple y el anillo de oro de Samantha era de su abuela.

—¿Ya? —pregunta Dylan, que se muere por besar a Samantha.

—Yo os declaro marido y mujer —anuncia el oficiante—. Ya puedes besar a...

Dylan no pierde más tiempo mientras besa a la chica a la que una vez llamó «mi futura esposa».

Mi mejor amigo está casado.

Nunca había aplaudido tan fuerte en mi vida. A través de las lágrimas, observo a Dylan inclinarse mientras sostiene la mano de Samantha. Juntos, caminan por el pasillo con toda su familia y amigos animándolos.

Y veo a Arthur girándose para mirarme como si sus ojos llevaran demasiado rato lejos de los míos. Me siento muy feliz de tenerlo en mi vida, y estoy listo para una repetición tras otra para convertirnos en la mejor versión, la que siempre hemos sabido que podíamos ser.

Una vez me pregunté si éramos una historia de amor o una historia sobre el amor.

Ahora sé la respuesta.

40

ARTHUR

Sábado 11 de julio

Lo único mejor que Ben debajo de un dosel es el hecho de que camina directo hacia mí al acabar la ceremonia. Y la parte en la que me besa con una certeza tan desenfadada que casi me derrito sobre la hierba impecablemente cortada.

Siguen resultando muy emocionantes y extraños estos besos rápidos e improvisados enfrente de los abuelos y los empleados del catering y del atractivo tío Julian de Dylan. Llevo tanto tiempo fuera del armario que creo que ni siquiera pienso en cuánto me contengo en algunos espacios. Pero la verdad es que mi yo de quince años apenas se atrevía a soñar con besar a su novio en público. Estoy bastante seguro de que mi yo de trece años creía que dos chicos besándose en una boda era algo que solo sucedía en las fotos de los desconocidos.

Ben toma mis manos y entrelaza nuestros dedos.

—Bueno. ¿Qué tal ha estado el padrino?

—Se ha salido. El mejor padrino. No he podido dejar de mirarlo. ¿Había siquiera un novio?

—No sabría decirte —dice Ben—. Estaba demasiado ocupado fijándome en un chico que lleva una corbata de perritos calientes.

Le sonrío.

—Es una ocasión especial, ¿verdad?

Lo juro, mis moléculas se reorganizan cuando estoy cerca de él. El aire entre nosotros se vuelve tan denso como para hacerle un agujero. Se inclina para besarme de nuevo, ni siquiera sé cómo es que sigo de pie.

—¡Au, au, auuuuuu! —Dylan aúlla con las manos ahuecadas como un megáfono.

Ben y yo nos separamos, nerviosos y sonrientes.

—A ver, no quiero interrumpir…

—¡Dylan! —Lo atrapo en un abrazo de oso—. *¡Mazel tov!* ¿Cómo te sientes?

—Con ganas de sacar algunas fotos traviesas, así es como me siento —responde Dylan.

Ben vocaliza un «guau» sin llegar a decirlo en voz alta.

—Eso suena más a una actividad para después de la boda.

—*Au contraire*, mi buen Ben. Eres indispensable —dice, ajustando la corbata de Ben y dándole una palmada firme en el hombro—. Órdenes del fotógrafo. Y —añade, haciéndome un gesto con las cejas— los novios están *definitivamente* permitidos.

Novio. Mi estómago da una voltereta cuando lo dice. Así es como Dylan me ha presentado a sus padres esta mañana. *El novio de Ben*. Estoy intentando con todas mis fuerzas mantener el tipo, porque, técnicamente, Ben y yo todavía no lo hemos discutido. Pero no puedo evitar fijarme en que Ben no se ha opuesto ninguna de las dos veces.

Me da la mano.

—¿Vienes conmigo?

Como si fuera a plantearme lo contrario. Seguimos a Dylan, pasamos tres mesas decoradas con flores y una pista de baile improvisada repleta de luces centelleantes. Hay un rincón arbolado en el límite de la propiedad O'Malley, donde una mujer que va totalmente de negro está sacando fotos de Samantha con varias combinaciones de parientes. Cuando nos ve, su sonrisa practicada para las fotos se transforma en una amplia sonrisa.

Samantha de novia sigue siendo un concepto de lo más extraño, pero no se puede negar que lo lleva bien. Está preciosa, incluso yo me quedo un poco embobado. Su vestido parece sacado directamente de una adaptación de Jane Austen: de cintura alta y fluido, con encaje de marfil y mangas de casquillo. Estilo materno chic, lo ha llamado esta mañana mientras tensaba la tela sobre su barriga para mostrarnos que no nos hemos fijado en nada durante semanas.

La fotógrafa atrae a Dylan y lo coloca entre Samantha y su abuela. Me inclino más cerca de Ben para verla moverse a su alrededor y sacar un millón de fotos desde todos los ángulos, deteniéndose de vez en cuando para añadir o quitar a otro O'Malley.

—No dejo de pensar en que estas son las *fotos de la boda* de Dylan —dice Ben con una leve sonrisa—. Es decir, estamos presenciando la creación de una imagen que enseñarán a sus nietos.

Observo a Dylan estirar los brazos hacia arriba lánguidamente, y luego se detiene en seco para olerse la axila.

—Para los nietos —digo.

Ben me besa en la mejilla antes de apretujarse junto a Dylan para las fotos de la boda, seguidas de un reportaje completo de mejores amigos a petición del novio.

Samantha cruza la hierba y viene directa hacia mí, con los brazos extendidos para un abrazo.

—¡Arthur! Qué alegría que estés aquí. Muchísimas gracias. Por todo.

—¿Estás de broma? Gracias por invitarme. Menuda boda. ¡Y mírate! —Presiono ambas manos sobre el corazón—. Me has arruinado para todas las demás novias.

—Vaya mierda. Supongo que no deberías casarte con ninguna.

Me río.

—Supongo que no.

—Me alegro mucho por vosotros. —Mira a Ben y a Dylan, que están recreando una pose de *Crepúsculo* en el césped—. Nunca había visto a Ben brillar así.

Mi corazón da un rápido y diminuto salto.

—¿De verdad?

—Arthur, está loco por ti. Lo ves, ¿verdad?

—Oye, esposa actual —grita Dylan, que vuelve a ponerse de pie—. Vuelve aquí.

—Guau. No…

—Discúlpame. —Dylan se aclara la garganta por encima del ruido de la risa de Ben—. Mi esposa *para siempre*.

Samantha esboza una sonrisa enorme.

—Tú también, Premio MacArthur Seuss. Ven aquí.

Samantha me da la mano.

—Nuestros *paparazzi* nos esperan.

Es el tipo de alegría que es casi demasiado brillante para mirarla directamente. ¿Cómo podría pedir otra cosa que no fuera la mano de Ben en mi cintura y el clic de la cámara? Una prueba de la existencia de este momento, en el que Ben y yo nos pertenecemos el uno al otro.

La tarde se desvanece hasta transformarse en noche, un borrón feliz de comida, flores y baile. Paso todo el rato en brazos de Ben, echando de menos ya cada momento que pasa.

—¿Quieres dar un paseo? —pregunta en algún momento después de que corten el pastel, y así es como terminamos de nuevo en la esquina arbolada del patio, donde hemos posado para las fotos. La música parece provenir casi de otro mundo desde aquí. Estamos completamente solos, cara a cara. Nada se interpone entre nosotros excepto nuestras propias manos entrelazadas.

Ojalá pudiera quedarme aquí. Quiero quedarme anclado en este momento. No dejo de imaginar mi futuro, solo en mi habitación, intentando soñar que vuelvo aquí. Me pregunto si Ben me echará de menos este otoño. ¿Seguiremos juntos para entonces? Esta vez podremos hacer que funcione, ¿verdad? Una relación a larga distancia no es el fin del mundo, y Connecticut está mucho más cerca que Georgia. Solo haremos muchos viajes en tren… durante tres años.

—Oye. —Ben me acerca más a él—. ¿Qué te preocupa?

—Solo estoy… No lo sé. Me alegro de estar aquí. —Le sonrío—. Todavía no me lo puedo creer.

—¿Que Dylan y Samantha se hayan casado?

—Eso también. —Se me acelera el corazón—. Pero no, me refiero a nosotros. Que estamos, ya sabes, juntos otra vez… Supongo.

—¿Supones? —Ben inclina la cabeza a un lado y me río.

—¡No lo sé! ¿Lo estamos? ¿Cómo va esto?

La música cambia, e incluso desde el otro lado del patio reconozco la canción desde el primer compás. Estoy bastante seguro de que la reconocería hasta en sueños.

Marry You. Bruno Mars.

Ben se echa a reír.

—Guau, ¿va a haber, no sé, un *flashmob* o…?

Me cubro la cara.

—Esto no lo tenía planeado. Ay, Dios mío. Universo, ¿qué te pasa? Tómate un día libre de vez en…

Ben me besa.

Lo miro, sobresaltado.

—De acuerdo.

Me besa de nuevo, sus manos recorren las mangas de mi chaqueta, dejando piel de gallina a su paso, incluso a través de las varias capas de tela. Coloco los brazos por debajo de los suyos, abrazándolo con fuerza para tenerlo más cerca, y sostengo sus labios contra los míos, porque el aire es bueno, pero el aliento de Ben es mejor. Sus manos cambian de curso y se arrastran hasta mis hombros, hasta la parte posterior de mi cuello, y no puedo dejar de pensar en cuántas historias han contado estas manos sobre minúsculas teclas cuadradas. Las yemas de sus dedos encuentran la piel que queda justo encima de mi cuello y justo debajo de ella, rastreando los alrededores de la etiqueta de mi camisa. Ni siquiera sabía que esto era un movimiento, pero está clarísimo que sí.

Su toque me ilumina, hace que me incline hacia delante. Creo que me está poniendo en cursiva.

—Mira —dice, un poco sin aliento por culpa de los besos—. Lo que pasa con las repeticiones es que tienes que probar algo diferente, o, ya sabes. No tiene sentido.

Se me cae el alma a los pies.

—Así que no crees que tenga ningún sentido…

—No. Dios. Lo siento. Lo que estoy diciendo es que… Arthur, joder. —Respira hondo—. Lo que intento decir es que… Uf. Quiero que volvamos a estar juntos. Nunca debimos romper. Arthur, elegimos mal la última vez. Intentémoslo de nuevo. No importa la distancia. Haremos que funcione, ¿de acuerdo?

—Sí. Vamos a… sí. —De repente, estoy llorando y riendo a la vez—. Por las segundas oportunidades, ¿verdad?

—Por nosotros —añade mientras me abraza. Entierro la cara en su chaqueta.

—Me siento tan feliz. —Mi voz, amortiguada por la tela, es un revoltijo de lágrimas y risa ahogada—. Este es mi día favorito.

—Es mi favorito hasta mañana —dice Ben.

Limpio una lágrima de su mejilla con la palma de la mano.

—Por favor, dime que puedes quedarte a pasar la noche —le digo—. ¿Dylan te necesita para…? No sé…

—¿Su noche de bodas?

—Oye, es Dylan.

Se ríe.

—Le diré que me necesitan en otra parte.

—Bien, porque las pinturas de caballos del tío Milton han estado preguntando por ti.

—Me gusta —dice—. ¿Y sabes qué más me gusta? No estar rodeado de toda mi ropa.

El corazón se me contrae de felicidad, como lo hace cada vez que recuerda que se va a quedar. Se queda, se queda, se queda.

—Te ayudaré a deshacer todo el equipaje mañana a primera hora.

—No tienes que hacerlo.

—Hola, renunciaste a California. Por mí —le recuerdo—. ¿Y el hecho de que puedo tenerte en mi misma costa? Voy a limpiar toda tu habitación cada día hasta que empiecen las clases. Ni siquiera me importa.

Se ríe.

—¿Me repites cuánto dura el viaje a Wesleyan?

—En tren son unas dos horas. Cuesta veinticinco dólares, pero te hacen un descuento si compras un montón de billetes por adelantado. Si ya sabes que vas a hacer muchas visitas. —Sonrío—. Deberíamos visitarnos mucho.

—De acuerdo, pero… —Ben se vuelve hacia mí, de repente, con una expresión que no consigo descifrar. Pero cuando sus ojos se encuentran con los míos, están prácticamente lanzando chispas—. ¿Y si no lo hacemos?

El mundo desaparece

BEN

Cuatro años después
Brooklyn, Nueva York

No todas las historias tienen un final feliz.

A veces lo intentas y lo intentas, pero no sale bien. Acabas perdiendo mucho tiempo tratando de forzar algo que nunca funcionará en lugar de pasar a la siguiente mejor alternativa. Es una lección muy dura, en especial cuando hay años de consuelo y felicidad involucrados. Es incluso más difícil cuando se trata de grandes sueños. Pero decir adiós puede ser realmente liberador y puede abrirte nuevas puertas.

Desde luego, ese el caso de *La guerra del mago maléfico*.

Quería vender esa historia con todas mis fuerzas. Fue el libro que empecé en el instituto y abandoné la universidad para terminarlo porque creía mucho en él. Aunque mis magos maléficos fueron capaces de hechizar a mi agente literario para que me representara, el libro no lanzó el mismo hechizo sobre los editores. Mi agente, Percy, me animó a empezar el siguiente libro. Era un consejo popular, pero yo no lo sentía igual. Creía que iba a ser la excepción a todas las reglas, y me sentí totalmente impotente cuando no pude hacer mis sueños realidad.

Pero volví a encontrar mi fuerza gracias a mi mayor admirador.

Mi increíble novio, Arthur Seuss.

Cuando seguí a Arthur a Connecticut al principio de su segundo año de universidad, alquilé una habitación cerca de Wesleyan y RJ Julia, donde conseguí trabajo como librero. Arthur sabía lo patético que me sentí después de que *La guerra del mago maléfico* no se vendiera. Pero no me dejó renunciar a escribir.

La idea de mi novela contemporánea pareció surgir de la nada. Recuerdo que Arthur tenía la cabeza apoyada en mi hombro cuando abrí el documento en blanco y empecé a escribir. Diez meses después, cuando terminé ese brutal primer borrador, Arthur ya me estaba rogando leerlo. Cuando mi agente llamó hace unas semanas con la noticia de que había vendido *Nuestra mejor versión* a un editor después de una subasta en la que participaron cuatro editoriales, Arthur abrió una botella de Prosecco y bailamos por todo nuestro pequeño apartamento de Brooklyn.

Habría llamado a mis padres y al equipo Boggs a la mañana siguiente para compartir las buenas noticias, pero luego Arthur tuvo una idea bastante sorprendente para anunciar mi contrato editorial con estilo. Ni siquiera he empezado a editar el libro de forma oficial todavía, pero Arthur pensó que sería genial si organizáramos una reunión en la que pudiera leer un par de páginas. Lo llamó «un ensayo general», porque Broadway no sale nunca de su cerebro, en especial desde que Jacob lo contrató de verdad justo después de graduarse.

Así que, para esta noche, hemos convertido nuestro apartamento en una pequeña cafetería: Café Bart.

Nuestra casa ni siquiera parece lo bastante grande para los dos, por no hablar de nuestro border collie Beauregard, que se pone hiperactivo cada vez que volvemos de cualquier lugar, incluso si es del final del pasillo después de tirar la basura. Pero ahora mismo hay riesgo directo de incendio, con toda la gente que tenemos en casa.

Es un poco abrumador. Pero todo el mundo parece estar pasándoselo en grande.

Arthur está con sus padres y los míos, que no dejan de comentar lo mucho que les encantó la obra de anoche. Arthur y todo el equipo de Demsky Theatrics se han esforzado al máximo con *Salir en la ciudad*, y está dando sus frutos. Los críticos que asistieron al estreno están haciendo muy buenas reseñas… y me las he arreglado para distraer a Arthur y que no vea la que es un poco regular.

Ethan y su novio *a cappella*, Jeremy, están actuando en nuestro escenario improvisado: la otomana con un compartimento secreto para los juguetes de Beauregard, y están cantando *Here's to Us*, de Halestorm. Tienen a *abuelita*, a la *bobe*, a mi compañero de cuarto de Connecticut, Yael; a Jessie y a Grayson, y a mis amigos libreros hipnotizados. Y Taj se está comportando como un auténtico héroe grabándolos para la cuenta de TikTok conjunta de Ethan y Jeremy.

La puerta de mi dormitorio se abre y mi ahijado de cuatro años, Sammy, sale corriendo con un reloj de cristal del plató del episodio piloto de una serie de televisión que Mario y su tío acabaron de grabar el mes pasado; cruzo los dedos para que la serie guste y salga adelante, porque suena increíble. Solo hicieron cincuenta de esos relojes, así que apreciaría mucho que Sammy no lo rompiera como hizo con mi mando de la Nintendo.

—Sammy, hola, colega —le digo—. ¿Me dejas ver ese reloj?

Sammy me mira con los ojos azules de su madre, que brillan con el mismo aire travieso que los de su padre.

—Puedes comprarlo.

—¿Comprarlo? Es mío.

—Pero lo tengo yo.

—No funciona así, pero de acuerdo. ¿Cuánto quieres? ¿Un dólar?

—Once dólares con diecisiete centavos.

—Once dólares con… Eso es muy aleatorio. ¿De dónde has sacado ese número?

—No lo sé.

Yo, sí. Genética.

Dylan y Samantha salen del dormitorio y se acercan a Sammy por detrás. Levanto un dedo discretamente para hacerles saber que lo tengo controlado.

—¿Qué tal si me das ese reloj y te llevo a la librería mañana por la mañana?

Sammy hace una mueca con los labios que lo hace parecer un pato mientras considera mi oferta.

—Al zoo. Y quiero algodón de azúcar.

—Trato hecho.

Nos estrechamos la mano y me pasa el reloj. Luego arranca a correr para ir a aterrorizar a mi padre.

—No lo traigas a casa hasta que los efectos del azúcar hayan desaparecido —dice Samantha.

—O déjalo en el zoo con las demás serpientes —dice Dylan. Su teléfono vibra y una sonrisa ilumina su cara—. Es Patrick. Un segundo. ¡Patty! ¿Cómo va por Cuba, cabrón sensual?

Samantha niega con la cabeza mientras Dylan se aleja para hablar con su tercer mejor amigo.

—Por favor, Ben, deja que me mude aquí. Estoy muy cansada. Sé que Beauregard no usa su cama.

Me río y le ofrezco un abrazo.

Durante mucho tiempo, Dylan llamó al feto Sidra. En realidad, a mí empezaba a gustarme el nombre, no estoy de broma. A Samantha no había ningún nombre que la apasionara, pero cuando Dylan vio todo lo que ella hizo para traer a su hijo al mundo, dijo que deberían llamar al bebé como ella. Es gracioso que ella nunca deje que nadie excepto su madre la llame Sammy y luego llamara así a su hijo. Tal vez se convierta en una nueva tradición.

Una hora después, creo que todos los que tenían que venir han llegado ya.

Me abro paso entre la multitud y tomo la mano de Arthur.

—Disculpad —digo a todos nuestros padres y lo llevo a nuestra habitación—. Creo que deberíamos empezar antes de que los vecinos se quejen.

—No entiendo por qué no pueden disfrutar del espectáculo —dice Arthur—. Prácticamente estoy trayendo Broadway a Brooklyn.

—A veces, Broadway debería tomarse una noche libre —digo, y lo beso en la mejilla.

—Blasfemia —dice—. También los lunes deberíamos tenerlos libres.

Entramos en nuestra habitación y agarro la caja de cartón con mi manuscrito, que Arthur imprimió y encuadernó. Cuando lo trajo a casa, no me podía creer que estuviera sosteniendo una versión física del libro. Volvemos al salón, donde Arthur llama la atención de todos. Se sube a la otomana y habla con un micrófono de atrezo apagado delante de la boca.

—Bienvenidos a la segunda parte del especial de Arthur y Ben —dice Arthur—. Gracias a todos los que habéis venido al programa de esta noche, y gracias por venir hoy a escuchar la gran noticia de Ben…

—¿Vas a tener otro perro? —pregunta Sammy mientras acaricia a Beauregard.

—No. Solo Beau por ahora.

—Consigue otro.

Dylan señala a Sammy y se vuelve hacia su esposa.

—Controla a tu tocayo.

—Controla tu ADN —replica ella.

Las piernas me tiemblan cuando me doy cuenta de todo lo que está a punto de suceder. Lo diferente que están a punto de verme todos mis seres queridos. Cómo este día por fin ha llegado y todo lo que he tenido que pasar para tener un momento como este.

—Pues resulta que hay algo que me he tenido muy callado. He estado escribiendo algo tan personal que me asustaba. No quería hablar del tema porque me sentí muy humillado cuando mi libro de fantasía no se vendió. Pero... —Me acerco a la caja y saco el manuscrito.

—¡Lo has terminado! —exclama mi madre.

Todo el mundo aplaude. Y me giro hacia Arthur, que casi parece mareado por la emoción.

—No solo he terminado de escribir el libro —digo—. He firmado un contrato... Me van a publicar.

Mis padres se vuelven locos. Dylan y Samantha vitorean más fuerte que nadie y Sammy solo está gritando por gritar. Todo el mundo está muy feliz por mí, pero todavía estoy temblando por lo que viene a continuación.

—A Arthur se le ha ocurrido que sería genial si os leyera las primeras páginas. Lo más seguro es que haga cambios, pero esta es la versión que se ha vendido. —Abro la primera página y me detengo—. En realidad, no puedo.

—¡Buuu! —excalama Dylan. Y, por supuesto, Sammy también se une.

—Arthur, ¿te importaría leerlo por mí? —pregunto—. Estoy demasiado nervioso.

Arthur parece sorprendido.

—Pero no he ensayado. ¿Me das un segundo para meterme en el personaje?

—Te quiero, pero por supuesto que no.

Volvemos a intercambiar lugares en la otomana.

Arthur abre el libro y yo me quedo esperando, pero él lee:

—Capítulo uno…

—Espera. Art. Creo que te has saltado una página.

Él me mira.

—¿Has metido un prólogo a escondidas? Creía que estabas en contra de los prólogos…

Vuelve a la página de la dedicatoria.

—Para Arthur —lee—. Mi marido para siempre.

Sus ojos azules se humedecen mientras todos jadean.

Me pongo de rodillas y saco un anillo del bolsillo.

—¿Quieres hacer algún cambio?

ARTHUR

Dos años después
Middletown, Connecticut

¿Cómo llamas a un momento que es tan perfecto que tienes miedo de haberlo soñado?

Estoy lo bastante cerca como para distinguir algunas de las caras entre la multitud, y es el mosaico de personas más extraño del mundo. Musa y su esposa, Rahmi, sentadas junto a los amigos escritores de Ben. La señora Ortiz, que vive calle arriba y hace carantoñas a uno de los hijos pequeños de Jacob. Juliet y Emerald. Namrata y David. También un montón de parientes, como el tío Milton y su amiga especial del norte del estado, sin mencionar al poderoso dúo definitivo de ancianas: *bobe* y *abuelita*. Un montón de gente, de todas las épocas de nuestras vidas.

Eso sí, no hay exnovios. No nos sorprendió que Hudson y Rafael declinaran nuestra invitación y nos sorprendió aún menos el rechazo de Mikey y Zach. Mario es el único que parecía devastado por no poder venir, no le era posible saltarse la reunión de guionistas, pero nos envió un vídeo con muchos besos de felicitación de su afortunado oso de peluche *Te quiero moso*.

Empieza a sonar una versión instrumental de *Marry You*, y Ben entra en el pasillo. No estoy lo bastante cerca como para distinguir su expresión, pero puedo imaginármela: su tímida media sonrisa de cuando sabe que la gente lo está mirando. Yo lo llamo su cara de firma de libros. Está flanqueado por sus padres, y avanzan muy despacio, probablemente porque Isabel no deja de estrechar las manos de la gente a su paso.

—¿Todavía respiras? —pregunta mi madre.

Niego con la cabeza.

—Me voy a *casar*.

Con Ben. El chico del que llevo enamorado desde que tenía dieciséis años.

Ben y yo no nos hemos visto en horas, pero hemos madrugado para pasear juntos por Main Street, solo nosotros. Ben ha firmado ejemplares en una librería y hemos desayunado en el Ford News. Y, por supuesto, nos hemos acercado a la tienda de galletas caseras para perros, porque es la primera vez que dejamos a Beauregard con alguien que no sean los padres de Ben, y Ben no se lo ha tomado bien. Me las he arreglado para disuadirlo de llamar por FaceTime al cuidador de perros desde el interior de la tienda, para que Beau pudiera ver todas sus opciones. Se podría decir que ahora tengo una idea bastante buena sobre cómo será Ben como padre.

¿Es raro que me muera de ganas?

La canción cambia a *Only Us* de *Querido Evan Hansen*, que por lo visto es la señal de Sammy para dar un salto mortal por el pasillo. Literalmente no tengo ni idea de dónde está el cojín con el anillo, pero no pasa nada, porque llevamos los anillos reales en los bolsillos. Los Arthur y Ben del pasado sabían que no debían dejarlos cerca de alguien con tanto ADN de Dylan. Sammy lanza los puños al aire cuando llega a la *jupá*, como un luchador entrando al ring.

Mi padre me da palmaditas en la espalda.

—Creo que es la hora. ¿Estás listo?

El sonido que sale de mi boca no es una palabra, pero él se limita a reírse y me endereza la corbata.

Entonces, mis padres entrelazan los brazos con los míos, y soy vagamente consciente de que cien caras se han girado para mirarme.

Pero lo único que veo es a Ben. Está muy derecho con su traje gris oscuro, creo que está demasiado nervioso para encorvarse. Nuestros ojos se encuentran, y él se lleva el puño a la boca, como si estuviera intentando contener un sollozo.

De verdad que no me puedo creer que vaya a casarme con esta persona.

Ben intenta saludarme con un beso en cuanto llego a la *jupá*, pero Dylan le da en la cabeza con un papel enrollado.

—¡Sin spoilers!

—Es una boda —dice Ben.

—¡Todavía no estás casado! —Dylan se gira hacia la multitud—. ¡Amigos! ¡Enemigos! —Luego hace una pausa y se inclina un poco—. Amantes.

Samantha sacude la cabeza con incredulidad.

—Quiero empezar —continúa Dylan— haciendo un llamado a las divinas escrituras de mi iglesia, la iglesia desde donde se entrega… la vida universal. Compañeros trotamundos, ¡me han desafiado! ¡Me han puesto a prueba! ¡Mi camino hacia la plenitud celestial ha sido uno lleno de gran tribulación! Pero desde el día que presenté el más sagrado de los formularios de contacto en línea, he sido —cierra los ojos brevemente—un hombre de fe inquebrantable.

Ben me mira y yo reprimo una carcajada.

—Por lo tanto, es mi placer ungido divinamente daros la bienvenida para celebrar el santo matrimonio gay de Benjamin Hugo Alejo y Arthur James Seuss. Esta es, sin exagerar, la ocasión más homorromántica en la historia de la humanidad. —Hace una pausa dramática—. Entonces, sin más preámbulos, me gustaría ceder la palabra a nuestros novios, que han hecho el voto de escribir sus propios votos. Adelante, Ben. Alégrame el día. No. —Dylan sonríe y gesticula en mi dirección con grandes aspavientos—. Alégraselo *a él.*

Lo siguiente que sé es que Ben está sacando una hoja de papel del bolsillo de su chaqueta, haciendo un ruido que está a medio camino entre una risa y una exhalación.

—Como todos sabemos, no soy… —comienza, con la voz temblándole un poco—. Lo siento, ¿puedo…? Dejadme empezar otra vez. —Le doy un apretón en las manos y le sonrío, y él me devuelve la sonrisa, nervioso—. Vale, voy a repetirlo. Como todos sabemos, no soy el autor de fantasía que creía que iba a ser. Ese fue un momento difícil. Pero lo superé gracias a ti. Eres mi mayor admirador y mi mayor defensor. Y demuestras una y otra vez que el mundo real es más mágico que cualquier cosa que pueda escribir, porque tú estás en él.

Me quedo sin aliento. Seguro que es imposible sobrevivir a tanta felicidad.

—Sigue habiendo muchos días en los que no me puedo creer que te tengo en mi vida. ¿Y si no hubiera ido a la oficina de correos aquel día? ¿Y si no hubieras vuelto a Nueva York? ¿Y si yo me hubiera ido? Entonces pienso en lo horrible que sería mi vida sin ti, y pienso en todo lo que haré para quedarme a tu lado. Como dejarte cantar canciones de musicales antes de acostarte a pesar de las quejas de nuestros vecinos. Y nunca abusaré del cortés retraso de cinco minutos que has sido tan generoso de concederme.

Me río mientras me seco los ojos.

—Arthur, te quiero y me emociona mucho escribir el próximo capítulo contigo —dice—. Y todos los demás capítulos.

—Seussical, madre mía —dice Dylan, sacudiendo la cabeza—. ¿Qué vas a responder a *eso*?

—Bueno… ¿me recuerdas por qué hemos dejado que el autor publicado hablase primero?

Ben sonríe y yo le devuelvo la sonrisa.

—Tienes suerte de que no me deje intimidar con facilidad —digo, y luego hago una pausa—. O de que sea tan fácil de intimidar que esté acostumbrado a sentirme intimidado, que supongo que es lo mismo que no sentirse intimidado.

Algunas personas se ríen y yo despliego mi papel, sintiéndome extrañamente fuera de mi cuerpo.

Respiro hondo.

—Querido chico de la oficina de correos.

Miro a escondidas a Ben, que ya se está limpiando el rabillo del ojo.

—Hace ocho años hablamos unos minutos en la oficina de correos de Lexington. Yo era el chico con la corbata de perritos calientes. Tú eras el que iba a devolverle las cosas a su exnovio. Y ahora voy a casarme contigo.

Se oye un *ooooh* colectivo, pero debe de ser a un millón de kilómetros, porque en este momento solo estamos nosotros. Ben y yo.

—Igual que me pasa con los narvales —digo, bajando la vista a mi papel—, apenas puedo creerme que este momento sea real.

Ben se ríe y a mí se me forma un nudo en la garganta.

—Estoy muy enamorado de ti. Siempre lo he estado. Ya lo sabes. Y sé que se supone que debo estar prometiendo cosas, pero en realidad no sé por dónde empezar. —Respiro—. Solo quiero hacerte feliz —digo—. Pero también estaré ahí cuando no estés feliz. Si estás triste, me sentaré contigo. Sé que también me equivocaré a veces, pero prometo disculparme mucho, porque eso es lo que hace la gente cuando quiere que algo funcione.

Ben asiente y parpadea muy rápido.

—Ben, quiero quedarme dormido a tu lado y empezar cada día contigo. Quiero oportunidades infinitas. Quiero hacerte reír y saberlo todo de ti. Quiero ver qué aspecto tendrás cuando seas viejo, y ni siquiera estoy hablando de cuando seas un padre mayor. Me refiero a viejo *viejo*. —Ben vuelve a reírse y se limpia otra lágrima—. Quiero toda tu historia completa. Y las escenas adicionales. Y las tomas falsas. Te quiero más de lo que creía que era posible. Para ser sincero, es un poco ridículo. Y sigo pensando en ese primer verano en Nueva York y en cómo añoraba mi hogar. —Se me quiebra la voz—. Pero ahora sé que tú eres mi hogar.

Doblo el papel. Exhalo. Ben y yo nos miramos.

Dylan se seca los ojos con el puño de la manga.

—Gente, no sé qué decir. No son heterosexuales, pero han ido directos a por nuestros corazones. —Se agarra el pecho un momento—. Será mejor que cierre este trato, de inmediato. ¡Sacad el látigo, chicos!

—Los anillos —interrumpe Samantha desde la primera fila—. Se refiere a los anillos.

Me fijo en que a Ben le tiemblan las manos. Y luego me doy cuenta de que a mí también. La siguiente parte está desenfocada. *Con este anillo. Como símbolo. Desde este momento en adelante. Incondicionalmente.*

Sí, quiero.

Sí, quiero.

—Entonces, por el poder que me han conferido internet, Dios, y el estado de Connecticut, yo os declaro ¡marido y marido! —exclama Dylan, lanzando un beso en nuestra dirección—. Hacedlo.

Y lo único en lo que puedo pensar es: a veces, los «¿y sí?» se hacen realidad.

Agradecimientos

Como Ben Alejo dijo una vez, esta historia no ha sido fácil. Fechas de entrega, escuela primaria virtual, horarios que no coincidían y el desorden de nuestros propios cerebros hicieron de este un proceso muy diferente al de *¿Y si fuéramos nosotros?* Pero en medio de toda la niebla y el caos, hay una cosa que siempre ha estado muy clara: tenemos el apoyo de las mejores personas del mundo, y no existe ningún universo en el pudiéramos haberlo hecho sin ellas.

En particular:

- Donna Bray, que nos guio a través de muchas rondas de repeticiones como la guía editorial más brillante de todas. Gracias por soportar todos nuestros altibajos (y la ocasional presentación en PowerPoint con el tema de la boda). Su paciencia y su sentido del humor no tienen parangón, lo cual podría ser útil ahora que eres la suegra de Dylan. (¡*Lo siento* por todos los escupitajos, Donna!).
- Andrew Eliopulos, una de las estrellas más brillantes del universo de Arthur y Ben.
- Nuestras agentes, Jodi Reamer y Holly Root, quienes VENDIERON ESTE LIBRO. No podemos agradeceros lo suficiente vuestro interminable apoyo y defensa a lo largo de todo este proceso. Gratitud infinita también a nuestros

equipos DEWriters House y Root Literary (un saludo es
pecial a Alyssa Moore, Heather Baror-Shapiro, Cecilia de
la Campa y Rey Lalaoui).

- Alexandra Cooper, Alessandra Balzer y el resto de nuestro
increíble equipo de HarperCollins, que incluye a: Shona
McCarthy, Mark Rifkin, Erin Fitzsimmons, Alison Donal-
ty, Allison Brown, Sabrina Abballe, Michael D'Angelo,
Audrey Diestelkamp, Patty Rosati, Mimi Rankin, Katie
Dutton, Jackie Burke, Mitch Thorpe, Tiara Kittrell y Allison Weintraub.

- Kaitlin López y Matthew Eppard, que dirigen el espectáculo (y probablemente deberían dirigir el universo).

- Nuestro equipo en la UTA, que hace realidad los «¿y si?»:
Jason Richman, Mary Pender-Coplan, Daniela Jaimes,
Orly Greenberg y Nia Nation.

- Dana Goldberg, Bill Bost, Blair Bigelow, Stacy Traub y
Ryan Litman, por renovar nuestros sueños.

- Nuestros increíbles equipos editoriales internacionales,
que han atraído a muchos lectores a este universo (con un
agradecimiento especial para S&S UK, Leonel Teti, Chris-
tian Bach y Kaya Hoff).

- Jeff Östberg, por una portada que fue amor a primera vista.

- Froy Gutierrez y Noah Galvin, por compartir su increíble
talento con nuestros chicos una vez más.

- Jacob Demlow, que es aún más icónico que su homólogo
en la ficción. Su sabiduría, perspicacia y extenso conocimiento teatral hicieron que este libro fuera mucho más
rico.

- Mark Oshiro, que se marcó un Mario enseñándonos español y haciendo este libro cien veces mejor.

- Frantz Baron, por el recorrido virtual definitivo de Bloomingdale's.

- David and the Arnolds + Jasmine and the Wargas. Ojalá existieran estas bandas, pero en su mayoría estamos contentos de que esta gente exista.
- La comunidad lectora. Lo cierto es que este libro no existiría sin el apoyo que *¿Y si fuéramos nosotros?* ha recibido por parte de los lectores, bloggers, booktokkers, bookstagrammers, libreros, bibliotecarios y artistas, y estamos muy agradecidos.
- Muchos amigos-MUCHOS. Cuando sentíamos que terminar este libro era imposible, nos ayudasteis a llegar hasta el final. Aunque esta lista corta apenas araña la superficie: Dahlia Adler, Amy Austin, Patrice Caldwell, Dhonielle Clayton, Zoraida Cordova, Jenn Dugan, Sophie Gonzales, Elliot Knight, Marie Lu, Kat Ramsburg, Aisha Saeed, Jaime Semensohn, Nic Stone, Sabaa Tahir, Angie Thomas, Julian Winters y los Yoonicornios.
- Nuestras familias, a quienes queremos en todos los universos. Mil gracias a cada uno de los judíos y puertorriqueños (y a todos los demás también). Un saludo especial a Brian, Owen, Henry, Persi, los Rivera y al bebé Max.
- Y por último: Willow y Tazz, que sacrificaron muchas caricias en la cabeza para que este libro pudiera ser escrito. Héroes.

¿TE GUSTÓ ESTE LIBRO?

Escríbenos a

puck@edicionesurano.com

y cuéntanos tu opinión.

f /PuckLatam **📷** /PuckLatam

🐦 /PuckLatam **▶** /PuckEditorial

¡Gracias por vivir otra
#EXPERIENCIAPUCK!